KB027186

하나 됨을 위하여

이 도서의 국립중앙도서관 출판예정도서목록(CIP)은 서지정보유통지원시스템 홈페이지(http://seoji.nl.go.kr)와
국가자료공동목록시스템(http://www.nl.go.kr/kolisnet)에서 이용하실 수 있습니다.
CIP제어번호: CIP2016014606 (양장), CIP2016014607(반양장)

FOR THE SAKE OF BECOMING ONE

하나 됨을 위하여

팔순 기념 김동수 회고록

Prof. Dong Soo Kim's Memoir
on the occasion of his 80th birthday

백하나 엮음

한울

화해와 화평과 화합을 위하여 수고하는 모든 사람에게
이 책을 바칩니다

Dedicated to All who are struggling for Peace,
Harmony and Unity with Justice

책을 펴내며

2016년은 남편이 이 세상에 태어난 지 80년이 되는 해다. 올해 3월 5일 그가 태어난 날까지 무려 2만 9220일(20번의 윤날을 포함해)을 살아온 것이다. 비교적 오래 산 것도 기쁜 일이지만, 20년간 '더 가짐 인생'을 산 것은 참으로 감사한 일이다. 1996년 그는 간경화로 거의 죽음의 문턱에 이르렀다가 마지막 순간에 간이식수술로 생환해 지난 20년을 비교적 건강하게 살아온 것이다. 그러니 특히 감사하고 찬양할 일이다. 나는 무엇인가 오래 기억할 일을 꾸미기로 했다. 오는 여름에 두 딸네 가족 아홉 명이 한국을 방문해 우리와 함께 그의 팔순을 감사하며 축하하는 자리를 만들 계획을 세웠다.

우리는 평소 신념대로 축하 행사를 간소화하고자 의미 있는 감사 예배를 드리기로 했다. 그리고 우리의 생각과 삶의 경험을 담은 회고록을 쓰기로 했다. 그 책에는 남편이 평소 생각하고 바라는 일에 관한 글, 즉 민족 문제에 관한 옛 논문 중 몇 편을 추려 넣기로 했다. 그리고 지금까지의 삶의 경험과 교훈을 회고하며 새 글을 쓰기로 했으며, 여기에 옛 사진들을 포함하고, 가까운 친구들의 글도 싣기로 했다. 그래서 점차 이 책의 내용이 진화하고 발전해 지금의 분량과 모양새가 되었다.

책의 제목 '하나 됨을 위하여'는 남편의 평소 소원이다. 그의 부모님이 일제의 지배에 항거해 나라의 해방과 독립에 한평생을 바쳤던 것처럼, 남편은 나라의 진정한 자주와 통일을 위해 노심초사(勞心焦思)해왔다. 사대주의적 분단 세력이 지배하는 이 어두운 시대에 그의 삶과 사명은 민족의 화해와 통일을 위한 호소와 절규라고 할 수 있다. 80세를 맞는 그를 인간적으로 어떻게 평가하든, 그의 간절한 소원이 이 책을 읽는 모든 사람에게 고스란히 전달되기 바란다.

끝으로 일부 독자는 한글만 사용하고 일부는 영어만 사용할 터인데, 이 책의 내용을 국문과 영문으로 적절히 번역하지 못한 것을 미안하게 생각한다. 또한 '3장 살아온 이야기'는 올해 2월에 시작했지만, 시간이 턱없이 부족해 전반부 생애만 쓰고 말았다. 남편은 그 후반부를 자신의 90세 생일을 맞아 반드시 써내겠다고 굳게 약속했다. 그가 과연 약속을 지킬 것인지를 보기 위해 우리 모두 최소한 10년은 더 살고 볼 일이다. 이는 우습지만, 심각한 이야기다.

2016년 6월

인천 청라국제도시에서

백하나(숙자)

Foreword

The year 2016 is 80 years since my husband arrived in this world. March 5th, his birthday, makes exactly 29,220 days (counting leap days) that Dong Soo has lived on this earth. For his relatively long life I am happy, but I am more grateful for his "second lease on life" of an extra 20 years. In 1996, he almost died from liver cirrhosis, but with a last minute organ transplant, his life was saved and he has led a relatively healthy life for 20 years since then. I have good reason for special thanks and praise. So I decided to have a special event memorializing this occasion. This summer, we plan to celebrate in Seoul, Korea, with all nine members of our two daughters' families coming from the States.

We decided to have a simple yet meaningful thanksgiving worship service and prepare and present a book of reminiscence containing his thoughts and experiences. In this book, we decided to include some of his old articles that he published or presented about Korean political issues. He also decided to write his memoir reflecting his life experiences. Of course, some memorable pictures are presented since they show many things about his life. We also thought that comments and remarks on this occasion from some close friends would be nice. Thus, this book has been developed and expanded to the present form and content.

The book title, "For the Sake of Becoming One," is his consistent belief and hope for the country. As his parents spent their whole lives fighting for the liberation and independence against Japanese colonialism, my husband has struggled to help achieve true self-reliance and reunification of Korea. In this dark era when the evil forces of "flunkeyism" (opportunistic trends to rely on foreign powers against the nation's own self interest and self reliance) sustains and controls the national division, his life and mission are summed up as an outcry and appeal for the reconciliation and reunification of Korea. However we appraise him at his age of 80, I hope his ardent wish and dream will be conveyed clearly to the readers.

Finally, I apologize that I could not translate most Korean articles into English in this book. Also, in the Chapter 3, "My life story," he could not complete it and wrote only half due to time constraints. He firmly pledged (?) that he will finish it up when we celebrate his 90th birthday. We had better stay living for ten more years to see if he keeps his promise. It is a funny but serious proposition.

Hannah
at Chungna International City
Incheon, Korea
Spring, 2016

김동수 金東秀는 누구인가

1936년(가족관계등록부에는 1937년생) 평안남도 덕천에서 가난한 항일 투사이자 목사인 부친 김예진과 모친 한도신의 여섯째(둘째 아들)로 태어났다. 유치원부터 국민학교 3학년까지의 유년 시절을 만주 봉황성에서 보내고, 1946년 서울로 와서 삼광국민학교, 서울공업고등학교, 숭실대학교(철학 전공 문학사)를 1959년에 졸업했다. 군 복무를 마치고 1961년에 미국으로 건너가 피츠버그 신학교(목회학 석사, 1965), 피츠버그 대학(사회사업 석사, 1969), 시카고 대학(사회복지 정책·행정 전공 철학 박사, 1976)을 졸업했다.

펜실베이니아 주 아동·청소년부서에서 사회사업가로 3년간, 테네시 주 테네시 대학과 버지니아 주 노퍽 주립대학에서 31년간의 교수 생활을 마치고 2005년 은퇴했다. 도중에 10여 년간 간경화로 고생했으나 하나님의 은혜로 1996년에 간이식수술을 받고 극적으로 생환하는 경험을 하게 되었다. 또한 버지니아 주 버지니아비치의 베이사이드 장로교회 장로, 버지니아 주 공인 중재사(갈등 해소), 여러 학술 단체의 책임을 맡은 바 있다. 하지만 주관심사는 한국의 민주화, 인권 신장, 통일 운동, 평화 운동, 그리고 제3세계 선교 등으로, 이에 심혈을 기울여왔다.

2006년에 임시 귀국해 한동대학교, 횃불트리니티신학대학원대학교, 숭실대학교에서 초빙교수로 봉직하고, 2012년에 다시 은퇴해 현재 노을빛 인생을 건강하고 행복하게 지내고 있다. 학구자로서 지금까지 많은 학술 또는 비학술 논문을 발표하고 출판했다(영어 논문이 주를 이룬다). 이뿐만 아니라 귀국 후에는 수필가, 시인으로 등단했으며, 몇 권의 책도 저술했다.

현재 신분은 자칭 '국제 평화 운동가'이자 하늘에 계신 '하나님'과 바로 옆에 있는 '하나' 님의 애인이다. 그 두 번째 애인과는 지난여름 결혼 50주년을 기념해 미국에 있는 자녀 및 친척과 금혼식을 함께했다. 여전히 젊음을 유지하는 듯 다양한 취미와 관심을 추구하고 있으며, 그중 가장 큰 즐거움은 친구를 만나는 일이라고 한다. 그의 얼굴에는 늘 웃음이 떠나지 않는다. 마음과 영혼 속에 감사가 넘치기 때문이다.

A guy called
Dong Soo Kim

He was born in 1936 (1937 in the family registry) in a small town now in North Korea as the 6th child in a poor pastor's family which had a fame as freedom fighters for Korea's independence against Japanese colonial rules. He spent his tender years from kindergarten to third grade in Manchuria and upon returning to Seoul, Korea, after the end of the World War II, he had completed his primary school, high school, and college education (BA in philosophy, 1959) as well as military duty in the ROK Army. In 1961 he came to the US to study. He earned degrees from Pittsburgh Theological Seminary (MDiv 1965, ThM program), from University of Pittsburgh (MSW, 1969), and University of Chicago (Ph.D. in Social Welfare Policy and Administration, 1976).

His career experiences include positions in Pennsylvania Commonwealth social service agencies for three years, professorship at the University of Tennessee and Norfolk State University in Virginia for 31 years, until his retirement in 2005. In the meantime he experienced a near-death from chronic liver cirrhosis for about ten years but by the grace of God he miraculously recovered his health through a liver transplant operation in 1996. He also served as an Elder at Bayside Presbyterian Church (PC-USA) in Virginia Beach, VA, a Certified Mediator (for conflict resolution) licensed by Virginia Supreme Court, and responsibilities at several academic organizations. His main concern and efforts, however, have been with democracy, human rights, peaceful reunification of Korea and with world mission.

In 2006 he returned to Korea "temporarily," to serve as a Visiting Professor at Handong Global University, Torch Trinity Graduate University of Theology, and Soongsil University, and eventually he retired in 2012. Now he really enjoys his glorious golden days with health and happiness. As an academia, he presented and published numerous academic (and non-academic) articles throughout the years. Since he came to Korea, he was formally recognized as an essayist and poet and wrote a few books in Korean.

His current status is a self-claimed "international peacemaker" and, "true lover" of the Lord in heaven and of the humble lord beside him. With his second lover, he celebrated the golden anniversary with children and many relatives in a beautiful place in W. VA last summer. Still he pursues his many interests and hobbies as if he were young but his real joy is, he says, to meet his friends. His old face is never without a sweet smile, for he is full of thanksgiving in his heart and soul.

1장
추억의 사진

하나의 이미지는 만 마디의 말보다 더 많은 것을 이야기해준다. 남편의 지나온 80년 삶을 다 말할 수 없고, 또 정확하게 표현할 수 없다. 여기저기 흩어져 있던 그의 사진을 모아 희미하나마 지나온 삶의 발자취를 추억해본다. 그에게도 철없는 어린 시절이 있었고, 젊은 혈기와 꿈이 있었으며, 중년의 벅찬 짐이 있었다. 그리고 어느덧 노년의 희미한 노을이 드리워 있다.

사진을 무척 좋아하는 그는 굉장히 많은 순간을 촬영해 사진으로 간직해왔다. 그러나 지난여름에 사진 대부분을 정리하고 중요한 것만 디지털 이미지로 저장해놓았다. 세상에 아무런 자리도 차지하지 않기 위해서다.

그러나 이 세상을 떠날 때는 그 가벼운 이미지마저 밀수출할 수 없다. 다만 모두의 추억 속에 우리의 유영(遺詠)을 밤 구름처럼 남길 뿐이다. 그 구름이 지나가면 또 빛나는 별들이 보일 것이다.

Chapter 1

Photos of memories

Seeing is believing. One image can describe more than a thousand word. Eighty years of my husband's life can never be described fully or expressed accurately. Perhaps some pictures collected here and there may trace the vague lane of reminiscence. Of course he had an innocent childhood, he had dreams and passion as a young man, he carried the usual burdens of middle age, and eventually as an old man he is experiencing his golden sunset.

He had a special interest in picture-taking, so he accumulated many pictures over the years. Last summer, however, we disposed of the most of albums and pictures, and only the important images were stored in a digital format. That was to save space from our lives on this earth when we leave.

But we know even those digital images cannot be smuggled out when we leave this life. We can only keep our fragile images in our fleeting memories, just like a moving cloud in the night sky. When the cloud moves out, some bright stars might shine again, we hope.

브라질 이과수폭포에서

우리는 이미 하나다

늘 붙어 다녀서 뿐 아니라 우리 온 겨레가 하나 되어야 한다는 신조를 담았다.

미국 버지니아비치에서

노퍽 주립대학 사회사업대학 내 부부 교수

북한을 최초 방문한 미주의 한인 교수들

1983년 7월 5~19일에 북한을 처음 방문해 대화의 물꼬를 틔운 김기항, 최익환, 송석중, 선우학원, 김동수, 양은식(왼쪽부터)

빈 회의

1984년 12월 15~17일에 열린

조국통일을 위한 북과 해외동포 간의 대화

한청련 시위

1986년 8월 15일 워싱턴의 백악관 앞에서 열린
한청련 시위에 참가한 모습

주체사상 국제 회의

1988년 3월 28일부터 4월 1일까지 그리스 아테네에서 열린 '세계의 평화와 독립을 위한 주체사상의 국제 회의'에서 연설하는 모습

통일 대화

로스앤젤레스, 도쿄 등에서 열린 통일을 위한 모임에 참석했다.

교회 활동

베이사이드 장로교회에서 성가대,

성인 성경반 교사, 선교부장, 성극(동방박사 역) 등에 참여했다.

장로 안수 장면 1999년 12월 29일, 미국 버지니아비치 베이사이드 장로교회

간이식수술 후 병실에서

1996년 10월 16일에 간이식수술을 마치고 41일 만에 귀가했다.

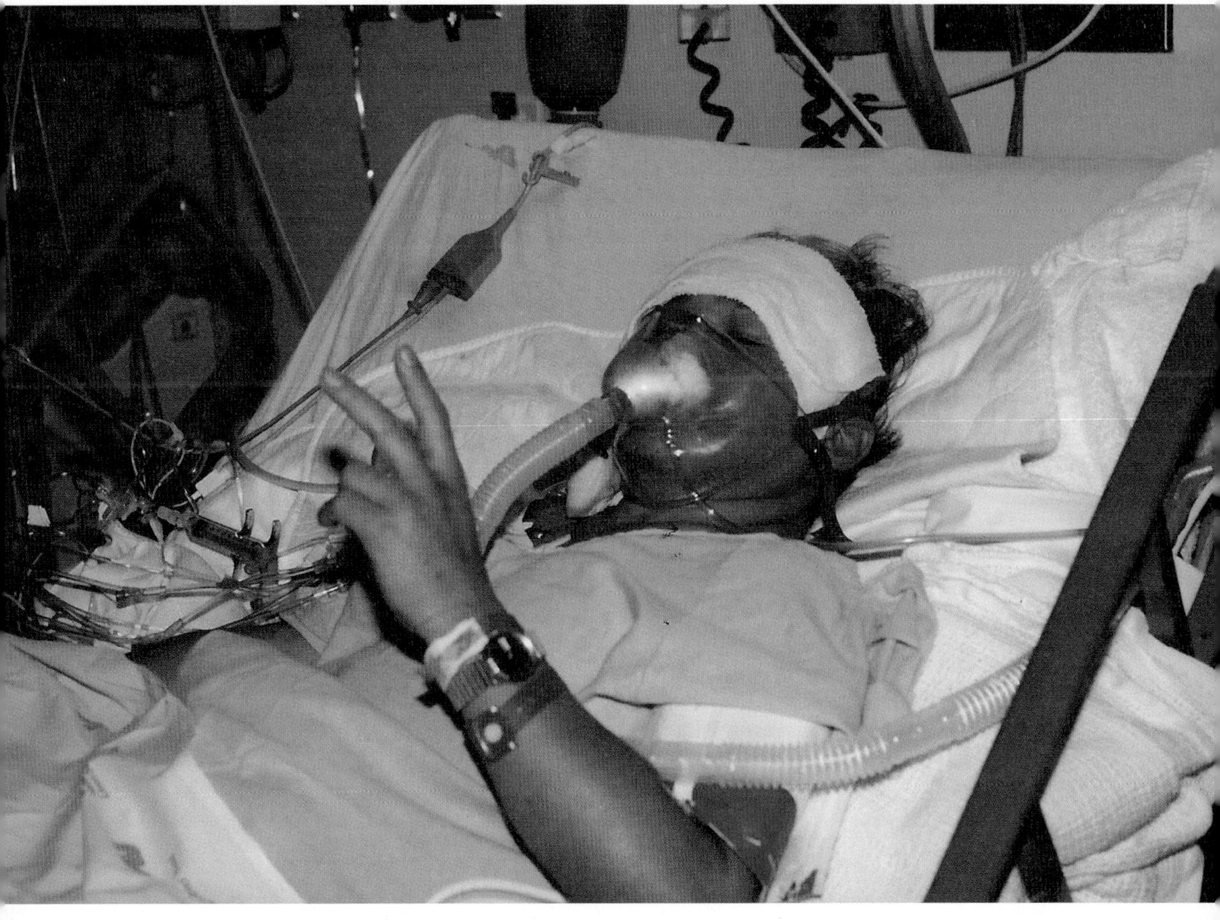

통일과 평화에 뜻을 같이한 동지들과 선배들

양은식 교수와 선우학원 교수

이삼열 교수

박승덕 박사(북한 민족문제연구소 소장)

홍근수 목사

정지석 박사와 이부덕 교수

홍동근 목사

조동진 목사와 이희자 교수

강위조 교수

현순호 목사 부부

한완상 교수

이승만 목사와 부인 이혜선 박사

한국전쟁 종식을 요구하는 반전 평화 시위

2010년 7월 26일 미국 의회의사당 앞에서 열린 평화 시위에서 연설 중인 이승만 목사

전쟁 종식과 평화협정 실현을 위한 워싱턴 시위

2015년 8월 15일 해방과 분단 70년을 맞아 백악관 앞에서 열린 시위에 동참한 모습

국립서울현충원에 있는 김예진 목사 묘

국립서울현충원에 있는 김예진 목사 비문

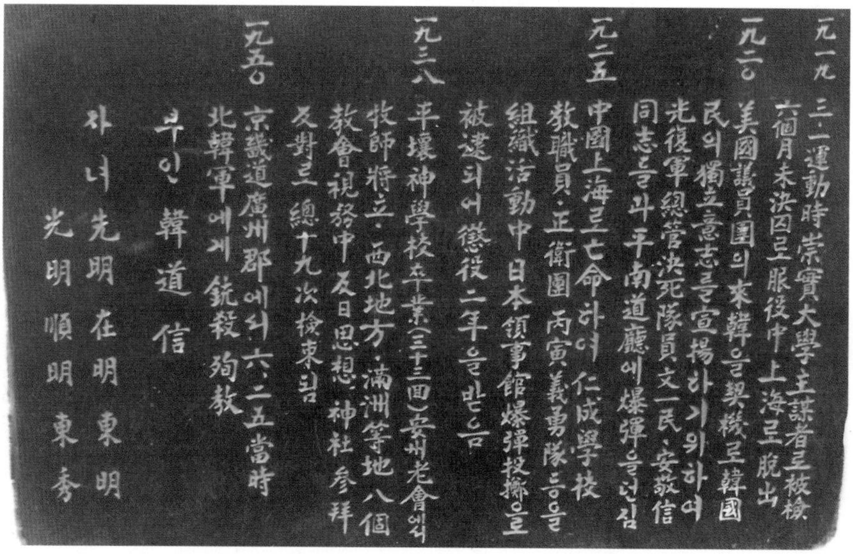

김예진 목사 순교 60주년 기념 예배

김예진 목사의 신앙과 애국정신을 기려 2010년 기념사업회를 설립하고, 10월 16일 섬김교회에서 예배를 드렸다.

국경선평화학교 (2014년 3월 3~7일)
철원에서 평화와 통일에 관한 특강 후 찍은 기념사진

친목을 위한 김 씨 가족 모임

백 씨 가족 모임과 금혼식

웨스트버지니아의 아름다운 산장에서 백 씨 가족과 재회하고, 금혼식을 올렸다.

2장

고마운 벗들의 글

한 사람의 인생은 관계 속에서의 삶이다. 관계를 떠난 인생은 생각할 수 없다. 따라서 그 사람이 창조주, 자연, 넓은 사회, 이웃과 친구, 혈족과 맺어온 관계는 그 사람의 귀중한 자산일 뿐 아니라 그 자신의 본질적인 일부이기도 하다. 그런 의미에서 나의 남편은 행복한 사람이다. 그는 태어나면서 창조주를 알게 되었고, 변두리 인생이었지만 세계 넓은 곳을 다니며 살았으며, 여러 사람을 만나 사귀었고, 좋은 선후배 동지와 친구를 많이 만나게 되었다. 그들은 우리에게 여러 가지로 고마운 사람들이다.

그중에 남편을 10년 이상 알고 지금까지도 가까이 지내온 분들 중 55명에게 산수를 맞은 '김동수에 대하여 또는 그를 위하여' 몇 말씀 보내달라고 이메일로 부탁했다(자연히 멀리 떨어져 있는 옛날 친구나 이메일을 사용하지 않는 어르신들은 제외되었다). 놀랍게도 37명이 고마운 글을 보내왔다. 그분들 글에 사진을 붙여 여기 소개한다. 그러나 그들의 고마운 말에는 과장과 편견이 많은 편이다. 특히 아내인 나(백하나), 두 딸(Susanna, Stephanie), 누님(김순명), 매형(최찬영)의 경우에는 공정할 수 없는 관계이다 보니 더욱 과찬이 되게 마련이다. 사실보다 지나치게 미화한 경향이 짙으나 사랑으로 이해해주기 바란다. 남편은 약간 난처해하지만, 다만 '그렇게 살라는 주문'으로 겸허히 받기로 했다.

Chapter 2

Congratulatory remarks

One's life is living in relationships. Without considering such relationships, we cannot properly see anyone's life. The kind of relationship one has had with the Creator, nature, broad society, neighborhood, friends, and relatives as well as family is not only an important resource to him, but also an essential part of himself. In that regard, my husband is a blessed person. He came to know the Creator since his birth, he traveled and lived in many places in global villages even as a sojourner, he met many good people, he happened to associate with many fine colleagues and to enjoy much time with wonderful friends to whom he and I feel so grateful.

Among these people, I selected 55 persons who we have kept up our relationship with for the past ten years or more and sent an email to each of them, asking for their remarks or comments on the occasion of his 80th birthday (Naturally this process excluded old buddies in remote places and those old fashioned folks who refuse to use email). To my surprise, a total of 37 persons responded with great words, and so I decided to introduce all their remarks with some pictures here. In their kind remarks, however, we found some exaggerations and biases. Since his two daughters (Susanna and Stephanie), his sister, his brother-in-law as well as myself cannot be too objective, their words were bound to be over-praises. There was an obvious tendency toward beautification over facts of his life, for which I hope you will forgive us. Slightly embarrassed, my husband decided to humbly accept their remarks as their 'gentle request for him to live like' what they have described.

김동수 박사 팔순을 축하하며!

강은홍
전 미국 장로교 선교사(콩고, 일본)
미국 장로교 수도노회 간사, 동북대회 부총무 역임
현재 은퇴 후 임시 목회

우리가 처음 만난 것은 1950년대 말 숭실대학에서였는데, 그는 철학을 공부하고 나는 영문학을 공부했다. 1963년 우리는 미국에 와서 성탄절에 어느 수련회에서 다시 만나게 되었다. 그 후 내가 1969년 오하이오 주에서 한 장로교회 담임목사로 일하고, 김동수 박사가 피츠버그 대학에서 공부할 때 다시 기쁘게 만나 몇 년 동안 같이 지냈는데, 그 시절에 한국에서 백숙자 양이 와서 결혼하고 아주 사랑이 넘치는 행복한 가정을 이룬 것을 보았다. 그리고 우리 가정은 미국 장로교 선교사로 17년간 해외에서 지내다가 1988년에 미국으로 돌아와, 워싱턴 수도노회에서 또 동북대회에서 일하면서 여러 번 만나고 서로 방문하며 지냈다. 나는 오랜 세월을 두고 마음이 맞는 친구로서, 세계 평화와 사회정의를 위한 운동의 동료로서 한국의 민주화와 통일을 위해, 또 복음 선포를 위해 함께 힘쓰고 노력해온 친구가 있었던 것을 큰 자랑이자 영광으로 생각한다.

김동수 박사는 한때 신학 공부를 하고 어머님의 간절한 소원을 따라 목사가 되기를 원했다. 그러나 하나님은 다른 계획이 있어 그가 학자와 교수로서, 부인 백하나 박사와 함께 같은 분야에 많이 공헌한 것은 크게 찬양할 일이다. 그리고 학자적인 깊이와 예리한 분석으로 여러 운동에도 많은 기여를 한 것은 고마운 일이다. 김동수 박사는 10여 년간 간경화로 고생하면서 한때 유서 비슷한 글을 써서 보낸 적이 있다. 나는 깜짝 놀라 그에게 전화해 당시 상황을 알게 되었다. 그런데 하나님의 은혜로 기적이 일어나 1996년에 간이식을 하게 되었고, 지난 20년 동안 건강하게 지내왔다.

이제 김 박사가 팔순을 맞이하게 된 것에 기쁘고 감사하며 축하를 드리는 바이다. 나는 팔순을 지나면서 인생을 다 살았구나 하는 생각도 해보았으나 그렇지도 않은 듯하다. 김 박사도 지금까지 힘차게 진행해온 모든 활동과 평화 운동의 깃발을 내리지 말고 해가 떠 있는 동안 계속 활동해 더 많은 결실을 맺기 바란다. 옆에 있는 애인과 즐겁고 행복한 나날이 오래도록 계속되기를 바라는 바이다.

김동수 박사님네 같으면……?

김동석
미국 시민참여센터 상임 이사
소수민족 권익활동가

『분단을 뛰어넘어』는 미국 한인 학자들의 첫 북한 방문기다. 당시 북한을 방문해 헤어졌던 가족(이산가족)을 만나고 나서, 북한의 실상을 보고 느낀 대로 솔직히 기술한 글들을 엮어 낸 책으로, 미국에서 출판되었다. 전두환 군사독재의 서슬이 시퍼런 1980년대 초반이니, 한국에서는 손에 넣기가 어림도 없을 때다. 미국에 다녀온 사람들에게서 이 책을 귀동냥한 뒤로는 호기심이 대단했다. 북한도 우리의 일상과 크게 다름없이 사람 사는 세상이라는 것이다. 1985년 미국에 도착하자마자 당연히 가장 먼저 이 책을 구해 읽었다. 충격에 가까운 흥분을 감추기가 쉽지 않았다. 그야말로 대학을 다닐 때까지 한국에서 성장해온 그 세월 동안 온통 속아 살아온 기분이었다. 군사독재에 반대해 학생운동에 가담한 것을 나름 용기 있는 결단이었다고 여겨왔던 터라 『분단을 뛰어넘어』가 나에게 준 지적 충격은 이만저만이 아니었다. 책의 저자 중 한 분인 김동수 박사님과 인연이 닿아 버지니아 비치로 찾아갔다. 1985년 여름이었다. 모국어를 떠난 소수계 이민자의 삶에서 시대정신을 잃어버리지 않도록 끊임없이 영향을 주신 김동수 박사님과의 첫 만남이었다. 그래서 지금 내 책꽂이에 꽂혀 있는 저 『분단을 뛰어넘어』는 나의 미국 생활에 하나님께서 부어주시는 축복의 시작을 알린 책이다. 30년 동안 김동수 박사님에게서 받은 영향은 '사회정의, 인권, 민족 통일'이라는 것보다는 하나님을 진지하게 만나도록 믿음을 갖게 된 데 있기 때문이다. 하나님의 이끄심이라는 확신이 없으면 소수계 이민자의 일상에서 이렇게 확신 있는 사회적·공적 역할을 감당할 수 없을 것이다.

김동수 박사님을 처음 뵙고 나서 1987년 뉴욕에서 짝을 만나 결혼할 때까지는 사실, 김동수 박사님의 지적인 매력에 끌렸다. 김동수 박사님은 한반도의 분단이 사람들의 일상에 얼마나 큰 모순과 고통을 주는지에 대해 고민하고, 그러한 문제로부터 통일의 당위성을 강조하셨다. 이산가족들이 분단의 벽을 허물어야 한다는 의지를 갖고 계셨다. 그래서 통일 운동은 이 시대 민족 성원에게 책임이자 의무라고 생각하신다. 분단 문제에 관해서는 이성적인 접근이 아니라 거의 신앙적인 차원의 책임으로 생각하신다. 미국 생활 초창기 때 내 관심은 온통 북한에 관한 것이었고, 그 관심의 핵심은 북한의 실상이었다. 지금 와서 드는 생각이지만 김동수 박사님은 북한 사회(체제)에 대해 비판을 주저하지 않았음에도 북한 방문이 이어진 것을 보면 분명코 그분의 일은 하나님의 이끄심인 듯하다.

김동수 박사님의 통일에 대한 열망은 이산가족이라는 개인 차원의 일이 아니다. 북한 체제를 지탱해온 이념과 사상이 기독교 사상과 통하는 측면이 있다고 확신하고, 신앙으로 인내하며 북한 사람들을 만나셨다. 따라서 김동수 박사의 열망은 북한 사람을 전도하는 일이었고, 그곳을 구체적인 선교의 대상으로 삼으신 것이다. 1991년 뉴욕 주 업스테이트 스토니포인트에서 개최된 북미기독학자대회의 '북과 기독학자 간의 대화'에서 김동수 박사와 북한의 박승덕 교수가 한 밤샘 토론을 지켜본 적이 있다. 박 교수의 체제 이념 수호에 대해 김동수 박사님이 성경의 긍휼과 사랑을 강조하시며 친근감을 만들어내시는 것을 보았다. 두 사람의 우정이 그렇게 싹트는 것을 옆에서 지켜보며 나는 김동수 박사님의 통일 운동은 신앙 차원이라는 것을 비로소 알게 되었고, 그것이 정말 큰 인상으로 내 기억에 여전히 생생히 살아 있다. 남과 북이 빈틈없이 막혀 있고 동족 간에 증오와 반목만이 오갈 때 그것을 온몸으로 깨부수려는 의지가 김 박사님의 북한 방문이었고, 통일에 대한 열망과 의지를 사람들과 공유하려 한 실천이 『분단을 뛰어넘어』다. 이 책은 그 후 누구에게나 북한에 대해 보고 느낀 그대로 말할 수 있는 용기를 주었으며, 이산가족들이 헤어진 부모와 형제를 찾고 만나기 위해 거침없이 북한 방문을 시도하도록 만들었다.

김동수 박사님이 노퍽 주립대학에서 은퇴하시고 한국으로 들어가시기 전까지 거의 20여 년 동안 나의 세 식구는 매년 빠지지 않고 한두 차례씩 버지니아비치를 방문했다. 소수계 이민자로 살면서 시대정신의 끈을 놓지 않을 수 있었던 것은 순전히 버지니아비치의 두 분(김동수, 백숙자) 덕분이다. 두 분과 사귀어온(또는 존경하고 따르는) 모든 사람이 마찬가지겠지만, 지치고 힘들 때 큰 힘이 되었다. 지금 생각해보면 두 분에게 안수기도를 받으러 다녔다고 하는 것이 맞다. 두 분이 계신 곳으로 하루나 이틀 휴가를 다녀왔지만, 어느새 나와 아내는 신앙에 진지해졌고 기도하게 되었으며 가정의 중심에 하나님이 들어오시게 된 것을 알았다. 어려움에 직면했을 때, 사람들과 갈등이 생겼을 때, 형제들에게 서운함이 생겼을 때 "김동수 박사님네 같으면……?"이 나와 아내의 합창이다. 백숙자 박사님의 "기도하세요!"가 늘 귓가에 있다. 나는 이렇게 양보와 관용을 배우게 되었다. 이러한 측면에서 김동수 박사님이 한국으로 가신 지 10여 년이 지났지만, 우리 가정에게 버지니아비치는 늘 그대로다. 1990년대 중반부터 시작된 김동수 박사님의 10여 년 이상의 힘겨운 투병 생활을 지켜보면서 정말로 김 박사님은 하나님이 사랑하시는 분이라는 것을 확신하게 되었다. 건강을 회복하시고 더 부지런히 주위를 챙기시는 두 분을 마음으로 가까이 품으며 살아간다는 것은 정말 행운이고 축복이다.

'김동수, 백숙자' 두 분으로부터 배운 점은 사람이 사람에게 어떻게 하는 것이 성실하게 하는 것인가다. 모든 사람을 같은 분량의 '정성과 진심'으로 최선을 다해 섬기시는 것이 그냥 자연스럽게 생활에 배어 있다. 지난 1월, 만 4년 만에 인천으로 두 분을 찾아뵈었다. 변함없이 맞아주시는 것이 마치 어린아이 같으셨다. 방송으로 함께 들은 설교 말씀은 "내려놓음을 넘어서 떠나라"였다. 아브라함도 바울도 그분을 위해 미련 없이 떠났다고, 그것을 배워야 한다는 내용의 교훈이다. 팔순을 눈앞에 둔 두 분의 주인은 하나님이시고, 거기에 하나님이 살아 임재하시는 것을

보았다. 모든 것을 하나님께 맡기신 두 분의 평화를 보면서 사람이 어떻게 살아야 하는 것인지에 확답을 갖게 된다.

뉴욕에서 생활한 지도 30년째다. 이만큼 역할을 하면서 살아갈 수 있도록 바른 교훈을 주신 많은 분 가운데 '김동수, 백숙자' 두 분이 가장 중심이다. 두 분께서 옆자리 가장 가까이에서 늘 기도해주시고 축복해주셨던 것이 오늘을 버티게 한다. 지난 20여 년 이상 한 가지 일에 집중해 포기하지 않고 여기까지 올 수 있었던 것은 미국 생활의 시작점에서 두 분을 만난 덕분이다. 하나님께서 허락하신 축복이라고 하지 않으면 설명할 길이 없다. 김동수 박사님이 이제 팔순이시다. 두 분께서 서울로 오신 후 나의 일들에 관해 아직 소상히 말씀드리지 못했다. 미국의 한인을 정치적으로 결집해 워싱턴에서 영향력을 만들어내는 일이 바로 당신께서 그렇게도 기도하며 열망해오신 조국의 통일을 위한 일임을, 그 뜻을 이어가는 일임을 알려드려야겠다.

분단을 뛰어넘는 고독한 낙관주의자, 김동수 박사님의 팔순을 축하드립니다.

김동수 장로님 팔순에 즈음하여

김보강
미국 기독교방송네트워크 기도 사역
한인 교회 영어권 사역

10년 전 버지니아비치에서 김동수 장로님을 사랑하는 사람들이 모여 칠순 잔치를 열었다. 그때 장로님이 팔순 잔치는 10년 후 서울에서 할 예정이고 여러분 모두를 지금 초대한다고 하셨는데, 당시에는 모두 웃어넘겼다.

내년에 주님이 다시 오실지 어찌 알겠으며, 과연 저 영감이 팔순까지 건강할까, 뭐 대충 이런 분위기가 아니었을까 싶다. 그러나 세월은 쏜 미사일처럼 흘러 장로님이 팔순이 되신다니 정말 나도 참 많이 늙었겠다 싶은 생각에 좀 씁쓸한 기분이 들기도 한다. 아무튼 그 10년 전 초대에 부득이한 사정으로 응하지 못하게 되어 이렇게 글로써 내가 아는 김동수라는 한 사랑스러운 청년에 대해 이야기하고자 한다.

2000년 어느 날, 그때 막 출석하기 시작한 한 한인 교회의 그룹 모임에서 자기소개를 하던 차에 마침내 내 차례가 왔다.

"저는 신학생으로 이곳에 있는 신학교에 다니기 위해 왔고, 그다지 내세울 것은 없으나 장가를 잘 가서 아주 크게 횡재한 사람인 것만은 틀림없습니다."

뭐 그렇다고 처가가 재벌이라든지, 아내가 걸그룹 출신이라든지 그런 것은 아니다. 다만 늘 아내에게 감사하고 사랑을 전한다는 소박한 의미를 담은 말일 뿐이다.

그 이후에 장로님이 내게 오셔서 "아니, 그 말은 내가 항상 하던 말인데 나처럼 운 좋은 사나이가 저기도 있구나 싶더군요"라고 하셨다. 그 일로 장로님 부부를 눈여겨보게 되었는데, 역시 두 분은 서로가 서로에게 가장 큰 하나님의 선물임을 날마다 입증하고 인정하며 사시는 모습이었다.

항상 즐겁고 유쾌하게 주변 사람들을 밝혀주시는 말과 마음 씀씀이로 인해 되도록 가까이에 머물고 싶게 하는 그런 분들임을 아는 데는 그리 오래 걸리지 않았다. 그러나 장로님 부부에게 항상 좋은 일만 있어 인생의 쓴맛을 모르기 때문에 그 분들이 그렇게 천진난만한 것이 아니라는 사실을 알고는 정말로 두 분을 존경하게 되었다.

장로님의 아버님은 순교하신 김예진 목사님으로, 6·25 동란 중 북한군에 의해 순교하셨다. 우리 문화에서 부모를 죽인 사람은 불구대천의 원수이기에 같은 하늘을 이고 살 수 없다고 가르쳐왔고, 또 배워왔다. 그러나 장로님이 북한 정권과 사람들을 용서하고 한 민족으로 품어야 한다고 생각하시는 것을 곁에서 보아 알 수 있었다.

또한 남쪽에 독재 정권의 서슬이 퍼렇던 시기에 민주화 운동과 민족 통일 운동을 함으로써 한국 정부에 의해서는 물론이고, 교포 사회에서도 요주의 인물로 고초를 겪으셨다. 많은 사람이 쉽게 '빨갱이'라는 딱지를 붙이고 마치 예수님 시절에 나병 환자들을 대하듯 했으니, 가뜩이나 외로운 이민 생활에 얼마나 외롭고 힘드셨을까. 그러나 이 두 분을 실제로 만나 교제해보면, 그렇게 쉽사리 딱지를 붙일 수 없는 분들이라는 것을 쉽게 알 수 있다.

예수님의 백성으로 사시면서 사랑을 실천하는 것이 선대로부터 아예 유전자에 각인된 모습은 김동수 장로님과 백하나 장로님 두 분 모두의 삶에서 뚜렷이 드러난다. 또한 나눔과 용서, 포용과 겸손의 삶은 두 분에게 가까이 다가가는 모든 사람이 충분히 느낄 수 있어 두 분을 존경하고 사랑하게 하는 덕목이다.

그리고 두 분은 평생 대학에서 젊은이들을 가르치며 살아오셨기에 사고가 유연하고 젊으시다. 마치 성경이 "겉 사람은 후패하나 속사람은 날로 새롭다"라고 한 것처럼 두 분을 만나 이야기를 나눠본 사람은 그 유머와 사고의 유연함에 즐거워하지 않기 어렵다.

함께 식사를 하게 되면 절대로 소화제 같은 것은 필요 없을 것이며, 혹시 아주 가끔 식사 비용을 낸다 해도 전혀 돈이 아깝지 않은 그런 좋은 시간이 될 것이라고 장담한다.

만나면 즐겁고 시간 가는 줄 모르며 자주 만나면 모든 면에서 풍성히 얻게 되는 그런 분, 항상 젊고 착하며 순진하고 사랑스럽기 그지없는 만년 청년이요 만년 소녀이신 두 분 장로 김동수 님과 백하나 님(발음에 주의하지 않으면 신성모독으로 바리새인들에게 큰 봉변을 당할 수도 있다), 이 두 분을 알고도 과연 사랑하지 않을 사람이 있을지 궁금하다.

팔순에 가까우셔도 총기가 흐려지기는커녕 장기를 둬도 절대로 져주거나 하는 일이 없으신 것이 좀 흠이라면 흠일까, 그 외에는 사랑하지 않을 이유를 찾기가 지극히 어려운 분이라는 데 모두가 동의하리라 믿는다.

은퇴 이후에 한국에서 인생의 2막을 사시면서 그렇게도 기뻐하시고 왕성한 집필 활동과 인생의 단맛을 즐기고 계신 두 분의 건강을 기원하며, 제5계명에 지극히 순종하신 두 분의 삶이 "땅에서 잘되고 장수하리라"의 모범으로 드러날 것을 확신한다.

만년 청년 김동수, 만년 소녀 백하나, 주님의 사랑 속에서 더욱 행복하소서!

'영원한 오늘'을 사는 치매 부부(?)를 닮고 싶다

김성수
김희순 목사 매니저, 집사

"치매 부부의 첫사랑!"
현관문에 걸려 있는 글귀에 우린 빵 터졌고
그 끌어안음에 이끌려 문을 두드렸다

반가움에 끝없이 열리는 이야기 창들
익숙해졌어도 설렘은 가시지 않고
세 다리 난초 화분이 끼어드는 통에
난데없는 분갈이 소동까지 즐겁다

억장이 무너지는 억울함도, 뼈를 깎는 외로움도
모든 것을 참으며 믿으며 바라며 견디어
마침내 피어올린 한 쌍의 백합
다소곳한 자태로 이웃을 향해 든 얼굴
동서남북 발길 닿는 곳마다
숨길 수 없는 그리스도의 향기가 풍요롭다

먼 곳도 가까운 곳도 아닌
내일도 내년도 아닌
영원한 그날
사모하는 주님 꽃밭에 심겨지시겠지

우리가 닮고 싶은 이유는
그 꽃밭에서 바람에 이파리를 부딪치며
지금처럼 이야기하고 싶기 때문이다

기쁜 날에 더하여

축복의 만남

김숙희
노던 켄터키 대학(Northern Kentucky University) 교수

사람을 귀하게 여기는 사람

믿을 수 있고 신뢰할 수 있는 사람

민족의 아픔을 가슴으로 품고 사랑하는 사람

공짜 인생의 맛을 알고 아낌없이 나누는 사람

인생의 고난을 이해하고 이웃의 고난에 동참하는 사람

그리고 그들에게 용기와 희망을 주는 사람

무심코 찾아가도 반갑게 맞아주는 사람

차와 과일 그리고 식탁이 있는 대화를 좋아하는 사람

세상에 많은 연인이 있지만, 아내만을 사랑하는 멋진 사람

좋은 남편, 아버지, 할아버지가 되기 위해 노력하는 사람

꽃을 사랑하는 사람……

나는 김동수 교수님께서 버지니아 노퍽 주립대학에서 은퇴하시던 2005년 봄, 뉴욕에서 개최된 전미 사회사업교육협회(CSWE) 콘퍼런스에 참석했다가 교수님과

처음 인연을 맺었다. 콘퍼런스 3일째 되던 날 우연히 한인 사회사업 교수협의회 모임에 참석했는데, 나이가 지긋한 백발의 인상적인 분이 연신 자상한 미소를 지으며 내 소개를 듣고 계셨다. 다음 날 아침, 콘퍼런스가 열린 호텔 커피숍 앞에서 내가 있는 곳을 향해 걸어오시는 교수님을 우연히 뵈었다. 교수님은 커피를 사주시며 나의 첫 전임교수 인터뷰와 이력서에 깊은 관심을 보여주셨고, 인터뷰를 잘할 수 있도록 격려해주셔서 더욱 용기가 났다. 낯선 풍경, 낯선 사람으로 둘러싸인 곳에서 김 교수님의 진심 어린 격려와 관심은 큰 위로와 힘이 되었다. 그날 오후 김 교수님과 함께 기도한 후 교수님과 처음이자 마지막 만남이 될 수도 있다는 생각을 하며 뉴욕의 콘퍼런스를 아쉽게 마치고 돌아왔다.

사실, 뉴욕에서 김 교수님을 만난 것은 우연이 아니라 특별히 예정된 만남이었다는 것을 나중에 알게 되었다. 같은 해 여름, 버지니아 노퍽 공항에서 교수님을 다시 만나게 된 것이다. 공항에서 장미꽃 한 다발을 들고 활짝 웃으시며 기쁘게 반겨주시던 교수님의 얼굴을 잊을 수 없다. 그날은 내가 처음으로 버지니아비치를 밟아본 날이고, 김 교수님의 아내이신 백하나 교수님과 지금은 고인이 되신 백 교수님 모친 장보희 권사를 처음 뵙는 날이었다. 공항에서 김 교수님 댁으로 가는 도로에 예쁘게 피어오른 벚꽃, 야자수처럼 길고 곧게 뻗은 나무의 경치는 정말 인상적이고 아름다웠다. 교수님 댁에 도착하자마자, 나를 위해 정성스럽게 준비하신 식탁을 마주했다. 처음 뵙는 분 같지 않은 백 교수님과 장 권사님의 따뜻한 배려는 마치 내가 그분들의 딸과 손녀인 양 친근한 마음을 갖게 해주었다. 결국 나는 김 교수님과 백 교수님께서 은퇴하시고 명예교수가 되신 노퍽 주립대학에서 전임교수로 여정을 시작하게 되었다. 그리고 그 이후 지금까지 두 분 교수님과는 잊지 못할 귀한 추억들을 쌓아가고 있다.

처음으로 전임교수 생활을 하던 어느 날, 김 교수님께서 내 연구실로 직접 찾아오신 것이다. 그때 나를 바라보시며 흐뭇해하시는 교수님의 인자한 미소와 눈빛을 지금도 잊지 못한다. 교수님의 눈빛에는 오랫동안 그분이 걸어오신 인생의 고뇌와 기쁨, 보람이 가득 담겨 있었다. 한편으로는 사랑하는 딸을 시집보낸 후 바라보는 아버지의 눈빛과도 같았다. 앞으로 많은 어려움과 도전이 있어도 잘 극복하

길 바라는 마음, 작은 체구의 동양인인 내가 서양인들 틈에서도 잘 참고 인내하길 바라는 마음, 언어와 문화가 달라 오해가 생기고 무시당할 때도 있겠지만, 한국인의 배짱과 당당함으로 기죽지 않고, 그러나 겸손하며 지혜롭게 권리를 행사할 수 있기를 바라는 마음…….

그런데 이것도 우연일까? 내 연구실에 놓인 아주 근사하고 튼튼한 나무 책상을 바라보시며 "이 책상은 내 연구실에서 쓰던 책상인데, 숙희 교수가 쓰게 되었구먼"이라고 말씀하시는 것이다. 나는 매우 영광스러웠다. 교수님께서 오랫동안 사용하신 이 책상에서 일할 때마다 그분이 사랑과 정성으로 후학들을 가르쳤던 마음을 떠올리며 나 자신을 돌아볼 수 있다고 생각했기 때문이었다. 나는 가끔 교수님이 하신 말씀을 떠올려 보곤 한다.

숙희 교수, 나는 동료들에게 너무 고마워. 내가 죽을병에 걸렸을 때 내 친구 교수들이 얼마나 나를 많이 도와줬는지 몰라. 건강 때문에 학교에서 수업할 수 없을 때는 학생들을 집으로 오라고 해서 내 집 거실에서 수업도 했었고, 동료 교수들이 내 수업을 대신해주었어. 수업도 못할 지경이 됐을 때 '자, 이제 이곳을 떠날 수밖에 없구나' 생각했는데, 나는 참 그들에게 사랑의 빚을 많이 졌지. 하나님의 전적인 은혜라고 보네.

교수님의 말씀을 듣고 깨달은 것이 하나 있었다. 서로 도와주고 아픔을 함께 나누며 희생할 수 있는 넉넉한 마음을 갖는 것, 그리고 우리는 그 마음으로 세상에서 더불어 살아가도록 지어진 존재라는 사실이다.

김 교수님은 이 시대가 꿈꾸는 진정한 사회사업 교육자이자 예수님 같은 성품을 지니신 분이다. 김 교수님에게서 교육자가 갖추어야 할 인격과 성품을 느낄 수 있다. 이웃과 공동체를 가족처럼 사랑으로 품고 용서하는 모습을 보여주셨으며, 내가 가장 힘든 시기를 지날 때 함께 마음 아파해주셨다. 낙심해 있을 때는 용기를 북돋워주시면서 잘할 수 있을 거라 격려하고 위로해주셨다. 또 우리 가족을 자식, 손주처럼 아낌없이 사랑해주셨다. 김 교수님의 탁월한 유머 감각, 인생의 희로애락에 대한 이야기와 수많은 경험은 교수님을 닮고 싶은 나에게 많은 지혜와 교훈이 되었다. 내 인생에 이렇게 귀한 분과의 복된 만남을 허락하신 하나님께 감사드린다.

이번에 팔순을 맞으신 김동수 교수님의 생신을 진심으로 축하드리며, 하나님께서 교수님의 여생을 통해 계속 이루어내실 멋진 일들을 기대한다.

내 사랑하는 동생의 팔순을 축하하며

김순명
김동수 교수의 작은 누나
고 박수권 목사 부인, 김예진목사기념사업회 회장
요양병원 약사

내가 팔순을 맞는 동생에 대해 이야기할 수 있도록 우리 형제들에게 장수의 복을 주신 하나님께 먼저 감사드린다. 그것은 큰 언니(선명)가 현재 100세이고, 작은 언니(광명)는 88세이며, 내가 84세이기 때문이다. 그리고 이렇게 많은 나이에도 가족 이야기를 스스럼없이 나눌 수 있어 더욱 감사하고 감회가 깊다.

큰 언니는 일찍이 출가해 같이 산 적이 없는데, 제일 예뻤다. 둘째 언니는 평양 정의여고와 평양기독병원 간호과를 졸업하고 기독병원 장기려 박사님 밑에서 수술실 수간호사로 일했다. 해방 후 잠시 부산 철도병원 간호부장, 제1회 육군 간호장교로 복무한 바 있다. 6·25 이후 부산 영도에 세워진 복음병원 간호사로 장기려 박사님과 전영창 선생님(후일 거창고등학교 교장을 지냈다)과 더불어 창립 멤버이기도 하다. 박윤선 목사님의 맏며느리 해산을 도우러 가다가 큰 교통사고를 당해 박 목사님의 사모님은 현장에서 돌아가시고, 언니는 구사일생으로 겨우 생명을 건지는 비운의 고통을 겪기도 했다. 공부를 잘하고 학구열이 대단했던 언니는 칼빈대학교와 고려신학교를 졸업하고 평생 독신으로 지내며, 고아원과 보육원 원장 등으로 헌신했다. 그러다가 도미해 외로이 살다가 1989년에 소천하셨다. 우리 집안을 돕고 남을 위해 헌신하던 둘째 딸을 어머님은 늘 가련히 여기셨다. 우리 형제들도 가슴 아프게 생각한다.

동명 오빠는 집안의 장손이라 할아버지의 사랑을 독차지하셨다. 만주에서 봉황성 중국중학교를 다니다가 학도병으로 끌려가셨다. 그때 일찍 결혼해 해방 후 서울에 와서도 분가해 사셨다. 따라서 다른 형제들과 가까이 지낼 기회가 별로 없었다. 오빠에게는 아들 둘과 딸 둘이 있었는데 막내 아들은 선교사로 아프리카에가 있고, 딸 둘은 간호사였는데 첫째는 소천했다. 오빠는 88세가 되는 2011년에 소천하셨다.

작은 언니는 평양 명륜소학교를 우등으로 졸업하고도 독립운동가의 딸이라는 이유로 여학교에 들어가지 못하는 아픔을 겪었다. 모범생이던 언니는 공부도 잘하고 믿음도 좋았다. 그런데 어려서부터 몸이 약했던 듯하다. 해방 이후 수도여중·고를 3년 만에 마치고 서울 여의대(현 고려대학교 의대)를 졸업했다. 언니는 부산 복음병원에서 인턴과 레지던트 과정을 마치고 미국으로 갈 계획이었다. 그러나 하나님의 신비한 뜻 가운데 형부 최찬영 목사와 결혼해 태국에 선교사로 가게 되었다. 해방 후 첫 선교사로 태국에 파송된 것이다. 선교나 선교사 사역에 대한 개념이나 여건도 잘 구비하지 못한 채 보냈고, 또 가신 것 같다. 그래서 선교 초창기에 많은 어려움을 겪은 것으로 안다. 반세기 동안 충성스럽게 많은 일을 하고 1992년에 은퇴하셨다. 언니도 우리가 학교 다닐 때 집을 떠났기 때문에 어머니는 "광명이는 걱정이 안 되는 딸"이라고 하셨었다.

우리 어머니와 아버지는 그 밑으로 늦게 얻은 우리를 많이 좋아하시고 사랑하셨다. 두 분이 "저것들이 없었으면 어떻게 할 뻔했노?"라며 대화하시는 것을 들을 수 있었다. 그도 그럴 것이 실은 우리를 뜻밖에 얻으셨기 때문이다. 내 위의 광명 언니를 낳으신 후 어머니는 산후 조리를 제대로 못해 자궁탈출로 평양기독병원에 입원하셨다. 아이가 이미 넷이라 더 안 낳도록 한다고 시술을 하셔서 마음 놓고 있었던 것이다. 그러나 3년 만에 다시 배가 부르기 시작해 놀라 병원에 갔더니 임신이라고 했다. 그 당시 나팔관을 묶는 기술이 미숙해 세 자녀가 더 태어나게 된 것이다. 그 덕에 나는 83년 전 기독병원에서 태어날 수 있었다. 그래서 때로는 내가

"힘이 센 개척자"라고 하며 웃곤 한다. 동수 아래로 막내 명자가 있었는데, 명자는 얼굴이 갸름하고 예뻤으며 영리했다. 해방 후 서울에 와서 뇌막염에 걸렸는데 피난민 생활로 무척 어렵던 시절이라 치료를 거의 받지 못해 일곱 살에 그만 죽고 말았다. 어머니가 늘 명자를 생각하며 가슴 아파하시던 모습을 기억한다.

동생 동수와 나는 부모님과 제일 오래 살았고, 형제들 중에서도 가장 오래 같이 지냈다. 우리가 태어났을 때는 부모님이 항일 투쟁과 옥중 생활을 마친 후라 그분들의 역경과 수난을 직접 목격하지는 못했다. 그러나 부모님이 여러 면으로 남달리 훌륭하며 특별한 분들이라고 생각했다. 부모님은 항상 부지런하셨기 때문에 눕고 일어나는 모습을 거의 본 적이 없다. 늘 보았던 아버지의 눈물의 기도를 특별히 기억한다. 친구분들이 예레미야 선지자 같다고 하셨다. 지금 생각하면 부모님은 여러모로 시대에 앞섰던 분들이다. 아버지는 얼굴이 희고 키가 큰 편이어서 영국 신사 같으셨고, 꿈에 찬 이상주의자 같은 분이셨다. 때로는 눈을 지그시 감고 풍금을 치시며 찬송을 부르던 모습이 아직도 선하다. 어머니는 실생활을 책임지시며 지혜를 가지고 억척같이 사신 분이었다. 음식 솜씨가 뛰어나시고 남은 음식 활용을 잘하셨다. 검소하고 부지런하며 지혜로운 생활로 우리를 잘 양육하고 교육시켰다. 우리 형제들은 부모님을 다시없는 위대한 분들로 알고 감사하며 존경하고 자랑스럽게 생각한다. 이렇듯 진정한 목사이며 애국자이신 아버지는 동족의 손에 순교하셨다. 또 아버지와 가정을 위해 희생적으로 봉사하시던 어머니는 늘 나누고 베풀며 사시다가 1986년에 미국에서 조용히 돌아가셨다.

1936년 3월 5일 동생은 우리 집안의 둘째 아들로 태어났다. 어리광을 부리면서 자라던 나는 동수가 태어나자마자 건넌방에서 아버지와 같이 지냈다. 그 덕에 홀아비 자식 같다고 놀림을 받으며 아버지의 특별한 사랑을 받게 되었다. 동생은 어려서부터 예쁘고 총명하며 깔끔했다. 그러면서도 고집을 부리면 대단했고, 투정이 아니라 의지가 강했다. 그에 비해 나는 '순명'이라는 이름처럼 순하다고 했다. 동생은 맑고 밝았는데, 동생이 어렸을 때 울음소리를 별로 들어본 적이 없는 것 같다. 국민학교, 중학교, 고등학교를 거치면서 가끔 다투기도 했지만 서로 어울려 새로운 것을 배우기도 하며 각자 자기의 생활을 펼치며 살아왔다. 아버지가 계시

김예진목사기념사업회 주최로 철원 국경선평화학교 방문(2015)

지 않아 우리는 늘 경제적으로 어려웠지만, 비교적 건강하고 행복하게 자라왔다.

나는 1958년에 결혼했다. 동생은 어려운 가정 형편에서도 대학 생활과 군 복무를 무사히 마치고 1961년 초가을에 미국으로 유학을 떠났다. 50~60명의 사람들과 함께 김포비행장에서 환송했다. 그때 우리는 동생이 소정의 학업을 마치면 사랑하는 조국으로 돌아와 헌신적으로 일할 것을 알고 있었다.

동생이 1965년에 어렵게 목회학 석사과정을 마쳤다는 소식을 듣고 무척 기뻤다. 그리고 기도를 많이 하시는 장로님 댁 맏딸로, 믿음이 깊고 지혜롭고 똑똑한 백숙자라는 아가씨와 결혼했다. 그 당시에는 해외에서의 결혼식에 참석하는 것을 상상도 못할 때라, 그저 미안스럽고 고마웠다. 그 후 수지와 스테파니 두 조카가 생겼고, 동생이 조국의 민주화를 위해 활동한다는 것을 알게 되었다. 동생은 1976년 말 최종 학업을 마치고 박사 학위를 받았다. 어머니가 원하시던 목사는 아니지만, 남을 위해 일하는 사회사업 분야의 교수가 되었으니 얼마나 흐뭇하고 기뻤는지 모른다. 여기에 이르기까지 그 어렵고 힘든 과정을 나는 미처 상상도 못했다.

1990년경 불행하게도 동생은 불치의 질병으로 쓰러졌다. 우리는 하나님의 뜻을 모를 때가 많다. 1996년 고통을 통해 만나주시고 인도해주시며 온전히 세워주시는 하나님의 섭리 가운데, 동생은 큰 수술로 다시 생환했다. 사경을 헤매던 동생이 티그리스 강변에서 하나님의 천사를 만났던 다니엘처럼 하나님의 축복의 음성을 들었으리라고 확신한다.

"하나님이 사랑하는 사람아, 두려워하지 말아라. 평안하여라. 강건하고 강건하여라"(다니엘서, 10 : 19).

2005년 동생은 건강한 상태로 은퇴하고 다음 해 고국으로 돌아왔다. 동생이 기적적인 재생의 환희와 감격을 가지고 강건하게 살아가는 모습을 볼 때 나는 감사함으로 가슴이 뭉클해지곤 한다. 그 후 동생은 하나님이 기뻐하시는 교육과 선교에 더욱 힘을 쓰며 시간과 물질을 바치고 있다. 전부터도 어머니께 효성이 깊었는데, 이제는 아버지를 향한 효심을 구체화해 '김예진목사기념사업회'를 창립했다. 내가 동생의 도움을 받으며 그 사업회의 회장직을 맡아 운영하고 있다. 이것은 우리가 상상하지도 못한 일이다. 하나님께서 동생을 통해 일하시는 뜻 가운데 하나임을 확신한다. 앞으로도 다방면에서 지속적으로 인도하시리라고 믿는다. 이제는 어디를 가든 모든 사람이 좋아할 수밖에 없는 멋지고 매력 넘치는 백발이 되었다. 그 백발조차 내외가 돋보이고 잘 어울린다. 하나님의 특별하신 사랑과 은혜로 빚어졌기 때문이리라. 내 사랑하는 동생 내외는 정말 자랑스럽고 존경스럽다. 좋고 고맙다.

훌륭한 부모님을 주셨고 지금까지 동생에게 많은 좋은 분을 붙여주셨지만, 그 중에서도 올케 백하나를 짝지어주신 것은 축복 중 축복이라고 생각한다. 이런 훌륭한 부부를 어디에서 볼 수 있는가? 하나님은 은혜 위에 은혜를 내리셨다. 동생에게만이 아니라 우리 집안에 주신 복이다. 내가 더욱 감사하고 고마운 것은 동생네가 살던 미국의 모든 곳에 다 가볼 수 있었던 경험이다(피츠버그, 시카고, 멤피스, 버지니아비치 등). 그리고 노후에 동생 내외가 한국에 와서 살아 부산과 서울을 쉽게 오갈 수 있게 되어 더욱 기쁘다. 그러니 하나님의 크신 은혜에 감사드릴 뿐이다.

동생은 우리 아버지의 성격을 제일 많이 닮은 삶을 산다. 사랑이 많으며 부드럽고 밝으며 분별력과 결단력이 있다. 신앙양심으로 의로운 분노를 표출할 수 있는 용기가 있다. 희생·봉사의 정신, 거기에 어느 누구에게나 동등하고 차별이 없다.

어려움 속에서도 늘 낙천적이다. 동생과 가까이 있다 손해 본 사람은 없었을 것이다. 질투나 시기심이 없다. 표리가 같다. 지금까지도 "누님, 힘들면 말씀하세요" 하며 챙기는 자상함이 있다. 동생은 아버지의 삶을 닮되 키 이외에는 모습도 닮은 꼴이다. 책을 좋아하시고 음악을 즐기시며 희망이 넘치던 아버지의 모습을 동생에게서 본다. 너무나 아름답게 뜻있게 하나님의 뜻을 받들어 사니 잘 산다. 고맙다, 동생 동수야! 네 팔순을 축하하며 이 글을 쓰고, 하나님이 허락하시면 2026년 너의 구순 생일에도 내가 이런 축하의 글을 쓸 것이다.

하나님 우리 아버지 감사합니다. 김동수·백하나의 가정을 통해 더 많은 영광 받으소서. 아멘 할렐루야!

김동수 박사님 생신 경축사

김엘하나
목사, 사회사업가
피츠버그한인연합장로교 청년목회 역임
한동대학교 사회복지학부 교수 역임

할렐루야, 존경하는 김동수 박사님의 80세 생신을 경축합니다!

지난 오랜 인생길에서 언제나 여유로운 지혜와 식지 않는 열정적 삶의 본보기로서 주변인들에게 격려자가 되시고, 어려운 이웃에게 따뜻하고 솔선적 도움으로 주님의 사랑을 나누며 복된 자가 되도록 김 박사님을 이끄신 하나님께 감사드립니다. 저는 이러한 경우들을 직접 체험했기에 갖가지 일화들이 회상됩니다.

그러니까 지금부터 35~36년 전인가요? 뉴욕에서 열린 재미한인기독학자회(AKCS: Association of Korean Christian Scholars)에서, 그리고 캘리포니아에서 있었던 미국사회복지대학교육협의회(CSWE: Council on Social Work Education)의 연례 모임에서 김 박사님 내외분과 저희 부부는 초면이었으나 마치 옛 동지를 만난 듯 반가운 만남을 가졌지요. 미국 사회복지학계에 재미 한인 대학 교직자가 전부 다해 일고여덟 명 정도이던 1980년대 초기에 따로 만나 회식 자리를 가질 때면, 예리한 지성과 즐거운 재치가 넘치던 김 박사님 덕분에 모두가 웃음꽃을 피우며 활기찬 담론을 나누던 일이 기억납니다.

김 박사님이 운영 간부로 활약하시던 AKCS의 연례 모임이 있던 1980년 초 참석했던 교수들과 목사들이 모두 한마음으로 열분을 쏟으며, 워싱턴의 미 정부 청사 앞에 모여 한국의 독재 정권 반대 시위를 할 적에 모두들 목청이 터지도록 외쳤던 일이 추억처럼 떠오릅니다. 김 박사님의 구호대로 "예수 사랑, 나라 사랑"의 실천을 목표로 삼고 고국의 민주 사회 실현과 남북 평화통일을 위해 꾸준히 활동해 오시는 김 박사님을 통해 신앙적 애국심과 민족 사랑의 열정을 배웁니다.

김 박사님처럼 저도 평북 출신이고, 특별히 항일·독립운동가로 활약하신 선조님들이 1962년에 한국 정부로부터 건국 공로자로 천수되셨기에, 후손으로서 조국의 현재와 장래를 깊이 생각하게 됩니다. 몇 년 전 김 박사님이 부친이신 고 김예진 목사님의 일대기를 출판하시고, 당신의 모교인 숭실대학교에 기념장학기금도 설치하셨다는 소식에 감격했습니다. 김 박사님은 오래전부터 그러한 작업과 관련해 공적·사적 자료를 검토하시면서 제 할아버님이신 고 김석창 목사님에 관한 자료를 발견하실 때마다 곧바로 전달해주셨습니다. 그 친절한 배려와 격려를 상기하면서 저도 선조에 관한 자료를 수집해 우선 300여 명의 후손에게 나눌 만한 출판물을 소망하게 되었습니다.

미국에서 전공 학문과 대학교수직 경력뿐만 아니라 같은 신학교(PTS: Pittsburgh Theological Seminary) 출신으로서 제가 신학·목회학 학위를 취득하는 데 배경이 되신 김 박사님을 실상 가까운 친척같이 생각된 계기가 있습니다. 26년 전 전혀 예상하지 못한 인생 경험으로 돌연 홀로되어 어린 아들과 경제적 위기에 당면했고, 전문적 활동도 중단해야 할 형편에 처해 앞이 깜깜하던 때가 있었습니다. 그 어려운 순간에 성령님의 역사로 김 박사님께서 영적 부담감을 느끼신 까닭일까요, 뜻밖에도 직접 전화 연락을 주셔서 제 사정을 알게 되셨지요. 다음 날 김 박사님 내외분이 마침 사용하던 차를 파셨는데 그 돈의 원래 사용 목적과 계획을 접으시고 저에게 보내주셔서, 겨울의 차가운 방을 녹일 수 있었던 경험을 평생 잊지 못합니다.

미국 전문 학계에서 오래도록 중요한 연구 업적을 축적하고 대학교에서 제자 양육의 공적을 많이 쌓았다 해도, 조국과 민족에 대한 애틋한 심정으로 한국 사회에 기여하며 고국에서 제자 양성을 소망하실 김 박사님의 심중을 하나님께서 헤아려 박사님을 한국으로 보내셨다고 이해합니다. 그러기에 2005년 미국에서 대학교 수직을 은퇴하신 이래 여러 해 동안 모교인 숭실대학교의 교수로서 기쁘고 보람된 생활을 하셨으리라 짐작할 수 있습니다. 이에 앞서 2003년 봄 학기 시작부터 포항에 있는 한동대학교의 사회복지학과 신설 작업을 위해 건강 문제가 발생할 정도로 열정을 쏟으셨고, 명강의와 아름다운 인품 때문에 학생들의 사랑과 존경을 한껏 받으신 김 박사님을 스승의 날에 제자들이 목마까지 태워드린 일화는 훗날 전설처럼 들었습니다.

제가 2003년 가을 학기부터 한동대학교 초빙교수로 6년간 섬길 수 있었던 것도 감사한데, 2013년 한동대학교 사회복지학과 창립 10주년 행사 때 김 박사님과 함께 공로상까지 받아 그립던 내외분과 한국에서 다시 상면했을 때 느낀 기쁨이 여전히 생생합니다. 제가 2009년 한동대학교에서 은퇴하고 미국의 집으로 돌아온 지금도 김 박사님이 보여주셨던 '선하고 정직한 기독인 교육자'의 모습을 교육 사역자의 본으로 상기하고 있습니다. 독실한 모태신앙과 검증된 신학 훈련을 배경으로 지닌 김 박사님이 '교회 목회'의 길이 아니라 '문서 선교'를 사역의 길로 행하신 것은 하나님의 뜻이라고 믿습니다. 고국 땅의 공인된 문인으로서 2013년 출판하신 시집 『오늘의 이별은』의 시문 내용과 구절마다에 나와 있듯이, 영혼의 깊은 곳에서 체험되는 통회의 아픔과 동시에 가슴에 넘치는 기쁨을 그리고 절망의 암흑을 깨뜨리는 참빛의 소망과 하나님의 절대적 사랑을 깨우쳐주는 복음적 문서 사역자로서 앞으로도 계속 귀한 열매를 거두시리라 기대합니다.

평생 뜻있는 삶을 추구하시는 김 박사님의 80세 생신을 감격스러운 경사라고 생각하는 이유가 있습니다. 김 박사님 내외분은 마치 동전의 앞뒤처럼 분리될 수 없는, 문자 그대로 일심·일체의 부부로서 아름다운 결혼 생활의 표본이기 때문입니다. 더구나 지난 반세기가 넘는 인생길을 지금까지 동행하신 아내 백하나 박사님께서 진실한 신앙과 사랑 그리고 인내와 헌신의 덕성으로 남편의 건강 관리를 충성스럽게 내조하신 덕분에 하나님께서 간이식 후 김 박사님의 생명을 20여 년 넘게 연장하신 것이라고 믿으며, 앞으로도 김 교수님 내외분이 건강과 장수의 축복으로 백년해로하실 것이라고 확신합니다.

2016년 3월 5일 김 박사님 생신일을 경축하면서

김엘하나 드림

교수님을 알게 된 감격과 은혜

김춘기
미국 아덴스 한인 교회 목사

제가 김동수 교수님을 처음 만난 것은 1994년도경 리치먼드에 있는 유니언 신학교에서 공부하고 있을 때였습니다. 그때 교수님은 간 질환으로 투병 중이셨지요. 몇 번에 걸쳐 교수님 댁을 방문하면서 저는 그때마다 교수님의 모습에서 엄청난 감격을 맛보곤 했습니다. 교수님의 생명에 대한 경외감과 사랑, 그리고 생명에 대한 깊은 긍정이 신학생인 저에게 매우 강한 메시지를 던져주셨기 때문입니다. 교수님은 고통 중에 계셨지만, 그리고 미래를 알 수 없었지만 '지금'을 노래하셨지요. 생명에 연연하지 않으셨지만, 생명을 꿈꾸시는 모습이 어찌나 당당하시던지

요! 교수님을 뵙고 돌아오는 차 안에서 저는 감격의 눈물을 흘리곤 했지요. 슬퍼서가 아니라 생명의 아름다움을 보았기 때문이었지요. 언젠가 교수님이 저에게 투병하시면서 쓴 찬송시들을 주셨습니다. 그중 하나에 곡을 붙여 교수님의 생명에 대한 경외감을 표현해봤습니다. 저는 그런 교수님을 알게 된 것, 그리고 그런 감동을 받을 수 있었던 것 자체가 큰 은혜임을 믿습니다!

전능하신 하나님

김동수 작사
김춘기 작곡

김동수 장로님의 산수를 축하드리며

알프레도와 토토

김호덕
플로렌스선한목자교회 담임목사

"자, 그럼 안녕히 계세요!"

김동수 장로님의 인사말이다. 장로님은 자식뻘 되는 나에게 이제는 편하게 말씀을 낮추셔도 될 법한데, 10여 년 전 처음 뵈었을 때나 지금이나 그 공손함이 한결같으신 분이다. 그렇게 변함이 없으신 장로님은 인자하고 자상한 아버지 같으시다.

장로님과 나는 몇 가지 비슷한 점이 있는데 먼저 외모가 그렇다. 키가 작고 얼굴 생김새도 비슷해, 같이 다니면 친부자로 오해받는 때가 왕왕 있다. 그런데 그때마다 기분이 참 좋다. 또 우리 두 사람 모두 한때 큰 병에 걸려 일찍 세상을 떠날 뻔했었는데 하나님의 은혜로 지금까지 건강하게 생을 이어가고 있다. 장로님은 제2의 인생을 가족과 이웃을 소중히 여기며 하나님 나라와 의를 위해 사시려고 항상 노력하신다. 주님께서도 장로님이 이 땅에서 할 일이 아직 남아 있다는 것을 아시고 새 생명을 주셨으며, 지금도 하루하루 건강을 지켜주시고 계심을 믿는다. 마지막으로 우리는 둘 다 헌신적인 아내가 곁에 있다. 장로님이 은퇴 이후에도 10년 이상 한국과 미국을 오가며 해외 선교와 활발한 교육 및 저술 활동을 하실 수 있는 큰 이유는 아내 백숙자(Hannah) 장로님의 희생과 세심한 보살핌이 있기 때문이다. 백숙자 장로님이 함께하시지 않았다면 결코 불가능했을 것이다.

사랑하는 두 분 장로님과의 만남은 내 인생에서 가장 귀한 만남이라고 생각한다. 버지니아에서 첫 만남 이후 결혼식, 세 자녀의 출산과 인생의 힘든 시간을 통과할 때마다 두 분은 늘 나와 내 가정을 돌봐주셨다. 아내와 나는 장로님의 도움으로 유니언 신학교 채플에서 작지만 감동적인 결혼식을 올릴 수 있었다. 장로님 부부는 우리에게 거룩하고 아름다운 결혼식을 선물해주시기 위해 지인들을 동원하는 수고를 마다하지 않으셨다. 고 이승만 목사님의 주례와 이혜선 사모님의 피아노 반주, 김 장로님의 신부 입장과 기도, 백 장로님의 성경 봉독, 장로님의 작은딸 스테파니의 플루트 연주 등 신랑과 신부를 제외한 총 아홉 명의 하객 모두가 각각 역할을 맡아 어느 영화 부럽지 않은 멋지고 아름다운 결혼식을 선물해주셨다. 이후 세 아이가 태어날 때마다, 그리고 밸런타인데이나 크리스마스 같은 날에도 두 분 장로님은 아이들에게 친할아버지, 친할머니와 같이 넘치는 사랑과 관심을 기울여주셨다. 그뿐 아니라 나의 신학 공부가 지속될 수 있도록 장학금을 주셨으며, 우리 가정이 가장 어렵고 힘들었던 시기에는 장로님의 집에서 몇 년간 무상으로 지낼 수 있도록 배려해주시기도 했다. 기쁜 일이 있을 때는 함께 기뻐해주셨고, 슬픈 일이 있을 때는 진심으로 기도와 위로를 해주셨을 뿐만 아니라 실제적인 도움까지 아끼지 않으셨다.

김동수 장로님과 백숙자 장로님 부부는 평생 어려운 목회자나 유학생, 가난한 이웃을 도우며 그리스도의 사랑을 몸소 실천하고 계신다. 은퇴 후에는 좋은 집을 팔아 모교에 장학금으로 기부하고 정작 당신들은 전세를 얻어 생활하신다. 이제는 좀 더 편안히 노후를 보내실 수 있는데도, 여전히 검소하고 절약하는 삶을 실천하시며 선교에 동참하고 장학금을 전달하신다. 그래서일까? 장로님은 작은 카메라 하나 구매하는 것도 쉽게 결정하지 못하고 아내의 동정을 살피신다. 부부가 한평생 한마음으로 늘 그렇게 절제하며 살아오신 때문이리라. 매번 받기만 하는 나는 그런 기회를 놓치지 않는다. 장로님이 관심을 갖는 상품에 대해 비교 조사를 하고 사용 후기를 찾아 좀 더 객관적인 자료를 드림으로써, 그렇게나마 전폭적인 지

원군이 되는 것이다. 그러면 이내 백 장로님이 져주며 구매를 허락하신다. 장로님은 그런 작은 일 하나에 세상을 다 얻은 어린아이마냥 설레고 즐거워하신다. 삶은 무엇이고 어떻게 살아야 하는지, 그 삶을 단연 즐길 줄 아는 분이시다. 그리고 진심을 담아 고마움을 표현하신다. 그 진심이 어찌나 깊은지 늘 도움만 받는 사람의 자존심을 우뚝 세워주시는 고마운 재주가 있는 분이다.

이탈리아 영화 〈시네마 천국(Cinema Paradiso)〉에서 어느 무더운 여름 꼬마 토토가 동네 신부님과 장례식을 마치고 집으로 힘겹게 걸어간다. 그 옆을 동네 극장의 영사기사 알프레도가 자전거를 타고 지나가자, 토토는 갑자기 다리가 아프다며 소리를 지르고 엄살을 부린다. 알프레도는 토토의 엄살을 알면서도 모르는 척하고 꼬마를 앞에 태운다. 어느 날 토토는 아빠 없이 가난한 가정을 책임지는 엄마의 돈을 훔쳐 영화를 본다. 엄마는 영화를 다 보고 나온 토토를 사정없이 때리며 꾸짖는다. 그때 알프레도는 극장 바닥에서 돈을 주웠는데 토토가 흘린 것 같다며 그의 엄마에게 건네주어 또 한 번 토토를 곤경에서 구해준다.

지난 시간을 돌이켜보면 장로님은 내게 알프레도 같은 분이셨다. 내가 별것 아닌 인생의 작은 문제를 가지고 내 정당함을 주장하며 엄살을 부릴 때도 장로님은 꾸짖지 않고 받아주셨다. 실수도 있었고 그런 실수가 초래한 위기도 있었지만, 나를 판단하거나 몰아세우지 않고 위기에서 벗어나도록 도와주시고 격려해주셨다. 철없는 토토처럼 행동해도 내 모습 그대로 묵묵히 용납하시고 기다려주셨다. 수많은 사람이 장로님의 도움을 받았다는 사실을 나는 안다. 그러나 아무리 생각해봐도 나처럼 장로님의 은혜와 사랑을 입은 사람은 없는 것 같다. 작년에 오랜만에 한국을 방문해 공항에 도착하자마자 장로님을 찾아뵈었다. 쉬려고 방에 들어가자 탁자 위에는 봉투가 놓여 있었다. 한국 방문 기간에 쓰라며 큰돈을 주신 것이다. 왜 날 사랑하나? 나는 드린 게 없는데……. 순간 눈물이 핑 돌고 감사가 밀려왔다.

그런데 참 이상하다. 이렇게 친자식같이 날 염려하시고 돌봐주시는데, 장로님은 왜 내게 늘 깍듯이 존대하시는 걸까? 아! 장로님은 나를 자식처럼 사랑해주시는데 내가 자식처럼 도리를 못해 그런 것 같다. 장로님께서 나에게 주신 사랑을 늘 기억하고 감사해야 하는데 그러지 못했다. 그래서 늘 죄송하다. 앞으로는 그동안 기도하시고 기다려주신 만큼 좋은 소식으로 보답하고 싶다. 안부도 더 자주 여쭈고 미국에 오시면 꼭 뵈러 가고 싶다. 장로님의 어린아이 같은 모습을 오래오래 뵙고 싶다. 그리고 기회가 있을 때마다 충성스러운 지원군이 되고 싶다.

카리스마 김!

김희순
목사, 숭실대학교 강사

우리가 알고 있는 카리스마(charisma)는 압도하는 눈빛, 말, 태도 등이 아닐까 싶다. 까만 선글라스에 칼 주름의 정장도 떠오른다. 이렇듯 카리스마가 있는 사람은 범접할 수 없는 능력의 소유자로 일반인과 구별된다.

독일의 사회학자 막스 베버(Max Weber)는 카리스마란 어느 한 사람이 비상한 힘과 능력을 가졌다고 사람들이 믿음으로써 생겨나는 것이라고 했다. 미국의 정치 컨설턴트 딕 모리스(Dick Morris)는 카리스마란 현실 속에 어떤 구체적 형태로 존재하는 것이 아니라 그 정치인의 오랜 노력과 좋은 이슈의 결실로서 오직 우리 마음 속에만 존재하는 것이라고 했다. 국제정치를 다루는 마빈 조니스(Marvin Zonis) 시카고 대학 교수는 카리스마 있는 지도자가 되려면 의사소통 능력이 뛰어나고 추종자들로 하여금 자신들을 잘 이해하고 있다는 느낌이 들게 하는 능력이 필요하다고 말했다.

하지만 카리스마에는 '하나님의 선물'이라는 뜻이 있다는 것을 우리는 알아야 한다. 신약성경에 17차례나 나오는 카리스마(χὰρισμα)는 성령의 은사를 말한다. 세간의 카리스마는 그것을 가진 사람 앞에서 주눅이 들게 한다. 닮고 싶지만 역부족을 느낀다. 그저 따라간다. 하나님의 카리스마는 사람을 되살린다. 내가 누구인지를 알게 된다. 자존감이 생긴다. 살고 싶어진다.

김동수 교수님은 학생이 학생임을 알게 하신다. 공부를 하고 싶게 만드시며, 연구를 하고 싶게 이끄신다. 학생이 '포텐(잠재력)'을 터뜨리게 하신다.

비법을 생각해본다. 소중함이다. 김 교수님을 뵈면 사람을 소중히 여기시는 느낌을 받는다. 사람에 대한 소중함은 강의실뿐 아니라 일상에서도 흐트러지지 않는다. 그것을 어떻게 가늠하느냐고 묻는다면 어느 누구에게도 높임말을 쓰신다는 점을 들 수 있다. 이제 사계절을 80회 맞으신다. 사람에 대한 귀함이 없다면 쉽지 않았을 것이라고 단언해본다. 하나님에게 받으신 카리스마가 없다면 할 수 없었다고 확언해본다. 내가 강의실에서 학생들을 가르치며 쉽지 않은 일을 겪을 때 김 교수님을 떠올리곤 한다. 조그맣게 혼자 불러보기도 한다. '카리스마 김!'이라고. 바로 이어지는 또 한 이름이 있다. 카리스마 백!!

‘하나님의 형상’으로 창조된 남자와 여자의 원형, 김동수·백하나 부부님!

박순경
이화여자대학교 기독교학과 교수 역임
한국여신학자협의회 초대 회장 역임
6·15 공동선언 실천을 위한 남측위 상임 고문 및
남측위 학술 본부 명예 대표 역임

김애영
한신대학교 신학과 교수
한국여신학자협의회 대표, 한국여성신학회 회장 역임

두 분이 함께 살아오신 날들이 몇 해입니까? 두 분의 돈독한 신앙과 지극한 사랑은 창조된 ‘하나님의 형상(imago Dei)’의 원형이니 태초의 창조 때부터, 즉 원시간(Urzeit, primeval time)부터 영원한 미래를 사는 사랑의 관계랍니다!

아돌프 히틀러(Adolf Hitler)에 항거하다가 처형된 디트리히 본회퍼(Dietrich Bonhoeffer)가 『창조와 타락(Schoepfung und Fall)』이라는 저서에서 처음으로 창조된 남자-여자의 사랑의 관계는 창조자 하나님 자신의 자체 내적 관계의 반영으로서, 우리가 하나님을 인식할 수 있게 하는 ‘관계의 유비(analogia relations)’라는 개념을 제창했습니다. 카를 바르트(Karl Barth)는 그 개념을 삼위일체론을 해명하는 주요 개념들에 포괄해 삼위일체론을 설파하는 데 인용했습니다. 창조자, 구원자 하나님 아버지-역사에 오신 예수 그리스도 아들-성령 안에서의 두 위격의 통일의 관계가 이루어지는 성령 ‘어머니’(박순경의 제창)의 일체성이 바로 하나님의 존재와 행위의 형상입니다. 저는 그 신적인 관계에서 우주와 역사의 사물들의 운동과 삶의 모든 공간과 시간이 기원한다고 『삼위일체 하나님과 시간』 제1권 구약편(2014)에서 제창했습니다. 김동수-백하나 두 분의 세월은 영원한 역사입니다! 축하의 말씀드립니다!

언젠가 미국에서 김동수 교수님이 간경화증으로 사경을 헤매신다는 소식을 듣고 저는 기도했습니다. "하나님, 통일의 동지를 데려가시면 안 돼요!"라고요. 얼마 후 김 교수님이 간이식수술을 받고 살아났다는 소식이 전해졌어요. 곧 저는 '백하나의 지극정성이 사람을 살렸구나' 하고 감사했습니다. 저는 두 분이 얼마나 사랑하시는지 생각해본 적이 없었는데, 즉각적으로 그렇게 확신했어요. 두 분의 사랑의 관계는 두 분에게만 한정된 이기적인 애착이 아니라 이웃, 민족, 세계 인류를 사랑할 수 있는 보편성을 함축하고 있는데, 실제로 두 분의 태도가 그렇게 보입니다. 특히 두 분의 민족 사랑과 통일 운동 노선은 사랑의 보편성에 해당합니다.

저는 1991년 봄에 미주에 거주하시는 한인 그리스도교 학자님들의 참으로 은혜로운 초청으로 미국에 가서 두 분을 처음 만났어요. 두 분은 그들과 함께 1980년대 초부터 통일 운동을 시작하신 통일 운동 원로입니다. 북측 인사 아홉 명, 남한 사람 몇 명이 초청되었는데, 저는 역사학자 이만열 교수와 함께 참석했습니다. 미주의 수많은 한인이 참석했고요, 대단히 감격적인 만남이었어요. 저는 '하나님 나라와 통일'이라는 주제로 발제를 했는데 너무 흥분해 발표를 제대로 못한 채 끝내버렸고, 사회를 보시던 백하나 교수님은 시간을 지키라는 당신의 말씀 때문에 제가 강연을 중도에 끝내버렸다고 생각해 당황해하셨습니다. 그게 아닌데……. 그런데 제가 어떻게 발표를 하든, 북측 사회과학원 주체사상연구소장 박승덕 교수와 북의 한시해 전 유엔 대사, 노철수 보좌관은 그 내용을 다 안다고 말하더라고요. 저는 사실 주체사상을 모르고 있었어요. 박승덕 교수는 이미 주체사상을 신학에 접목하려는 구상을 가지고 있었습니다. 그런데 사상이란 절대로 뛰어넘지 못할 반립·대립각을 모르며, 언제나 한없이 상호 탐색할 필요성이 있습니다. 사상이란 민족 분단의 철벽이라도 꿰뚫고 허물어버릴 수 있습니다. 그런데 어쨌든 주체사상 체계와 골격은 이미 국제적으로 퍼져 있더라고요. 그래도 신학의 주제들, 하나님-예수 그리스도-성령과 하나님 나라는 주체사상에 내포되어 있지 않기 때문

에 처음부터 저는 '제3의 길, 통일의 길'을 내세웠는데, 이 길은 북측도 모르고, 남측 교회조차 모릅니다. 남측 교회는 대체로 반공·반북의 철벽을 상정해왔습니다. 그리스도교 성서와 신학은 그러한 철벽을 가지고 있지 않습니다. 그래서 대화가 필요한데, 남측 교회는 대체로 민족 분단을 고착화하고 요지부동인 상태입니다. 오히려 북측이 대화의 가능성을 요구하고 있으니, 저는 그때 받은 불가저항적 감격의 계기를 망각하지 못하나 지금까지 주체사상과의 대화를 제대로 못하고 있으며, 후대에 맡겨두고 있어요. '제3의 길, 통일의 길'에 적합한 통일 운동과 신학도 후대에게 넘기고 있습니다.

김동수·백하나 두 분은 김동수 교수님의 아버님인 순교자 김예진 목사님과 어머님 한도신 님의 돈독한 신앙과 지극히 애국하는 형상을 닮으셨습니다. 김예진 목사님은 1919년 3월 1일 평양에서 항일 운동을 주도하시며, 평남도청 폭탄 투척에 가담해 옥살이도 하시고 상해, 만주 등 외지에서 망명 생활도 겪으셨습니다. 해방 후 남측에서 목회하시던 중 한국전쟁이 발발한 그해 8월 초에 외출하셨다가 북측 인민군에게 잡혀 모진 고문과 박해를 받다 총살된 것으로 기록되어 있습니다.

1966년에 시신도 찾지 못한 채 아버님이 국립서울현충원에 독립유공자로 안장되었다니, 김동수 부부께는 얼마나 한스러운 일입니까? 항일 독립운동가가 동포에 의해 순교하시다니요? 이와 유사한 경우가 한둘이 아닙니다. 이러한 순교는 민족 분단이라는 모순에서 일어났지요. 이 비극적인 민족 모순은 남북에서 그리스도교가 미국을 비롯한 서양의 제국주의, 자본주의적 세계 지배를 위한 팽창의 조류와 대체로 혼동되었기 때문에, 그러한 세계 조류를 모르는 남북의 그리스도교인들은 어쩔 수 없이 서양 침략 세력의 세계 팽창주의와 그리스도교 신앙을 구별하지 못한 상황에서 그러한 자가당착의 그리스도교 순교 사태가 벌어진 것이며, 남쪽 교회들은 반공·반북이라는 민족적 모순에 빠져 지금까지 그러한 비극적 모순을 대체로 극복하지 못하고 있습니다. 특히 6·25 전쟁 이후 미국을 그리스도교의 종주국처럼 여겨 종미주의 굴레를 벗어나지 못하고, 민족 분단을 뛰어넘지 못하며, 북한 붕괴의 환상에서 벗어나지 못하고 있습니다. 저 북한 인민군은 그러한 그리스도교와 제국주의·자본주의가 혼동된 세계 상황에서 김예진 목사님을 반동분자로 여겨 경솔하게 총살했다고 추정됩니다. 이 문제도 남북이 통일되어 서로 마주 보고 토론하며 역사를 올바르게 정립해야 할 것입니다.

어쨌든 김동수 교수님에게는 그러한 남측 교회의 반북 의식은 흔적도 찾아볼 수 없으며 김동수·백하나 두 분이 북부의 조국과 평양을 무지 사랑하니, 그것이 애국·애족하는 신앙의 제3의 길과 유사한 무엇이 아니겠습니까? "삶은 나라를 위해서, 생명은 예수 그리스도에게 바쳐진 것"이라는 김예진·한도신 부부의 애국·애족 정신이 그대로 아들 부부에게 전수되었습니다. 살아 계셨더라면 저 선친 부부는 민족 통일 운동에 열렬히 헌신하셨으리라!

미국 대학들에는 정년퇴직이 없지만, 김동수 부부는 퇴직하고 여생을 북부 조국에서 봉사하겠다며 북한을 두 번(?)인가 방문하시어 협의한 적이 있어요. 그 이야기를 들었을 때만 해도 저는 김예진 목사님의 순교 사실을 모르고 있었는데, 알고 보니 김동수 부부의 애국·애족하는 마음이 참으로 원수를 사랑하는 애국·애족 통일의 제3의 길이라고 생각하게 되었습니다.

제3의 길도 군사·정치와 세계경제 문제를 도외시하는 공상의 길이 아닙니다. 현재의 첨예화된 문제로서 핵전쟁의 가능성과 북한의 붕괴를 획책하며 이 모두를 가상적으로 함축한 상황을 상정해 정기적으로 실시해온 한미연합훈련을 계속하는 가운데 남측 정부가 북핵 폐기와 유엔의 제재를 주장한다는 것은 북에 씨도 먹히지 않을 획책일 따름입니다. 우리 국토 전체를 미국의 핵 보호하에 두고, 북의 비핵화를 주장한다는 것은 천 년이 지나도 공염불에 머물 뿐입니다. 합법적인 평화의 길, 조선·중국·미국의(남을 포함한) 정전협정에 명시된 '평화협정'의 길이 있는데, 한미는 왜 이 길을 피해가려고 합니까? 그 의도가 무엇인지 일반적으로 사람들이 말하고 있지 않습니까? 한미연합훈련 폐지와 평화협정 체결 없이 통일의 길은 열리지 않습니다. 북핵 문제 해결은 선평화협정 체결과 통일로 이어져, 세계의 핵 폐기와 결부해 논의되어야 하리라. 우리 민족의 통일은 정의롭고 평화로운 동

사제 간인 박순경 교수와 김애영 교수
오랜 동지적 사랑과 협력이 흐르는 세월에 녹아 있다.

북아·아시아·세계의 혁명적인 새 질서 도래의 초석이 될 것입니다. 바로 세계의 비핵화가 그 선결 조건이리라.

김동수 부부는 한국에서 보수적 그리스도교인들과도 아주 가까이 지내시는 것으로 알고 있는데, 진보 단체에도 깊은 관심과 애정 어린 마음을 가지고 물질적으로 돕고 싶어 하셨습니다. 그렇게 보수적인 남측 교회들과 북부의 조국 조선민주주의인민공화국 사이에 화해의 길을 열어주세요.

두 분이 한국에서 생활하시는 시간이 많은데도 자주 만나 이야기 나눌 시간은 충분하지 않았지만, 두 분과 가까이 만나는 즐겁고 은혜로운 시간들을 하나님께 감사드리며, 우리는 계속 행복해합니다!

'하나님의 형상(imago Dei)'

하나님이 자기 형상 곧 하나님의 형상대로 사람을 창조하시되 남자와 여자를 창조하시고……(창세기, 1 : 27).

원초 박순경과 도경 김애영 드림

80에 저승에서 데리러 오거든 이래도 아직은 쓸모가 있다고 여쭈어라

박종삼
숭실대학교 명예교수
월드비전 회장 역임
한국글로벌사회봉사연구소 소장

인생의 여정에서 가까운 벗의 '산수(傘壽, 80세)'를 축하하는 글을 쓸 수 있다는 것은 큰 축복이라고 생각한다. 나도 두 해 전 '산수'를 보내며 많은 친지에게서 축하를 받았는데, 이제 내가 김동수 교수의 '산수'를 함께 축하하게 되어 매우 기쁘다. 김 교수와 나는 매우 유사한 인생의 각본과 동일한 역사의 무대 위에서 각자의 인생을 연출해왔다고 본다. 북한에서 태어났고 일제의 식민 통치, 남북한 분단과 북한 공산주의의 체험, 한국동란, 남한으로의 피난, 미국에서의 교육과 활동 등 동일한 역사의 여정을 겪어왔다. 또한 기독교 신앙과 사회복지 전공이라는 동일한 노선에서 우리는 노년기에 서로를 이해해가는 데 어려움이 없었다. 현재 우리는 조국의 평화적 통일과 한국 교회의 사회적 책무성을 확장시키기 위해 함께 노력하는 동지로 그리고 만년의 벗으로 남은 여정을 함께 걸어가고 있다.

우리가 태어나 성장해온 시대에 한국인의 수명은 '예순 살' 정도라고 생각했다. 인생의 한 주기인 60년을 살면 당시의 사람들은 오래 살았다고 믿었다. 나도 한국동란 중 생사의 피난 기로에서 "하나님, 내가 60세까지는 살아가게 해주십시오"라고 기도한 기억이 떠오른다. 오늘날 우리는 '고령사회', '고령화사회' 그리고 '초고

령사회'라는 '인간 100세 시대'를 내다보고 있지만, 우리가 겪어온 인생 항로에서 예순 살을 초과해 산다는 것은 '인생의 큰 축복'으로 간주되었다.

동서고금을 막론하고 '불로장생(不老長生)'의 욕망은 삶에서 불가피한 '사망(死亡)'을 피하거나 지연시키려는 욕망이 함께해왔다. 중국을 비롯한 동양의 현인들은 '저승사자'와의 대면을 지연시키려는 노력의 하나로 "스스로 가겠다고 여쭈어라"라는 흥미로운 문구를 우리에게 들려주고 있다.

육십(회갑)에 저승에서 데리러 오거든 지금 안 계신다고 여쭈어라.

칠십(고희)에 저승에서 데리러 오거든 아직은 이르다고 여쭈어라.

팔십(산수)에 저승에서 데리러 오거든 이래도 아직은 쓸모가 있다고 여쭈어라.

구십(졸수)에 저승에서 데리러 오거든 서둘지 않아도 된다고 여쭈어라.

100세 시대를 살아가는 김동수 교수의 대답은 "이래도 쓸모가 있다고 여쭈어라"가 아니라 "지금부터 본격적으로 하나님 나라를 이 땅에 세우는 계획을 세워 실천해나가야 한다고 여쭈어라"다. 그래서 "구십구(백수)에 저승에서 데리러 오거든 때를 보아 스스로 가겠다고 여쭈어라"라고 김동수 교수께서 답변하길 바란다.

본격적으로 김동수 교수를 알게 된 것은, 내가 1973년 여름 광주소년원에서 퇴원하는 무의탁 비행 청소년들의 정착을 돕기 위해 광주 근교 시골에 '광주보이스타운(Kwangju Boys Town)'을 창설하려고 애쓰던 때였다. 농촌의 흙탕길을 헤치며 까만 고급 승용차가 다가왔다. 숭전대학교(숭실대학교)의 고범서 총장님께서 사회사업과의 교수직을 맡아달라고 내게 말씀하시기 위해 직접 시골로 내려오신 것이다. 갈 수 없다는 나를 설득하기 위해 '사회사업학과' 교수진을 한국 최고로 만들겠다고 다짐하면서, 조만간 "미국에서 김동수 교수 부부"도 올 것이고 나도 교수진에 동참해야 한다고 설득했다. 그 후 미국과 한국에서 개최된 국제회의에서 직접 대면한 뒤로 뜻을 같이하는 '동지'로 시작해 지금은 가까운 '벗'으로서 서로를 아껴주며 축복받은 관계를 즐기고 있다.

김동수 교수는 미국 대학에서 오랫동안 미국과 여러 나라의 학생들을 교육해 전문 사회사업가로 배출해오다가 은퇴 후 한국 대학에 초빙교수로 와서 여러 대학에서 조국의 후배를 양성해왔다. 그리고 조국의 평화통일을 실현하기 위해 노력해오고 있다. 김동수 교수가 소용돌이치는 한국 근대사의 무대에서 최선을 다해 민족의식을 갖고 불사조와 같이 꿋꿋이 살아가는 모습을 옆에서 지켜보며, 그에 대한 존경심은 날로 커져갔다. 이제는 미국에서 말년의 휴식을 누리며 살아갈 법도 한데, 그의 남은 인생을 조국의 통일과 평화를 위해 그리고 한국의 젊은 일꾼을 배양하기 위해 한국에 머물며 일하고 계신다. 이 세대에 참으로 귀한 한국의 지도자라고 생각한다.

하나님 나라를 이 땅에 확장하는 '미션(mission)'에서 김동수 교수의 신앙, 지혜, 지식, 경험, 헌신이 차지하는 비중을 감안하면 하나님 나라와 이 나라에서 "이래도 아직은 쓸모가 있다고 여쭈어라"라고 내가 '저승사자'에게 알리고 싶다. 이 책에 담긴 그의 '인생 여정'을 통해 하나님께서 우리 모두에게 어떤 축복을 내리셨는지 알게 되리라 기대한다. 김동수 교수님 내외는 나의 현재의 삶에 '큰 축복'이 되고 있다.

산수 팔순을 맞이해 하나님 나라와 우리 조국 땅에서 하나님과 민족의 '청지기'로서 마지막 '성업(聖業)'을 이룩해나가길 바란다. 김동수 교수의 남은 인생 여정이 나의 남은 인생 여정과 함께할 수 있기를 하나님께 기도한다.

감사 또 감사

백하나(숙자)

남편의 팔순 생일을 생각하면 감회가 깊으며 감사가 폭발한다. 하나님께서 '20년의 더 가짐 삶'을 주신 것이 감사하고 열심히 살아온 남편에게 감사한다. 늘 기도와 물심양면으로 뒷받침해준 딸들과 형제들, 친척들에게 감사한다. 하나님께서는 우리의 생각을 넘어 부족한 우리를 신비롭게 인도해주셨다. 그 많은 어려움 가운데서 붙들어 주시고, 젊어서 품었던 여러 가지 소원을 십 년 전 노년기에 들어 한국에 오면서 모두 다 이루게 해주셨다. 자비롭게 인도하심에 하나님께 영광을 돌리고, 한없는 사랑과 은혜를 베풀어주심에 깊은 감사를 드린다.

남편은 1980년대 중반부터 간경화 때문에 점진적으로 극심한 고통에 시달렸다. 나는 열심히 기도하며 그를 살리기 위해 나의 모든 것을 바쳐 간호했다. 남편은 학자로서 가장 중요한 시기에 투병 생활로 쓰던 책, 하던 연구를 끝내지 못하는 것을 아쉬워했다. 1996년 초 딸들의 간곡한 권유에 십여 년의 간경화로 쇠퇴해가는 아빠가 드디어 '선량한 오만'을 내리고, 간이식수술을 할 수 있게 준비 검사를 마친 후 전미 간이식 대기자 명단에 이름을 올렸다. 그때는 살아 있는 기증자의 간을 이식하는 기술이 없어 대기자들은 사망자의 기증을 끝없이 기다려야 했다. 그해 가을 10월 15일 죽음의 문 바로 앞에서 기적을 체험하게 되었다. 한 낯선 여인

의 뜻하지 않은 죽음으로, 죽음의 문턱에서 신음하던 남편이 이식수술을 받아 생환했다. 그때 우리에게 밀려온 감격은 무어라 표현하기 어렵다. 우리 미래의 삶이 어떻게 펼쳐질지 모르지만, 죽음에서 부활시키신 하나님께 감사하며 온전히 주를 위해 살겠다고 서원했다. 주님께서 어디서든 무엇이든 하라면 순종하리라 생각했다. 북한 선교나 특별한 봉사활동을 생각하며 기도했다.

2002년 여름 어느 날, 한국의 한 낯선 교수님의 방문을 받았다. 포항 한동대학교의 교목 오규훈 박사님이 버지니아비치에 있는 우리 집에 찾아와 상담심리·사회복지학부를 신설하는 데 도와달라고 부탁했다. 그 당시 우리는 한동대학교에 대해 전혀 모르고 있었지만, 우리가 기도하고 있던 하나님의 인도하심이라고 생각했다. 사실 1960년대 미국으로 유학을 갈 때는 학위를 끝내고 한국에 돌아와 봉사하리라는 마음이 저 밑에 깔려 있었으며, 언젠가는 그런 기회가 있기를 소원하던 우리였다. 2003년 봄 학기에 남편이 홀로 한국으로 들어가 한동대학교에서 열심히 가르치며 밤낮을 가리지 않고 혼신을 다해 학부를 설립했다. 한동대학교 김

영길 총장님은 신앙적 열정과 멋진 꿈을 가진 분이어서 그에게서 많은 감동을 받았다. 여름방학에 미국으로 돌아오자 발병해 검사를 하니 1998년에 2차 보완 수술을 한 담관과 내장을 연결해놓은 것이 막혔음을 발견했다. 몸 밖에서 긴 관(플라스틱 튜브)을 넣어 담즙이 통과하도록 했는데 몇 달이면 뚫릴 줄 알았지만, 그렇지 않았다. 감염 위험이 있어 3개월마다 관을 갈아야 했기 때문에 한동대학교로 돌아가는 것을 포기할 수밖에 없었다.

2005년은 우리가 같이 봉직하던 노픽 주립대학의 교수직을 은퇴하고 한국에 와서 가르치고 싶어 할 때였다. 우연히 횃불트리니티신학대학원대학교의 이정숙 교수님(당시 학장)과 연락이 닿아 그분의 초청으로 2006년에 한국으로 함께 들어와 학생들을 가르치게 되었다. 2년 동안 그 학교 교수님들과 학생들에게 많은 사랑을 받으며, 한국 문화에 새로이 적응했다. 그 학교는 고 하용조 목사님(전 총장)의 위대한 비전에 따라 해외 선교를 위한 독립 교회의 국제 선교 교육의 새 길을 개척하고 있었다. 그런 중에도 남편은 정기적으로 담관을 시술해야 해서 방학마다 미국으로 들어가야 했다. 십 년 동안 남편의 몸 밖으로 나온 관이 감염되지 않도록 관리한 나의 수고도 적지 않았지만, 그 불편함을 잘 참아온 남편에게 감사한다.

한편 숭실대학교 사회복지대학원에 강의를 나가곤 했는데, 이효계 총장님과 정무성 대학원장님의 초청으로 2008년 숭실대학교 사회복지대학원에 전임으로 가게 되었다. 그의 강좌는 인기가 많아 첫날 수강 신청이 마감되는 경우가 많았는데 몇몇 학생들이 꼭 들어야겠다고 특별히 간청을 하기도 했다. 화요일 밤 10시마다 모이는 그 대학원의 '신우회' 예배는 우리에게 빼놓을 수 없는 하나님의 축복이었다. 신우회 회원들과의 교제는 한국에 와서 얻은 가장 귀한 보물이다. 평생 소원하던 대로 사회복지대학원에 아버님을 기념하는 '김예진목사장학기금'을 설치해 신학과 사회사업을 하는 학생들을 도왔다. 또한 동문회 장학재단의 '어너 클럽(Honor Club)' 회원이 되어 돕기도 했다. 국제사회복지 과목을 가르치며 교과서가 없어 고생했는데, 정무성 교수님과 정진옥 박사와 함께 『국제사회복지』(2013)를 출판해 또 하나의 소원을 성취시켜주심에 감사한다.

남편은 이외에도 다른 소원 하나가 있었다. 외국에 오래 살면서도 우리글로 창작 문학을 공부하고 싶어 했다. 그래서 한국에 갔다 올 때마다 시 쓰는 법, 소설 쓰는 법 등의 책을 사오곤 했다. 다른 사람들보다 문장력이 있었다. 여러 모임에서 성명서를 낼 때면 늘 지명되어 문서를 작성하곤 했다. 한국에 들어와 조병옥 선생님의 권유로 한국산문작가협회 교실에 나가 임헌영 선생님의 가르침을 즐겼다. 그래서 수필가와 시인으로 등단했다. 수필집 『귀하고 아름답고 신비한 공짜』(2012)를 냈고, 아플 때 피를 토해내던 시들을 모아 황경원 선생님의 도움으로 시집 『오늘의 이별은』(2013)을 출판했다. 이번에는 그동안 써놓았던 글 몇 개를 추려 회고록을 내기로 했다. 이 또한 감사할 일이다.

아버님이 독립유공자로 추대되고 어머님이 건국공로훈장과 더불어 연금을 받으시다가 1986년에 돌아가시자, 형제들은 그 돈을 개인적으로 쓰기보다 아버님의 뜻을 기려 장학금으로 사용하기로 결정했다. 그 당시 법은 장남에게 연금이 상속되었지만, 나중에 자녀들이 합의해 결정하도록 법이 바뀌자 연금 수입에 우리의 헌금을 합쳐 2010년부터 김예진목사기념사업회라는 법인 단체를 조직해 활동해 오고 있다. 그 단체를 통해 아버님에 대한 연구로 석사 논문을 쓰신 이민성 목사님

이 『김예진: 그의 생애와 사상』(2010)을 출판했고, 오연호 박사와 같이 정리했던 어머니의 책 『꿈갓흔 옛날 피 압흔 니야기』(1996)를 『나라사랑의 가시밭길에』(2010)로 재출간했다. 또한 국내외 여러 선교 단체와 민족 운동 기관을 도왔다. 계속 뜻있는 작은 사업들을 지원하며 기념사업회의 목적을 서서히 확장해나가고 있다. 한국으로 들어오지 않았다면 이루기 어려웠던 일이라고 생각된다. 이 또한 감사한 일이다.

많은 사람이 남편을 외유내강하다고 한다. 그는 부드러운 사람이다. 여성적인 면이 많다. 잘 웃고 잘 웃긴다. 늘 자유롭고 때로는 위태하리만큼 열려 있다. 그래서인지 여자들이 좋아한다. 낙천적이고 낭만적인 성격에다 창의력과 집중력은 어린이와 같아 신선한 생각이 시냇물처럼 흘러나온다. 키가 작은 만큼 겸허하고 어수룩해 보인다. 그러나 내면적 통찰력과 비판의식은 비범하다. 어떤 상황에서는 결단력과 실천성이 대단하다. 때로는 어두운 구름 속의 섬광처럼 특별한 지혜의 빛이 번쩍인다. 그렇다고 자기 자랑이나 말을 많이 하지 않고 스스로 자신을 낮춘다. 남을 내세워 높이고 스스로 기뻐한다. 내면적으로는 의지가 강하며 높은 가치를 위해 철저히 헌신한다. 어떤 친구는 남편을 '작은 거인'이라 했다.

아내로서, 동지로서, 평생의 반려자로서 나는 남편의 모든 약점과 부족한 점을 누구보다도 잘 알고 있다. 나의 속을 썩인 일도 많았다. 그러나 그가 정말 미워서 싸워본 적은 없다. 어쩌다 내가 말을 좀 거칠게 하면 "그렇게 말하지 말고 이왕이면 이렇게 말하면 어떠냐?"라고 다시 부드럽게 타이른다. 철없을 정도의 선의와 순진성에 감동하게 마련이다. 그러니 싸울 수가 없다. 본인이 원하는 것이 있으면 말하기 전에 미리 다 조사해 나를 찬찬히 설득한다. 설득될 때까지 기다린다. 그는 평생 예수 사랑, 나라 사랑에 혼신의 힘을 쏟았다. 1972년 유신 독재 이후 한국의 민주화를 위해 일할 것을 호소하는 글을 쓰기 시작하면서 민주화, 통일, 인권, 평화

를 위해 마음과 시간을 계속 바쳤다. 그 과정에서 많은 오해를 받으면서도 꿋꿋이 신념을 지켜왔다. '예수 잘 믿는 평범한 여성'인 나를 의식화하고 동지로 만들었다. 처녀 때의 꿈을 자기 때문에 이루지 못하면 안 된다고, 오히려 안주하고 있던 나를 떠밀어 박사 공부를 하도록 지원했으며, 교수직을 얻도록 격려해주었다. 나는 그를 사랑할 뿐 아니라 존경한다.

여덟 시간의 이식수술을 하고 깨어나 그가 무의식적으로 처음 뱉은 말을 하루 종일 되풀이했다.

"Victory! Glory to God! God loves me most!(승리! 하나님께 영광을! 하나님이 나를 가장 사랑하신다!)"

참으로 하나님이 그를 가장 사랑하시는가 보다. 젊어서의 많은 열정을 그대로 묻고 가는가 싶었는데, 죽음의 암흑에서 끌어올리시어 모두 다 꽃을 피우며 이루게 하셨으니 하나님께 영광과 감사를 드린다.

아내 하나

2016년 2월

믿거나 말거나

안중식
미국 롱아일랜드한인교회 은퇴 목사
북미기독학자회 회장 역임
현 임상목회교육 슈퍼바이저

김동수는 1961년에 미국 펜실베이니아 주 서남쪽에 있는 피츠버그 신학교에 유학을 왔다. 1964년 그가 신학교에 재학할 당시 한국에서 한 여성이 유학생으로 왔다. 23살의 갓 피어난 백합 같은 처녀가 나타난 것이다. 당시 외로움에 멍든 김동수는 각기 강의 시간과 기숙사로 가야 하는 늦은 밤 시간 외에는 그녀와 늘 붙어 다녔다. 수상한 관계였다. 알고 보니 김동수는 몰래 이 여학생에게 2년간 사랑의 편지를 보내 그녀의 혼을 이미 빼놓은 상태였다. 그리고 직접 만나 1년간 세뇌공작을 해 이미 혼마저 하나가 되어가고 있었다. 결국 그 둘은 한 몸이 되고 나중에 두 딸이 태어났다.

그즈음에 북미에서 유학 중인 대학원생, 신학생, 교수와 목사가 그 신학교에서 첫 모임을 가졌다. 이승만 목사와 손명걸 목사의 주선으로 뜻있는 기독자들 상호간의 친목과 유대를 위해 모이게 된 것이다. 당시만 해도 한인 학생들 간의 조직화된 모임이 없었다. 이 모임은 매년 계속되고 점점 발전해 유명한 '북미기독학자회'가 되었다. 해마다 연차대회를 통해 이민 교회의 사명과 신학은 물론, 한반도의 민주화와 통일, 분단 시대의 이산가족 문제에 이르기까지 전문 분야 교수들의 논문 발표와 구체적 방안에 대한 토의로 각 분야에 크게 기여했다.

특히 1990년대 와서 이 단체는 북한의 교수들과 남한·해외에 있는 기독학자들이 연차대회를 통해 한자리에 모이는 계기를 만들었다. 조국의 통일 문제, 특히 이념의 문제를 뛰어넘기 위해 '기독교와 주체사상'의 대화에 주력한 일은 우리 민족 통일 운동 역사에서 빼놓을 수 없다. 나는 이 단체의 2대에 걸친 회장(1988~1992)으로, 이러한 민족 통일 운동에 최선을 다했다. 김동수와 그 짝은 처음부터 이 모임에 공헌했다.

피츠버그 신학교에서 신학을 마친 김동수는 부친의 뒤를 따라 목회자가 되기를 기대했으나, '목사 낙제생'이 되었는지 사회사업 분야에서 한국 전쟁고아들의 입양 문제에 관한 논문으로 박사 학위를 받았다. 아내 백숙자도 종교교육을 전공했으나, 남편과 같은 분야에 빠지고 말았다. 그래서 나중에 사회사업 분야에서 석·박사 학위를 받게 된 것이다. 유학생이면 누구나 바라는 일이지만, 부부 중 하나가 학위를 끝내기도 쉽지 않다. 그런데 부부가 같이 최고 학위를 취득하며 같은 캠퍼스에서 부부 교수로 살기란 무척 어려운 일이다. 그러나 이 두 사람은 진정한 친구, 동지, 애인이 되어 서로를 돕고 돌보아 주었다. 아니, 한 몸, 한마음, 한 영혼처럼 되었다. 숙자는 이름마저 '하나(Hannah)'로 바꾸었다. 김동수에게 백하나는 백번 살아도 하늘이 보내준 나의 사랑이 되었다. 백하나는 맑고 완숙한 '삼십 대의 사랑'으로 김동수 디엔에이(DNA)에 영원히 각인되어버렸다.

많은 학생과 교포 사회에서 선망의 대상이 되어가며 이 두 연인은 미국 버지니아 동남쪽의 아름다운 해변가 버지니아비치에서 깨소금 볶는 냄새를 피우고 있었다. 그러던 1996년 어느 날 염라대왕이 보낸 저승사자가 와서 이런 전갈을 전했다.

"당신 부부가 원앙새도 울고 갈 만큼 너무 금실이 좋아 염라대왕께서 질투가 나서 그저 두고 볼 수만 없다며 빨리 데려오라고 호출하니 가야 하겠소."

물론 그동안 간경화로 고생했고 치료 방법이 별로 없어 오래 고심은 했으나 이렇게 인생의 아름다움을 끝내야 한다고는 생각하지 못했다. 물론 그동안 고생해서 얻은 학위도 아쉽고, 자식들도 염려되며, 막상 모든 것을 끊어야 한다고 생각하니 괴로운 일이었다. '내가 사회사업으로 길을 바꾸지 말고 아버지의 뒤를 따라 목회

를 할 걸!' 하는 생각도 했을지 모를 일이다. 그러나 김 교수에게 가장 힘든 것은 삼십 대의 여인과 맺은 사랑이었다. 그래서 저승사자에게 이렇게 전했다.

"나야 지금 60년간 인생을 살았으니 가도 그만 와도 그만이지만, 나에게 사랑을 바친 삼십 대의 청춘에게 실망을 줄 수가 없어 지금은 못 간다고 여쭤라."

그리고 얼마의 시간이 흘러갔다. 그러나 그 시간은 너무나 길고 외로운 고통의 시간이었다. 사람들의 우울증이나 생애에 대한 좌절, 심리적 허무감 등은 일반적으로 노년층에 더 많이, 또는 더 심하게 나타나는 법이다. 김 교수의 경우는 상실의 고통이었을 것이다. 그의 간 기능이 그의 삶을 더는 보장하지 못하는 한계에 부닥치고, 그가 모든 것과의 단절 앞에 서야 하는 실존적 문제였다. 영원한 삼십 대의 사랑하는 여인은 자신의 간을 사랑하는 사람에게 빼주고 싶었다. 그러나 그때 미국의 어떤 명의도, 병원도 그녀의 소원을 이루어줄 기술이 없었다. 두 생명을 다 살릴 길이 없었던 것이다.

그런데 이때 놀라운 사건이 일어났다. 하나처럼 아름다운 천사가 하나에게 나타나 속삭였다.

"사랑에는 모든 것이 가능하다. 너의 소원이 그대로 이루어지리라."

죽어가는 삼십 대 여인의 뜨거운 사랑에서 간장을 건져내어 죽어가는 김 교수 몸속에 집어넣었다. 하나가 놀라 깨어보니 꿈같은 현실이었다. 김 교수도 꿈처럼 깨어났다. 참으로 기이한 사랑의 환상곡(fantasia)이었다. 그 전날 새벽에 한 여인이 천사처럼 하늘나라로 떠났다. 경찰과 미디어에서는 치명적 교통사고라 했다. 베벌리 길먼(Mrs. Beverly Gillman)은 당시 31세의 백인 가톨릭 신자로 두 자녀(4세, 6세)의 착한 엄마였다. 그러나 김 교수에게는 생명을 선사한 사랑의 천사임이 틀림없다. 그 넓은 미국 대지에서 놀랍게도 김 교수가 사는 버지니아비치에서, 그것도 바로 김 교수가 나가는 교회 근처 십자로에서 일어난 사건이었다.

이 기적 같은 사실로 김 교수는 삼십 대 여인을 24시간 품고 살게 된 것이다. 놀라운 것은 육십 대에서 팔십 대에 이르는 동안 김 교수는 회춘해 원기가 왕성해지고 그 활동 무대가 세계로 넓어졌다. 또한 김 교수의 머리는 점점 검어지고, 주변에 모여드는 여성의 수도 헤아릴 수가 없다. 희생적 사랑과 그 사랑이 연출하는 놀라운 기적을 보여주고 싶은 그의 성(聖)스러운 욕망은 성(性)적 욕망처럼 매력적이다. 그는 팔순을 넘겼지만 삼십 대 여인의 애인처럼 착각하며 살아간다. 반면에 백 교수의 머리에는 완전히 흰서리가 내렸다. 그런데 그 흰서리 밑에는 백합 같은 미소가 있다. 귀한 모든 것을 바치고 난 뒤 피어오르는 영원한 기쁨이 엿보인다. 나는 그 기쁨 속에, 삼십 대 여인의 희생을 통한 빛나는 사랑을 본다.

이상의 모든 정보는 긴 세월 동안 내가 친히 수집한 것이며 신뢰도 ±95% 이상임을 말해둔다. 이 모든 것은 꿈같은 사실이다. 나는 절대로 거짓말을 하지 않는다. 믿거나 말거나.

믿음, 사랑, 낙관을 배우다

오연호
박사, 오마이뉴스 대표

제가 김동수 교수님을 처음 뵌 것은 1995년 버지니아비치에서였습니다. 저는 그때 서른두 살의 《월간 말》 기자였는데, 세계를 쥐락펴락하고 있던 미국의 실체를 취재하기 위해 '워싱턴 특파원'으로 와 있던 때였습니다. 저는 미국에 온 김에 저널리즘 석사과정을 공부해야겠다고 작심했는데, 마침 저의 형편없는 영어 실력에도 불구하고 학생으로 받아준 학교가 버지니아비치에 있는 리젠트 대학(Regent University)이었습니다.

그래서 워싱턴 인근에 머물고 있던 저는 식구를 데리고 버지니아비치로 내려가야 했습니다. 당시 우리 식구는 저와 아내, 그리고 세 살짜리 딸 은별이었습니다. 미국에 온 지 몇 달 되지 않았기 때문에 모든 것이 낯설었던 우리 식구에게, 워싱턴 인근에서 다시 버지니아비치로 내려가는 일은 처음 미국에 올 때처럼 불안하고 막막하기만 했습니다. 그래서 저는 워싱턴 수도장로교회에서 알게 된 교포 이재수 씨에게 물어봤습니다.

"버지니아비치에 가면 우리가 믿고 의지할 만한 한국 분이 계실까요?"

이재수 씨는 단박에 답을 주었습니다.

"그럼요, 통일 운동을 오래 해오신 아주 존경받는 교수님이 계십니다, 김동수 교수님."

그 말을 듣자마자 우리 세 식구는 보따리 짐을 차에 잔뜩 싣고 버지니아비치로 향했습니다. 당시 59세였던 김동수 교수님은 사모님 백하나 교수님과 함께 우리를 마치 가족처럼 맞이해주셨습니다. 지금도 마치 어제처럼 생각납니다. 만면에 환한 웃음을 짓고 우리를 맞아주시던 김동수 교수님.

우리 식구는 정식으로 집을 얻기 전에 수일간을 교수님 댁에서 한 식구가 되어 살았습니다. 집을 얻은 후에도 명절과 휴일마다 교수님 댁에 자주 들렀습니다. 그 과정에서 아주 소중한 기회를 얻었습니다. 김동수 교수님의 어머니 한도신 여사가 남기고 간, 손으로 쓴 일기장을 보게 된 것입니다. 김동수 교수님은 한도신 여사의 회고록을 정식으로 출간하길 원하셨기에 우리 부부는 일종의 아르바이트생이 되어 그 작업에 동참하게 되었습니다.

우리 부부는 그 과정에서 큰 선물을 받았습니다. 신앙이 성장하는 계기가 되었습니다. 모태신앙도 아니고, 워싱턴에 와서야 교회를 다니기 시작해 그야말로 왕초보 신자였던 우리 부부에게 참그리스도인이었던 한도신 여사의 회고록은 많은 영향을 주었습니다. 한 여사의 남편인 김예진 목사의 일대기도 알게 되었고, 김동수 교수님의 믿음의 뿌리도 알게 되었습니다. 우리 부부는 그렇게 김동수·백하나 교수님 댁을 드나들며 한국 기독교의 과거와 현재를 어느 정도 알게 되었고, 그 과정에서 우리의 믿음도 자라나기 시작했습니다.

우리 부부가 김동수·백하나 교수님 가정과 인연을 맺으면서 첫 번째로 배운 것이 믿음이라면, 두 번째는 사랑입니다. 김·백 부부 교수님은 당시 젊은 우리 부부가 볼 때도 신기할 정도로 금실이 참 좋으셨습니다. 지금도 기억합니다. 식당 벽에 부부가 서로 주고받은 시가 액자에 걸려 있었던 것을. 저는 그 시를 찬찬히 읽으면서 '세계에 이렇게 애틋하게 사랑하는 부부가 또 존재할까' 생각했던 적이 있습니다.

두 분은 부부간의 사랑뿐 아니라 이웃에 대한 사랑이 넘쳐났습니다. 타국에서 공부하느라 힘들고 지친 유학생들을 휴일마다 불러 작은 파티를 열어주셨습니

다. 저는 그 파티에서 백하나 교수님이 준비하신 맛있는 음식을 먹고 김동수 교수님의 유머가 가득한 말씀을 들으며 유학 생활의 긴장을 풀 수 있었습니다. 1996년에 둘째 민혁이가 태어났을 때는 백하나 교수님이 마치 친정어머니처럼 산모를 돌봐주시고, 갓난아이를 목욕시켜주기도 하셨습니다. 그때 참으로 감사했기에 20년이 지난 지금도 잊히지 않습니다.

우리 부부가 김동수·백하나 교수님에게서 세 번째로 배운 것은 낙관입니다. 저는 1996년에 김동수 교수님의 간이 급격히 나빠지셔서 죽음 직전에 이른 것을 병원에서 목격했습니다. 그 과정에서 두 분 교수님이 하나님에 대한 믿음을 더욱 굳건히 하시며 모든 어려움을 이겨내는 것을 보고 감동했습니다. 그것은 참으로 믿는 자만이 가질 수 있는 낙관의 힘이었습니다.

김동수 교수님께서 벌써 팔순이 되었다니 믿기지 않습니다. 세월이 참 빠르다는 것을 느낍니다. 김 교수님을 처음 뵈었을 때 한국 나이로 세 살이던 우리 딸은 이제 스물네 살이 되었습니다. 한편으로는 참으로 감격스럽습니다. 김 교수님이 60세 때 사경을 헤매시던 것을 목격한 저로서는 지금까지 김 교수님과 백 교수님을 건강하게 지켜주신 하나님의 은혜가 얼마나 큰 것이었는지, 기적처럼 느껴집니다. 하나님, 감사합니다!

김동수 교수님, 팔순을 진심으로 축하드립니다. 백하나 교수님, 승리하셨습니다! 오연호, 유정희 우리 부부와 오은별, 오민혁 우리 네 식구는 김동수·백하나 교수님에게서 받은 믿음, 사랑, 낙관을 잘 간직하고, 이것을 이웃과 나누겠습니다. 감사합니다.

아직은 쓸 만한 김 교수님

오인동
하버드 의대 조교수, MIT 생체공학 강사 역임
세계적인 인공관절 수술 전문가, LA 인공관절연구소 원장
6·15 공동선언실천 미국위원회 공동위원장

김동수 교수님을 알게 된 것은 1990년대 중반 통일 관련 책들에서였다. 남한에서는 상상도 할 수 없던 일들이 미국과 유럽의 동포 사회에서 일어나고 있었던 것을 몰랐었다. 1980년대 초, 일단의 재미 동포 학자들과 종교인들은 민족 통일을 위해 북녘 관료들 및 학자들과 해외에서 만나 대화를 나누고 북한에도 다녀왔다. 이러한 활동에 김 교수님이 선도적인 역할을 한 것을 좀 더 알게 된 것은 2000년대 중반 로스앤젤레스에서 만나 뵈면서부터였다. 그의 표정이나 말씨에서 성실과 겸손함이 그대로 묻어났다. 책에서 본 바에 따르면 정의감에 불타는 행동가로 짐작했었다. 그런데 그는 사회복지학을 가르치는 학자에, 인간다운 글과 시를 쓰는 문학가이기도 했다.

일제강점기에도 재미 동포들이 조국의 독립을 위해 나섰던 역사를 보고 외국에 살다 보면 애국심이 더하게 된다는 말이 새삼스러웠다. 모국에서는 1980년 5·18 민주화운동에 이어 민족 통일 운동으로 발전되어가고 있었지만, 전두환 군사정권의 탄압으로 통일 활동가들이 친북 인사 빨갱이로 몰리던 시절이었다. 김 교수가 '김대중 선생 구출 국제위원회' 긴급회의에 참석차 서울에 잠시 들렀을 때도, 그는 공항에서 안기부 직원들에게 유치되어 수난을 당했었다.

이런 시국에도 재미 동포 선우학원, 김동수 교수, 김현환 목사 등이 '해외 동포 남북대화'의 필요성을 주장하며 1981년 3월 워싱턴에서 '해외 동포 민족통일 심포지엄'을 열었다. 유럽·캐나다와 미국의 강광석·송석중·최익환 교수 등과 진보 언론인 등 60명이 참석한 모임이었다. 대회가 끝나고 선우학원, 김동수와 유럽 인사가 북한과의 대화를 촉구할 것을 결정하고 북측에 통고했다. 놀랍게도 그해 11월 빈(Wien)에서 '조국 통일을 위한 북과 해외동포 간의 대화'가 나흘 동안 열렸다. 15명의 북의 관료 및 학자, 30명의 북미·유럽 해외 동포 학자와 종교인이 만나 대화하고 토론했다. 어떻게 이런 담대한 일을 해낼 수 있었는지 머리가 숙여졌다. 남한에서는 '반공법'에 위배되는 만남이 분단 36년 만에 처음으로 해외에서 이루어진 것이다. 참으로 역사적인 사건이었다.

나는 1970년에 미국으로 유학을 와서 인공고관절치환수술 전공 정형외과 의사로 일하던 중 1992년 재미한인의사회 학술교류방문단으로 처음 북에 다녀왔다. 분단의 반쪽인 북을 경험하고 현실에 눈뜨게 되었다. 마침 로스앤젤레스 민주평화통일위원으로 통일 강연과 토론회에도 참여하고, 또 동포 사회의 통일 운동가들 모임에서 올바른 역사 인식과 시대 의식을 키워가기 시작했다.

김동수 교수는 1983년 평양 인민문화궁전에서 열린 '북과 북미학자의 대화'에 여섯 명의 재미 동포 학자와 함께 참석해 많은 북녘 동포 앞에서 '평화와 통일 문제'에 대해 발표했다. 화기에 찬 토론 분위기였지만 주체사상에 대해서는 견해 차이로 마찰도 있었다고 한다. 이러한 해외 동포 학자들의 공동 저술로 북한 방문기 『분단을 뛰어넘어』가 1984년에 출간되었다. 이 기념비적 저서는 남한에서도 출판되어 북한 바로 알기 운동에 커다란 공헌을 했다.

남편의 이런 위태로운 행보를 가슴 졸이며 보아온 부인 백하나 교수도 1984년 북경에서 열린 '조국통일을 위한 북과 해외 동포 간의 대화'에 참석했다. 이 모임에 북에서는 려연구(여운형의 딸), 전금철 박사, 안병수(안경호) 박사 등 40명, 그리고 북미와 서구의 해외 동포 53명이 참석했다. 김동수 교수는 북의 안병수 박사와 공동문건 위원으로도 활약했다. 떨리는 마음으로 참석한 백 교수가 이후에 쓴 회의 참관기 「첫 경험」의 끝부분에서 빈에서의 모임에서 있었던 일화를 다음과 같이 전해주는데, 나는 이와 유별난 인연도 있다.

> 1981년 빈에서 처음 '북과 해외기독자의 대화'를 가졌을 때 서로 서먹서먹하고…… 불안하게 대하고 있었는데 누가 「정 이월 다 가고 삼월이라네」를 부르기 시작하자 모두가 합창하게 되었다는 것이다. 여러 번 함께 부르는 동안 눈물을 흘리며 서로 껴안게 되었다고 한다. 누가 우리를 이렇게 갈라놓았는가? 우리는 왜 우리 형제를 이렇게 서로 두려워하게 되었는가?
> 우리도 그때를 회상하면서 손에 손을 잡고 이 노래를 부르고 또 불렀다. 나도 모르게 눈물이 흘렀다. 나는 굳이 닦으려 하지 않았다. 우리의 길고 차가운 분단사에 진정 화해의 봄은 언제 오려나? 민족의 숨결이 입에서 입으로, 민족의 피가 손과 손에서 흘렀다. 나는 생전 처음 뜨거운 동족의식을 느꼈다. 감격이 벅찼다. 나는 나를 다시 찾은 것이다.

이 노래는 월북 작곡가 안기영의 「그리운 강남」인데 정전 이후 남한에서 금지곡이 되었다가, 민주화 바람이 불어온 1988년 말에야 해금되었다. 그동안 죽은 듯 땅속에 묻혔던 이 노래가 소리꾼 장사익에 의해 「강남 아리랑」으로 되살아나 우리 곁으로 다시 다가왔다. 2000년대 중반 장사익의 미국 순회 마지막 공연이 로스앤젤레스에서 있었다. 공연의 끝을 아쉬워하는 관중의 빗발치는 "한 곡 더!"에 답해 그가 이 노래를 선창하자 모두 일어나 함께 불렀다.

"또다시 봄이 온다네, 아리랑, 아리랑, 아라리요……."

그렇다. 아리랑 음률에 남과 북의 경계는 허물어지고, 아리랑 노랫말을 뇌이다 보면 우리의 목은 메인다. 그 밤 나는 쉬이 잠들 수 없었다. 문득 백하나 교수의 글이 떠올라 「정 이월 다 가고」를 썼다. 이 노래에 얽혀 있는 절절한 사연을 기억해 달라고 장사익 소리꾼에게 전했다. 우리는 돈독한 사이가 되었다. 그 후 이 글로 나는 임헌영 문학평론가의 추천으로 《한국산문》을 통해 수필가로 등단했다. 그런데 김 교수도 같은 해 같은 문예지에서 등단했다니 묘한 인연이 아닌가.

1998년 1월 나는 재미 동포통일연구회 'Korea-2000' 위원들과 작성한 「남북 지도자에 드리는 통일정책건의서」를 서울에서 김대중 대통령 당선자에게, 평양에서 김정일 총비서에게 전했다. 2000년 6·15 공동선언 이후 남북이 화해·협력·교류·왕래

오인동 박사와 안병수(안경호) 박사

하기 시작한 조국을 흐뭇하게 지켜보았다. 그리고 2006년 광주 6·15 선언 6주년 기념 통일대회에서는 8년 전 평양을 방문했을 때 만난 북의 최창식 보건상과 다시 만나 북의 의료 현황에 관해 이야기를 나눴다.

2008년 이명박 정권이 6·15 선언과 10·4 선언을 무력화하고 남북 교류가 단절되었으나, 나는 인공고관절과 무릎관절 치환수술과 관절기 제작을 돕기 위해 매해 평양의학대학 병원을 방문했다. 2010년 방문 때는 6·15 공동선언실천 북측위 안경호(안병수) 위원장과 평양 교외 초대소에서 만났다. 20여 년 전 해외 동포와의 대화들에서 함께했던 김동수 교수의 이야기도 했더니, 안 위원장이 반가워 안부를 물으며 조국 방문을 해주면 좋겠다고 했다. 그가 잠시 옛날을 회상하는 듯하더니 자신은 이제 팔순이라고 조용히 말했다. 그러고 보니 김 교수님은 이제 겨우 팔순이 되셨다.

김 교수는 55년, 나는 45년을 미국에서 살고 있는 재외 동포다. 우리는 둘 다 미국을 안에서 보고, 남에서 또 북에서도 보고 있다. 그렇다. 제삼자적 해외 동포가 밖에서 보는 조국의 남과 북에 대한 사고나 견해는 남북의 누구보다 객관적일 수도 있기에 나름대로 가치가 있길 바라는 마음이다. 김 선생님이 《한국산문》 2013년 10월 호에 발표한 「영어에 미친 나라」를 읽고 속이 후련했다. 그런데 강남 부자 아줌마들은 김 교수님을 반미적이라며 공격했다고 한다. 영어를 잘하거나 잘하는 척해야 사람대접을 받는 세상이라고 한다. 신문의 큰 제목들도 한글로 쓴 영어이니 이 나라는 어느 나라인가. 김 교수님은 모국어 찾기 운동까지도 이끌어주셔야 할 것 같다.

김 선배님, 사회복지학 가르치실 만큼 가르치셨습니다. 저도 환자를 치료할 만큼 했습니다. 사회복지가 만발할, 영어 실력이 뛰어나지 않아도 잘 먹고, 잘 놀며, 신나게 일하고 사람답게 사는 세상을 마련해줄 통일의 길로 남과 북이 들어서도록 우리의 마지막 열정을 보태보십시다. 모국에서 요새 「백세인생」이라는 노래가 인기 있다지요?

희한한 인연

유의찬
선교사, 코인선교재단 단장

제1화 책과의 인연

2007년 여름, 태양이 작열하는 베트남의 옛 수도 사이공. 당시 내가 소속되어 있던 선교회(GEDA Int'l) 주관으로 수련회가 열렸다. 50여 명의 선교사과 이사 및 관계자가 한 자리에 모였다. 생뚱맞은 사람들끼리 모인 자리였지만, 시간이 지나면서 한국인 특유의 정이 흐르기 시작했다. 수련회 이틀째 되는 날 김동수 박사님 내외와 한 식탁에서 식사를 함께하게 되었다. 초면이었지만 김 박사님의 재치와 유머는 나는 새까지 웃으며 비상하게 하는 것 같았다. 이런 면이 연령이나 모든 면에서 한참 후배인 내가 김 박사님을 편히 대할 수 있는 계기가 되었다. 마음이 오가면서 나는 북한을 드나들며 구호 활동을 하고 있는 선교사라고 소개했다. 그런데 김동수라는 이름이 나에게 익숙했던지라 지나는 말로 "내가 신학교 졸업할 때 「북미주 이민교회의 북한 선교 전망에 관한 연구」라는 제목으로 졸업논문을 썼습니다. 그때 주체사상과 기독교에 관한 많은 책을 참고했습니다. 거기에 '김동수'라는 교수의 글을 많이 읽고 인용도 했는데 어쩌면 이렇게 이름이 같을 수 있을까요?"라고 했다. 당시는 김 박사님의 가슴에 붙어 있는 명찰을 보고 말했을 뿐, 김 박사님에 대한 사전 지식이나 정보가 전혀 없는 상태로 처음 대면을 한 것이다. 김 박사님은 내 말이 끝나기가 무섭게 "거기에 나오는 빨간 사람, 김동수라는 사람이 바로 나요! ……" 하면서 껄껄 웃으셨다.

깜짝 놀라 머리를 숙이고 "이렇게 고귀한 분을 뜻하지 않게 만나게 되어 너무 기쁘고 영광입니다"라고 인사를 올렸다. 이때부터 김 박사님과 연관된 분들과 인연을 맺을 기회가 많아졌다. 김동수 박사님은 한국인 최초로 태국에 선교사로 파송되었던 고명하신 최찬영 박사님의 처남이고, 나의 졸업논문을 지도해주셨던 홍동근 목사는 김 박사님의 스승이었으며, 나의 큰형님 유의영 교수님과도 가까운 사이라는 것을 알게 되었다. 이후로 해마다 두세 차례씩 만나 뵈면서 북한 선교의 동역자로 섬기게 되었으며, 내 후반기 인생의 존귀한 멘토가 되어주셨다.

2015년 5월에 김 박사님 내외분과 우리 부부가 함께 북한을 방문할 기회가 있었다. 김동수 박사님은 1970년대부터 공안 당국의 엄중한 감시에도 불구하고 통일 운동의 일환으로 북한을 여러 차례 방문하셨다. 북한의 관리들은 물론 기독학자들과의 만남과 대화를 통해 북한을 세상에 알렸고, 이어 이산가족 상봉과 햇볕 정책의 물꼬를 틔우는 데 기여하신 통일 운동 인사다.

내가 김 박사님을 모시고 북한을 방문한다는 것은 참으로 영광이었으며, 내게는 큰 격려가 되었다. 거의 15년 만에 다시 북한을 방문하시는 김 박사님이셨지만, 북한 당국에서 김 박사님을 환영하고 영접하는 태도를 보며 통일 운동을 하시던 시절의 영향력이 대단했다는 것을 재삼 확인할 수 있었다. 그러나 이번 방북의 성격은 전혀 다른 차원이었다. 내가 지난 10여 년 동안 중점적으로 지원해온 사역지를 돌아보는 과정이 방북 목적이었다. 고아원(북한에서는 애육원, 육아원이라 칭한다)을 비롯해 빵 공장, 순대 공장 등을 돌아보며 통일 운동가로서 보았던 북한을 다른 차원에서 인식하시는 기회가 됐다는 방문 후기를 한국의 한 일간지에 기고하기도 하셨다.

제2화 표시판과의 인연

평양에서 중국 단동(丹東, 단둥)으로 나오는 국제 열차를 이용함으로써 모든 방북 일정을 마치고자 했다. 평양-단동 간 열차 운행 시간은 세관 수속까지 약 6시간이 걸린다. 우리 일행은 북한의 차창 밖으로 비치는 북녘의 봄 냄새를 만끽하며 단동을 향하고 있었다. 열차가 신의주에 거의 도달할 무렵, 김 박사님께서 "내가 어린 소학교 시절을 단동에서 그리 멀지 않은 봉성 또는 봉황성이라는 동네에서 자랐는데 죽기 전에 그곳을 한번 가보았으면 여한이 없는데……"라며 눈을 지그시 감으셨다. 나는 '봉성(鳳城, 펑청)'이라는 말을 듣는 순간 눈이 번쩍 뜨였다. 어디선가 많이 보았고 읽었던 표지판이 생각났다. 그렇다! 그곳이 바로 그곳일 것이다. 나는 확신하고 김 박사님께 "김 박사님! 봉성에 갈 수 있습니다. 제가 지난 10여 년 동안 북한에 물자를 지원하기 위해 여러 번 심양과 단동의 고속도로를 오갔는데 그때 봉성이라는 한자로 쓰인 표시판을 보았습니다. 오늘 단동에 도착하면 조선족 형제들에게 물어서 찾아가도록 하겠습니다." 김 박사님은 이 말을 듣고 반신반의하는 듯하셨다. 그러나 나는 확신이 섰다.

"김 박사님, 제가 김 박사님을 처음 만난 것도 우연이 아니고 하나님의 섭리였습니다. 책 속에서 먼저 김 박사님의 영혼을 만나게 된 일, 이어 베트남에서 김 박사님을 육안으로 직접 뵐 수 있었던 것처럼 이번에도 놀라운 기적이 일어날 것입니다."

단동에 도착하자 조선족 형제들에게 물었다. 대답은 참으로 명쾌했다. "봉성은 여기서 40분이면 갑니다. 제가 그곳을 잘 알고 있습니다. 오늘이라도 당장 갈 수 있습니다." 우리 일행은 이튿날 일찍이 봉성으로 향했다. 김 박사님이 차 안에서 몇 가지 유년기의 추억을 되뇌셨다. 부친 김예진 목사가 독립투사였는데 일제의 감시를 피해 평양에서 봉성으로 이주한 일, 이어 상급생들에게 몰래 한글을 가르치셨던 홍동근 목사님과 선생과 제자로서의 인연, 봉황산(鳳凰山, 펑황 산)으로 소풍 갔던 이야기 등을 읊으시는 가운데 우리 일행은 봉성 시에 도착했다. 봉성 시를 가로지르는 강은 70여 년 전과 변함없이 흐르는데, 김 박사님이 재학했던 소학교 자리는 찾을 길이 없었다. 촌로를 붙들고 백방으로 수소문했지만 아는 사람이 없었다. 강산이 일곱 번이나 변했는데 남아 있을 리가 만무했다. 애타는 마음을 달래며 봉성 기차역 앞에서 기념사진을 몇 장 찍고 우리는 봉황산으로 발길을 돌렸다. 나도 지난 10여 년간 수십 차례 이 산자락을 지나쳤지만, 막상 산 중턱에 오르니 설악산 흔들바위에 와 있는 기분이었다. 승려의 목탁 소리, 향불과 어울려 막 개화된 개나리와 철쭉이 김 박사님의 심장을 녹이는 듯했다. 산 정상까지 오르려 맘먹고 케이블카 매표구에 갔지만, 결국 달러는 죽어도 받을 수 없다는 매표원의 지나친 친절로 우리 일행은 아쉬운 마음을 떨구며 하산했다.

맺는말

금년 7월에 김 박사님의 팔순 잔치를 서울에서 치르신다고 사모님께서 알려오셨다. 김동수 박사는 부득불 두(two) 하나님을 섬기면서 살아오셨다. 무엇을 부탁하거나 요청하면 "하늘의 하나님은 허락하셨는데, 내 옆에 '하나'님이 허락을 하지 않으신다"면서 시샘할 정도로 사모님을 들먹이신다. 사모님 영어 이름이 '하나 백(Hannah Paik)'이기 때문에 어쩔 수 없다는 것이다.

그러나 김 박사님이 사모님을 섬기는 것이 아니라 사모님한테서 평생 섬김을 받아오셨다는 사실을 알게 되었다. 지난 10여 년 동안 김 박사님과 교제하며 사모님을 뵐 때마다 우리 부부가 하는 말이 있다.

"사모님이 안 계시면 김 박사님은 하루도 못 사실 것 같아요……."

김 박사님 내외분을 만나면 그분들이 누렇게 잘 익어 고개를 땅에 닿도록 숙인 벼와 같다는 생각이 든다. 온유함이 지면에 가득하다는 모세를 보는 듯한 것은 김 박사님의 백발과 하얀 눈송이 같은 수염 때문만이 아니다. 두 분은 모두 다 미국에서 최고의 학위를 받으시고, 교수로서 제자들을 많이 양성하고 배출하셨다. 그런데도 그분들과의 대화에서 박사라는 말을 한 번도 들어본 기억이 없다.

겸손과 온유함 그리고 너그러움과 섬김의 조화를 참으로 잘 이루고 계시는 김동수 박사님의 80세 생신을 진심으로 축하드린다. 이렇게 존귀하신 김동수 박사님 내외분과 희한한 인연을 맺도록 섭리하신 하나님께 찬양과 영광을 돌리는 바이다.

김동수 박사님의 산수연을 축하하며

2016년 2월 LA에서 유의찬 드림

아버지를 오늘에 되살리기 위해

이민성
동해중앙교회 담임목사, 교회사 전공(김예진 연구)

김동수 교수님이 팔순을 맞이해 회고록을 내신다는 소식을 듣고 기쁜 마음으로 이 글을 쓰게 되었습니다. 제가 연구했던 애국지사요 순교자인 김예진 목사님의 아드님인 김동수 교수님은 어쩌면 아버지를 꼭 닮은 모습이다 싶습니다.

제가 장로회신학대학교 대학원에서 신학 석사(M. Div) 과정을 졸업한 뒤 연세대학교 연합신학대학원에 진학해 한 학기가 지났을 때 당시 연합신학대학원장이시던 민경배 교수님의 호출을 받았습니다. 논문 주제를 정한 것이 없다면 애국지사요 순교자인 김예진 목사님을 연구해 졸업논문으로 제출할 생각이 없느냐고 말씀하셨습니다. 그때 아무 계획이 없던 저는 당연히 감사하며 말씀에 따랐습니다. 그것은 미국 버지니아 주 노퍽 주립대학의 교수셨던 김동수 교수님이 한국 교회사의 대가인 민경배 교수님께 아버지 연구를 의뢰해 이루어진 프로젝트였습니다. 그날 저는 김예진 목사님의 약력 한 장을 받은 것이 전부였습니다. 이듬해 김동수 교수님의 어머니 한도신 권사님의 육필 자료집을 받고부터 본격적으로 자료 수집을 시작했습니다. 4월 24일에는 지금은 돌아가신 방지일 목사님을 만나 김예진 목사님과의 추억을 들었습니다. 역시 지금은 돌아가신 홍동근 목사와 통화하고

긴 글을 받아 김예진 목사님이 만주 봉황성에서 청년 홍동근에게 영감을 주었던 시절의 이야기를 확보했습니다. 《조선일보》와 《동아일보》를 방문해 숨겨져 있던 관련 기사를 확보하고, 《게자씨》, 《신앙생활》 등의 잡지를 통해 김예진 목사님의 직간접적 글과 사건을 접했습니다. 그리고 1993년 「김예진 연구」라는 논문을 제출해 여름 학기에 졸업할 수 있었습니다. 이 모든 일은 과정마다 김동수 교수님과 통화하거나 많은 자료를 얻거나 직접 뵙기도 하는 가운데 이루어졌습니다. 이 연구는 당시로서는 획기적인 것이었기 때문에 여러 신문과 잡지에 기고되어 애국지사요 순교자이신 김예진 목사님을 소개했을 뿐 아니라, 한국 교회의 신앙의 모델인 한 인물의 역사적 기여를 널리 알릴 수 있는 계기를 마련한 의미 있는 연구였습니다.

논문이 완성되고 이를 치하하기 위해 스위스그랜드호텔로 민경배 교수님과 저희 부부를 초대하신 김동수 교수님께서는 이제 김예진 목사님의 전기를 써줄 것을 제안하셨습니다. 그때 저는 컴퓨터를 새로 사야 가능하다고 말씀을 드리고 컴퓨터를 새로 장만하기는 했는데, 그 후 오랫동안 서로 연락이 끊긴 채 시간이 지나고 말았습니다. 그동안 김동수 교수님은 간경화로 10여 년간 사경을 헤매셨고 저는 학교를 졸업한 후 만만치 않은 부목사 생활로 글을 쓰거나 전기를 집필한다는 것은 엄두도 낼 수 없었기 때문입니다.

그렇게 17년의 세월이 흐른 2010년 봄 어느 날, 한 통의 전화를 받았습니다. 김동수 교수님이셨습니다. 어느 날 CBS를 검색하다가 40일 금식 기도를 아홉 번이나 했다는 목사의 이야기가 〈새롭게 하소서〉라는 프로그램에 나온다기에 아버지이신 김예진 목사님도 금식을 많이 한 기억이 있어 보았는데, 그게 제 이야기여서

김예진 목사 순교 60주년 기념예배를 마치고
2010년 10월 16일 서울 섬김교회에서

깜짝 놀라 연락을 하게 되었다고 하셨습니다. 당시는 김동수 교수님이 노퍽 주립대학 교수직을 은퇴하시고 숭실대학교에서 강의를 하고 계시던 때였습니다. 그렇게 17년 만에 감격적인 재회를 하게 되었을 때 나는 도둑이 제 발 저린 것인지 빚진 자의 마음으로 김예진 목사님의 전기를 쓰겠습니다라고 말하고는 그동안 모았던 자료를 토대로 몇 달 만에 『김예진 목사님의 생애와 사상』(2010)이라는 책을 출판하게 되었습니다. 그리고 당시 제가 섬기던 서초동의 섬김교회에서 '김예진 목사님의 순교 60주년 기념 예배'도 드릴 수 있었습니다. 이 일로 제게는 '김예진 전문가'라는 딱지가 붙었습니다. 물론 그것은 김동수 교수님이 인정하셨기에 가능한 것이었지요.

제가 연구한 김예진 목사님이 어떤 분이냐고 물으신다면, 어쩌면 그분이 오늘 이 시대를 사셨다면 김동수 교수님과 똑같은 삶을 사셨을 분이라고 말할 수 있을 듯합니다. 돌아가신 아버지를 그렇게 존경하고 사랑하며 오늘에 되살리려 이토록 집요하게 노력하시는 그 모습이, 경건한 믿음을 그렇게 철저히 지키며 그 시대에 목숨을 다해 나라를 사랑하고 교회를 사랑하며 사람들을 섬기셨던 모습과 오버랩되기 때문일 것입니다.

지금 저는 동해를 늘 바라보며 동해중앙교회 목회자로 있는데 서해의 인천 청라에 계신 김동수 교수님은 아버지를 오늘에 되살리기 위해 여전히 애쓰시고 계십니다. 그러면서 저를 김예진 전문가로 생각하시고 챙겨주십니다. 늘 한결같으시며 유머를 잃지 않는 그 유쾌한 인간애가 아드님(김동수 교수님)이나 아버님(김예진 목사님)이 정말 같아 보여, 어쩌면 그분을 아시는 모든 가까운 분들과 친척들, 자녀들이 같은 향기를 이 세상에 내뿜고 있는 듯 보입니다.

김동수 교수님과 백하나 교수님이 여전한 모습으로 행복한 인생을 이어가시는 모습을 지켜볼 수 있어 영광이며, 두 분을 알게 된 것이 제 인생에 커다란 자랑거리임을 기억해주시기 바랍니다.

팔순을 맞는 김동수 교수님!

이부덕
오하이오 주립대학, 시카고 로욜라 대학 교수 역임
서울대학교, 이화여자대학교, 서강대학교, 한림대학교 객원교수 역임
일본 도시샤 대학, 숭실대학교 객원교수 역임
현재 한국기독사회복지학회 회장

하나님의 영원한 사랑을 누구보다도 절감하고 계시는 김 교수님은 참으로 축복된 삶을 기적과 같이 잘 누리며 생존하고 있습니다. 그리고 그 받은 사랑을 이웃과 나라와 지구촌의 평화를 위해 소중히 나누며 생을 즐기고 있습니다. 이 사실이 이번 팔순의 축제를 밝히는 아름다운 봉화가 되기를 축원하는 바입니다.

지금으로부터 43년 전인 1973년, 뉴저지 애틀랜틱시티에서 열린 미국사회복지대회장은 하나님께서 우리에게 우정의 선물을 만들어주신 의미 있는 때와 장소였습니다. 그날의 에피소드는 김 박사님이 나의 60회 기념집 『지구촌을 걷는 한 사회사업가의 이야기』(2000) 속에 「우리의 첫 만남」이라는 에세이로 재미있게 회고해주셨습니다. 그 이후로 우리는 여러 공통된 관심사와 연구 활동을 통해 서로 교감하게 되었습니다. 북미기독학자대회를 통해 조국의 평화통일에 대한 김 박사님의 깊은 신념과 학문적 노력을 엿보게 되었는데, 그는 북미주 이산가족의 고향 방문에 대한 실태 조사를 시작한 바 있습니다. 이를 근거로 저 또한 '이산가족의 한'을 1995년 「How Long Does It Take To Remedy the Wounds of Divided Korean Families?」를 위한 사례 연구를 통해 통감할 수 있게 되었습니다. 군사정권 시절

운동권 학자들은 모국 방문이 허용되지 않았지만, 북한 학자들과 통일에 대한 대화를 이어가기 위해 북미와 유럽에서 부단히 활약했습니다. 김 교수님은 뜻을 같이한 몇 분들과 함께 1983년 북한을 방문하셨는데 그때의 북한 방문기 『분단을 뛰어넘어』(1984)에서 그는 동족 간의 반목과 분단의 아픔을 극복할 수 있는 하늘의 섭리를 갈망하고 있었습니다. 문민 정부가 들어서면서 모국 여행이 자유로워진 이후, 다행히 그는 모국에 돌아와 학문과 사회봉사 활동을 통해 평화 운동에 계속 기여할 수 있게 되었습니다.

신학 석사과정을 마친 그는 목회의 길로 갈 수도 있었지만 시카고 대학에서 사회복지 분야의 박사 학위를 취득하고, 사모 백하나(숙자) 교수와 함께 30여 년간 테네시 대학와 노퍽 주립대학에서 정교수로 2005년 은퇴 시까지 사회복지학을 가르쳤습니다. 가르치는 동안 꾸준히 연구와 집필 활동은 물론 후학 양성에 주력했습니다. 1970년대 후반부터 1980년 초기에 미국사회사업교육협의회(Council on Social Work Education) 산하에 여러 소수민족 옹호 회원 조직이 결성되었는데, 이때 재미한인사회사업교육자협회(Korean American Social Work Educatiors' Association)가 태동했습니다. 그 당시에는 한국계 사회복지 교수들이 몇 명 되지 않아 대회장에서 만나기만 하면 밤은 어느새 우리의 이야기 속에서 사라지곤 했습니다. 웨스트버지니아 대학의 사회복지대학 학장으로 있던 부성례 박사가 초대 회장직을, 이어서 김 교수가 2대 회장을 역임하셨고, 그 뒤를 이어 오하이오 주립대학에서 가르치기 시작한 제가 3대 회장을 맡게 되었습니다. 그 조직이 오늘에 이르러 100명에 가까운 한인계 사회복지 교수들과 석·박사과정의 학생 회원들이 협동을 하며 전문 활동을 펼치는 귀한 마당으로 발전했습니다. 그 토대를 마련한 것은 후학들에게 남긴 우리의 선물이라 하겠습니다.

1990년 중반기는 중병으로 신음하던 김 교수님과 온 가족이 애타게 간이식을 기다리던 힘든 때였습니다. 늘 그러했지만, 생사의 기로에 선 김 박사님께는 특히 간이식수술 전후를 기해 천사와 같은 사모의 헌신적 가료가 있었습니다. 그리고 그를 위해 기도하는 믿음의 친지와 이웃이 사방에 진을 치고 있었습니다. 그러기에 하늘의 응답이 그를 오늘날까지 '십 대 청소년'의 기력과 패기를 지닐 수 있도록 지켜주신 것입니다. 이 확신은 그를 아는 사람들의 믿음 속에 지금도 자리 잡고 있습니다. 그때 그는 이 세상과 작별하리라는 '착각' 속에서 '유언'장을 시로 엮어 지인들에게 보냈었지요. 세상을 떠난 한 여인의 간을 선물로 주어 김 교수님의 생명을 부활시킨 기적은 그가 이 지구상에 계속 남아서 할 일이 아직 있음을 말해준 것입니다. 선친이 이룩하려다 순교로 남긴 '민족 해방'의 염원을 '민족 평화통일'의 새 과업으로 헌신할 수 있게 하신 것이리라. 이것이 하나님의 경륜임을 자신도 깨닫게 된 것은 참으로 감사한 일이 아닐 수 없습니다. 살아 생기를 찾은 김 박사님께 웃음을 자아내게 하는 에피소드 하나가 있습니다. 김 박사님은 "맥도날드 레스토랑을 지나려 할 때면 그곳으로 가고 싶어진다"라고 말씀하셨는데, 아마 '간의 옛 주인'이 맥(Mac) 음식을 무척 즐겼나봅니다……!"

김 교수님은 전쟁과 빈곤으로 고아가 되어 해외로 입양되어간 한국 어린이들의 적응에 대한 연구로 박사 학위를 받았습니다. 그 논문에서 시작해 한국 해외 입양의 '백서'라고 할 『국제한국입양: 정책과 실천에 대한 반세기 역사(International Korean Adoption: A Fifty-Year History of Policy and Practice)』(2006)에 이르기까지 인류적 자애를 베풀어준 입양 가족들의 보살핌과 입양 한국인들의 적응력을 통찰했습니다. 이것 또한 인간의 아픔이 있는 곳에 그의 심장도 멈추지 않고 약동해왔던 것을 보여줍니다. 이런 학문적 관심과 노력은 그가 자비의 신이신 여호와의 자녀이기 때문이라고 믿습니다. 저 또한 김 박사의 관심 영역에 파고들어 가 그 책 속에서 「미국 내 한국 입양인들의 심리사회적 세계의 재복구(Reconstruction of Psychosocial Worlds of Korean Adoptees in the U.S.: A Search for New Meaning)」라는 제목으로 그들의 모국 방문 의미가 무엇인지를 참여 체험 조사 방법을 통해 파악하려 했습니다. 이것 역시 우리가 걷고 있는 학문의 길에 연민의 디엔에이(DNA)가 함께 공학하고 있었는지 생각하게 만들었습니다.

어느덧 많은 세월이 흘러 김 교수님은 미국에서의 유학 생활과 교수 활동기를 넘어 나이가 칠십 대에 들어서면서 부인 백'하나' 교수와 함께 모국으로 돌아왔습니다. 후학 양성과 분단 조국의 평화통일을 위해 일할 수 있도록 하나님의 또 다른 축복의 기회가 그에게 주어졌습니다. 반세기가량 자신이 해외에서 닦아온 전문 지식과 삶의 지혜, 그리고 신앙적 양식을 모국과 지구촌에 환원하려는 것이지요. 다소의 환경적 제약도 없지 않았지만, 그의 초지의 결심은 계속 현실 탐지와 선교적 헌신을 균형 있게 다루며 가는 곳마다 좋은 발자취를 남겨왔습니다. 한동대학교에서 상담사회복지학부 개설에 기여하셨고, 횃불트리니티신학대학원대학교에서도 신학과 사회복지의 통합과정을 이식하려 시도했습니다. 그의 이런 노력도 복음의 실천이 소외 계층의 어려움을 경감하는 사역으로 일관되어야 한다는 그의 신앙양심에서 우러난 신념의 소산이었지요. 저도 시카고 로욜라 대학에서의 교직 생활 20여 년 동안 신학과 사회복지의 불가분리적 시각을 잃지 않고 이중학위과정 조정자 역할에서 얻은 산 경험을 그와 나누기도 했습니다.

특기할 만한 일은 그가 자신의 모교인 숭실대학교 사회복지대학원에 초빙교수로 와서 4년간(2008~2012) 봉사할 수 있었던 특전이었습니다. 학문적 기여를 후학 제자들과 한국 사회복지 교육계에 조금이나마 남길 수 있었던 일은 참으로 칠십 대의 은퇴한 노교수에게 허락된 '축복 중의 축복'이 아닐 수 없습니다. 여기서 부친 고 김예진 목사의 정체성과 소명 의식이 시공간을 초월한 통합적 변형 과정을 이룩하는 터를 닦기 시작했다고 사료됩니다. 숭실이 낳은 애국 순국선열 고 김예진 목사의 묘소가 바로 숭실 교정의 뒷산을 넘어 국립서울현충원에 안장되어 있습니다. 그의 영성적 순환성에는 애국·애족의 정신과 기독교의 가르침이, 우주적인 사랑으로 평화로워지는 정의로운 세계를 건설하려는 간절함이 자리 잡고 있습니다. 세계의 빈곤, 지역개발, 급증하는 난민, 기후변동과 재해, 아동과 여성을 포함한 소수자들의 인권, 테러의 폭행과 전쟁의 파괴성, 유엔의 사명, 세계화와 문화 간의 갈등, 평화 운동과 지구촌의 복지 등 광범한 주제를 다룬 『국제사회복지』(2013)는 교과서를 갈급했던 한국 사회복지 교육과 실천 현장에서 출판 즉시 단비와 같이 요긴하게 사용되고 있습니다.

김 교수님이 은퇴 후 숭실대학교 근처의 좁은 거처에서 인천 청라국제도시의 넓고 아름다운 아파트로 거처를 옮겼을 때 무척 행복해 보였습니다. 당시 저는 춘천 한림대학교 사회복지학과의 방문교수직 계약이 끝나기 전이었습니다. 우리의 인연이 지탱하고 있는 힘을 더 강하게 매는 하늘의 밧줄이 있었나 봅니다. 김 교수님의 후임으로 저를 숭실로 오게 한 계획되지 않은 일 또한 신기한 사건이 아닐 수 없습니다. 그로 인해 이후 3년간(2013~2016) 저도 숭실대학교 사회복지대학원 특임교수로 있으면서 서로 간에 더 깊고 넓은 이야기들이 교차로를 타고 모닥불처럼 소리 내며 타오르고 있습니다. 그는 김예진목사기념사업회를 통해 부친의 순국정신을 이어 이 시대에 도움이 필요한 사업과 기관을 찾아 작은 지원 사업을 펼치고 있으며, 저 또한 장인 고 김덕준 교수가 시작한 한국기독사회복지학회의 회장직을 맡아 운영하고 있습니다. 저는 그의 기념사업회 이사로, 그는 내가 맡고 있는 기독사회복지학회의 이사로 서로의 의지를 굳게 하고 있습니다. 모국에 돌아와 서로 위안과 격려와 결심을 나누며 하늘나라의 청지기 사역을 하도록 만든 전지전능하신 하나님께 이 기회를 빌려 감사드립니다(로마서, 8 : 35~39).

강화도 전등사에서(2016.4.21)

이제 팔순을 넘어 장수의 축복 속에 김동수 박사님을 귀한 평화의 사역자로 이 땅에 보내주신 하나님의 선하신 뜻이 분명 있을 것입니다. 21세기 문명의 위기가 고조되고 있는 이 시기에 의미 있는 삶 속에서 사랑하는 가족과 친지들, 후학들 그리고 뜻을 같이하는 동력자들의 지지를 받으며 남북의 평화적 통일과 지구촌에 정의로운 사회를 위해, 마지막까지 '용감한 다윗'처럼 귀한 청지기의 사명을 다하실 수 있기를 기원합니다(고린도후서, 13 : 11). 저의 화폭에 그의 다면적 소질과 인성적 특색을 옮긴다면 어떤 작품이 될까요? 그에게서 발견되는 문학적·예술적 재능, 지성적 통찰력, 정서적 민감성, 영성적 신념, 윤리적 비판력, 인륜적 애정, 유머러스

한 소년성, 멋진 스타일과 재치 등을 표현하려면 많은 물감을 잘 배합하면서 작품을 만들어가야 할 것 같습니다. 그리고 역사의 비밀을 풀어내는 다니엘의 지혜도 필요할 것입니다.

2016년 2월 25일
바람 세찬 시카고의 미시간 호수를 바라보면서
과반 세기 동안 변하지 않는 그리스도의 사랑 안에서
한 형제 이룬 이부덕 드림

행동하는 신앙인 김동수 박사

이삼열
한국기독교사회발전협회 이사장
유네스코한국위원회 사무총장, 숭실대학교 철학과 교수 역임
한국철학회 회장 역임

내가 김동수 박사를 처음 만난 것은 1974년 4월 11일부터 13일까지 뉴욕 시 북쪽의 스토니포인트 기독교 수양회관에서 열린 재미 기독학자회 연차대회에서였다.

나는 1968년부터 독일 괴팅겐 대학에서 철학과 사회과학을 전공하며 유학 생활 중이었고, 1973년부터는 박정희 유신 독재에 항거하며 독일에 사는 뜻이 맞는 유학생들, 간호원들, 광부들과 함께 민주화 운동을 이끌고 있었는데, 재미 기독학자회 회장이셨던 이승만 목사와 림순만 교수, 선우학원 교수 등이 나를 이 대회에 특별 강사로 초대해 참석한 것이다.

미주 각 대학과 도시에서 활동하는 교수, 목사 등 백여 명이 넘는 기독교 지성인들이 모인 이 대회에서 나는 김재준 목사님과 유기천 전 서울대학교 총장과 함께 특별 강사로 독일에서의 민주화 운동과 지식인들의 사회참여에 관해 한 시간 동안 연설했다. 마침 1974년 4월 3일에 민청학련 시위와 대거 구속 사건도 터졌기 때문에 기독학자회는 국내의 유신 독재에 대한 비판과 민주 회복의 가능성 문제를 주제로 정치, 경제, 법률, 국제 분야의 여러 학자가 사흘 동안 진지한 강연과 토론을 벌였다.

대부분 국내의 반민주 독재 체제를 비판하는 발표를 했지만, 막상 해외에서 무슨 일을 해야 할지에 대해 조심스럽고 주저하는 분위기였다. 참석자 중에는 대사관 및 정보부와 연락하는 이들도 있었고, 보수적인 목사님이나 기독학자들 가운데는 정치 행동을 해서는 안 된다고 생각하는 분들도 많았다.

국내에서는 1974년 1월 8일에 긴급조치가 발동되어 '유신헌법'을 비판만 해도 15년 징역이라는 엄벌을 내려, 박형규 목사 등 10여 명의 목사와 장준하 선생, 백기완 선생을 비롯해 여러 학생이 이미 구속된 상태였다.

나는 이미 1974년 3월 1일부터 서독의 수도 본에서 재독한인민주사회건설협의회를 결성하고, 55명의 발기인이 실명으로 서명한 선언문을 발표했으며, 한국대사관 앞까지 "박 독재 타도하고 민주사회 건설하자"라는 구호를 외치며 시위 행진을 벌여왔다.

나의 이런 보고는 재미 기독학자들에게 많은 감동을 주었고 미주에서도 조직적인 민주화 운동이 일어나야 한다는 분위기를 일으킨 것이 사실이지만, 기독학자회 명의로 어떤 강한 반독재 실천 결의문을 내기는 쉽지 않았다.

그런데 사흘째 되는 날 아침 대회장의 연단 옆 칠판에 다음과 같은 글이 분필로 쓰여 있어 참가자들을 놀라게 했다.

> 말로만 떠드는 소리들 듣기 싫다. 이젠 행동을 보고 싶다. - 예수

칠판에 쓰인 이 구호는 대회 참가자들 사이에 화제가 되었고, 이날의 토론 분위기를 바꾸는 데 한몫해서 기독학자회의 방향을 반독재·민주화 인권운동으로 틀어가는 데 영향을 주었다.

그런데 과연 누가 예수의 이름을 빙자해 이런 대자보를 썼을까 이야기가 분분했는데, 나중에 알고 보니 시카고에서 온 김동수 박사의 작품이었다. 참석자들은 이미 김동수 씨가 했을 거라 짐작하고 있었다. 나는 이때부터 김동수 씨는 말로만 하지 않고 실제로 행동하는 신앙인이라고 생각했다.

이삼열 박사(가운데)와 손덕수 박사(오른쪽)

당시 김동수 씨는 숭실대학교 철학과를 졸업하고 미국으로 건너와 신학 석사까지 마친 뒤 다시 사회사업학을 공부하며 박사 학위논문을 쓰고 있던 중이었다. 김동수 씨를 만나고 더욱 놀란 것은, 함께 온 그의 아내가 나의 서울사대부고 동창이며 기독학생반 친구였던 백숙자(지금 이름은 백하나)였기 때문이다. 고교 시절 나보다 한 해 후배였지만 매주 목요일 기독학생 예배에 참석하고, 성탄 축하 음악회 합창과 고아원 방문 등 많은 일을 같이했기 때문에 백숙자 씨는 동기, 동창보다 가까운 믿음의 동지였다. 더구나 백숙자 씨는 나의 아내 손덕수와 고교 시절부터 잘 아는 친구였으며, 이미 고교 시절 이태영 여사가 주도한 축첩 반대 시위에 참가해 장춘당 공원에서 함께 시위한 동지였다. 이런 인연으로 1974년에 처음 만난 동수 형과 금방 친구, 동지가 되었다.

스토니포인트에서 대회를 마친 후 나는 모처럼 온 미국에서 해외 민주화 운동을 조직하고 연대하는 일을 하고자 한 달 반을 머물며 워싱턴, 시카고, 샌프란시스코, 로스앤젤레스, 토론토 등지를 방문했다. 뉴욕에서는 이승만 박사, 림순만 박사, 선우학원 박사님이 독일에서처럼 민주사회건설협의회(민건회) 뉴욕 지부를 조직하시겠다고 했으며, 토론토에 왔을 때는 김재준 목사님, 문재린 목사님(문익환 목사의 부친), 이상철 목사님, 전충림, 박찬웅 씨 등 10여 명이 함께 모여 토론토 민주사회건설협의회를 결성하기도 했다.

5월 초 시카고에 들렀을 때 자연히 김동수·백숙자 씨 댁에 머물며 차현회 목사, 김상호 목사, 전헌 씨 등 시카고의 민주화 운동 관계자들을 만나기도 했다. 이곳 시카고의 유학생, 교포 사회 역시 복잡했지만, 김동수 박사가 계셔서 반독재 성명서도 냈고, 기독교인들을 중심으로 민주 수호, 인권 운동, 구속자 가족 돕기 운동들이 전개되고 있었다.

나는 특히 김동수·백숙자 씨 댁에 며칠 머무는 동안 김 박사의 모친 한도신 여사의 친절한 대접을 받으며, 많은 독립운동 시절 이야기를 들을 수 있어 좋았다. 한도신 여사는 독립운동가 김예진 목사의 부인이셨지만, 나름대로 독립운동과 여성 계몽에 헌신하신 여장부였고, 지긋한 나이인데도 혁명가의 부인 같은 기개와 신념이 철철 넘치셨다.

가족사를 듣고 보니 김동수 박사는 나와 유사한 점이 많았다. 나의 외증조할아버지가 1911년 일제의 데라우치 총독 암살 모의 사건(105인 사건)에 연루된 장관선 목사인데, 평양신학교 제2회 졸업 후 평북 철산에서 열 개의 교회를 개척한 목회자였다. 그러나 그는 교인들의 민족의식과 독립 정신을 고취했다는 이유로 7년 동안 징역을 살았고, 그 후 중국으로 망명해 광복군에 들어가 무장투쟁을 했기 때문에 우리 외가는 모두 탄압을 받았다.

나의 아버지 이성찬 목사도 만주 봉천[奉天, 펑텐: 현재의 심양(瀋陽, 선양)]에서 신학교를 마치고 무순(撫順, 푸순) 근처에서 목회하시다가 해방 후 북한이 공산화되면서 북으로 들어가지 못하고, 중국마저 공산화되자 1948년에 가족과 함께 남한으로 오게 되었다.

북한과 만주 땅에서 기독교 목사로 선교와 독립운동에 헌신한 가족사의 배경도 김 박사와 비슷했다. 나는 목사였던 부친과 신앙심이 깊었던 모친 사이에서 태어날 때부터 목사가 되어야 한다고 교육받으며 자라났다. 어머니는 내가 태중에 있을 때부터 아들을 낳으면 하나님께 바치겠다는 기도를 한나처럼 하셨고, 그래서 내 이름도 삼열(사무엘)로 지었다고 한다.

나는 고등학교를 졸업할 때까지도 목사가 되겠다는 꿈을 버리지 않았으며, 서울대학교 문리대학 철학과에 진학한 것도 후에 신학교에 입학해 목사가 되기 위한

이삼열·손덕수 부부 금혼식 기념

유네스코 총회에 한국 대표로 참가

준비 과정으로 선택한 것이었다.

그러나 대학 시절 4·19 학생혁명에 참여했고, 5·16과 6·3 사태 등을 겪으며 나의 생각은 교회 목사가 되는 것보다 사회 개혁, 남북 관계 개선 등 현실 문제에 대한 고민으로 가득 채워졌고, 결국 독일에서 유학을 하면서부터는 사회 이념 문제, 민주화와 통일 문제에 이바지하는 학자·전문가가 되겠다고 결심을 전환했다.

특히 대학 졸업 후 공군 장교로 군 복무를 마친 후에는 입학했던 장로회신학교 대학원에 복교하지 못하고 강원용 박사가 이끄는 크리스천 아카데미에 연구 간사로 취직해 교회와 사회 문제를 다루게 된 과정이, 나의 진로를 신학이 아닌 사회철학과 사회과학으로 바꾼 중요한 계기였다. 결국 신학을 포기하고 독일에서 사회철학 박사 학위를 받은 뒤 숭실대학교 철학과의 교수가 되어 귀국했으며, 일생 평신도로서 교회와 사회 문제를 고민하는 길을 걷게 되었다.

자세히는 모르지만 김동수 박사의 삶의 역정도 나의 길과 비슷하지 않았을까 짐작되며, 그래서 더욱 우정과 동지애를 넘어 한 형제 같은 느낌을 갖게 되었다. 목사의 아들로 목사가 되지 않고 평신도로, 기독교 학자로 사회 개혁이나 사회봉사, 현실 참여에 매달리는 역정이 너무나 비슷한 것 같다.

사회철학을 선택한 나, 여성 사회복지학을 전공한 나의 아내 손덕수, 그리고 사회사업 사회복지학을 선택한 김동수·백숙자 부부와는 공통점과 유사한 경험이 참으로 많아 만나면 며칠 밤을 새워 이야기해도 끝이 없고, 늘 그리워하고 연락하는 평생의 친구 부부다.

한동안 독일과 미국으로 서로 떨어져 지냈고 우리가 먼저 귀국해 국내 활동을 할 때 일시 귀국해 방문하는 두 분과 가끔 만날 수 있었기에 함께한 시간은 그리 많지 않지만, 마음의 거리는 누구보다 가깝게 느껴지는 벗이라고 생각한다.

우리 부부가 미국 노퍽에 있는 김 박사 댁을 방문해 함께 해변가 모래사장에서 놀던 추억, 게를 들통으로 잡아올리던 추억, 유미란·미옥의 산돌공부방을 돕던 일, 북한을 방문하고 와서 쓴 책『분단을 뛰어넘어』를 읽고 평화통일의 의지와 꿈을 함께 나누고 토론하며 정보를 주고받던 일, 그동안의 많은 사건과 추억을 다 쓰자면 몇십 쪽은 더 써야 할 것 같다.

김동수·백숙자 박사 부부에게서 받은 사랑과 우정과 동지애는 이루 다 열거하기 어렵다. 두 사람의 남다른 부부애와 헌신적 사랑도 우리에게는 매우 부럽고 감동적인 모범이다. 그러나 이 모든 과정을 통해 나에게 박힌 김동수 박사의 모습은 '행동하는 신앙인'이다. 행함이 없는 믿음은 죽은 것이라는 야고보서(2 : 17)의 신앙을 철저히 믿고 실천하는 분이 김동수 박사다.

그의 삶을 기록한 회고록을 읽으며 '행동하는 신앙인 김동수 박사'의 모습을 발견하고 더욱 생생히 인식하는 기회가 되길 바란다.

우리의 시간은 이어져 있다

이아영
사회복지사, 한국어린이안전재단 경영기획팀

오후 5시쯤 되었을까. 벽을 반이나 채운 커다란 창문을 넘어 들어오는 햇살을 받으며 두 여인이 반듯이 누워서 깍지 낀 두 손을 배에 얹고 있다. 팔순을 훌쩍 넘긴 한 여인과 스물을 갓 넘어선 한 여인이다. 팔순의 여인이 한숨을 섞어 "내가 이제 갓 스물인데 와 이리 몸이 말을 안 듣노~"라며 혼잣말을 한다. 곁에 누운 어린 여인은 아직은 한낮의 열기가 남은 햇볕을 느끼며 그녀의 시간이 나의 시간으로 넘어오는 것을 느낀다.

그 여인을 처음 만났을 때 사람들은 그녀가 나의 외할머니라고 했다. 나에게 없는 우리의 첫 만남을 그녀는 기억하고 있을 것이다. 똑, 딱 하며 나의 초침이 힘을 다해 움직였을 때 그녀의 시간 속에 나의 시간이 자리하는 순간이었다.

두 눈을 동그랗게 뜨고 천장을 바라보며 바둥거리고 있을 때, 그녀는 아직은 어린 엄마를 대신해 능숙하게 집 안의 이런저런 일들을 살피고 이제 막 걸음을 떼는 나를, 정신없이 뛰노는 사촌 언니들과 오빠들 사이에서 넘어질새라 두 팔을 내게로 뻗치고 종종거리며 따라다녔을 것이다.

나의 머리카락은 점점 힘이 생겼고, 그녀의 머리카락은 점점 얇아지고 하얗게

숭실대 사회복지대학원 신우회 3차 파티 (2015.6.6)

세어갔다. 나의 두 다리는 힘을 실어 뛰어다니고, 그녀의 걸음걸이는 점점 느긋해졌다. 나는 내일을 꿈꾸며 친구들과 떠들고 세상의 이곳저곳을 기웃거렸고, 그녀는 그런 나를 지켜보며 꾸벅꾸벅 잠들다 꿈을 꾸는 시간이 많아졌다.

꿈속에서의 그녀는 6월의 초록 같았다. 고단했던 그 시절에도 아장이던 그녀를 종종거리며 돌보았던 그녀의 노모는 팔랑이는 나비를 눈으로 좇고 있고, 커다란 가마솥 뚜껑을 열어 갓 지은 밥을 고루 젓는 어머니의 손길은 투박하지만 따뜻하다.

흙바닥에 뒹굴며 끝없이 웃던 동네 아이들과 함께 자라 거울 앞에서 콧노래를 흥얼거리며 한참 멋 부리는 언니를 빤히 바라보던 그녀가 어느새 얼굴도 보지 못한 사내에게 시집가기 전날 밤, 밤새 어머니를 부둥켜안고 울던 그녀는 첫아이를 낳고 어머니라는 이름을 입었다. 시간은 그녀의 삶 속에서 켜켜이 쌓여갔지만 그녀는 여전히 젊고 힘이 있으며 아름다웠다.

생명이 가진 시간은 노쇠해지지 않고 우리의 육체와 공간은 세월을 입는다. 한 페이지에 써 내려간 세기를 건너뛴 왕들의 이야기는 손을 맞잡듯 한줄기로 흐르고, 끊어진 역사의 강줄기는 어디를 뒤져 봐도 나오지 않는다.

그녀는 나의 곁에 누워 깊은 시간 속에 잠겼다. 나는 배 위에 깍지를 꼈던 손을 풀고 그녀를 향해 옆으로 돌아누워 한 팔 가득 그녀를 껴안았다. 그녀의 젊음이 내게로 전해졌다. 나는 그녀의 시간을 품고 이곳에 있다. 우리의 시간은 이어져 있다.

나의 젊은 친구 김동수 교수님,

해가 뜨고 지는 가운데 매일의 시간이 흐릅니다. 그렇게 한 해 365일을 보내고 팔십 해라는 시간을 보내며, 감히 상상하건데 얼마나 수고로움이 많으셨을까 합니다. 하지만 교수님께서는 그 시간 동안 눈물과 아픔의 호소가 아닌 유머와 감사를 노래하시지 않으셨을까요?

우리 모두는 각자의 시간을 양보하지 않습니다. 정직하게 흐르는 한 생명에게 주어진 그 시간을 지성과 감성과 영성으로 꽉 채우시고, 우리 제자들과 공유해주셔서 감사합니다.

교수님께서 품으셨던 이 세상을 향한 따뜻하고 정직한 마음을 잘 이어받도록 노력하겠습니다.

교수님, 감사하고 사랑합니다.

김동수 교수님을 생각하며

이정숙
목사, 박사(교회사 전공)
횃불트리니티신학대학원대학교 총장
미국과 한국 여러 대학교에서 강의
미국과 한국 여러 교회에서 사역
국내외 여러 학회, 연구단체, 신학교육연합기관 임원

내가 생각하는 김동수 교수님은 '나이가 좀 지긋하신 유쾌한 젊은이'시다. 말이 좀 안 되는 것 같지만 김 교수님을 가까이서 알고 계시는 분들은 '그렇지'라고 동의해주시리라 믿는다.

내가 김 교수님을 실제로 만난 것은 2006년이었지만, 그의 이름과 삶을 조금씩 듣게 된 것은 1987년으로 거슬러 올라간다. 나는 1986년 미국 뉴저지 주에 있는 드루 대학(Drew University)에서 유학 생활을 시작했는데, 내 유학 생활을 풍성하게 해주었던 사람들 중 백미영 목사(현재 미국 사우스캐롤라이나 주 소재 한인감리교회 담임)가 있다. 유학 2년 차에 만났던 백 목사는 어느 날부터인가 자기 가족들에 관해 얘기해주었는데, 그중 백숙자(하나) 교수님과 그 남편 김동수 교수님에 대한 얘기가 단연코 많았다고 기억한다. 다른 가족들도 이 글을 읽으실 테니 군이 사족을 붙이자면, 다른 가족들에 대한 존경심이 부족해 백 교수가 그렇게 한 것이 아니라 백 교수님의 삶이 학교에서 공부하고 있었던 우리의 삶과 더 연관성이 많았으며, 김동수 교수님의 사뭇 파란만장한(?) 삶이 신학을 하는 우리에게는 좀 더 편한 화젯거리였던 듯하다.

내가 들은 바 김 교수님은 북미기독자회 활동과 관련해 반정부인사로 분류되면서 오랫동안 한국에 들어오실 수 없었다. 신학을 공부하셨지만 평신도로 사시고, 이후에는 사회사업을 공부하셔서 양 학문의 접목을 시도하시는 분이다. 또 기적적인 간이식수술로 새로운 인생을 사시게 된 분이다. 지금은 그 내용을 기억할 수 없지만, 가족과 관련해 쓰신 김동수 박사님의 시를 함께 읽기도 했다. 이런 일련의 이야기를 통해 내가 막연히 가졌던 김 교수님의 인상은 매우 심각한 어른이었다. 표정이 근엄하시고 한 말씀 한 말씀 무게를 줘서 하시며, 어쩌다가 한 번 웃어주실 것 같은 분이셨다.

미국 생활을 마치고 귀국해 몇 년 후에 횃불트리니티신학대학원대학교에 몸담게 되었다. 2004년 후반기부터 학교에 큰 변화가 있었는데, 당시 미국인 총장님의 후임으로 하용조 목사님께서 총장을 맡게 된 것이다. 하 목사님께서 부임 후 처음으로 하신 일 중 하나가 학교의 선교적 사명을 더욱 견고히 하고자 최찬영 선교사님을 학교의 멘토로 삼으신 것이다. 최찬영 선교사님은 한국전쟁 후 최초로 선교사로 임명되어 태국에서 활동하셨고, 또 세계성서공회 아시아태평양지역 총무로 활동하시면서 전무후무한 선교사의 모델을 만드신 분이다. 사모님이신 김광명 선교사님은 의사로서 빛나는 길을 포기하고, 선교사로서 선교사의 아내로서 평생을 사신 분이다.

2005년 5월 30일에 최찬영 선교사님께 명예박사 학위를 드리게 되었다. 나는 당시 교학처장(Academic Dean)으로 명예박사 학위 수여식 일체를 준비했다. 역사로나 규모로나 아직 작은 신학교였는데, 학교 역사상 처음으로 귀한 분에게 명예박사 학위를 수여할 수 있게 되어 참으로 감개무량한 날이었다. 그날 행사가 시작되기 직전, 뜻밖에도 나는 백하나 교수님과 김동수 교수님을 만나게 되었다. 아름다운 모자를 쓰신 환하고 고운 모습의 백하나 교수님께서 내게 다가와 백미영 목사의 언니라고 본인을 소개하시더니, 남편 김동수 교수님을 소개하시며 그가 최찬영 선교사님의 처남이라 하셨을 때 나는 "아!" 하고 탄성을 질렀다. 거의 20년 동안 이름으로만 알고 있었던 두 분을 그렇게 만난 것이다.

김동수 교수님과의 실제 인연은 그렇게 시작되었다. 그는 심각하지도, 말 한

마디 한 마디에 무게를 싣는 분도, 어쩌다 웃어주는 그런 분도 아니셨다. 그는 늘 얼굴에 웃음을 띠고 유쾌하게 말씀하시며 어떤 사람도 무장해제를 시킬 수 있는 분이셨다.

최찬영 선교사님의 명예박사 학위 수여식에서 김동수 교수님을 만나, 은퇴 이후의 삶을 한국 학교에서 보내기 원하신다는 의외의 얘기를 들었다. 프린스턴 신학대학원에서 수학하면서 신학과 사회사업학의 접목이 얼마나 중요한지를 조금이나마 알고 있던 나로서는 귀가 번쩍 뜨이는 말씀이었다. 그래서 김동수 교수님과 백하나 교수님을 횃불트리니티신학대학원대학교에 교환교수로 모셨다. 두 분은 사회사업 과목을 가르치시고 기흥 교수 숙소에서 외국인 교수들과 생활하시며 학교와 깊은 인연을 맺으셨다.

당시 교학처장으로서 감히 김동수 교수님을 평가하면, 이분은 명실공히 가장 이상적인 교수라 할 수 있다. 열심히 가르치시되 학생들을 돌보시고 총장과 교학처장의 권위를 존중하면서 학교의 발전을 위해 협조하고 조언하신다. 또한 본인의 생각과 다른 사람들의 생각을 담아 기꺼이 기획안이나 문서를 만드시는데, '그런 건 젊은 교수가 해라'가 없다. 교환교수인데도 학교의 규정을 지키는 데 누구보다도 모범적이셨다. 학기 중에는 주말에 지방을 다녀오더라도, 미국 학교에서는 그렇게 했다고 하시며 문서로 양해를 구하곤 하셨다.

얼마 전 남편과 함께 김동수 교수님과 백하나 교수님을 오랜만에 찾아뵐 기회가 있었다. 여전히 두 분이 재미있게 열심히 사시는 것을 보았다. 그분들 수준의 많은 사람이 다른 사람의 이야기를 잘 들어주지 못하는 것과 달리, 마음을 다해 이야기를 들어주고 기도해주셨다. 향기로운 두 분을 뵙고, 나도 저 나이 즈음에 저분들처럼 아름답고 여유로운 마음을 보여줄 수 있기를 소망하며 기도했다.

하나님의 은혜와 평화가 두 분과 내내 함께하소서!

영혼을 해방시키는 글쟁이

임헌영
문학평론가, 서울디지털대학교 교수, 민족문제연구소 소장
중앙대학교 교수 역임

김동수 교수와 함께 문학의 길을 걷게 된 것은 2007년 봄부터였다. 그가 영어권에서 거의 반세기를 보내고 귀국해 우리나라 작가로 새롭게 태어나고자 나의 수필 창작 동인 회원으로 출석하면서였다. 그는 교수로서 이미 많은 글을 써왔지만, 영어 대신 우리말로 그리고 학술 논문 대신 창작 문학으로 표현하기 위해 열심히 활동했다.

그런데 그의 첫 글부터 나를 사로잡았다. 백범 김구 선생을 '할아버지'로 부를 수 있었던 정황이 내 역사의식의 촉각을 곤두서게 만들었다. 백범 암살 당일, 바로 그 현장인 경교장으로 달려가 그 장엄하나 비극적인 역사의 증인이 될 수 있었던 것은 그만큼 상해(上海, 상하이) 망명 시절부터 다져진 두 집안에 얽힌 인연 때문이었다.

주제와 소재로 본다면 김 교수의 예리하고 총체적인 시선은 한국 사회가 안고 있는 그릇된 가치관과 편협한 국수주의, 비합리적인 사고 체계와 그로 말미암은 비인간주의적인 여러 현상을 꼬집어 드러낸다. 그럼에도 그는 유머와 타협과 화합 정신을 잃지 않는 멋진 수필가다. 실로 아버지의 넉넉한 가슴팍처럼 푸근한 산문이다.

김 교수의 아버지 김예진 목사는 독립유공자(1962년 건국공로훈장 추서, 1966년 국립묘지 애국지사 묘역에 안치)로 1950년 8월 10일 경기도 광주에서 공산군에 의해 총살되어 순교했다. 그의 여러 항일 투쟁 경력 중 특히 김구 선생 직계 소속으로서 평안남도 도청 폭파 사건(1920.8.3), 상해 일본 영사관 폭파 사건, 평양 지역에서 결사대 조직해 활동한 것 등을 추가할 필요가 있다. 김 교수는 독립투사의 후예답게 세상에 소금이 될 자질을 부여받았음을 부인할 수 없다. 그는 외형적 경력과 다르게 토박이 한국 사람들보다 더 짙은 민족의식을 가진 데다 냉전 체제가 석화한 한국인들의 고리타분한 퇴영적인 사고방식에 저항한다.

그의 문학적 도량은 저 중국 대륙과 미주의 풍요롭고 비옥한 대지에서 형성된 것이 아닐까. 그렇기에 넉넉한 아량에다 두루 세상사를 다 품으면서도 정작 그 안에서는 송곳 같은 날카로운 비판의식을 도사리게 만든다. 그러면서 반드시 유머감각을 삽입시켜 자기 의사와 다른 독자들까지 배려해준다. 진보적인 기독교적 휴머니즘에 기초한 그의 산문정신은 한국 수필계에서는 찾아보기 어려운 역사의식으로 번득인다. 넉넉한 대지와 광활한 하늘을 글 속에 품은 듯 그의 문학적 영혼은 온화하고 자애로우며 평온하다. 아, 글이 이렇게 평화롭고 자유스러울 수 있다니! 이렇듯 평온하고 넉넉해 읽은 사람으로 하여금 협애한 이 불만스러운 삶에서 벗어나 창공을 훨훨 나는 매처럼 영혼을 해방시키게 하다니! 원래 문학예술의 참모습은 이런 것이 아니었던가. 이런 글을 우리에게 선사해주어서 참 고맙다.

누구도 미워한 적 없고 누구로부터도 미움 살 일을 결코 하지 않으며 독실하면서도 자유분방한 데다 역사인식과 민족의식이 뚜렷한 기독교 신자인 김 교수 부부를 대하노라면 어떤 편견이나 편협성, 당파성, 이기주의, 국경 의식 같은 것이 흐느적거리며 녹아내리고 만다. 하늘, 자연과 마주한 인간 그 자체의 숭고함이 후광처럼 번지는 느낌이다. 사람 사는 세상, 세상 사람들이 다 이랬으면 얼마나 좋으랴.

이런 김 교수가 생신 80년을 맞는다. 지금까지의 그의 삶 전체, 그리고 앞으로 걸어갈 그의 삶이 계속 우리 모두에게 주는 의미 있고 아름다운 서사시가 되기를 바라는 바이다.

피스메이커 김동수 선생님

정지석
목사, 박사
국경선평화학교 대표
한국 YMCA 생명평화센터 소장

김동수 선생님을 처음 뵌 것은 2013년 철원에서 열린 '비무장지대(DMZ) 60주년 한반도 평화통일 국제회의'에서입니다.

그때 저는 철원에서 '국경선평화학교(Border Peace School)' 운동을 시작하고 있었습니다. 이 평화학교 운동은 남북한 분단과 갈등을 극복하는 평화 운동이 필요하고, 이에 전념해 일하는 사람들(Fulltime Peacemakers)을 육성하는 학교가 필요하다는 믿음에서 시작한 운동입니다. 남북한 평화통일이 되는 날까지 이 운동은 계속된다는 믿음으로 2013년 3월 1일 개교했습니다. 마침 그해는 한국전쟁이 휴전되고 비무장지대가 생긴 지 60주년이 되는 해여서 강원도청과 협력해 국제회의를 연 것입니다. 2박 3일간 회의를 하면서 뵈었던 선생님은 늘 온화하신 얼굴로 잘 웃으시며 일하는 스태프들을 격려하시곤 했습니다. 평화회의를 마무리 짓는 날 국내외 참가자 100명이 백마고지 기념탑에서 한반도 평화 선언을 했는데, 김동수 선생님은 미래 세대 청소년과 함께 어른 대표로 선언서를 읽었습니다.

사실, 선생님의 이름은 오래전부터 알고 있었습니다. 1980년대 초 신학대학원에 다니던 시절, 재미 동포 학자들의 북한 방문기를 읽은 적이 있습니다. 북한에 대해서는 아무것도 모르던 시절이어서 그 책을 아주 감명 깊게 읽었는데, 여러 명의 저자 중에 김동수 선생님이 있었습니다. '아, 이런 분들이 미국에 살면서 남북한 평화통일을 위해 애쓰고 계시구나' 하며 감동이 컸고, 필자들의 이름은 제 마음 깊이 새겨졌습니다. 그런데 수십 년이 흐른 뒤 만난 선생님이 바로 그분이었음을 알게 된 것입니다. 제 기쁨은 참 컸습니다.

2014년 봄 학기, 우리는 선생님을 모신 가운데 3박 4일간 선생님의 삶과 평화 이야기를 들을 수 있었습니다. 국경선평화학교 교육 커리큘럼 중에 우리 시대의 스승을 모시고 삶과 지혜를 배우는 '석학 초청 대화' 강좌에 선생님을 모신 것입니다(이 강의는 녹취되어 책으로 출판되었습니다). 선생님은 평화학교 학생들에게 아버지 김예진 목사님 이야기를 들려주며 첫 강의를 시작했습니다. 김 목사님은 일제에 빼앗긴 나라를 찾기 위해 독립운동을 하셨고, 해방 후 북한 공산 치하에서 교회와 신앙을 위해 순교하셨습니다. 김동수 선생님에게 김예진 목사님은 다만 혈육의 아버지가 아니라 평생 존경하며 따르고 싶은 분입니다. 아들에게 기억되는 아버지는 늘 멀리 계셨고, 민족과 교회가 우선인 분이어서 가정의 살림은 어려웠지만, 아버지를 참 사랑하고 존경하심을 느낄 수 있었습니다. 선생님이 미국에서 사회복지학을 공부하신 것, 많은 곤경을 무릅쓰고 과감하게 북한 방문을 하신 것, 남북 평화통일 운동에 앞장서신 삶에서 아버지 김예진 목사님의 핏줄이 이어지는 것을 느낄 수 있습니다. 아니 더 중요한 점은 김동수 선생님이 김예진 목사님과 같은 삶을 존경하고 사랑한다는 것일지도 모릅니다. 선생님 덕분에 저도 김예진 목사님을 알게 되었습니다. 우리 평화학교 피스메이커들이 김예진 목사님을 더욱 깊이 배워야겠습니다.

김동수 선생님은 누구인가 묻는다면, 저는 피스메이커라고 대답하고 싶습니다. 온유하고, 마음이 가난하며, 정의감이 있고, 어려운 사람을 온정으로 돕는 사람, 이러한 모습이 제가 그리는 피스메이커입니다. 그런데 김동수 선생님이 바로 그런 분입니다. 비록 짧은 만남이었지만, 김동수 선생님은 그

런 삶을 살아오신 분이라고 생각합니다. 옳다고 믿으면 즉시 행동으로 옮기는 실천가입니다. 그 덕분에 평화학교가 선생님께 여러모로 도움을 많이 받고 있습니다. 3박 4일간 김동수 선생님은 우리 평화학교 사람들에게 참으로 깊은 평화의 가르침을 전해주셨습니다. 20세기 비극의 땅 한반도에 태어나 평생 다사다난한 삶 가운데서도 평화의 삶을 추구하셨던 삶의 이야기, 그리고 남북한 평화통일을 향한 신념은 우리 젊은 후학 피스메이커들에게 귀감이 됩니다. 앞으로 남북한이 하나가 되고, 서로 오가는 날이 될 때 우리는 북한에 가서 온유한 자세로 서로 돕고 배우며 평화를 만드는 피스메이커가 될 것입니다.

2013년 철원 국제평화회의에는 선생님과 함께 백하나 교수님도 오셨습니다. 두 분은 늘 함께 계셨고, 다정하신 모습은 마치 오랜 친구 같고 오누이 같았습니다. 후에 들은 이야기이지만, 태평양을 사이에 두고 펼쳐진 두 분의 러브 스토리는 한 편의 감동적인 드라마입니다. 앞으로도 늘 가슴 설레며 즐겁고 건강하시기를 기도합니다.

매력적인 여든의 소년 김동수 교수님

정진옥
박사, 서울특별시중구장애인복지관 관장

장애인 복지 현장에서 일하면서 특수교육으로 박사 학위를 딴 지 1년쯤 되어갈 무렵 내 마음속에서 사회복지에 대해 공부해야겠다는 마음이 불처럼 일어났다. 이런 욕구는 내가 사회복지에 대한 학문적 지식 기반을 갖출 때 발달장애 성인들에게 좀 더 도움이 되는 방식으로 일할 수 있을 거라는 생각 때문에 점점 커져갔다. 이미 나는 사십 대 후반이었기에 주저하는 마음도 있었으나 '가장 늦다고 생각할 때가 가장 빠르다'는 말을 생각하며, 2009년 숭실대학교 사회복지대학원 가을 학기에 들어갔다. 그 첫 학기에 수강한 사회복지정책 세미나 수업에서 나는 굉장히 인상적인 한 분의 교수님을 만났다. 바로 김동수 교수님!

김동수 교수님의 첫인상은 '유쾌한 미소년'이었다. 그 당시 교수님은 이미 일흔을 넘기셨지만, 멋진 은발, 반짝이는 눈빛, 꾸밈없는 환한 미소, 그리고 유머 가득한 말씀 등 모든 것이 사회복지 비전공자로서 긴장된 상태로 첫 학기 수업에 들어간 내 마음을 사로잡기에 충분히 매력적이셨다. 김동수 교수님을 뵈면서 나는 일흔이 넘은 나이에도 아이와 같은 순수함과 진지함, 그리고 열정으로 사람들을 끌어당길 수 있다는 것을 깨달았다.

내가 큰 감동을 받은 김동수 교수님의 여러 모습 중 하나는 교수님이 가르치는 자로서 매우 겸손하시다는 점이다. 그분은 당신의 기대에 크게 미치지 못하는 학생들을 가르치시면서도 학생들을 존중하는 태도를 잃지 않으셨다. 교수님은 학생들과 토론이 이루어지는 수업을 하고 싶어 많은 질문을 하셨는데, 본인의 생각을 자유로이 이야기하는 학생들은 별로 없었다. 수업 때마다 교수님은 학생들에게 자신의 생각과 의견을 표현할 기회를 제공하셨지만, 대부분은 교수님의 독백적 강의로 수업이 끝나곤 했다. 김동수 교수님은 학생들의 무반응과 수동적 학습 태도 때문에 많이 힘들어하시는 듯 보였다. 미국 대학에서 오랫동안 학생들을 가르쳐오신 교수님에게는 한국 학생들의 수동적인 학습 태도가 수업을 진행해나가는 데 도전이 되었음이 분명하다. 그런데도 김동수 교수님은 늘 열정과 유머로 강의를 이끌어가셨다. 나는 교수님의 학생들에 대한 인내와 수용, 그리고 낙담하지 않으시는 열정적 모습에서 가르치는 자로서의 권위와 학생들에 대한 애정이 담겨 있음을 느낄 수 있었다.

석사 3학기 때 나는 김동수 교수님의 배우자이신 백하나 교수님에게서 논문 세미나 수업을 들었다. 백하나 교수님을 가까이 뵈며 이 두 분의 존재에서 온화함과 강직함, 순수함과 진지함, 열정과 냉정이 모두 닮아 있음을 느꼈다. 나는 두 분의 매우 유사한 모습을 보면서 서로 사랑하는 사람끼리는 닮는다는 사실을 다시 확인할 수 있었다. 나는 이 두 분의 모습을 볼 때마다 이분들처럼 나이 들어가고 싶다는 소망을 품게 되었으며, 또 그럴 수 있겠다는 희망도 갖게 되었다. 그리고 내가 숭실대학교 사회복지대학원에 온 것은 어쩌면 이분들을 만나기 위해서인지도 모르겠다고 여기게 되었다. 좋은 스승을 만나는 행운만큼 큰 복이 어디 있으랴! 존경할 수 있으며 닮고 싶은 스승이 있다는 것은 배우는 이에게 정말 큰 축복이다. 학문에서, 그리고 인생에서 이 두 분처럼 살고 싶다는 열망을 품게 된 것이 숭실대학교 사회복지대학원에서 공부하며 내가 얻은 가장 큰 수확 중 하나다.

마지막 4학기에 나는 김동수 교수님의 국제사회복지를 수강했다. 내가 이 수업을 수강한 이유는 국제사회복지에 대한 관심에서라기보다 마지막 학기에 교수님에게 뭔가를 더 배워서 나가야 한다는 절박함과 아쉬움이 컸기 때문이다. 그리고 그 수업은 내가 존경하는 교수님에게 배울 수 있는 마지막 학기였다. 수업 때 나는 늘 맨 앞자리에 앉았는데, 교수님이 학생들에게 주시고자 하는 것들을 어느 하나 놓치고 싶지 않아서였다. 그리고 앞자리는 교수님과 상호작용할 수 있는 유리한 위치이기도 했다. 나는 수업 때 무반응인 학생들 때문에 교수님이 상처받지 않기를 원했고, 그래서 내가 그분을 위할 수 있는 일은 교수님의 질문에 열심히 대답하는 것이라고 생각했다.

이렇게 아쉬운 마지막 학기를 마치자마자 나는 석사 학위논문을 작성하기 시작했고, 무사히 완성해 졸업할 수 있었다. 그 후 나는 곧장 사회복지행정으로 박사과정에 들어갔는데, 이때 김동수 교수님께서 추천서를 정성껏 적어주셨다. 제자를 아끼는 교수님의 마음을 다시 알 수 있었다. 어느 날 김동수 교수님은 내게 당신과 함께 국제사회복지 책을 저술하자는 놀라운 제안을 하셨다. 어찌 부족한 내게 이런 제안을 하시는 것일까? 나는 무척 놀라고 당황스러웠다. 그러나 한편으로는 이런 제안을 해주신 교수님께 감사한 마음이 들기도 했다. 책을 저술하는 작업이 얼마나 어려운 일인지 제대로 알지 못한 채 나는 교수님의 제안을 선뜻 받아들였다. 교수님께서는 국제사회복지 책을 저술하기 위해 이미 많은 작업을 해두신 상태였다. 그런데도 그로부터 두 해의 방학 시간을『국제사회복지』를 마무리 짓기 위해 어떻게 보냈는지 기억이 잘 나지 않는다. 단지 교수님에 대한 미안함과 부족한 나 자신에 대한 좌절감으로 컴퓨터 앞에서 씨름하던 기억만 떠오른다. 부족한 나로 인해 교수님의『국제사회복지』가 과소평가되지 않기를 간절히 바랄 뿐이다.

내가 박사과정에 들어온 후 김동수 교수님은 숭실대학교 사회복지대학원에서 두 학기 정도 더 가르치시다가 은퇴하셨다. 나는 이것이 학생들에게는 손실이지만, 교수님의 건강을 위해서는 잘된 거라고 생각했다. 그러나 삶에 대한 교수님의 열정은 식지 않으신 듯했다. 미국, 북한, 중국 등을 오가며 북한 선교 사업

에 전념하시는 교수님의 모습은 웬만한 젊은이 못지않았다. 나는 교수님의 그런 열정적인 삶의 태도가 몹시 부러웠으며 본받고 싶었다. 교수님은 미국에 다녀오신 어느 날 'JULIA'라고 새겨진 열쇠고리와 보라색 티셔츠, 좋은 글귀가 적힌 작고 아름다운 액자를 선물로 주셨다. 'JULIA'는 내가 수녀였을 때의 이름이고, 또 교수님의 사랑하는 손녀 이름이기도 하다. 교수님은 이런 의미 있는 선물을 내게 주실 정도로 매우 섬세하고 정이 많은 분이시다.

박사과정을 무사히 마치고 힘든 박사 학위논문 작업을 하는 동안, 교수님은 멀리 미국에 계시면서도 나를 격려해주셨다. 논문 작업은 마지막 순간까지 나를 너무나도 힘들게 해 인쇄에 들어가야 하는 날까지 거의 제정신이 아니었다. 그렇다 보니 논문 「감사의 글」에 바로 내 현실에서 뵙는 분들만 언급하고 반드시 감사드려야 할 몇 분과 함께 김동수 교수님과 백하나 교수님을 빠뜨렸다. 이것은 나의 크나큰 실수로, 나를 아껴주신 두 분께 배은망덕한 사람이 되어버렸다. 나는 「감사의 글」에 이분들의 성함이 빠졌다는 것도 시간이 훨씬 지난 후에 발견했을 정도로 논문에 대해 생각하고 싶지 않았다. 그런데도 김동수 교수님과 백하나 교수님은 나의 박사 학위 졸업식에 꽃다발을 들고 오셔서 진심으로 축하해주셨다. 이 모든 것에 대해 나는 두 분께 큰 빚을 진 것 같다. 그리고 이 빚은 어쩌면 장애인들과 함께하는 내 삶을 잘 살아냄으로써 갚아내야 하는 것일 수 있다.

김동수 교수님과 백하나 교수님은 주님께서 나를 어여삐 보셔서 내게 선물로 보내신 분들이라고 믿는다. 두 분 교수님의 존재 자체에서 풍겨 나오는 아우라는 평화와 기쁨이고, 순수와 열정이다. 아! 나도 그런 존재가 되고 싶다. 두 분께 진심으로 감사드립니다!

이제 김 교수의 80년 생애를 넘어

조동진
교수, 후암장로교회 제5대 담임목사
동서선교개발연구원 원장, 국제선교협력기구 대표이사 역임

김예진 목사께서 1946년 초에 설립하신 후암교회가 금년에 설립 70주년을 맞는다. 올해 팔순 생신을 맞이한 김동수 교수는 당시 열 살 먹은 소년이었다.

1924년에 태어난 나는 생후 100일이 되던 날 유아세례를 받았고, 열일곱 살 되던 해에 평안북도 용천군 구읍교회에서 김예진 목사님에게 입교문답을 받고 성년이 되었다. 그때 김동수 교수는 여섯 살배기 어린아이였다.

1960년 9월, 나는 김예진 목사께서 설립한 후암교회의 담임목사로 부임했다. 청년 시절부터 독립운동에 헌신했던 김예진 목사님은 상해 임시정부에서 백범 김구 선생과 함께 활동했고, 국내로 잠입해 활동하다가 체포되어 감옥 생활을 하셨다. 김예진 목사님은 1950년 6·25 전쟁 중에 북한 인민군에 의해 순교하셨다. 한국 정부는 김예진 목사님을 독립유공자로 추서해 동작구 국립서울현충원에 그의 묘를 마련했다.

한도신 권사님께서 준비하신 후암교회 머릿돌 앞에서

김동수 교수는 나보다 먼저 남북 통일 운동에 나섰고 나는 그가 일하는 해외 기독학자 통일 운동 세력에 합류했다. 나는 독일과 핀란드 헬싱키에서 열린 북한 지도자들과 해외 기독학자들이 참석한 회의에서 김동수 교수와 함께했다.

나는 1990년 북한의 고위 지도자들을 미국에 초청했다. 1992년에는 북한의 유엔 대사였던 한시해 일행과 함께 조지아 주 플레인으로 지미 카터(Jimmy Carter) 전 미국 대통령을 방문해 김일성 주석의 평양 초청장을 전달했다. 김일성 주석은 이러한 나의 노력을 치하하기 위해 주석궁으로 나를 초대했다. 클린턴 대통령 시절 지미 카터의 평양 방문이 성사됨으로써, 나의 노력은 김일성 주석과의 역사적 북미 회담의 물꼬를 틔운 것이다. 그로부터 23년이 지났다.

올해로 김동수 교수가 80세를 맞았다. 그의 80세 생일을 교수의 부친 김예진 목사께서 설립한 후암교회 창립 70주년과 함께 기념한다. 2년 전 후암교회에 부임한 박승남 목사는 교회를 창립한 김예진 목사의 뜻을 받들어 민족 화해와 평화통일 운동에 앞장선다.

김동수 교수 내외와 김예진 목사님, 한도신 권사님과 70여 년에 걸친 나의 사랑과 동역(同役)의 역사가 이제 김 교수의 80년 생애를 넘어 우리 후손을 통해 민족통일의 남은 길에도 이어지기를 기도한다.

벗 김동수의 여덟 살 생일을 맞으며

일초 조병옥
이화여자대학교 음악대학 교수 역임
『라인강변에 꽃상여 가네』의 저자
한국산문작가협회 회원

저는 동수의 또 하나의 애인, 일초입니다. 그에겐 하도 애인이라고 불리는 여자들이 많아 저는 백하나 님을 전혀 의식하지 않고 나도 그중 한 여자였다고 말합니다.

내가 동수를 처음 봤을 때를 떠올립니다. 제게 카메라를 들이대고 마구 찍어대더군요. 어떤 여인에게든지 그는 같은 방법으로 접근한다는 것을 알게 된 건 한참 후의 일이었습니다. 암튼 눈만 뜨면 좋으나 싫으나 남편 얼굴만 마주 보고 살던 조선 여편네로서는 가슴 떨리는 일이 아닐 수 없었습니다. 주로 유럽에서 열리는 통일 문제 세미나 같은 데서 만났지만 우리의 눈빛을 반짝이게 해주었던 것은 정작 사랑보다는 유럽이라는 배경, 예를 들자면 비에 젖은 돌길, 안개 속에 묵묵히 서 있는 가스등, 가슴 적시는 기타 소리 등등이 아니었나 하는 생각을 하게 되었지요.

남북 통일의 방안 등을 토론하는 자리는 언제나 그 소리가 그 소리여서 하품하다 시간을 보내기가 일쑤였지요. 그러던 어느 날, 토론하는 장소에서 나는 뜻밖에 동수를 본 것입니다. "누가 그들을 안을 수 있느냐고요? 누가 그들을 용서할 자격이 있느냐고요? 바로 그들에 의해 죽은 우리 아버지이기 때문에 우리 아버지가 그들을 용서할 수 있었고, 그의 자손인 내가 부모님의 원수인 그들을 안아줄 자격이 있는 것입니다"라고 했을 때 저는 그에게 달려가 얼싸안으며 울고 싶어진 것입니다.

여기 제가 쓴 글 하나 놓습니다.

글 속의 소년을 보면 동수가 어렸을 때 이랬을 것이라는 생각이 듭니다. 그 옆에 조연으로 등장하는 제가, 그리고 우리 중 누군가가 무대에 올라옵니다.

예수님은 가끔씩 버스도 타나 보다

북가좌동 모래내, 버스정거장
할아버지 한 분
팔순을 넘긴 듯한 세월을 끙! 하고 버스에 올려놓는다.
버스가 움직이질 않는다.
아 돈을 내셔야 빠스가 떠나죠오!
운전기사의 시퍼런 고함
얼마나 전능해 보이는지, 승객들
하던 잡담을 멈춘다.
아 빠스값 없어요?
차 안의 기둥을 온몸으로 움켜잡고
가까스로 서 있는 할아버지 눈동자엔
흰 달 하나 희미하게 떠 있다.
아 돈 낼라면 빨리 내고, 돈 없으면 빨리 내리라니까요오!
다시 불호령 떨어질 때
숨죽인 정적 뚫고 총알처럼 앞자리로 날아온

아이 하나
할아버지 손을 덥석 잡는다.
기사 아저씨, 이분은 할아버지잖아요오.
여기 돈 있어요. 또 이런 할아버지 타시면 이걸로 아홉 분 더 태워주세요.
아이는 만 원짜리 지폐 한 장을 요금통에 넣고 버스에서 내린다.
승객 한 사람 얼른 뒤쫓아 내리더니
아이 호주머니에 만 원짜리 지폐 한 장 쑤셔넣어 주고 골목길로 숨는다.
나도 따라 내린다.
할아버지를 태운 버스는 미친 듯 속력을 내며 정거장을 떠난다.

나는 벤치에 주저앉는다. 눈을 감는다.
도대체 나는 어느 지점부터 다시 돌이킬 수 없게 된 건가.
내 속에 슬픔이 고인다.
매 맞는 말[馬]의 목을 잡고 통곡했던 니체의 광기를
내 안에 들인다. 아프다.
파랗던 하늘에 어느새 가득 자갈구름이 깔려 있다.
어쩌란 말이냐. 하늘이 별 요사를 다 떨어도
그냥 오늘은 보고 싶지 않은 것을.

나는 이 소년을 목격한 그날부터 줄곧 나를 그 버스 안에 앉혀놓았던 게다.
"이분은 할아버지잖아요."
이 말 한마디로 세상을 바꿔놓은 '아이'의 자리에 나를 앉혀놓고 나는 이따금씩 그날을 체험한다.

오늘도 나는 버스 안에 있다. 대학생들, 중·고등학교 학생들, 그리고 피로에 지친 회사원들…… 모두가 그들의 버스 승차자격증을 단말기에 댄다. 통과, 통과, 통과……. 그때다. 그 할아버지가 버스에 오른다. 할아버지에게는 단말기 속에 들어갈 카드도, 자격증도 없다. 황동규의 시 속에 있는 "신분증에 채 안 들어가는 삶, 꿈……", 그런 것만으로는 가차 없이 승차 거부를 당한다.

다시 내 귀에 아이의 음성이 들린다.

"이분은 할아버지잖아요!"

우리 어른들이 내질렀어야 했을 신음소리가 어린아이의 것이었다.

어른들이 말하는 소위 도덕이니 윤리니 하는 건 다 '교육'이라는 틀에서 나온 것이다. 어쩐지 그 아이에게서는 그런 게 보이지 않는다. 자연 속엔 그런 틀이 없다. 아이는 자연이었다. 그래서 아마 예수님은 어른들보다 아이들을 더 사랑하셨나 보다.

그날 아침나절에도 나는 이미 집을 나서고 있었다.

"어디 가?"

아들이 물었다.

"그냥……."

밤새 바람 불고 봄비가 추적이더니 집 앞 꽃 잔디도 흙탕물을 뒤집어쓰고 있었다. 행인들 발에 짓밟혀 시커멓게 멍들어 있는 제 꽃잎을 묵묵히 내려다보고 서 있는 목련나무, 그가 내민 손이 떨리고 있었다. 키가 낮아 그 손을 잡을 수 없는 꽃 잔디의 쓸쓸함이 마음을 적셔왔다. 나는 한참동안 그냥 그들을 바라보고만 있었다. 버스 한 대가 내 앞에 섰다. 무조건 차에 올랐다. 어디로 가는 건지 알아볼 것도 없이.

버스 뒤쪽에 자리 하나가 비어 있었다. 그 아이가 앉아 있었음직한 자리를 찾아 냄새를 맡았다. 울다 울다가 햇빛이 되었을 이 땅의 아이들을 나는 온몸으로 흡입해 주워 담고 있었다. 버스 안은 살아 있는 것으로 가득했다. 나는 그 안에서 미소 짓고 있는 모든 자유로운 영혼과 만나고 있었다.

내가 회복되고 있는 것인가? 느닷없이 아이가 된 내가 그 안에서 아주 작은 점으로 떠오르기 시작한다. 정말 '나'일까? 정말 나였으면…….

벗 김동수의 여덟 살 생일을 맞으며

일산에서 일초 조병옥

60년간 길잡이 되다

최찬영
목사, 김동수 교수의 매형
해방 후 최초의 한국 선교사(태국)
홀러 신학교 한인신학부 교수 역임
횃불트리니티신학대학원대학교 석좌교수
세계성서공회 아시아태평양지역 총무, GEDA 선교회 국제 총재 역임

나와 동수와의 첫 만남은 내가 고 김예진 목사의 삼녀 김광명 의사와 결혼을 약속하면서 자연스럽게 이루어진 것이다. 그의 성격은 명랑하고 열성적이었다. 글재주가 있고 명석했던 것으로 기억한다. 그때 그는 고등학교 3학년으로 대학 입학 준비에 바빴다. 하숙집에서는 나왔지만 그가 살던 순혜원 집은 너무나 복잡했다. 그래서 두어 달 겨울에 공부할 마땅한 곳도 없어 한동안 신혼인 우리와 방을 같이 사용하기도 했다. 우리는 그 동생을 어떻게든 돕고 싶은 마음이 간절했으나, 그 당시 우리도 형편이 여의치 않았다. 1955년 봄에 우리 부부도 각기 유학과 의사 훈련을 받기 위해 미국으로 떠날 계획이었다. 그러나 장로교 총회에서 우리나라 첫 선교사로 태국에 가도록 추천받아 그 준비로 바쁘고 힘들게 지내고 있었다. 다행히 동수는 연희대학교에 진학했고, 우리는 수속이 부진해서 그다음 해에 임지인 방콕으로 떠났다.

새 선교지에서 언어 교육과 현지 생활에 적응하느라 어려운 시기를 보내 한동안 소식을 나눌 수 없었다. 처가의 사정을 잘 알고 있었지만, 우리로서는 도울 길이 전혀 없었다. 생활비는 120달러로 고정되어 있는 데다 우리 식구는 점점 늘어났고, 한편으로는 고국에 두고 온 홀어머니와 두 어린 동생의 살길도 생각해야 했다. 사실 당시 국민총생산(GNP) 50달러 수준의 전후 폐허 국가인 한국에서 비교적 안정되고 잘사는 태국으로 선교사가 파송되었다는 사실이 상식적으로 이해가 안 되는 형국이었다. 그러나 우리가 전달하는 것은 어떤 세속적 지원이나 자원이 아니라 존귀한 생명의 말씀인 것을 확신하며 모든 어려움을 겸손히 이겨 나갔다. 한번은 고국을 잠시 방문하는 길에 처가 쪽 식구들을 만났다. 나는 동수에게 누나가 몰래 보내는 봉투를 전달했다. 책 속에 10달러를 넣어 보낸 것이다. 작은 액수였지만 우리로서는 최선을 다해 동생을 격려하고 사랑하는 마음을 표현하고 싶었다. 동수는 큰 감명을 받았다고 한다. 그는 공부를 마치고 가능하면 '형님이 가시는 길'을 뒤따라가고 싶다고 했다.

1961년 우리는 안식년을 미국에서 보내기로 했다. 그래서 펜실베이니아 주에 있는 피츠버그 신학교로 가서 피츠버그 대학의 협조로 종교교육 석사과정을 이수했다. 그 학교는 전쟁과 빈곤 속에서도 성장하는 한국 교회에 대해 상당한 관심과 애정을 가지고 있었다. 여러 교회 독지가들이 나를 돕고자 했다. 나는 처남에게 줄 수 있는 가장 큰 도움이 미국 유학이라 믿어 그 학교에서 입학과 장학금을 주선해주었다. 동수는 그해 가을에 그 신학교로 와서 목회학 석사과정을 시작했다. 아마도 이것이 그의 삶의 방향을 잡는 데 결정적인 계기가 되었다고 본다. 그때 동수의 집안 사정으로는 외국 유학이 불가능했던 것이다. 우리는 안식년을 1년 더 연장했는데, 그때 그곳에 머물면서 뒷바라지를 했다. 그리고 우리는 태국 임지로 돌아갔다.

1965년 동수는 신학교 과정을 무사히 마치고 같은 학교 유학생인 백숙자와 결혼했다. 나는 그의 새로운 전도를 생각해 혹시 동아시아 지역의 복음화를 목표로 1964년에 설립된 오엠에프[OMF: Overseas Missionary Fellowship, 중국내륙선교회(China Inland Mission)의 후신] 선교회에 가입해 선교사로 나올 의향이 있는지 물었다. 약간 놀랍게도 그는 더 공부를 하기 위해 그럴 의향이 없고, 또 공부 때문에 목사 안수도 받을 수 없다고 사양했다. 동생네 부부는 최고 학문을 마치고 한국으로 돌아가려는 생각이 뚜렷했다. 사실 두 부부는 어려운 여건에도 공부를 계속해서 각기 두 개의 석사 학위와 박사 학위를 받게 되었다. 그런데 그 과정에서 뜻하지 않은 두 가지 일이 벌어졌다. 1970년대에 고국에서 유신 독재가 선포되자 젊은 정의의 투사들과 함께 반독재·민주화 운동을 적극 주도했다. 그 결과 학위를 마치고도 30여 년간 '반정부인사'가 되어 귀국할 수 없었다. 국제학술대회 관계로 잠시 방문했을 때도 상당한 제재와 감시를 받아야 했다. 또 하나는 건강에 심각한 문제가 생긴 것이다. 1980년대 중반부터 간경화증으로 10여 년을 고생해온 동수는 1996년에 상당히 어려운 간이식수술로 기적처럼 생환했다. 아마도 한국에 있었더라면 그때 그런 수술을 받기는 어려웠을 것이다. 이 두 사건은 동수의 처음 꿈을 좌절시켰지만, 한편으로는 그를 영적으로 더 성숙하게 만들어 교육과 봉사를 통해 하나님 나라 건설에 참여시켰다.

내가 유학생으로 인도한 처남은 이런 사연으로 결국 미국 시민이 되어 50여 년간 미국 주류 사회에서 정착민으로 생활했다. 김동수 박사와 백숙자 박사는 대학교수로서 연구와 교육 이외에도 교포 사회와 지역 교회를 위해 열심히 봉사했다. 둘은 굴지의 미국인 교회의 장로이자 성가대원으로, 성인 성경반 교사로, 선교부장으로 활약했다. 우리가 안식년이나 임시 임지 변경으로 미국에 체류하게 될 때마다 자주 왕래하며 한집안 식구로서 정을 나누었다. 우리는 아들 둘과 딸 둘을 두었고, 동수 박사네는 딸 둘을 두었는데, 미국에서 성장한 비슷한 나이의 사촌 간이라 영어 소통만이 가능한 절친한 관계를 유지하게 되었다. 한때 나는 이 두 사람의 집에서 시작된 교회의 후신인 피츠버그 한인중앙교회에서 임시 목회를 한 적도 있었다.

나의 태국 선교 활동은 라오스와 캄보디아로까지 확대되었고, 1978년부터 14년간 세계성서공회 아시아태평양지역 총무로 활약했다. 거의 40여 국을 대상으로 한 성서 반포 사업을 관장하며 방콕, 홍콩, 마닐라 등 본부를 전전했으므로, 나의 가족은 네 곳에 흩어져 지냈다. 그 기간에 내가 가장 역점을 두고 이룩한 사업은 잘 알려진 중국 난징(南京) 아이더(愛德) 인쇄유한공사(Nanjing Amity Printing Company)의 설립이었다. 1980년대에 중국이 개방되면서 세계 선교 사역에서 거의 반세기 동안 제외된 12억 인구에게 어떻게 기독교 복음을 합법적으로 전할 것이냐의 문제는 전 세계 교회의 크나큰 숙제였다. 나는 기도하며 여러 번 시도한 끝에 극적으로 중국 당국의 종교 지도자들과 합의를 도출했고, 세계 여러 나라 성서공회의 적극적 협력을 얻어 1987년 12월 5일에 그 공장을 설립했다. 그때 우리는 760만 달러를 조건 없이 투자했다. 지금은 그 출판공사가 세계에서 가장 많은 성경을 발행하는 곳이 되었다. 거의 다 자동화되어 있지만 620명의 직원이 초당 1권씩, 1년에 1400만 권의 성경과 600만 권의 일반 서적을 90여 개 언어로 출판하고 있다. 2016년 4월 25일 현재 총 1억 4700만 권의 책을 출판하고 있으며, 그중 절반은 해외로 수출하고 있다. 가장 큰 공산주의 국가에서 가장 많은 성경을 출판해 전 세계로 송출한다는 사실은 하나님이 하시는 기적이라고밖에 설명할 길이 없다. 나는 이 엄청난 기적의 현장에서 지극히 위대하신 하나님의 능력을 직접 보며 지극히 겸허하고 감사하는 마음으로 살아왔다. 나는 진정한 겸손이 세상을 섬기러 오신 주님을 대하는 가장 기본적인 자세라고 굳게 믿으며 살아왔다.

김 박사 부부는 하나님께서 나를 통해 역사하시는 여러 일에 대해 비상한 관심을 가지고 지켜보아 왔다. 특히 내가 1992년에 은퇴하고 그들이 2005년에 은퇴하면서 우리는 자주 한국과 미국을 서로 방문해 세계 선교와 관련된 여러 가지 일들에 대한 생각과 뜻을 나누었다. 내가 석좌교수로 있던 횃불트리니티신학대학원대학교에서 김 박사는 2년간 기독교 사회복지 객원교수로 봉사했다. 그리고 2008년에는 내가 해외 담당 총책으로 관여한 제다(GEDA: Global Evangelical Development Association) 선교회에 정식 회원으로 들어왔다. 그래서 태국, 베트남, 필리핀 등 선교 현장의 대회에 참가하게 되었다. 이 선교회는 동남아에 파송되어 있는 60여 명의 자비량 선교사를 지원해주는 작은 단체였다. 해외 선교를 위해서는 '현지로 가는 사람'과 '뒤에서 보내는 사람' 둘 다 필요한데 김 박사 부부는 후자의 경우로, 현지 선교사들의 특별한 사업을 지원하거나 한국을 방문하는 선교사들을 대접하는 일을 주로 했다.

노인 계층이 증가하고 선교사의 통속적 개념이 바뀌면서 은퇴한 전문인의 참여가 절실히 필요했다. 과거 전통적인 선교관은 이른바 서방 선진국에서 신학을 전공한 젊은 목사 부부를 빈곤한 개발도상국에 영구직으로 파송하는 것이었다. 그러나 선교는 주를 믿는 모든 사람의 책무로서 누구나 참여하는 것을 원칙으로 하는 것이 나의 신조였다. 따라서 목사가 아닌 각 분야의 전문인들이 지역과 기간에 관계없이 참여해 복음을 효율적으로 전파할 것을 주장해왔다. 특히 은퇴한 '골드 미셔너리(Gold Missionary)'는 사역에 대한 전문성과 자립할 만한 생활 기

김순명 사모(처제), 우리 부부, 김동수 박사 부부
2014년 인천 청라에서

반이 있어 현지나 후방의 선교사로서 적절한 역할을 충분히 할 수 있다. 실제로 몇몇 골드 미셔너리들이 제다를 통해 선교사로 파송되어 활동했다. 2010년에는 장인 고 김예진 목사의 순교 60주년을 맞이해 김 박사 주도로 '김예진목사기념사업회'를 조직하고 활동을 시작했다. 순교 60주년 기념 예배를 드렸고, 연구 저서를 두어 권 출판했으며, 소규모나마 점차 국내외에 선교·애국·교육 지원 사업을 했다. 나는 그 사업회 회장으로서 그리고 고인의 사위로서 그 사업이 발전하도록 6년간 도왔다.

처남 동수 박사는 내가 기대했던 대로 목사나 선교사가 되지는 않았다. 하나님의 경륜은 그가 충실한 평신도로서 교회를 섬기고, 보내는 선교사로서 복음 전파에 헌신하며, 교육과 봉사로서 하나님 나라 확장에 공헌하도록 인도하신 것으로 안다. 지금 김 박사 부부는 한국에서 건강하고 행복하게 살고 있다. 무엇보다 주님의 은혜와 축복으로 감사와 기쁨의 생활을 하고 있다. 나는 매형으로서, 그리고 믿음의 선배로서 지난 60년간 그의 삶에 가까운 길잡이가 되며 어려울 때 손을 잡아줄 수 있었던 것을 기쁘고 감사하게 생각한다. 그가 여러 어려움을 극복하고 금년에 80세 생일을 맞이했다. 이것 역시 기쁘고 감사한 일이다. 앞으로 그의 생이 더욱 주님만을 높이는 겸손하고 충성된 하나님의 자녀로서의 삶이 되기를 축복하고 기원한다.

로스앤젤레스에서 매형

* 이 글은 2016년 5월 19일의 전화 면담과 『최찬영 이야기』(1995), 임윤택의 『해방 후 최초의 선교사 체험기』(2009)의 일부 내용을 뽑아 재구성한 것이다.

김동수의 향기와 메시지

한완상
서울대학교 명예교수
방송통신대학교 총장, 상지대학교 총장, 한성대학교 총장 역임
통일부 총리, 교육부 총리, 대한적십자사 총재 역임

제가 그를 처음 만난 것은 1968년 늦가을 피츠버그 신학교(Pittsburgh Theological Seminary) 교정이었습니다. 그때 미국 여러 대학에서 연구하거나 가르치고 있던 한국 크리스천 학자들의 모임이 그곳에서 열렸습니다. 대체로 그들은 예수님의 하나님 나라 운동을 머리로만이 아니라 가슴으로 이해하고 실천하려는 지식인들이었습니다. 분단된 조국 땅에 하나님의 샬롬(Shalom)을 세우려 했던 분들, 양극화된 모국에서 하나님의 공의를 이룩하고 싶어 했던 분들, 특히 학원의 자율과 학문의 자유가 날로 위축되고 있는 조국의 현실을 안타까워하면서 민주화를 위해 헌신하고 싶어 하는 분들이 그곳에 모였습니다. 당시 김동수 박사는 호스트 역을 맡았습니다. 그때 저는 평생에 걸쳐 소중한 사귐을 나누게 된 여러 동지를 만날 수 있었습니다. 이역 땅에서 조국의 평화와 통일, 국가의 민주화, 그리고 사회정의와 인권 같은 가치를 위해 헌신하려는 훌륭한 분들이었습니다.

제가 이 모임을 잊지 못하는 데는 별난 이유가 있지요. 그때 저는 테네시 주립공대(Tennessee Technological University)에서 사회학 교수로 봉직하고 있었습니다. 마침 내슈빌에 있는 밴더빌트 대학(Vanderbilt University)에서 연구하던 서광선 선생 부부와 함께 이 뜻깊은 피츠버그 신학교 모임에 갔지요. 저의 낡은 차로 이분들을 모시고 갔는데, 켄터키 북쪽 산을 가로질러 가다가 가파른 내리막 좁은 길에서 차가 미끄러져 하마터면 요단 강을 건너갈 뻔한 사고를 당했습니다. 그러니 서광선 교수 부부와 저는 죽음의 골짜기를 넘어 비로소 피츠버그 신학교로 갈 수 있었습니다. 따라서 그때 그 모임에서 만난 동지들이 저에게는 더욱 소중한 분들이 되었지요.

이런 만남 이후 우리는 각기 별나게 바쁜 파란만장의 삶을 사느라고 서로 소통할 시간을 내지 못했습니다. 저는 1970년 모교의 부름을 받고 귀국했습니다. 그때 대학 교정은 학문의 상아탑이 아니라, 군사정부와 싸우는 제일선의 전투장이었습니다. 저는 박정희 군사정부의 벌거벗은 권력과 충돌하는 최일선에 언제나 서 있는 제 모습을 발견하고 몹시 놀랐으며, 몹시 당황했습니다. 그때 저는 박 정권에 매우 비판적인 기독교 교수 공동체인 '한국기독자교수협의회'에 적극 참여했습니다. 왜냐하면 그것이 저에게는 매우 의미 있는 종말론적 공동체였습니다. 저에게는 이 공동체가 서로 위로하고 위로받는 지적·신앙적 '카타콤베(catacombe)'였습니다.

원래 벌거벗은 독재 권력은 종말론적 희망 공동체를 경원하고, 증오하며, 탄압하지요. 그래서인지 1970년대 중반에 공동체 핵심 인사들은 유신 체제에 의해 대학에서 추방당하고 말았지요. 저도 그중 한 사람이었습니다. 들판으로 쫓겨났지만, 광야에서 신나게 강연하고, 글 쓰며, 저항하기도 했습니다. 박정희 대통령이 몰(沒)하게 되자 그 이듬해인 1980년 봄에 해직된 교수들이 복직되었습니다. 저도 서울대학교에 복직되어 다시 신나게 학생들을 가르쳤습니다. 허나 학원 밖의 상황은 몹시 불안했지요. 전두환 신군부의 움직임이 수상했습니다. 아니나 다를까 1980년 5월 중순 신군부는 이른바 '김대중 내란음모사건'을 조작해 민주 인사들을 일망타진했습니다. 저도 이 '음모'에 연루되었지요. 연행되어 두 달간 지옥 심문을 받았습니다. 소천하신 저의 어머님의 장례를 5월 12일에 치렀는데, 빈소에서 김대중 등 '불온 인사'들이 내란을 음모했다고 군 검찰은 주장했습니다. 이 일로 저는 잠시 교도소 생활을 했습니다. 그 후 1981년 가을 미국의 이승만 목사께서 에머리 대학(Emory University)의 제임스 레이니(James Laney) 총장과 함께 힘을 써서 저를 미국으로 빼돌렸습니다. 3년간의 망명 생활을 한 후 1984년 8월에 다시 복권·복직이 되

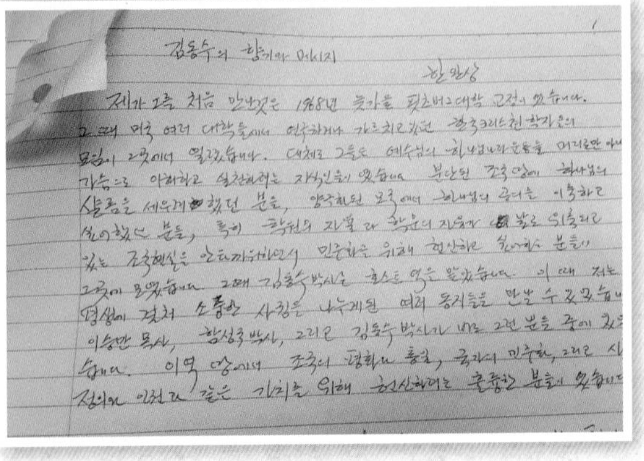
김동수의 향기와 메시지

한완상

제가 그를 처음 만난 것은 1968년 늦가을 피츠버그 대학 교정이었습니다. 그 때 미국 여러 대학들에서 연구하거나 가르치고 있던 한국 크리스천 학자들의 모임이 그곳에서 열렸습니다. 대체로 그들은 예수님의 하나님나라 운동을 머리로만 아니 가슴으로 이해하고 실천하려는 지식인들이었습니다. 분단된 조국 땅에 하나님의 샬롬을 세우려 했던 분들, 양극화된 모국에 하나님의 공의를 이룩하고 싶어 했던 분들, 특히 학원의 자율과 학문의 자유가 날로 위축되고 있는 조국현실을 안타까워하면서 민주화를 위해 헌신하고 싶어하는 분들이 그곳에 모였습니다. 그때 김동수 박사는 호스트 역을 맡았습니다. 이 때 저는 평생에 걸쳐 소중한 사귐을 나누게 된 여러 동지들을 만날 수 있었습니 이승만 목사, 함성국 박사, 그리고 김동수 박사가 바로 그런 분들 중에 있었습니다. 이역 땅에서 조국의 평화와 통일, 국가의 민주화, 그리고 사 정의와 인권과 같은 가치를 위해 헌신하려는 훌륭한 분들이 있었습니다

었습니다. 그해 9월 귀국해 꿀맛 같은 복직의 삶을 누렸지요. 그러나 나라의 꼴은 여전히 군부독재하에서 비참했습니다. 귀환은 했으나, 희년(jubilee)의 기쁨은 없었습니다. 그래서 저는 몹시 슬펐습니다.

바로 이때 저는 어느 날 제 연구실로 날아온 편지 한 통을 받았습니다. 김동수 박사가 보낸 편지였지요. 그는 몹시 심각한 병(간경화)을 앓았는데 수술을 통해 기사회생했다는 소식이었습니다. 저는 그 편지를 읽고 잔잔한 감동을 받았습니다. 임박했던 죽음 앞에서 그가 겪었던 아픔과 기쁨을 알려주었습니다. 죽음을 턱 앞에 두고 그 죽음과 일정한 거리를 두면서 자신과 주변을 관조하는 그의 모습을 얼핏 느꼈습니다. 죽음 앞에서 죽음을 관조할 수 있는 그 여유를 보며 저는 김동수를 정말 대단한 거인으로 느꼈습니다. 죽음 그 자체보다 죽음에 대한 인간의 생각과 염려가 더 무서운 법인데, 그는 이 같은 공포를 초월할 수 있는 믿음의 경지에 이르렀음을 그 편지에서 감지했지요. 그래서 그가 부러웠습니다. 정말 멋진 벗이라고 여겼습니다.

그는 저와 동갑입니다. 단순한 동갑내기가 아니라 우리는 같은 날에 태어났습니다. 1936년 3월 5일. 병자년 정월 보름날에 태어났지요. 돌아가신 어머님께서 가끔 저에게 평소 이렇게 말씀하셨어요. "완상아, 네가 태어난 날 밤, 정월 대보름달이 그렇게 크고 밝을 수가 없었단다……." 저는 이 말씀을 기억할 때마다 비록 햇볕같이 세상을 밝게, 그리고 따뜻하게 비춰주는 삶을 살지 못한다 하더라도 정월 대보름달처럼이라도 밝게 비춰주는 삶을 살아야겠다고 다짐했습니다만, 팔십 대에 들어선 오늘까지 저는 초승달 정도의 빛도 제대로 비추지 못했다고 자탄할 수밖에 없습니다. 그런데 김동수 친구는 정말 잔잔하게, 그러나 매우 조용하게 밝은 정월 큰 달빛을 던져주며 살고 있다고 저는 생각합니다.

김 박사와 제가 태어난 해는 한국 역사에서 잊을 수 없는 비극의 해입니다. 일본 제국주의 정부가 대륙 침략을 위해 한반도 병참기지화를 본격적으로 추진하려고 무단정치의 달인이라 할 수 있는 미나미 지로(南次郎) 대장을 조선총독으로 임명했습니다. 그는 농공병진이라는 조선 근대화 정책을 실시하며 조선반도를 대륙 침략을 위한 병참기지로 만들려고 했습니다. 그리고 내선일체(內鮮一體)를 앞세워 조선 민족을 황국 시민으로 만들려고 했습니다. 민중의 얼인 우리의 언어도, 우리의 신앙도 빼앗으며 조상의 성마저 폐기시켰습니다. 이런 상황에서 김 박사와 저는 태어났지요. 그런데 지금 일본의 아베 신조(安倍晋三) 정부는 이 같은 미나미 총독의 파시즘 정책을 복원하려고 합니다. 저희가 태어났을 때 일본 제국 정부가 추진하려다 실패한 대동아 공영의 탐욕을 아베 정부가 계승해 아시아의 군사·경제 패권국가로 발돋움하려 합니다. 이러한 불길한 조짐을 생각하면서 저는 김동수 박사와 동갑내기라는 사실을 새삼 기억하고, 정신을 바짝 차리려 합니다. 이런 일본의 제국주의, 군국주의 야욕을 뒤에서 은근히 부추기는 세력이 또한 바로 미국이라는 사실을 우리는 눈을 부릅뜨고 직시해야 합니다. 우리 모두 미국에서 대학원 교육을 받아 오늘에 이르렀기에 더욱 무거운 책임감을 느낍니다.

헌데 우리의 생일과 관련된 또 하나의 의미 있는 역사적 사건이 있지요. 1953년 3월은 한국전쟁이 치열하게 펼쳐지면서 우리 민족이 엄청난 고통에 시달렸던 때입니다. 그해 3월 5일 소련의 독재자 이오시프 스탈린(Iosif Stalin)이 사망했습니다. 조지 오웰(George Orwell)이 그토록 혐오했던 소련식 전체주의 체제가 그의 사망으로 흔들리기 시작했습니다. 인류에게 오웰리언 체제(Orwellian system)는 끔찍스러운 지옥입니다. 어떻게든 이러한 전체주의의 닫힌 체제가 다시 현실로 나타날 수 없게 해야 합니다. 그런데 최근 세계의 일부 흐름을 보면 이 같은 극단적 오웰리언 체제가 스멀스멀 우리 역사의 현실 속으로 다가오는 것 같기도 합니다. 김 박사나 저 같은 늙은이들은 적어도 우리가 겪었던 반민주적 닫힌 체제의 억압과 착취를 우리 후손들이 겪지 않도록 남은 삶을 몽땅 바쳐야 할 것 같습니다.

그 후 김동수 박사를 다시 만난 것은 1991년 5월이었습니다. 그것도 제가 1980년대 초 2년간 망명 생활을 할 때 거처였던 미국 장로교의 수양관 스토니포인트 센터(Stony Point Center)에서 만났지요. 이때 남북기독학자회의가 그곳에서 열렸습니다. 당시 저는 서울대학교 교수 자격으로, 한국기독자교수회 회원으로 서남동 교수, 박순경 박사, 노명식 교수 등과 함께 이 회의에 참석했습니다. 북쪽 대표로는 봉수교회 담임 고기준 목사와 최옥희 전도사, 북의 주체사상연구소 소장 박승덕 박사, 그리고 북한의 전 유엔 대사 한시해 씨 등이 참석했습니다. 미국 현지에서는 손명걸 목사, 이승만 목사, 김용복 박사, 안중식 목사, 김동수 박사 등이 참석했지요. 이때 저는 흔하지 않은, 흐뭇한 한 광경을 보게 되었습니다. 북쪽의 박승덕 소장과 김동수 교수가 여러 해 만에 다시 만나는 장면을 우연히 목도했는데, 그 둘은 정말 형제처럼 반가워했습니다. 박 소장은 평양에서 정성스럽게 마련해온 한약(아마도 간에 효력 있는 약인 듯)을 김 박사에게 건네주었지요. 병약했던 김 박사에게는 참으로 소중한 약인 듯했습니다. 이 특효약을 받고 고마워하는 김 박사의 모습을 보며, 바로 저 순수하게 기뻐하는 모습에서 진정한 민족 평화와 통일의 그 아름다운 모습을 보는 듯했습니다. 두 분의 기뻐하는 장면에서 저는 이미 분단 장벽이 무너지고 샬롬의 꽃이 활짝 피는 모습을 본 듯했습니다. 이 모임의 어느 논문에서도 제가 얻지 못한 감동을 이 광경에서 이미 받았습니다. 그리고 예수를 따르는 이로서 예수님의 원수 사랑 실천이 주는 참평화의 효험을 보는 듯했습니다. 두 분의 우정 어린 대화에서 서로의 신뢰와 존경의 마음을 읽을 수 있었습니다. 왜 이 같은 신뢰와 우정과 사랑의 교환이 남북 두 정부 간에는 이뤄지지 않는지를 저는 그때 심각하게 스스로에게 물었습니다.

박승덕 소장과 저는 회의가 끝난 직후《뉴욕중앙일보》특파원의 부탁으로 두 시간가량 기독교와 주체사상을 놓고 토론을 펼쳤습니다. 서로 많이 배웠습니다. 우리의 토론은《월간중앙》에 실렸습니다. 저는 이 토론에서 박 소장을 다소 당혹시키는 질문을 여러 번 했는데, 그는 정말 여유롭게 열린 마음으로 저의 문제 제기에 대해 잘 대응해주었습니다. 그는 북한의 최고 철학자요 주체사상의 대가인 황장엽 씨와 처남과 매부 사이여서, 후일 황 씨의 탈북 사건으로 심한 고통을 당했을지도 모르겠습니다. 그의 행방을 알지 못하기에 그의 안녕을 바랄 뿐입니다.

세월이 또 흘렀습니다. 김동수 박사는 미국 대학에서 은퇴한 후 귀국해 숭실대

예수 안에서의 형제자매
왼쪽부터 백하나, 김동수, 한완상, 안중식

학교, 한동대학교, 횃불트리니티신학대학원대학교에서 사회복지 과목들을 가르쳤습니다. 어디가나 그는 제자들한테 향기 나는 스승으로 존경받는다는 얘기를 듣곤 했습니다. 그에게 가르침은 곧 실천이요 삶이었습니다. 그렇기에 그의 가르침은 항상 향기 나는 메시지를 담고 있습니다. 그의 삶 자체가 살아 있는 메시지라고 저는 생각합니다. 그는 사회복지 분야를 전공한 교수일 뿐만 아니라 시인이며 수필가입니다. 문학인이지요. 그의 시와 수필을 읽으면 언어만 만나는 것이 아니라 그의 인품을 만나는 듯합니다. 그것도 향기 나는 인품 말입니다. 그것도 메시지가 담겨 있는 향기 나는 인간을 만나는 듯합니다. 따라서 그는 저의 멋진 벗이요, 또한 제가 쳐다보아야 할 모범입니다. 모범이라고 말하니까 정말 그는 부인 백하나 박사와는 멋진 모범 부부임을 지적하지 않을 수 없군요. 두 분은 부부이면서 동지요, 동역자입니다. 정말로 부러운 인품들입니다.

이 글을 마치며 저는 김동수 벗과 꼭 보고 싶은 것이 있습니다. 언제까지 이 육신의 삶을 이어갈지 모르지만, 우리의 육신이 몰(沒)하기 전 한반도 조국 동산에 하나님의 샬롬이 이슬처럼 내리는 가운데 그 지긋지긋한 민족 분단이 사라지는 새 역사의 광경을 보고 싶습니다. 일찍이 미나미 총독 체제에서 악이 극성을 부릴 때 태어난 우리이기에, 죽을 때는 한반도 남북 사이에 하나님의 샬롬과 공의가 강물처럼 흐르기 시작하는 그 감동적인 모습을 보고 싶습니다. 이를 위해 남은 시간을 더 값지게 쓰고 싶습니다.

그리스도 예수 안에서

벗 한완상

진정한 삶의 마술사 선생님께

황경원
국제펜클럽 한국본부 회원,
한국문인협회, 한국산문작가협회, 강촌수필문학회 회원
제8회 한국산문 문학상 수상

선생님을 처음 뵌 것이 올해로 꼭 십 년이 되었습니다. 그때 수필반에서 뵈었던 선생님의 첫 모습이 지금도 눈에 선합니다. 하얀 수염 때문이었을까요, 환한 웃음 때문이었을까요. 노교수님의 아우라에 제가 단박에 매료되었었지요.

누군가가 각별한 존재가 되는 것과 함께해온 세월이 꼭 비례하는 것 같지는 않습니다. 비록 길다고 할 수 없는 시간이지만, 제 인생길에 선생님은 분명히 느껴지는 바람으로 계시니까요.

선생님은 어떤 자리에서든지 언제나 부드러운 바람결처럼 그곳에 계시지만, 자신을 부각시키지 않았습니다. 넉넉하게 주변을 감싸 안으며 사람들의 배경이 되어줄 뿐이셨지요. 오히려 그래서 선생님의 존재감이 더 크게 느껴졌던 것 같습니다. 마치 크리스티나 로세티(Christina Rossetti)의 "누가 바람을 보았는가/ 나도 너도 아무도 못 보았지/ 그러나 나뭇잎이 떨고 있을 때,/ 바람은 질러가고 있지"라는 시구처럼 말이죠.

시간이 지나면서 선생님의 부드러움이 그냥 부드러움이 아님을 알게 되었습니다. 사회정의를 위해, 이데올로기를 넘어선 인간애를 실천하기 위해 결코 녹록지

않은 삶의 궤적을 안고 계심을 알게 된 것입니다. 선생님의 정직하고 용기 있는 열정적 삶에 진심으로 경의를 표합니다.

그러나 정작 제가 선생님을 좋아하는 이유는 따로 있습니다. 모자 속에서 비둘기를 꺼내는 마술사처럼, 우리의 삶에서 향유할 보석을 발견해내시는 분이기 때문입니다. 늘 사람들을 불러 모아 함께 밥 먹고 대접하기 좋아하시는 선생님, 사람들의 배보다 허기진 가슴을 더 부르게 해주시는 선생님, 이것이 여전히 시들지 않는 소년처럼 해맑은 미소를 간직하고 계시는 비법이지 싶습니다.

저마다 나름대로 삶의 방식이 있지만, 영혼 깊숙한 곳에서 강건한 부드러움과 편견 없는 인정, 순박한 인간미를 끄집어내 보여주시는 선생님은 제가 놓치고 사는 것이 무엇인지 뒤돌아보게 해주셨습니다. 학식도 지위도 인생을 풍요롭게 해주지 않는다는 것을, 무엇보다 소중한 것은 따뜻한 정서적 관계라는 것을 알게 해주셨습니다.

질곡의 삶을 오히려 즐길 줄 아는 선생님은 진정한 삶의 마술사이십니다. 그것은 아마도 죽음의 문 앞, 삶의 끝까지 가보았기에 가능한 것이 아니었을까 싶습니다.

제 인생의 호젓한 길모퉁이에서 하얀 수염의 마술사를 만난 것은 분명 큰 행운이었습니다.

은은한 팔순 소년 선생님의 생신을 진심을 다해 축하드립니다.

Marvin D. Feit, Ph. D.
Former Dean,
Norfolk State University
School of Social Work
Norfolk, Virginia

Dear Dong Soo

Thanks for staying in touch. So glad that Dong Soo continues to move right along, We have known each other more than half our lives which is hard to believe. Both of you have been terrific colleagues and family friends as we have followed each other over time. I admire and appreciate his continued drive and both your love for each other. I believe he will be as strong over the next few years as he has been all these years. I just am not able to join you but my thoughts and love will continue forever.

Marvin

Katie Grant, MM, MA
Director of Music Ministry
Bayside Presbyterian Church,
Virginia Beach, VA

Happy Birthday!

I met Hannah and Dong Soo when I took the position of Director of Music Ministries at Bayside Presbyterian Church in Virginia Beach, VA, in June of 2000. They were both very active in the church during their time here, and sang in the choir. Dong Soo was also an Elder for our Global

Witness Ministry.

I came to know that Dong Soo and Hannah both had a history of working for Peace and Justice in the world, and I admire that so much.

I mainly saw that they have a very great love for people, and will go out of their way to help someone, even something so everyday as having a cell phone! Thank you both for getting me started on the joys and convenience of having a cell phone!

Dong Soo, you are missed here at Bayside, but I can see that you continue to use your gifts and education to work for the betterment of people. The celebration of your 80th birthday is certainly a wonderful occasion to honor you and all that you have done.

Love in Christ,

Katie Grant

Elder, Lin Haskins
Lieut. Colonel
US Army, Ret.

My Dearest Friend:

I want to add my congratulations to you on reaching another milestone in your storied life. Making it to 80 is not so bad. Believe me I have tried it already and I am still here to talk about it.

As I look back on the years we have been friends there are so many moments to highlight that I really don't know where to start. I think it is appropriate that our first meeting was outside Bayside Presbyterian Church in the early 1990s. From there we were involved in establishing the AGAPE Birthday Club in 1995, an organization whose sole purpose was to share Christian fellowship and celebrate member's birthdays. Later in 2000, we were both called to be elders in our church and were ordained on the same day. As elders we organized a couple of weekend retreats at Makemie Woods and with your leadership some thirty people were richly rewarded in their faith. We always felt it was important to be closely connected personally rather than just a phone call with a "HELLO".

I vividly remember a weekend camping trip in the Washington National Forest, near the Blue Ridge Parkway, where it rained so hard on Friday night. We spent the whole night huddled up in our empty large business trailer talking about friendship and friends and you and Hannah slept in the

trailer while Kim and I stayed in the van. The next morning bright sunshine opened the day and we cooked with a gas stove and had a roaring fire outside the fire pit for which we were chastised by the Forest Ranger. (The fire pit was six inches deep in water.) It was a memorable trip and served as a reminder how important friendships are.

In 2011 you and Hannah and our friends Michael and Young Oh helped Kim and I celebrate our 25th wedding anniversary by going on a 10 day cruise to the Panama Canal. You are always willing to share or love with others.

Your return visits to America always are a time of celebration and overnight stays at our house our joyous. It always gave us an opportunity to gather the Birthday Club together again to reminisce about old times.

Your gracious hospitality during our three week visit to you in Incheon will long be remembered as it was probably our last long trip we will make.

We thank the good Lord for your health and long life and pray that you have many more years to enjoy life.

Warmly and with God's love

Lin Haskins

80 memories of and lessons learned from Dad

On the occasion of his 80th Birthday

Stephanie Sunghe Kim, MBA, CMA, CFM
Director of Finance
Tobacco Region Revitalization Commission
Commonwealth of Virginia
Second Daughter

I remember:

1. Holding your hand as we walked through stores, looking at your fingers to compare how mine looked a lot like yours.

2. Going with you to the computer room at the University of Chicago and typing on the huge computer to make punch cards.

3. Your telling us bedtime stories about how you found us floating down the Monongahela River.

4. Going to demonstrations with you in Chicago, not really understanding what you were demonstrating against, except that my cousin Sam was arrested for yelling, "Park is a pig!"

5. Your putting up with our roller skating down the long apartment hallway while you tried to study.

6. Being so poor you had to borrow my allowance money to pay the bills.

7. Hearing you sing at the top of your lungs with the record player blast-

ing, "Maria, Maria, salang haneun Maria..." Who knew that I would name my daughter Maria 25 years later?

8. When you bought our very first house in Bartlett, Tennessee.

9. Your coming home from work in Memphis late one night with newspapers covered with the headlines, "Elvis is dead," and my asking you, "Who is Elvis?"

10. A Korean Santa, who greatly resembled you, visiting us every year, no matter where we were.

11. Always going to friends' homes(Little Moons, Big Moons) to fellowship and play games until all hours of the night.

12. Long, very long, car rides for "summer vacation," which always meant visiting a friend's house, like the Chungs in Poplar Bluff, Missouri, or family in Pittsburgh, New York City, Chicago, or wherever you could find friends and family to stay with.

13. Your attempt to dry peppers in the clothes dryer.

14. Your trying to repair the clothes dryer, taking it completely apart, and putting it back together only to discover you had a part left over.

15. Going camping in the summer and staying in our huge tan tent. I really can't think of why I enjoyed camping so much, but I did at the time.

16. Your letting me taste your beer, which turned me off from ever drinking beer for the rest of my life!

17. Your getting up some Saturday mornings and yelling, "Yabadabadoo!!!" Suze has some ideas on what prompted that.

18. Our great adventure moving from Memphis, Tennessee, to Virginia Beach, Virginia, making stops all along the way, including riding horses in the Smoky Mountains.

19. Going crabbing with you under the Lynnhaven Bridge with crab traps

and raw chicken on a string.

20. Your not allowing me to get my ears pierced, saying if God meant for me to have holes in my ears, He would have made me with them already there.

21. Your finally relenting to let me get my ears pierced if I would just switch bedrooms with Grandma and Grandpa because they snored so loudly.

22. The greatest Christmas gift I ever received from you—a book of coupons redeemable for hugs and kisses and time spent with you, which I later learned was because you didn't have enough money to buy gifts.

23. Your diligent care of your Asian pear, persimmon, and fig trees at the Berrywood house that yielded an amazing harvest each year.

24. Your failed attempts at getting me to try figs since we had so many. By the time I tried them and fell in love with them, you had moved and we no longer had fig trees.

25. Your continual hospitality providing meals to family, friends, and even strangers.

26. Many nights of giving up my bedroom for the stream of summer visitors to Virginia Beach that stayed in our home.

27. Your helping countless foreign students as they pursued their dreams of higher education in the U.S.

28. Playing board games and card games with you.

29. Your opening up your home to family, friends, and students to live with us for as long as needed.

30. You were always up late at night and slept in late.

31. You started many projects and had many ideas, and you're still working on some of them.

32. When you got lost on the way home.

33. You were the epitome of the absent-minded professor, which just makes it more difficult to determine if you ever get dementia.

34. Your losing a 3-year-old Maria somewhere outside when you forgot you were supposed to be watching her.

35. Your losing Julia at Captain George's Restaurant while I went to go get the car.

36. Your claim that you didn't understand what I was saying because English is your second language when really it was probably a combination of hearing loss and attention deficit disorder.

37. Correcting your English grammar on countless grant applications, papers, presentations, and memos on the most boring of social work subjects and never being able to explain why there's no "the" in front of Norfolk State University, except when it's "THE Norfolk State University School of Social Work."

38. Watching your heart break and searching for answers as you grieved the murders of your dearest, closest friends, who gave their lives to spread the Gospel.

39. Your deciding you were done and had lived a good life at the age of 60.

40. Your telling me to play Amazing Grace on my flute at your funeral.

41. Your life in the balance in desperate need of a new liver, unconscious, bleeding internally with little time left and praying that someone might die so that you could live.

42. Your delusional recovery from your liver transplant ("Victory!") and

your transformed new life.

43. Your transition from retirement to not so retired to eventual retirement.

44. Your new season of life in Korea, loving the photography classes, essay club, fitness center, conferences, and gathering with friends.

45. The "roots" tour you guided us on in Korea in 2007 through museums and the National Cemetery to learn about your father and his role in Korea's independence movement.

46. Your handyman services around my house during your visits—replacing light fixtures, fixing toilets, trimming trees and bushes, cleaning out my car, painting my outdoor railings, installing shelves in my garage, etc., etc., etc...

47. You and mom going out on one of the hottest days of summer to remove weeds and trim back shrubs so my neighbors would stop complaining.

48. The fast, long walks we took around my neighborhood together.

49. Your battle with the squirrels in my yard for the Asian pears.

50. Your admission of defeat, so you bought a bird feeder instead.

51. Your telling me you loved me every day of my childhood, and every time I speak to you now in my adulthood.

You taught me:

52. Optimism—to see the bright side of any situation.

53. Joy is not dependent on my circumstances.

54. Perseverance by continuing to work and pursue your education and help mom complete her education and never giving up despite the difficulties.

55. Faith in God by trusting Jesus.

56. Grace—giving me what I did not deserve.

57. Peace is possible—in Korea and in life.

58. To love through the hard times and never stop loving because there is no room for hate.

59. How to work hard.

60. Strategy through playing games.

61. There is sometimes discrimination in this country, so we have to work to be 110% to compete with the next person.

62. Stubbornness, I mean tenacity.

63. Gratitude—to thank God for every blessing He has bestowed.

64. You don't have to be wealthy to have a rich life.

65. To share whatever you do have with others.

66. Travel is the best education.

67. "Try it, you'll like it!"

68. Hospitality—sharing my home and food with others.

69. To never give up.

70. Being faithful does not mean being perfect.

71. The importance of family.

72. The value of education.

73. How much someone can be blessed by God by being faithful.

74. Korea is one country with one heritage.

75. To fight for justice.

76. To use my written words to persuade.

77. How to love your enemies by being kind to those who betray you and persecute you.

78. Forgiveness of others, even when they don't deserve it, don't apologize, or don't ask for it.

79. Unconditional love by welcoming back your prodigal daughter, much like the love of my Heavenly Father.

80. By the living of your life that all thing work together for good for those who love God and are called according to His purpose.

I am my father's daughter

Susanna Sungsook Kim-Villano, MM
Administrator of the Notre Dame Uiv.
Children's Choir
Vocalist with the Sacred Music Prog.
Wife of Research Professor at NDU and
mother of four adult children
First Daugter

I am my father's daughter. On the way to the airport this morning, I realized that I left my mobile phone at home. I was reminded of a time when my mom shared that she had found my dad's mobile phone, again, and was going to keep it until he realized it was missing. My father and I share a special knack for "mis-locating" items like a pro.

In going to bed too late again last night, I woke up a little less alert than I should have and I kept finding items that I should have packed earlier but had forgotten. I had put off packing until the last minute, procrastinating as my dad often has, taking care of urgent matters that I had promised to deliver weeks ago. (In fact I'm writing this article now which was also due weeks ago.)

My sister and I both share qualities from our parents, as all children do, but unmistakably, I favor my father. In personality, mannerisms, looks, strengths and our shortcomings, my dad and I can frustrate my sister and mom like no other. We share a bond and we share an understanding of the

world that can confound and amaze.

Like my dad, I love writing, and I've in fact written this article several times. In my head. I was inspired on several occasions with poignant memories and witty insights about my dad, usually when it was impossible or not appropriate to collect my thoughts on paper. As hard as I tried to keep these are great ideas and stories, I forgot most of them. My dad has published poetry, essays articles, and textbooks and is in the process of writing his memoirs. Likewise, I sometimes need to write, just share, to create, but unfortunately not when I'm told to do so (like in school or for this article). I find that I must be in the mood to put pen to paper, and suffer terrible feelings of inadequacy. One day, I hope overcome these feelings to publish works like he has (and still does).

Like my dad, I have embraced the Arts, finding Joy through enjoying music—and singing most of all. Perhaps I was inspired from the albums he kept—Johnny Cash, Mahalia Jackson, Patty Kim—but more likely from his bellowing, "My Lord what a morning! ", "How Great Thou Art" and "Oh, what a beautiful morning". My dad loves to sing and would belt out at home and at church. I love to sing but I get my voice from both my parents, particularly

loving to sing church music.

My dad has also spent some of his "bonus years" on fishing boats and at an easel with paints or practicing piano—finding Joy. I'm glad that he has had the chance. When I was growing up he had a little time to pursue these joys and hobbies. He knew that he had to work hard to provide for the family's needs and solve problems. I remember him telling me that though I was smart, I need to work twice as hard as the next person to succeed. Because we were a minority we would have twice as much difficulty to achieve the same recognition. He added that I would encounter even more challenges than he because I'm female (and if I didn't work hard I'd be a ditch digger!).

My father has tirelessly worked out for social justice and political justice, teaching us early on by taking us to rallies or demonstrations against the Korean dictator Park Chung Hee. I was very young when I first sang, "We Shall Overcome Someday." I think that my dad instilled in us a sense of working on the movement towards justice, just as his father instilled in him. He always fought for the little guy, we're the ones who needed a hand. Like his dad, who pulled bums off the street, my dad offered our home to countless people as they came to the United States. I rarely remember actually sleeping on my own bed, usually giving it up for guests who needed a place to stay. When we now offer our home and meals to Notre Dame students, I feel like my parents shared a gift with me, the desire to offer food and shelter to

people who are far from family. This simple act, I realize, brings comfort to them, but so much joy for us.

My dad is a joyful man. He is known for his smiles and laughs and goofiness. Countless photos in our family album are "enhanced" by his "rabbit ears" behind my mom's head or surprise kisses with her.

Every child remembers her parents in many ways but I see these as gifts from my father. And as challenges. When he brought my family to Korea to learn more about his dad, I knew that he had grown up knowing that he had big shoes to fill. And he challenges me each day to find joy, to create, and to help others.

Tough guy, my brother Dong Soo Kim

Daniel Y. Moon
Southern Baptist Church Brotherhood 전 대표
Agape Manna Foundation 대표

To celebrate your 80th birthday, I would say you have lived long enough to experience and reminisce about the very rich background of your life, along with identifying with our culture and legacy.

Your life has been wrapped up with tremendous tribulation, trials, and fulfillment. You grew up under colonial occupations and two major wars, World War II ending August 15, 1945 and the Korean War starting on June 25, 1950, and the degradation of our people group. Then you went to America to pursue your advanced education and accomplished the highest level by receiving three master's degrees and a Ph.D. at the University of Chicago. After a distinguished career as an educator you retired as a tenured professor.

Your dear wife Hannah, who is still your partner/caretaker and fellow academic, played a very vital part in your career "in sickness and in health." You both came from very rich legacies of Christian families and you have

adhered to their upbringing so well.

Now that you have come a long, long way to be where you are, hitting the 80's mark, I am so fascinated that you pulled through well to the ultimate level of your life and its accomplishments.

In 1996 you and your dear wife came to see me in Riverside, California, to say goodbye and to have a last prayer together. We never thought that I would meet you in this life again. But amazingly now I see that you still alive twenty years later—you are a miracle man (기적의 사나이) and full of surprises.

You, as a poet, have portrayed so clearly those scenes and emotions of Korean feelings and life in lyrical form. I hear the song of your soul as I read through your poetry. You are abundantly gifted as an outstanding poet in the 21st century. I would like to recommend you for the Nobel Prize in poetry.

I recall those days in Memphis back in the 70's when you welcomed us as newcomers. My son David and daughter Ruth and your girls Susie and

Stephanie were just like cousins, and I cherish sweet memories of those wonderful days.

And our relationship extended in Korea after you got "reincarnated" to a real and normal human being as a mature scholar and great lover of your wife Hannah. I am so impressed to see you both becoming one in love in spirit and body, to which I am so proud.

We as retired men both were engaged in academics and now have reached the level of unfailing victory, and I would proudly like to share with the whole world that we "fought the good fight, ran the course," but still are living wild as dreamers and visionaries and billionaires.

It is our prayer that divided Korea will be united in a peaceful way in our lifetime because we care about the future of Korea.

Reminiscences of Dong Soo Kim

We were first introduced to Dong Soo by his brother-in-law who encouraged us to meet. That was in 2005, I think. Some time later my wife and I were finally able to meet him and Hannah in their home in Virginia Beach. We were immediately struck with their gentle spirits, their warm hospitality and their completely unassuming manner. Right off the bat, we became close friends and have remained so ever since. We have a strong visual memory of driving off from their home after that first meet-

Rev. Ben Torrey and Elizabeth Torrey
Ben Torrey, CEO/Director, Jesus Abbey and Three Seas Training Center;
Elizabeth Torrey, the Principal of the River of Life School, both in Taebaek, Korea

ing, they were standing there waving good bye to us like we were old friends.

Sometime later, I invited Dong Soo to serve on the Board of Directors of The Fourth River Project, Inc., which we were in the process of incorporating. Because of his strong interest in peace on the Korean Peninsula and his concern for North Korea, he quickly agreed. Through the years since, he and Hannah have been great supports to us. I have appreciated his gentle wisdom as he contributed to our deliberations. Faithfulness is the quality that comes to mind when I think of him.

After we both had moved to Korea, we were able to meet together a few times but it was usually at some special event or other. The one that I remember most vividly was the Festival of Thanks for the establishment of The River of Life School in Taebaek near Jesus Abbey as a place to raise up the "Unification Generation." Dong Soo and Hannah made the long trip from Seoul and sat in the hot sun (albeit under a large shade tent) and then joined us in the delicious banquet provided by our school parents. We were blessed and encouraged that they wanted to come to show their support for the school and for our work there.

Through the years, we have gotten to know them both a little—but not as much as I would like. We learned from him a little about his father and his growing up as the son of a pastor, a dedicated man of God but also one

engaged fully in Korea's struggle for independence. We learned about their first trip back to North Korea and the heartache that they felt upon returning to the U.S. where their own community and friends now looked on then with great suspicion. Again, it is faithfulness that comes to mind. He has always been faithful to God and God's will as well as faithful to his friends even when they do not fully understand.

We treasure Dong Soo's friendship, value his wisdom greatly and deeply appreciate this and Hannah's encouraging support the Fourth River Project, Inc. and our work.

Mary Yanisko
Former Prof.
Norfolk State University School of Social Work

March 25, 2016

Dearest Dr. Dong Soo Kim:

It is an honor for me to write a letter of congratulations to you on your 80th birthday!

I have never known any man who has lived out God's purpose for him as fully as you have lived your life.

It is with deep gratitude that I thank you for all the ways you have touched my life. As my Professor of Research at the Ethelyn R. Strong School of Social Work you helped me navigate a challenging course and enabled me to fully understand how research impacts effective social work practice each day. You gave me confidence in myself as a student. Thank you for being my beloved teacher.

As a graduate student, I shared my dream of one day also being a teacher in the School of Social Work. It seemed like an impossible dream to me at the time, but you believed in me, encouraged me, motivated me and helped me see my potential. When that dream came through, no one could have had a better mentor as a young faculty member than I had in you. Thank you for being my mentor.

As a colleague, you inspired me. You always gave your colleagues your best, treating everyone with such dignity and respect even during difficult times. You brought your spirit of joy and camaraderie to the entire faculty and staff. You fostered solid relationships and were encouraging to all your colleagues. The wonderful events of celebrations that you and your wife hosted will always be some of the best memories I have as a faculty member at the School. Thank you for being such an uplifting colleague and friend.

You, Dr. Kim, were the perfect model of those core social work values of serving others with worth and dignity. You not only taught these values, you lived them. Your life is a reflection of the social work values of service and social justice. Thank you for inspiring all of us to be the best social worker possible.

Most of all, Dr. Kim, I want you to know that my relationship with you led me to a deeper relationship with God. I appreciated your ability to merge social work with Christian values that challenged me to see my profession as God's work and how to rely on him to help me walk the path of the social work profession. Thank you for showing me the face of God on this earth.

So my dear friend, professor, colleague, mentor, fellow social worker, man of the highest integrity and man of God, thank you for the many gifts you have shared with me. May you have the happiest of birthdays and may God shower his blessings on you for many years to come.

With love and appreciation,

Mary Yanisko

3장

살아온 이야기

전반부

사람은 누구나 자기의 살아온 이야깃거리가 있다. 나의 이야기는 대단한 것은 아니지만 좀 색다른 점이 있다. 나만이 경험한 일이지만 그 경험이 나에게 준 교훈이 되어 나누고 싶은 이야기가 있다. 무엇보다 내 삶의 여정에는 보이지 않는 거룩한 분의 손길이 여기저기 있었음을 증언하고 싶다. 그것은 나의 인생사에 묻혀 있는 영적 생명이기도 하다.

그러한 뜻에서 이 글은 나의 삶에서 일어난 여러 일을 겪으며 느끼고 생각하며 깨달은 내부적 경험을 솔직하게, 간결하게, 그러나 의미를 찾으며 쓰고자 한다. 물론 여러 부끄러운 이야기도 있었다. 그러나 옆에 있는 사람들을 위해 내 가슴 통회의 재 속에 그냥 묻어두기로 한다. 부족한 한 사람의 이야기지만 읽는 이들에게 조금이라도 어떤 도움이 되기를 바라는 것이 나의 소박한 소원이다.

미리 부연할 것은 시간이 촉박해 나의 살아온 이야기는 우리말로만 서술했고, 그것도 1978년 42세까지의 전반부 생애만 기록했다. 만일 창조주가 허락하신다면 나의 90세 생일잔치 때(?) 살아온 모든 이야기를 마무리 지으려 한다.

Chapter 3

My life story

First half

Everyone has a life story to tell. Mine is not necessarily a great one but has some unusual features. I have had certain unique experiences which gave me special lessons and I would like to share some of them. First of all, I would like to witness that there has been an invisible hand here and there working on me in the process of my life. That awareness has been the strong source of my spirituality.

In this regard, I would like to write what I felt, thought, and found from my life events, with my own insight into certain meaning. Of course I had some sorry mistakes and shameful failures. But I decided to bury them under my painful confession for the welfare of others. It is my hope and wish that this story of an ordinary old man would somehow impart some benefit to the readers.

It is regretful that I had to confine my story to the Korean language only and even that only up to 1978, my age of 42, because of time constraints, thus making this story only half of my memoir. I do promise (?) that I will finish it up when we celebrate my 90th birthday, God willing.

1

해방과 분단

유년 시절(1936~1950)

가난하고 힘들며 어두운 일제강점기, 나는 1936년 3월 5일 새벽에 평안북도 용천 구읍이라는 작은 동리에서 태어났다. 서너 살 되었을 때 나는 비로소 나의 부모가 다른 사람들처럼 농사꾼이 아니라 '목사님'과 '사모님'으로 불린다는 것을 알게 되었으며, 많은 사람이 나를 귀여워하는 것도 알게 되었다. 작지도 크지도 않은 초가집에는 늘 사람들이 들끓었고 왼쪽 돌담 밖에는 커다란 교회가 서 있었다. 교회 앞마당 밑으로 계단이 있고 그 옆에는 '통소간(재래식 화장실)', 그 아래는 커다란 마당과 농가가 논과 밭 사이로 널려 있었다. 나는 늘 즐거워 마당에서 뛰어놀았고, 뒷동산 새들처럼 곱게 노래를 불렀다. 나의 '오마니(어머니의 평안도 사투리)'는 나를 '요셉'이라 불렀고 사람들은 나를 '총명한 애'라며 무척 사랑했다.

나에게는 네 누나 선명(先明), 재명(在明), 광명(光明), 순명(順明)과 형 동명(東明)이 있었다. 큰누나 둘이 각기 결혼과 취업으로 평양에 살았고, 그 아래 형과 누나는 평양에서 공부하다가 가끔 집에 돌아왔다. 그러니 막내로서 나는 온 집안의 사랑을 내리받았다. 어머니는 늘 경쾌한 성격으로, 찾아오는 교인들 특히 노인들을 잘 대접했다. 흰 얼굴에 눈이 빛나는 '아바지(아버지의 평안도 사투리)'는 부드러우면

가족사진
뒷줄 왼쪽부터 장남 동명(작고), 아버지 김예진(순교), 장녀 선명(요양 중), 차녀 재명(작고)
앞줄 왼쪽부터 삼녀 광명(의사), 사녀 순명(약사), 어머니 한도신(작고), 나

서도 약간 무서운 존재였다. 특히 설교할 때 가끔 큰소리치고, 또 조용히 말하다가 눈물도 흘리셨다. 교인들도 따라 눈물을 흘렸다. 멀리서만 바라보는 나의 아버지는 좀 이상한 분이었다.

훨씬 후에 알게 되었지만 아버지 김예진(金禮鎭)은 김두연 영수의 맏아들로, 1898년에 태어나 독립운동으로 많은 수난과 고역을 치르고 나중에 목사가 되었으며, 어머니 한도신(韓道信)은 한성은 장로의 맏딸로 1895년에 태어나 만 스무 살에 결혼해 남편 뒷바라지로 많은 역경에 처해 고난을 겪었다. 나는 후에 한 번 친할머니와 외할아버지를 잠시 평양에서 뵈었을 뿐 선조들을 알지 못한다. 그러나 두 집안이 우리나라 초기 기독교의 중심지였던 서북 지방의 중추적 장로교 전통의 가문이라 나는 기독교 3세대다. 따라서 신앙생활은 자연스럽게 살아가는 길로 알고 있었다. 내가 네 살 때 '뜻밖에' 여동생 명자(明子)가 태어나 나는 섭섭하게도 막내의 특전을 잃고 어머니 젖가슴에서 밀려났다.

1942년 초가을 우리 집은 어쩔 수 없이 짐을 싸서 먼 길을 떠나게 되었다. 만주로 가게 된 것이다. 소달구지(우마차)에 몇 개의 짐을 싣고 기차역으로 떠나는 아침에 온 교인이 와서 울고 난리가 났다. 부모님도 슬피 우셨다. 나는 왜 슬퍼하면서 떠나는지 알 수 없었다. 아마도 떠나지 않으면 안 되는 사정이 있었으리라. 이것도 얼마 뒤 알게 되었는데, 설교 내용에 대한 사전 검열, 여행 제한, 수시 예비검속 등으로 아버지는 늘 형사들의 끈질긴 간섭과 통제를 받아왔다. 어느 주일예배에서 미리 제출한 설교 내용과 달리 '반일 애국 선동'을 한 것이 문제가 되었던 것이다. 결국 교회의 문을 닫느냐 목사가 교회를 떠나느냐 하는 기로에서 아버지는 자기희생을 선택한 것이다. 신앙양심, 신앙의 자유라는 것이 얼마나 소중하고 값비싼 것인가?

고생 끝에 우리가 도착한 곳은 남만주 봉황성(鳳凰城) 또는 봉성(鳳城)이었다. 이곳은 안동[安東: 현재 단동(丹東)]과 봉천[奉天: 현재 심양(沈陽)] 사이에 있는 중소 도시로 일본이 세운 이른바 만주국의 일부였다. 우리 가족이 낯선 이국땅 기차역에 도착했을 때 그곳 일본 경찰서장이 마차 두 대를 대기시키고 우리를 맞이했다. 우리에게는 신나는 일이었지만, 아버지는 웬일인지 벙어리처럼 말을 하지 못했다. 그곳에는 유명한 봉황산이 있고 작은 강이 흘렀는데 본래 도시에서 일본인들이 강을 건너와 개발한 '신시가지'에는 기차역, 우체국, 학교, 교회, 경찰서, 신궁 등이 있었고, 주로 일본인과 조선인이 살았다. 아버지는 거기에 세워진 한인 교회를 맡게 된 것이다.

나는 교회에서 운영하는 유치원에 들어가 새 세상을 만나게 되었다. 처음으로 여러 아이들과 함께 풍금(오르간)이나 찌공기(수식 축음기) 소리에 맞추어 노래 부르고 춤추며 매우 즐거웠다. 만주는 엄청 추웠다. 그러나 꼬마 친구들, 유치원 선생, 부모님, 교인들의 따뜻한 사랑이 나를 행복하게 만들었다. 다음 해 나는 그곳 시키시마 재만국민학교(敷島在滿國民學校)에 들어갔다. 학교에는 조선 학생이 많았지만, 선생과 교육 내용 등은 모두 일본식이었다. 매를 맞아가며 잘 알 수도 없는 노래, 선서, 의식 등을 일본어로 익혀야 했다. 당시에는 대동아전쟁이 한창이었다. "최후의 일인, 최후의 일각까지" 싸워 서양 놈들을 격멸해야 한다는 것이 어린 국민학교 학생들에게 매일 주입되는 세뇌 교육이었다. 죽을 때 잊지 않고 외칠 최후의 구호를 매일 쓰러지면서 연습했다. '덴노헤이카 반자이(천황폐하 만세)!' 어린 마음에도 죽을 맛이었다. 일본 천황이 신이라니 미친 소리같이 들렸다.

3학년 때 나는 좀 색다른 조선인 담임선생을 만났다. 그는 울분을 안고 조국을 떠나온 열여덟 살 청년인데 후일 내 삶의 큰 스승이 된 홍동근(洪東根) 선생이었다. 그는 몰래 상급반 학생 몇 명을 모아 한글을 가르치고 있었다. 홍 선생은 나의 아버지를 매우 존경해 신앙과 애국의 큰 스승으로 삼았던 모양이다. 아버지는 일본

일제 말기 파면된 목사인 아버지와 두 청년
앞에 앉아 있는 두 아이가 나(왼쪽)와 순명 누나

경찰의 갖은 탄압을 받아 목사직에서 면직되어 교회에서 오르간을 타고 있을 때였다. 두 분은 자주 만나 긴 시간을 같이 보내곤 했다. 그가 징병으로 그 학교를 떠날 때까지 아버지는 그를 아끼고 사랑했다. 한편 어린 학생인 우리들은 근로대로 나가 들과 산에서 여러 가지 토산물을 채집해 바쳐야 했다. 모두 대일본제국의 승리를 위해 봉사해야 된다고 배웠다.

1945년 8월 보름께 광기로 작열하던 태양이 빛을 잃었다. 일본이 미국에 항복한 것이다. 그리고 세상이 갑자기 변하고 말았다. 아버지는 태극기를 그려 벽에 붙이고 높은 곳에 '大韓獨立萬歲(대한독립 만세)!', '自由解放萬歲(자유 해방 만세)!'를 써 붙이며 기쁜 마음으로 바삐 다니셨다. 그는 조선거류민단을 조직해 단장으로 활약하셨다. 구시가에서는 조선인 및 중국인 악질 친일 분자들의 사형이 집행되었다. 소련군이 들어오고 소속을 알 수 없는 중국군이 스쳐 갔다. 그 혼란기에 중국인 폭도들이 밤마다 신시가로 몰려와 약탈과 살인, 방화를 저질렀다. 피해자 대부분은 아무런 보호도 받지 못하는 조선 사람들이었다. 중국인 이웃들이 우리 집을 지켜주었지만, 늘 무서운 밤이었다. 어린 나는 해방이 우리에게 소중한 것임을 직감했지만, 그 자유가 또한 불안을 가져오는 것을 보았다. 10월 어느 날, 아버지는 남쪽을 향해 위험한 길을 훌쩍 떠나셨다. 김구 선생과 상해 임시정부 요인들을 서울에서 맞이하기 위해서였다.

남은 식구들은 불안과 불확실 속에서 지내다가 몇 명씩 여러 차례에 거쳐 조국으로 들어왔다. 아버지의 당부로 책만 신의주까지 가져오고 집과 가산은 그대로 두고 왔으므로 피난민이 되었다. 나와 작은누나는 평양 큰누님 집까지 와서 그해 겨울을 지냈다. 그곳에서는 또 다른 '해방자' 소련군의 행패가 심했다. 밤이면 따발총 소리가 울리는 가운데 약탈과 강간이 여러 곳에서 벌어졌다. 역시 무서운 밤이었다. 해방된 평양 거리에는 "김구, 이승만 타도하자!"라는 벽보가 태극기보다 더 많았다. 아버지가 몇몇 '혁명 동지들'의 권유를 마다하고 왜 고향 평양이 아닌 서울로 가셨는지 짐작이 갔다.

내가 남한에 온 것은 1946년 2월 중순, 새 봄의 약속이 보이는 때였다. 수많은 피난민을 따라 어머니와 함께 한참 걸어 토성(개성 전역)이라는 곳에 도착하자 장대같이 생긴 미국 군인들이 우리를 맞아주었다. 몰려오는 피난민을 차례대로 몇 줄로 세우고 머리부터 발끝까지 분무기로 흰 가루를 분사했다. 디디티(DDT)라는 소독약이었다. 아무리 털어도 몸과 옷에 붙은 흰 가루를 다 털어낼 길이 없었고, 머리와 얼굴 모두 백인처럼 되었다. 피난민들은 서로 웃으며 '자유세계'가 주는 첫 주먹밥을 고맙게 받아먹었다(그 흰 축복의 가루가 결코 웃을 일이 아니라는 것을 안 것은 훨씬 뒤의 일이다). 서울은 크지만 게딱지 같은 초가집도 많았고, 일반적으로 가난해 보였다. 서울말은 생소했지만, 모든 아이에게 "망할 자식!"으로 시작하는 통상적인 욕사발은 너무나 놀라웠다. 모든 자식이 망하면 어떻게 하나? 서울에는 교회나 기독교인이 많지 않아 보였다(나중에 안 일이지만 그때 12개의 교회가 있었다).

나는 후암동에 있던 일본 학교 자리에서 시작한 삼광국민학교에 3학년으로 입학해 처음 한글로 된 1~3학년 교과서로 공부를 시작했다. 첫 학기에 우등을 했으나, 그 후로는 공부에 열정을 잃고 그냥 조용히 노는 데 바빴다. 학년이 올라가면서 내 키가 상대적으로 점점 작아지는 듯 느껴졌다. 큰 애들과 경쟁하거나 싸울 길이 없는 데다 평안도 사투리와 '삼팔따라지(북한에서 월남한 사람)'로 놀림을 받았다. 그즈음 나는 피난민들과 아버지가 시작한 후암장로교회에서 운영하는 주일학교에 흠뻑 빠졌다. 만주 북간도에서 내려온 안병무(安炳茂), 조덕현(曺德鉉), 최세태, 안병택 등 훌륭한 선생님들을 만나면서 나는 크게 감동했다. 희미하게 회의심이 들기도 했지만, 열심히 성경을 읽고 기도를 드렸다.

김구 선생님
나에게 떨리는 손으로 직접 이름을 쓰고 도장을 찍어주셨다. '나의 할아버지'는 살짝 곰보였는데 사진에는 안 나타나 있다.

그 당시 군정청(경복궁 앞에서 있던 조선총독부 건물로 이후 중앙청으로 불렸으며, 1995년 헐렸다)은 한반도의 삼십팔도선 이남을 점령한 미군의 최고 통치 기구로서 여러 정파와 단체를 통제하고 있었다. 백범 김구 선생과 이승만 박사는 나라의 자주독립을 위해 여러모로 분투하시는 듯했다. 우리는 남산 기슭 후암동(당시 삼판통)에 2층으로 된 일본식 주택에 살았다. 이 집은 독립운동 동지들이 모여 살도록 김구 선생이 3만 원을 아버지에게 주어 구입한 2연식 주택 세 채 중 하나였다(나머지는 기다리는 동안에 다른 피난민들이 차지했다). 아버지는 상해 임시정부의 명에 따라 그곳에서 활동하던 1919년부터 김구 선생의 특별한 총애와 지도를 받아왔다. 따라서 서울에 오신 아버지는 김구 선생, 김규식 박사, 이시영 선생 등이 기거하시던 경교장을 자주 찾았다. 그런데 이상하게도 아버지는 그곳에 다녀오시면 언제나 수심에 가득 찬 모습이었다. 해방이 되어서도 '별로 변한 것이 없다'는 생각에서 오는 불만이었나 보다. 일제강점기 때 세도를 부리던 일본 앞잡이 형사들, 경찰들, 군인들, 사업가들, 학자들, 심지어 목사들까지 일본인 대신 군림해 사람들을 억압한다는 것이다. 나는 경교장에 가서 김구 선생을 뵙고, 그가 주시는 인삼 과자, 한과 등을 받아 즐겼다. 그분은 얼굴이 약간 얽어(우리끼리는 '살짝 곰보 할아버지'라고도 불렀다) 무서운 감도 있지만, 나에게는 무척 따뜻하고 부드러운 할아버지였다. 나에게 착한 사람이 되라고 타일렀다. 1948년 어느 여름날, 선생은 얼마 전 찍었다는 사진을 꺼내 친히 내 이름을 쓰고 도장도 찍어 간직하라고 주었다. 그 사진이 나중에 보물이 될 줄 누가 알았으랴!

남북 분단이 굳어지면서 반란과 파업, 경찰과 서북청년단(반공 정치행동대)의 무도한 행패와 잔인한 학살이 여기저기에서 이어졌다. 한편 삼십팔도선의 엄격한 통제를 뚫고 북에서는 더 많은 사람들이 남으로 내려왔다. 공산당 치하의 탄압을 피해 신앙의 자유를 찾아온 것이다. 우리 집은 여러 친척들과 친지들로 수용소가 되었다. 어떤 때는 다섯 가족이 함께 살기도 했는데, 보통은 몇 주에서 길면 몇 년간 같이 살아야 했다. 차차 딴살림을 하게 되었지만, 어머니는 늘 부족한 쌀과 찬거리를 대느라 고생이 이만저만 아니었다. 수도가 작동하지 않아 나와 누나들은 남산 골짜기 우물에서 물을 길어 날라야 했는데 어지간히 힘든 일이었다. 한때 우리 집에 아이가 12명이나 되어 정신이 없었다. 그 와중에 명철한 여동생 명자가 영양실조와 병에 걸려 치료를 제대로 받지 못해 세상을 떠났다. 어머니는 몹시 상심하셨지만, 한탄하고 앉아 있을 여유도 없었다. 어머니는 가끔 기도를 올리고 떨어진 쌀을 구하러 나갔으며, 아버지는 빌린 돈을 갚지 못해 곤욕을 치르기도 했다. 모두가 가난한 때였지만 우리가 겪은 가난은 자초한 측면이 많았다. 우리 집 근처에 일본인들이 만들어놓고 간 지하실 달린 절터가 있었는데 후일 교회를 짓기 위해 불하를 받았다. 겨울을 앞두고 피난민 여섯 가정이 와서 그 빈터에 움막을 짓고 겨울을 나게 해달라고 애원했다. 물론 기꺼이 허락했다. 그 겨울이 지나갔지만 그들은 떠날 준비가 되지 않았다. 다음 겨울, 그리고 그다음 겨울을 맞이할 무렵 그 움막집은 더 견고하게 발전했다. 결국 아버지의 꿈과 교회 터는 사라지고 말았다. 아버지는 서운해하시면서도 한편 "그것도 잘됐다"라고 만족해하셨다(이후 그 땅에 11채의 작은 집들이 들어섰다고 한다). 후암교회는 지금의 교회 자리에 있던 일본 주택을 구입해 개조함으로써 시작되었다. 가난한 교인들과 더불어 교회 설비와 종각을 세우느라 무척 애를 썼다. 나는 사람을 사랑하는 가운데 손해를 보아도 흡족히 여기시는 부모님의 어리석음에서 깊은 자비와 지혜를 보았다.

국민학교 6학년 때 나는 부모님의 원대로 기독교 계통 학교인 배재중학에 1차로 지원할 계획이었다. 그런데 새로 선출된 대통령 이승만 박사의 '일인일기주의'(한 사람이 한 가지 기술을 배워야 한다는 교육정책)에 따라 특차가 된 기술계 전문 중학교인 '서울공업중학교'에 '경험 삼아' 입학원서를 냈다. 입학시험을 치르는 날, 친구들과 어울려 처음 그 학교에 갔다. 전차로 한강을 넘어 대방동까지 가 그 낯선 학교에서 시험을 대략 치렀다. 옆에 공작소가 있는 이 학교는 생각보다 무척 크고 8개과에 10개 반을 뽑는다고 했다. 며칠 후 생각대로 합격 통지가 왔다. 문제는 그다음에 생겼다. 배재중학 입학시험 날, 아파 눕게 된 것이다. 부모님은 실망하고 2차 기독교 계통 중학을 물색했다. 내가 왜 하필 그날 앓았는지 알 수 없다.

그 먼 중학교를 다니기 시작하면서 상급생 이연구라는 형이 나를 동생으로 삼아 따뜻이 돌보아 주었다. 그런데 며칠 후 학도호국대(당시 각 학교의 군대형 학생 통솔 조직) 연대장이 나에게 의형제를 맺자고 제의해왔다. 다른 애들이 부러워했지만 나는 의형제 맺은 상급생이 이미 있다고 사절했다. 이미 약속한 일에 대한 무슨 의리 같은 것을 느꼈기 때문이다. 한번은 변소에서 손을 씻고 그냥 나왔다가 귀중한 세이코 시계를 잃어버렸다. 얼마나 철이 없었는지 그저 울며 앉아 있던 나를 상급생 둘이 집까지 데려다주었다.

알고 보니 그 학교는 대단한 역사를 지니고 있었다. 1899년 대한제국 고종 때 세워졌으며, 일제강점기에 관립경성공업학교로 개명한 학교의 후신임을 알게 되었다. '공업'을 생각도 해본 적이 없었는데 나는 전기과에 입학하고, 다음 해에는 삼광국민학교 동창이 많은 화공과로 옮겼다. 말이 공업학교이지 교과목은 일반 중학교와 꼭 같았다. 우리는 화공과의 자존심을 세운다고 화학기호를 외웠다. 그때 무엇을 새로 배웠는지 알 수 없다. 그러나 방과 후 삼광의 벗들과 어울려 학교에서 후암동까지 걸어오며 장난치던 기억이 생생하다.

1948년 유엔 승인하에 새 나라 대한민국 정부가 세워진 후에도 서울과 지방의 가난과 혼란은 지속되었다. 그해 10월에 '여수·순천사건'(국방경비대 제14연대의 좌익 계열이 일으킨 사건)이 일어나 거의 800여 명의 희생자가 발생했다. 하마터면 제1기 간호장교였던 재명 누님이 반란군에 유괴되어 그곳에 갈 뻔했다. 그 전해에는 아버님께서 상해에서 가까이 모시던 여운형 선생이 암살되었다. 나의 아버지는 좌우 갈등과 정치적 혼란 속에서도 목회와 전도에 전념했다. 남한에 교세가 약하다는 것을 아시고는 전국에 교회가 없는 면을 샅샅이 찾아다니면서 조사하고, 직간접으로 13개의 교회를 개척했다. 그리고 틈틈이 『이스라엘 민족사』를 연구·집필하셨다.

1949년 6월 26일 일요일은 나의 삶에 큰 충격을 준 날이다. 그날 오후 어머니와 나는 경교장으로 달려가 조금 전에 쓰러지신 할아버지 김구 선생 주검을 만난 것이다! 어느 군인이 총으로 살해했다고 한다. 우리는 깊은 슬픔과 회의와 분노에 빠졌다. 누가 이렇게 위대한 애국 투사를 살해했단 말인가! 어머니는 9일장 내내 전국에서 몰려오는 수천·수만 명의 조객을 맞는 일로 정신이 없었고, 재명 누님은 정신없이 머리를 풀고 울음을 삼켰다. 누님은 옛날 상해 시절에 "너 내 딸 하자!"라고 자주 말씀하시던 고인의 유언을 이루어드리려는 간절한 마음을 흰 베옷에 싸서 바쳤다. 공교롭게도 멀리 남쪽 지방을 여행하시던 아버지는 7월 5일 국민장 하루 전날 다 지친 몸으로 겨우 서울에 도착하셨다. 지방 경찰과 서북청년단에게 잘못 걸려 고초를 당하신 것이다. 그때 슬픔에 잠긴 수많은 사람이 '왜, 누가' 이 민족적 비극을 가져왔나 물었다. 백범 선생은 나라를 사랑하시어 평생 항일 투쟁을 하셨으며, 해방 이후 민족의 분단을 막고 하나 되는 자주독립을 위해 싸우셨던 분이다. 그러나 미국의 비호를 받으며 단독정부를 수립한 이승만과 추종자들은 좌익 세력을 소탕한다는 명분으로 하나의 조국, 조국의 자주 통일을 염원하는 모든 애국 민족 진영을 적대시한 것이 사실이다. 그래서 무고한 양민을 곳곳에서 많이 학살한 것이다. 그런데 그 추종자들 대부분이 일제강점기에 친일·매국한 기회주의자가 아닌가? 나의 아버지는 한과 눈물이 많으셨다. 나는 어린 마음에도 아버지의 눈물을 보고 할아버지의 희생을 보며, 참되이 애국하는 일이 얼마나 어렵고 억울한 일인지 깨닫게 되었다.

2

전쟁과 학교생활

청소년 시절(1950~1955)

1950년 6월 25일 일요일, 아침부터 서울 거리는 유난히 부산스러웠다. 여기저기서 대공 방송이 쏟아져 나오고, 휴가나 외출 나온 군인들이 귀대하느라 정신없이 바빴다. 또 삼십팔도선 어디선가 전투가 벌어진 것일까? 그때는 삼십팔도선을 놓고 남북 간의 전투가 잦았고, 국군의 영웅적 승리가 자주 보도되곤 했다. 정부의 '북진 통일'은 당연한 일로서 일단 전면전이 시작되면 "평양에서 점심 먹고 신의주에서 저녁 먹는다"라며 군의 사기가 높을 때였다. 그런데 저녁 때 라디오방송에 의하면 전역에서 전투 중이라는데, 어찌 된 일인지 북진한다는 소식은 전혀 없었다. 다음 날 상황은 더 긴박해 보였고, 북쪽의 최신형 전투기가 서울 하늘에 나타났다. 다음 날 많은 피난민이 몰려온다는 소식이 바람처럼 날아왔다. 28일 아침에 많은 군인이 후암동 우리 골목길을 오르며 민간인에게 사복을 구걸하다가 남산으로 도망갔다. 물론 총이나 칼은 들고 있지 않았다. 가련한 국군 패잔병들이다. 큰길에는 인민군 탱크들이 굴러가고 연도에서 두렵게 구경하는 사람들 중에는 "만세!"를 외치는 사람들도 있었다. 라디오에서는 계속 "인민들이여 일어나라! 서울이 해방되었다"라는 낯선 목소리와 함께 우렁찬 군가가 울려나왔다. 세상이 바뀐 것이다.

남과 북, 우리나라 땅에 사는 모든 사람이 그랬듯이 6·25 전쟁은 우리 가정의 모든 것을 바꾸고 뒤집어놓았다. 우선 놀란 것은 바로 전날 밤까지 "서울을 절대 사수하겠습니다"라고 하던 이 대통령이 귀신처럼 사라지고, 한강 다리가 끊어진 일이다. 더 놀란 것은 우리 집과 붙은 2연식 주택 주인이 와서 자신을 "후암동 인민위원회 위원장"이라고 소개했다. 전날부터 밤새 전기를 껐다 켰다 무슨 암호인지 신호인지를 보내던 윗집의 남자는 "서울지구 지하공작대 만세!"라고 붙인 지프차를 타고 나타났다. 꼼짝없이 공산당 손에 들어간 것이다. '작전상 후퇴'라는 것이 이런 것이구나 하고 체념하기에는 어이가 없는 낭패였다. 실은 그해 가을에 우리 가족은 일본으로 이주할 계획이어서 아버지는 전도 여행도 하지 않으시고 서울에서 도일 수속 중이었다. 일본 교토(京都) 조선인 교회에 부임하게 되어 있었던 것이다. 그처럼 모진 고문과 탄압으로 못살게 굴던 일본인의 땅에, 지금은 전쟁으로 폐허가 된 그 땅에 사랑의 복음을 들고 찾아간다는 데 아버지는 어떤 영적 승리감을 가진 듯 기뻐했다. 또 제대한 재명 누님은 6월 27일 부산에서 배를 타고 유학길에 올라 미국 필라델피아로 갈 예정이었다. 이 모든 멋진 계획이 포연처럼 사라졌다.

긴 여름은 잔인할 만큼 무덥고 처참했다. 우리 동네 바로 옆 남산 기슭에 이북 피난민들이 내려와 만든 '해방촌'이 있었는데, 어느 새벽에 그 많은 군용 천막이 폭격과 기총소사로 커다란 공동묘지가 되고 말았다. 한 시간도 안 걸린 콩 볶는 소리가 한평생 끊어지지 않을 수많은 통곡 소리로 이어졌다. 거리는 살벌하고 식량은 돈이 있어도 구하기 어려웠다. 밤에는 불을 다 끄거나 덥더라도 창문을 담요로 다 가려야 했다. 어디선가 전쟁은 계속되고, 서울 여기저기에 미군 비행기의 기총소사가 여름 소낙비처럼 내렸다. 하루는 누군가가 우리 집 현관 유리문에 "인민의 종교가들이여, 안심하라! 공화국은 종교의 자유를 보장한다!"라고 쓰인 전단을 붙여놓았다. 우리 식구들은 드나들며 그 종이를 조금씩 떼어냈고, 얼마 후 그 자유의 보장문은 사라지고 말았다. 그러자 다음에는 커다란 인공기(인민공화국 국기)를 붙여놓았다. 별이 달린 그 붉은 깃발을 찢는 것은 두려운 일이었다. 거리에는 그 인공기를 든 사람들이 '조국의 해방을 위해' 지나가는 남자들을 마구 잡아 '의용군'으로 끌고 갔다. 나는 고작 중학교 2학년이었지만, 키가 작은 것이 무척 다행스러웠

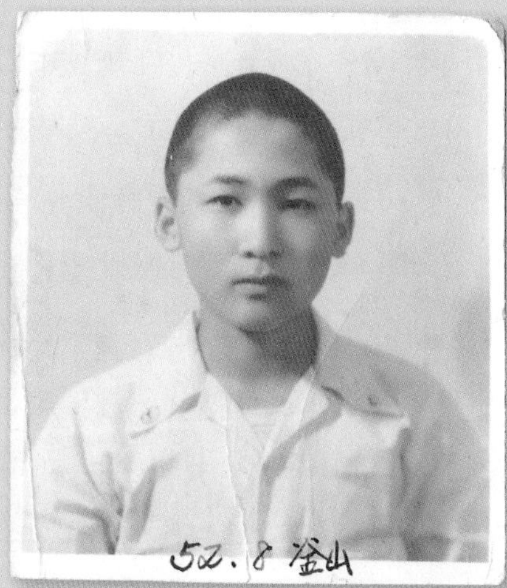

청소년 시절
나는 중학교를 마치면서 좀 더 심각한 생각을 시작했다.
'우리는 왜 사나?'

다. 전선은 남쪽으로 남쪽으로, 폭격은 북쪽으로 북쪽으로 밀려갔다. 아버지는 무슨 결심을 하셨는지 남산에 올라가 사흘간 금식기도를 하고 오후에 내려오셨다. 무슨 중요한 일이 있을 때마다 아버지는 그렇게 기도하셨다. 다음 날인 8월 2일 새벽, 가족의 피난처를 알아보기 위해 경기도 미사리 어디에 사는 최 모 장로를 만나러 길을 떠나셨다. 당시 시골에서는 석유가 귀한 때라 큰 석유 한 병을 들고 살길을 찾아 떠나셨다.

산 사람은 살아야 한다. 숨어서도 살아야 한다. 시골로 피난 갈 때까지 우리 집에는 숨을 사람이 셋이나 있었다. 3주 전까지 간호장교로 중위 계급장이 빛나던 재명 누님, 국군 포병대 사병으로 근무하다 한 달 전에 황달병으로 의병제대한 동명 형, 그리고 용산 폭격 때 겨우 살아 피난 온 매형, 모두 잘 써먹을 인민군 의용군 감이었다. 낮에는 안방 벽장의 천장을 뚫어 2층 마루 아래에 낸 좁은 공간에서 두 젊은 남자가 죽은 듯 숨어 살았다. 너무 더워 숨을 쉴 수 없었다. 우리 가족들은 목숨을 이어가기 위해 옷감을 팔았고, 때로는 옷과 바꾸어 식량을 구해왔다. 겨울이 다시 오지 않을 것처럼 두꺼운 옷을 다 내어 쌀과 바꾸어왔다. 다시는 우리 삶에 음악이 없을 듯 아버지가 그처럼 즐기시던 오르간을 메고 나가 보리쌀 몇 말을 구해왔다. 그런데 갑자기 일이 터졌다. 8월 초순 어느 밤, 새카만 자정에 몽둥이를

든 젊은 무리 한 떼가 현관문, 앞 창문, 옆 창문으로 들이닥쳤다. 정치보위부와 '민청(민주청년연맹)'에서 나왔다고 했다. 그들은 구두를 신은 채 들어와 아버지 서재를 뒤지고 벽장의 옷을 뒤집고 젊은 사람들을 찾았다. "남쪽으로 도망간 애들"이라고 둘러댄 아들과 사위를 그들은 찾을 길이 없었다. 재명 누님은 큰누나의 양아들 광호 조카를 안고 손님 행세를 잘 연출해냈다. 공습 때문에 전깃불 없는 세상이 얼마나 다행이었는지 모른다. 더 다행스러운 것은 아버지가 계시지 않아 혹시나 있었을 문제를 피한 것이다. 놀랍게도 그들은 아버지의 행방을 묻지 않았다.

그런데 아버지는 며칠이 지나도 다시 돌아오지 않으셨다. 사흘 후에 돌아오시기로 한 아버지는 어떻게 된 것일까? 어머니가 타는 가슴으로 수소문해 슬픈 사연을 알게 되었다. 바로 떠나신 그날, 광나루에서 나룻배 여러 척이 폭격을 받아 많은 사람이 죽었다는 것이다. 30여 년간 일본 경찰의 혹독한 고문과 옥살이, 망명생활을 이기고 생환하신 아버지가 무차별한 미군 폭격에 무참히 수장되다니! 어머니와 나는 광나루로 가서 며칠 참외로 배를 채워가며 혹시 시신이라도 찾을 수 있을까 하며 실낱같은 희망을 걸고 기다렸다. 한강의 물결은 마치 아무 일도 없었던 듯 잔잔히 흐르고, 많은 사람이 그 죽음의 물길을 다시 건너고 있었다. 나는 하늘을 향해 중얼거렸다.

"하나님, 이건 너무한 것 아닙니까?"

며칠 후 어느 무더운 밤에 또다시 그 민청원 무리가 찾아왔다. 이번에는 몇 명이 총을 들고 와서 소리를 지르며 다시 뒤지기 시작했다. 다소 복잡한 일본식 집의 구조를 그들은 알 수 없었을 것이다. 찾는 사람들이 없다고 하자 또 거짓말을 한다며 욕을 퍼부었다. 천장과 벽을 향해 총질을 하겠다고 위협했다. 나는 너무 무서워서 그냥 자는 척하고 누워 있었다. 그들은 온 식구를 현관방에 꿇어앉히고 "반동분자들은 다 죽인다"라고 외쳤다. 그때 어두움 속에 나타난 한 사람이 나를 불쑥 일으켜 앉히고 조용히 심문을 시작했다.

"너 쪼고만 놈, 너 예배당 다니지? 예수쟁이들은 절대로 거짓말 안 하지? 안 하지, 요놈?"

"네에, 안 해요."

나는 겁에 질려 우선 나의 평소 신조를 고백했다.

"그럼 너 바른대로 말해봐, 형들 어디 숨었어, 어디에 있어? 바로 말해봐!"

그 순간, 아차 나의 정직이 두 형님의 생명을 앗아간다면 그게 옳은 일일까? 내가 차라리 작은 죄를 짓고 형님들을 보호하는 것이 낫지 않을까? 이것이 내 인생에서 처음 실존적으로 경험한 상황 윤리의 위기였으리라. 잠시 고민하다가 평소의 교훈을 배반하기로 했다.

"난 정말 모르겠습니다" 하고 새빨간 거짓말을 뱉었다. 얼굴도 보이지 않는 그는 거짓말처럼 내 말에 속아 넘어갔다. 현관방에서는 일곱 식구를 한 줄로 세워놓고 총을 겨누는 소리가 들렸다. 이것이 마지막인가? 옛날 일본 형사들에게 하던 그 용단으로 어머니가 억세게 대들었다.

"너희들이 인민을 보호한다면서 죄 없는 우리 식구를 몽땅 죽일 것이냐? 죽이려면 죽여보라. 너희가 천벌을 받을 것이다. 이놈들아!"

주먹질이 오가고 울음이 터졌다. 나는 무섭고 억울해서 혼자 이불 속에서 울었다. 얼마 후 온 집안이 점차 조용해지고 하나둘 슬픈 잠에 빠지는 듯했다. 얼마나 잤을까? 깨어나 보니 모두 잠에 곯아떨어져 있는데, 어머니가 부엌에서 머리를 숙이고 아침밥을 짓고 있었다. 자세히 보니 눈물을 흘리고 계셨다. 지난밤에 어머니는 그들에게 끌려가서 심한 모욕을 당했다고 했다. 그들은 어머니 머리채를 당기고 얼굴을 쥐어박고 갖은 욕설과 몽둥이질을 했다. 긴 치마와 긴 저고리 소매가 피멍이 든 흰 살을 감추고 있었다. 나는 끓는 분노를 가슴속에 감추었다.

곧 이긴다는 '조국해방전쟁'은 계속되고 고통은 끝이 없어 보였다. 폭격과 기근을 피해 우리 열 식구는 여기저기 거치면서 흩어진 채로 경기도 어느 깊은 산골로 피난했다. 거기 어느 농가에 붙어살며 세 끼 보리쌀이 들어간 호박죽으로 연명했다. 거기서 한 달 반을 무사히 지내며 순명 누나와 나는 산에서 머루, 다래, 산딸기, 푸른 대추, 각종 나물을 따고 캐와 먹었다. 9월 말경에 포성 소리와 불빛이 서울 쪽에서 계속되었다. 우리는 삼십 리 길을 걸어나와서 비로소 미군과 국군 트럭이 큰 신작로를 메우고 서울로 전진하는 것을 보게 되었다. 진짜 해방이다! 우리도 며칠 후 걸어서 서울로 돌아왔다. 많은 것이 변했으나 자유라는 것이 있어 정상적인 생활을 시작하겠다고 다짐했다. 우리 골목에서는 서너 집 위로 박격포가 떨어져 반 토막 난 것 외에도 어느 집이나 기왓장이 다 흐트러지고 유리창이 다 깨져 있었다. 그러나 사람들은 모두 무사했다. 다만 우리를 안심시키려던 두 공산당의 집은 종적 없이 사라졌다.

그러던 10월 어느 날, 멀리서 한 낯선 노인이 우리를 찾아왔다. 몹시 쇠약해 보이고 얼굴에 수심이 깊었다. 아버지에 대한 슬픈 소식을 가져온 검은 천사였던 것이다. 아버지는 물에 빠져 죽은 것이 아니었다! 그 노인은 몹시 힘들게 지난 사연을 피처럼 쏟아냈다. 그는 상해에서 아버지와 알고 지낸 친구였다는 백기준 씨(당시 60세가량, 모 동회장)로, 그가 아버지의 최후 사정을 자세히 알려주었다. 그에 의하면 아버지는 8월 2일 오후 2시경 경인리(통칭 '석받이')에서 내무서원에게 체포되어 장시간 심문과 고문을 당했다고 한다. 8월 5일경에는 경기도 광주군 경안이라는 곳으로 압송되어 다른 수감자들과 같이 수용되었는데, 거기서 백 씨를 만나게 된 것이다. 그 당시 고통스러울 정도로 몹시 시장해했고 건강 상태도 매우 나빴던 아버지는 그곳에서 다시 심문을 받으며 중범으로 분류되었다고 한다. 기독교 목사이므로 친미적인 데다 불온사상이 깊은 지식층이고, 이북에서 피난 내려왔다는 것이 중죄인 모양이었다. 두 사람은 서로 먼저 나가는 사람이 상대방 가족에게 연락하기로 하고 주소를 교환했다. 백 씨는 수일 만에 석방되었으나 매를 너무 맞아 의식불명 상태로 며칠을 보내야 했고, 그 후에도 몇 달을 누워 있어야 했다. 당시에는 폭격이 심하고 교통이 불편해 도저히 걸어서 서울까지 와서 소식을 전할 수 없었다고 한다. 그가 병상에서 들은 이야기와 다른 이들의 이야기를 주섬주섬 들려줬다. 그의 이야기를 근거로 차차 다른 이야기도 수집하게 되었다. 다소 겹치고 다소 어긋나는 이야기가 당시의 처절한 상황을 서서히 그려냈다.

경안에서, 또는 천호동에서 아버지는 내무서원들에게 갖은 수모와 구타를 당했다고 한다. 하루는 손이 결박된 채 몸의 앞뒤에다 "딸을 미국 놈에게 팔아먹고 일본으로 도망가려던 민족반역자"라고 쓴 큰 팻말을 붙이고 가두 행진을 했다고 한다. 자기 죄명을 크게 고백하면서 걸어야 했는데 아버지가 잘 걷지 못하자 리어카에 태우고 다니면서 어서 고백하라고 총과 몽둥이로 무수히 구타했다. 아버지는 자기는 그런 사람이 아니고 목사라며 오히려 "예수를 믿고 회개하시오. 그러면 하나님은 당신들의 죄를 용서해줄 것이오"라고 외쳤다. 그들은 미친 듯이 총대로 내리쳤다고 한다. 아버지의 머리에서 선혈이 흐르고 오른팔이 부러진 것으로 보였다. 어떤 이는 입이 찢어져 피가 흘렀다고 했다. 일부 열성분자들은 "죽여라! 죽여라!"를 외치며 뒤따랐고, 주민 대부분은 무서워서 숨은 채 이 장면을 보았다고 한다. 그다음 날, 즉 8월 10일 새벽에 아버지와 10여 명의 다른 사람들이 끌려나간 얼마 뒤 '쌍용이 고개'(후에 충신골)에서 총성이 수차례 들렸다. 그 후 영원한 침묵이 그 언덕을 덮었다. 일제강점기와 해방 공간에서 한평생 나라와 민족을 위해 혼신을 다한 아버지는 결국 신앙을 지키기 위해 동족의 손에 순교하신 것이다.

며칠 후 어머니는 아버지의 시신을 찾기 위해 석받이(쌍용이 고개 근처?)의 집단 매장지로 찾아갔다. 많은 사람이 그 끔찍한 일을 어떻게 하느냐고 말렸지만, 어머니는 기어코 억울하게 사살된 아버지의 시신이나마 찾아 바로 매장하기로 하고 장정 세 명을 사서 땅을 파기 시작했다. 여러 구덩이에서 썩은 시신이 나오기 시작했다. 벗겨진 두개골, 검은 핏자국, 찢어진 옷 사이로 검은 살과 흰 뼈, 횟가루를 수시로 뿌리며 종일 주검 사이에서 헤맸다. 고약한 냄새는 눈과 코를 찌르고, 벌레와 쇠파리, 구더기가 범벅이 돼서 시신의 형태조차 알기 어려웠다. 당시 입었던 옷과 금으로 된 앞니가 유일한 증거였다. 다음 날도 죽으라고 죽은 사람들의 썩은 몸뚱이들을 뒤졌다. 아무리 뒤져도 찾는 몸뚱이는 나오지 않았다. 구경꾼들이 '미친 여자'를 걱정하기보다 "빨리 덮고 내려가지 않으면 동네에 화가 미친다"라고 두려워하기 시작했다. 셋째 날에도 산 사람들이 죽은 사람보다 더 불쌍할 만큼 지쳤으나 별 진전이 없었다. 썩은 몸뚱이가 여기저기 너무나 많았다. 같이 일하던 일꾼들이 이제는 일당을 더 주어도 못하겠다고 해서 구덩이들을 겨우 흙으로 덮고 언덕에서 내려왔다. 분명 아버지의 주검은 그곳 어느 구덩이에 있으련만 끝내 발굴하지 못했다. 우리는 그처럼 사랑한 아버지를 이 땅에서 결국 한 줌의 흙으로 영원히 보내게 된 것이다.

우리 가족이 슬픔과 충격에 빠져만 있기에는 계속되는 전쟁의 공포와 생존의 불안이 너무도 컸다. 우리는 아버지 없는 세상을 살아가야 했다. 유엔군은 북으로 계속 전진하는데, 지난 100여 일 동안 서울과 지방에 남아 있다가 살아난 많은 사람에게 다른 형태의 위협이 몰아쳤다. 경찰과 군 특별 부대에서 "빨갱이에게 부역한 연놈들"을 색출해 끌고 갔다. 심지어 (어쩔 수 없이) 인민군에게 밥을 지어준 아녀자, 학교에서 학생들에게 노래를 가르친 교사까지 부역자가 되어 곤욕을 치렀다. 그러던 중 12월 초순에 중공군의 개입으로 이른바 1·4 후퇴를 하게 되었다. 수많은 사람이 보따리를 이고 지고 남쪽으로 피난길에 나섰다. 그해 겨울은 유난히 추웠다. 어린이와 노인을 포함한 많은 피난민이 눈길을 걸어, 또는 화물차 짐 위에, 혹은 화물차 지붕 위에 올라타고 정처 없이 남으로 남으로 내려왔다. 그런데 정부에서는 열일곱 살부터 마흔 살까지의 남자들을 제2국민병으로 차출해 편성한 50만 명이 넘는 '국민방위군'을 1·4 후퇴가 시작되자 집단으로 후퇴시켰다. 강행군 속에 식량, 방한복, 운송 수단의 부족으로 무려 9만여 명의 젊은이가 굶어서, 얼어서, 병나서 죽었다(이 불행한 사건은 급조한 국민방위군 고급 장교들의 대규모 착복 때문에 발생한 것으로 나중에 드러났다). 이런 어려운 와중에 우리 가족은 편안히 부산까지 피난 올 수 있었다. 미국 선교사들이 공산 치하에서 희생이 많았던 목사 가족들을 구출하기 위해 배로 수송되도록 주선해준 것이다. 목사 가족 수백 명이 인천 어느 교회에 집결해 미국 화물선에 실려 며칠 만에 부산항으로 무사히 입항했다. 다른 친척들은 죽을 고비를 넘기며 한 달 만에 부산에 도착했다. '죽은 아버지 덕'에 살길을 얻었다고 생각하니 슬프도록 고마웠다.

부산은 좁은 데다 피난민으로 초만원을 이루어 아수라장 같았다. 그래도 부산은 따뜻하고 사람들의 인심이 후한 편이었다. 나는 부산에서 3년간 살며 여러 훌륭한 사람들을 만나고 많은 것을 배웠다. 처음 일주일은 초량교회당에서 지냈다. 이 교회는 일제강점기에 신사참배를 끝까지 거부하다가 어려운 옥고를 치른 한상동 목사와 교인들로 유명한 곳이다. 교회를 몽땅 차지한 수많은 피난민은 그의 긴 경상도 말씨의 설교를 예배 시간마다 들어야 했다. 그 후 몇 달은 아버지의 옛 친구였던 박윤선(朴允善) 목사님 집에서 지냈다. 박윤선 목사님은 아버지의 숭실대학교 8년(1927) 후배였지만, 평양신학교 입학 동기(1931)였고 졸업은 4년 먼저 한 기이한 동지였다. 아버지가 독립운동으로 망명하고 투옥되는 동안 그는 비교적 순조롭게 공부를 계속할 수 있었기 때문이다. 그 후 두 번이나 도미해 성서 주석을 연구하고 돌아와 신학교 교수가 되었다. 우리가 만주 봉황성에 있을 때 그는 박형룡 박사와 더불어 봉천신학교에서 교수로 지냈는데, 가끔 봉황성으로 와서 아버지와 같이 온천에서 회유하시던 기억이 희미하게 남아 있다. 해방 후 한국 교회는 일제강점기에 있었던 신사참배 문제로 내부 갈등이 심했다. 1946년에 '출옥성도'를 중심으로 한국 교회의 과오를 회개하고 교회 정화를 이루기 위해 고려신학교가 부산에 설립되었는데, 박 교수님은 후에 학장이 되었다. 고려신학교는 장로교 총회에서 갈라진 '신 신학' 계열 조선신학교(현 한국신학대학교)와 대조적으로 가장 '정통 보수'의 새 교단이 되었고, 그는 평북 사람으로는 드물게 '고려파'의 중진으로 열심히 활약하고 있었다. 그의 늘씬한 몸에는 학자적인 명석함과 더불어 성격적인 쌀쌀함이 풍겼다. 우리 식구는 그의 딸(춘자)의 피아노 방에서 숨죽여 살았다. 피차 불편했다.

그 후에는 초량동 어느 토박이 아주머니 집에 붙은 '하코방'(쪽방 판잣집)에 세 들어 마음 편히 살게 되었다. 더 다행한 것은 바로 초량 뒷산 기슭에 서울공업중·고교가 재건되어 공부를 다시 하게 된 것이다. 비록 군대 천막에 토담을 두른 임시 교사(校舍)였지만, 교복을 입고 책가방 들고 다닐 수 있는 학교가 가까이에 있다는 것이 무척이나 기뻤다. 다른 학교 학생들이 몰려와 우리 '연합 학교'에 편입했다. 재미있는 것은 내가 갈 뻔했던 배재중·고교 학생들과 교사들이 합류해 한동안 같이 공부한 점이다. 그때 그 학교로 전학 가는 것은 간단했는데, '배재 깡패들'이 무서워 그 생각을 금시 접었다. 우리 하코방에는 여러 사람이 다녀갔다. 어떤 때는 아홉 명이 그 좁은 방에 콩나물시루처럼 박혀 잤다. 하루는 어머니가 한 할머니를 모셔와 같이 살게 되었다. 어머니는 '됴(조의 북한 발음)신성(趙信聖) 할머니'라고 부르며 정중히 모셨다. 비록 갈 곳 없는 처량한 노인이었지만, 그의 눈빛, 음성, 태도 등에서 보통 할머니가 아니라는 것을 나는 직감했다. 어머니는 이분이 유명한 여성 독립운동가라고 했다. 그 할머니는 우리와 같이 반년 정도 고생하며 지내시다가 신망애양로원으로 가셨다. 어머니는 가끔 문병하시면서 그의 가련한 노후를 가슴 아파했다. 그분은 1953년 5월 5일에 홀로 쓸쓸히 생을 마감하셨다. 후에 알게 되었지만 조신성 여사는 1873년 평북 의주 출신으로 일제 때 요코하마(橫濱) 여자전문대학에서 교육학을 수학하고 돌아와 이화학당(梨花學堂) 기숙사 사감을 지냈으며, 평양에서 진명(進明)여학교를 창설하신 안창호 선생의 뒤를 이어 교장으로 일하신 교육자였다. 그 후 전도사로 활동하면서 헌납금을 모아 임시정부에 보내는 일, 독립운동가를 피신시키는 일, 생명을 내놓고 무력 항쟁을 하는 일, 대한독립청년단을 결성한 일 등 적극적으로 항일 민족 운동을 전개했고, 몇 년간 옥고도 치렀다. 1927년에 김활란(金活蘭), 유각경(兪珏卿) 등과 근우회(槿友會)를 조직해 회장이 되었다. 광복 이후 잠시 '북조선여성동맹위원장'으로 있었지만, 1948년 월남해 대한부인회 부총재를 역임한 분이다. 어린 나이에 3·1 만세운동에 참가하고 끝까지 항거하다가 옥사한 유관순 '열사'에 비하면 이분은 오히려 알려지지 않은 대혁명가요, 대한독립운동사의 찬란한 노병이다. 평생 나라의 자주독립을 위해 육혈포를 가슴에 안고 투쟁한 분이신데 후손도 하나 없어, 아니 나라가 돌보지 않아 이렇게 불우한 최후를 마쳤다는 것은 너무나 안타까운 일이다. 나는 이런 위대한 어른에 대해 별 존경심도 없이 매일 살을 대고 살았다는 것에 감사하고 송구스러운 마음이었다.

또한 이런 요지경 같은 일도 있었다. 어머니는 가끔 쌀 몇 되를 구해 가마니로 만든 움막에서 힘들게 살아가는 한 피난민 가족을 찾아가곤 했는데, 그가 바로 일제강점기에 서북부의 대부호였던 김동원(金東元) 장로의 아내였다. 김 장로는 '민족성 개조론'과 '정치불관여 원칙'을 신봉하던 대실업가였으나, 일제 말기에는 이광수, 조요한 등 여러 전향자와 마찬가지로 적극적으로 친일 행각을 벌인 인물이다. 그는 해방 후 남하해 한민당의 거물로 둔갑했고 이승만, 이윤영, 이청천, 장면, 윤치영 등과 함께 정계에 진출해 초대 국회 부의장까지 지냈다. 공교롭게도 어머니는 대일 항쟁기에 그의 평안고무공장에서 일하며 그의 도움을 받았고, 항일 투사 아버지의 병보석이나 법정 변호에 지원을 받은 적이 있다. 그런 인연으로 첫 남한 단독선거(1948.5.10) 때 서울 용산 선거구에서 그를 도운 일도 있었다. 그러나 그는 2대 선거(1950.5.30)에서 낙선하고 6·25 때 납북되었으며, 그의 집안은 완전히 몰락했다. 그래서 부산 피난 시절에는 어머니가 날라다 주는 작은 도움이 생명줄이 되기도 했다.

나는 또 한 분의 위대한 어른을 부산 피난민 시절에 만났다. 키가 작고 별로 위

장기려 박사와 함께
맹장 수술을 받은 지 40여 년 만에 방문한 장기려 박사는
여전히 순박하고 유머가 넘치는 어린아이 같았다.

엄이 없어 보이는 중년의 홀아비 의사 장기려(張起呂) 박사가 내가 존경하고 사랑하게 된 분이다. 사실 그분은 새로 만났다기보다 우리 가정이 원래 잘 아는 분이다. 같은 평북 용천 사람이고 해방 직후까지 재명 누님이 평양기독병원에서 수간호원으로 있을 때 늘 수술실에서 같이 지내던 분이다. 그분이 차남(가용)과 더불어 월남해 부산에서 만나게 된 것이다. 며칠을 우리와 함께 지내다가 주일 아침에 초량교회에 같이 갔다. 그런데 뜻밖의 사고가 났다. 예배 후 그가 감쪽같이 사라진 것이다. 집에 온 손님이 없어졌으니 기막힌 일인데, 그 혼란한 시기에는 알아볼 곳이 어디에도 없었다. 며칠 후 그가 초라한 모습으로 다시 나타났다. 어떤 기관원이 와서 "부산항을 자세히 관찰한다"라고 하며 어디론가 데려가 장시간 조사를 받았다는 것이다(초량교회 마당은 부산항을 다 내려다볼 수 있는 위치에 있다). 그런데 심문을 받다 보니 그 핵심은 평양의 유명 의사로서 김일성 주석의 맹장염 수술 때 집도를 했다는데(본인은 부인했지만), 왜 그 절호의 기회에 사살하지 않았느냐는 터무니없는 사상 검증이었다고 한다. 이런 부당한 구류와 협박을 받고 나온 장 박사님은 오히려 담담하고 평화로웠다.

"내가 사람 살리려는 의사인데……."

그의 맑은 동안에는 어떤 분노나 증오의 빛도 없이 잔잔한 미소가 흘렀다. 그는 누가 언제 보아도 선량하기 그지없는 어린아이 같은 천사였다. 그는 우리 사회에 매우 잘 알려진 의료 학계의 거두이며, 무수한 사회봉사로 국내외의 수많은 학술상, 봉사상, 공로상, 훈장을 수상한 분이라 새로운 소개가 필요 없다. 그러나 내가 본 그분은 그런 유명 인사라기보다 사랑과 평화가 넘치는 조용한 성자의 모습 그대로였다. 그는 경성의전(서울대학교 의과대학의 전신) 입학 시 "돈이 없어서 의사의 진료를 받지 못하는 가난한 사람들을 돕는 의사가 되겠다"라고 했던 하나님과의 약속을 충실히 지키기 위해 헌신했다. 당시 그는 부산 영도에서 천막으로 시작한 무료 진료 기관 '복음병원'을 세우고 밤낮으로 밀려오는 가난한 환자들을 돌보았다. 나는 당시 슈바이처 박사(Dr. Albert Schweitzer)에 심취해 있던 터라 그의 모습을 가까이서 보며 나도 의사가 되고 싶었다. 아니, 그의 겸손과 헌신과 사랑의 삶을 본받고 싶었다. 그리고 몇 년 후 나는 그 병원에서 맹장염(충수염) 수술을 받았다. 장 박사님은 내가 의사가 되고 싶다는 것을 알고 국부마취만 한 채, 수술 도중 내 밸을 꺼내 보이며 의학 강의를 했다. 나는 너무 아파 죽는 줄 알았다. 그러고는 매일 두어 번 병실에 와서 웃기는 이야기를 해 수술 부위를 더욱 아프게 했다. "많이 웃어야 빨리 낫는다"라고 하셨는데 나는 웃다가 꿰맨 실이 터질까 봐 질겁했던 기억을 지울 수 없다. 후에 의학을 공부한 셋째 누나 광명이 그분 밑에서 인턴으로 일한 바 있다. 그는 북에 두고 온 아내와 다섯 자녀를 그리워하며 홀로, 그러나 많은 가난한 사람 속에서 섬김의 생활을 하시다가 1995년 크리스마스 새벽에 영원한 나라로 떠났다.

우리 대가족이 부산에서의 피난민 시절에 끼니를 거르지 않고 학교에서 계속 공부할 수 있었던 것은 첫째가 하나님의 은혜였고, 둘째로 재명 누님의 희생적 도움을 빼놓을 수 없다. 우리가 부산에 오기 전 누님은 부산 철도병원의 간호원장(간호부장)이었고, 그 후 누님의 영어 실력과 산파(조산사) 면허증으로 수입을 얻을 수 있었다. 광야에서 헤매던 이스라엘 민족 같은 우리의 피난 생활에 누님은 모세와 같은 인도자 역할을 한 것이다. 그런데 그 누님에게 큰일이 벌어졌다. 박윤선 목사

부산 미실회 전경
부산 피난 시절 미국 교인들이 원조해준 덕에
순교자 가족들은 안정된 주거지와 일거리를 가질 수 있었다.

님 며느리의 해산을 돕기 위해 미국 선교사의 차를 타고 가다가 대형 교통사고를 당한 것이다. 부산 대신동 큰길에서 차가 고장 나 선교사가 차를 세우고 고치고 있었는데, 커다란 미군 트럭이 들이받은 것이다(그때 그 병사는 술에 취해 있었다고 했다). 현장에서 여섯 명이 즉사하고 많은 통행인이 다쳤다. 차에서 나와 누님 바로 오른쪽에 서 있던 박 목사님 부인이 그 자리에서 운명하고, 누님은 오른쪽 몸 전체가 여지없이 으스러졌다. 너무 많이 다쳐서 도립 병원에 사흘간 입원해 있는 동안 의사들은 마취 주사만 놓고 어찌할 줄을 몰랐다고 한다. 며칠 후 죽을 것으로 예상했는데 목숨이 부지되자 미국 선교사가 부산 앞바다에 때마침 정박 중인 스웨덴 병원선에 입원시켜 중환자로서 치료받을 수 있었다. 부서진 뼈를 모두 맞추어 연결했으며, 떨어져 나간 살점을 이식하는 등 당시로서는 최고 기술의 수술을 받아 약 6개월 후부터 겨우 기동을 할 수 있었다. 몇 년 후에는 오른쪽 엄지손가락을 잃었지만 다시 피아노를 칠 수 있었고, 오른쪽 다리의 피부 신경이 마비되었으나 걷는 데 지장이 없을 정도로 회복되었다. 모두 기적이라고 했다.

'가장인 딸'을 잃은 우리 가족은 또 하나의 기적을 만났다. 미국 감리교 선교사 헨리 도지 아펜젤러 박사(Dr. H. Dodge Appenzeller)[1885년 4월 5일 부활절 아침에 조선에 도착한 헨리 거하드 아펜젤러(Henry Gerhard Appenzeller) 선교사의 2세]의 주선으로 순교자 유가족들을 위한 집과 사업장이 마련된 것이다. 범일동에서 가야 쪽으로 가는 왼쪽 산기슭에 대지를 구입해 미실회(美實會)라는 새 동네를 건설했다. 각기 방 한 칸과 부엌이 딸린 두 세대 연립주택이 25채 지어졌고, 또 들어오는 미제 구제품을 개조해 팔 수 있도록 작업실과 재봉틀 수십 대가 마련되었다. 그 개조된 옷들을 판매장에 보내 얻은 수익금으로 생활보조금을 주었다. 서울에서 온 피난민 대부분이 고생하는 동안 우리 오십 목사 유가족들은 어느 정도 안정된 생활을 누릴 수 있었다. 보지도 알지도 못하는 미국인들이 보낸 사랑의 손길이 우리의 안정된 삶을 보장해준 것이다. 그뿐만 아니라 '반(半)고아'인 나는 2년 정도 세이브더칠드런(Save the Children's Fund)이라는 아동 구호 기관을 통해 어떤 미국 여성한테서 매달 학비 3달러와 친절한 편지를 받았다. 이다음에 내가 부자가 되면 그 은혜를 그 몇 배로 다른 전쟁고아에게 갚고 싶었다. 그즈음에 셋째 광명, 넷째 순명 누님이 군복을 입고 장기려 박사가 복무하던 제3육군병원(부산 토성초등학교 건물)에서 간호보조원으로 봉사했다. 후송되어 오는 많은 부상병을 돌보며 그들의 고통을 줄이는 데 밤낮으로 온 정성을 기울였다. 그러고 보면 훗날 나를 포함해 우리 가족 중 자녀 다섯 명이 군복을 입고 민족의 수난과 자유를 지키기 위한 싸움에 참여한 셈이다.

1953년 7월 3일 휴전이 되어 피난 왔던 사람들이 서서히 서울로 돌아갔다. 1년 후 나는 초량 산기슭에서 고등학교 2학년 과정을 마치고 몇 명의 가족과 함께 그리던 서울 집으로 돌아왔다. 서울은 예전의 서울이 아니었다. 우리 집은 도깨비 집이 되어 있었다. 지붕의 기와는 다 없어지고 풀이 한 자나 자라 있고, 모든 문은 다 없어졌으며, 비가 샌 다다미(일본식 돗자리)방마다 벌레와 냄새가 진동했다. 우리의 책과 가구, 아버지의 귀중한 연구 자료가 모두 재로 변해 있었다. 추운 겨울에 이곳을 거쳐 간 피난민들이 땔감으로 쓴 것이다. 귀중하다고 믿던 소유물들이 본인도 모르는 사이에 모두 재가 될 수도 있다는 것을 목격했다. 어머니가 대략 집을 수리해 팔고 작은 집으로 이사하면서 나는 대방동 서울공고 근처의 한 하숙집에 두 학우와 함께 들어갔다. 후암동에서 학교까지 교통이 불편했고, 대입 준비를 착실히 준비하기 위해서였다. 그러나 학교 건물은 미군이 야전병원으로 사용했기 때문에 우리는 들어갈 수가 없어, 근처에 지붕과 벽만이 남은 임시 학교(전 은행 관사)에서 공부를 했다. 전반적으로 춥고 배고픈 시절이었지만, 하숙집 아주머니의 친절한 보살핌 속에 대학 진학의 푸른 꿈을 안고 열심히 공부했다.

그러던 어느 날 밤에 하숙집 문과 유리창을 거칠게 두드리는 소리가 난데없이 들려왔다. 창문으로 내다보니 약 열다섯 명의 공단 직공이 몽둥이, 자전거 체인, 손잡이 칼, 공구 등을 들고 "다 죽인다!"라고 아우성치는 것이 아닌가? 떠드는 소리를 들어보니 전날 밤 서울공고 학생들에게 몇몇 직공이 두드려 맞은 모양인데 그 복수를 하러 온 것이 틀림없었다. 근처에 학우가 많았지만 연락할 길이 없고 도망갈 길도 없었다(그때는 거의 모든 집에 전화기가 없었다). 큰 위기였다. 하숙집 아주머니는 작은딸과 함께 방문을 잠그고 안에서 울고 있었고, 늘 싸움을 잘한다고 자랑하던 깡패 출신 동료 하숙생은 사태가 심각하다고 생각해 휴대용 칼을 두 개나 펴 들고 있었다. 인상이 험해 '낮도깨비'라고 불리며 하급생들을 들볶던 다른 하숙생은 키와 덩치는 컸지만, 밖의 많은 폭도를 상대할 수는 없었다. 밖에서는 연상 다 나오라고 소리 지르며 당장 안 나오면 쳐들어간다고 위협했다. 하나님이 나의 방패라면 이런 때처럼 그의 도움이 필요한 적은 없었다. 나는 난생처음 가장 간절하고 간결한 기도를 드렸다. 그러고는 혼자 나간다고 선언했다. 낮도깨비가 밤 귀신처럼 사색이 되어 나를 붙잡았다. "나를 위해 기도해달라"라는 마지막 부탁을 남기고 나는 십자가를 질 각오로 밖으로 나갔다.

내가 혼자 나가자 폭도들이 놀라 뒤로 물러섰다. 나는 문짝에 몸을 바싹 붙이고 낮은 목소리로 "너희들 두목 나오라"고 호령했다. 조금 있다가 나보다 덩치가 두 배나 되어 보이는 놈이 쇠붙이가 붙은 장갑을 끼고 내 앞에 나타났다. 나는 "싸울 때는 싸우더라도 일단 여기까지 왔으니 이야기부터 하자"라고 제의하며 내 이름을 소개했다. 두목도 자기 이름을 댔으나 뒤에서 떠드는 소리 때문에 알아들을 수 없었다. 내가 "도대체 이게 뭐냐?"라고 하자 어젯밤에 일어난 폭행 사건을 주섬주섬 늘어놨다. 뒤에서는 그놈들 죽이자고 떠들어댔다. 나는 더 자세한 내막을 물었다. 설명이 길어졌다. 짐작 가는 데가 있었다. 나는 "다른 데 사는 고2 놈들이 저지른 나쁜 짓" 같은데 상급생 대표로 일단 사과하겠다며 손을 내밀었다. 두목이 머뭇거렸다. "장갑을 벗고 사나이답게 사과를 받아라"라고 독촉하자 그는 맨손으로 내 손을 잡았다. 내가 말을 이었다. "우리도 기술 하나 배우면 너희 공단 같은 데

가교에서 한 고등학교 졸업식
우리는 전쟁 이후에도 학교 건물을 보지도 못하고 고등학교를 졸업했다.

들어갈 공고 놈들인데 서로 잘해보자"라고 하자 그가 "형씨, 미안합니다"라고 응답했다. 다음 날 밤 다시 만나 정식으로 사과와 화해를 하기로 합의했다. 최후의 결투는 이렇듯 싱겁게 끝났다. 피가 아니라 땀에 젖어 내가 무사히 들어오자 낮도깨비는 큰 충격을 받았나 보다. 그가 엉엉 울었다. 나는 "여호와 하나님이 나를 지켜주셨다"라고 당당히 말하고 방바닥에 쓰러졌다. 내가 그놈들에게 집단 폭행을 당했다면 내 인생은 어떻게 되었을까? 생각만 해도 소름이 끼쳤다. 어디서 그런 용기와 지혜가 나왔을까?

다음 날 밤 그들은 다시 나타나지 않았다. 그러나 이 소동은 나의 뇌리에서 항상 맴돌았다. 이런저런 일을 겪으며 우리는 고달픈 고3 인생을 무사히 마쳤다. 다음 해 봄, 우리는 학교 구경도 못하고 졸업해 각기 다른 대학으로 뿔뿔이 헤어졌다. 낮도깨비는 성서신학교에 진학해 훗날 서울 한남동에 있는 큰 교회의 목사가 되었다.

3

무엇을 위해 살 것인가

청년 시절 1(1955~1961)

1955년 봄에 나는 연희대학교(연세대학교의 전 이름)에 입학해 이공대학 신입생이 되었다. 물론 세브란스(Severance) 의과대학 예과를 목표로 들어갔지만, 그해 백낙준 총장은 미국식 교육 체제를 도입해 모든 신입생이 전공 없이 대학별 일반 과목을 이수하게 했다. 나는 검푸른 학교 배지를 자랑스럽게 가슴에 달고 긴 백양로를 지나 푸른 숲으로 싸인 고풍적 학교 건물에서 공부하는 것이 좋았다. 문리학, 수학, 화학, 생물학 등 기초 과목은 좀 무미건조했지만, 모두 영어 교재를 사용하므로 도전이 되었다. 학과목보다는 다양한 내용의 채플 시간, 기독학생회 모임, 여러 토론과 취미 활동이 더 즐거웠다. 역시 대학 생활은 차원이 다른 배움과 사색의 분위기가 있어 새로웠다. 특히 김동길 교수님의 강의는 서양문학사에 대한 깊은 흥미를 자아냈다. 틈이 나면 문과대학에 가서 철학개론 강의를 듣고 숲속을 혼자 거닐었다. 김형석 교수님의 강의는 너무나 심오한 인생 문제를 고민하게 했다. 다른 학우들은 과제와 시험에 바쁜데 나는 '내가 누구인가?' 또 '무엇을 위해 살 것인가?'라는 심각하지만 사치스러운 질문을 나 스스로에게 던지기도 했다. 나는 가끔 내 취향이 무엇인지 재검토하고 싶었다.

연희대학교 입학 시절
긴 백양로를 지나 푸른 숲에 싸인 아름다운 교정이 좋았다.

학교생활이 좀 익숙해지자 나는 연희대학교에 대해 어떤 회의와 실망을 느끼기 시작했다. 가장 심각한 것은 학교가 학생들의 인격을 무시한다는 느낌이었다. 예를 들면 '사치스럽다'며 학교 입구에서 강제로 넥타이를 풀게 하거나 여대생의 복장과 신발을 규제하고, 강제로 모든 학생을 채플에 몰아넣으며, 채플 장소가 노천강당이라 학생들이 입장하고 뒷산으로 빠져나가기라도 하면 규율부에서 그들을 추적한다거나 담배를 피웠다고 몇 주간 정학 처분을 내리고, 막대기로 사람을 툭툭 치는 등 나는 이런 비인격적 처분이 바른 인성 교육에 도움이 될까 의심하게 되었다. 또 한 가지 혐오감을 불러일으킨 점은 모든 것을 '미국화'하는 풍조였다. 대학 사회에서 영어를 강조하고 새로운 서양 문화를 널리 소개하는 것은 좋지만, 영어를 못하면 무엇인가 부족하고 미국식이 아니면 모두 비문명적이라는 암시와 풍조가 너무나 완연했다. 미국을 구경하지 못한 교수나 학생은 주눅이 들 수밖에 없는 환경이었다. 미국 것이면 무엇이나 다 좋은가?

내가 이런 비판적인 생각을 하는 동안 나에게는 더 심각한 실제적 문제가 닥쳐왔다. 2학기 등록금이 없어 두어 주 등록을 미뤄야 하는 형편이었다. 당시 가장도 없는 우리 집에는 대학생이 세 명이나 있었다. 나 말고 순명 누나는 이화여자대학 약학과에, 광명 누나는 서울여자의과대학(우석대학교의 전신이며 후일 고려대학교에 합병되었다)에, 그리고 재명 누님은 독립해 부산에서 고려신학교에 다니고 있었다. 어

신식 할머니이셨던 어머니
애국심과 개명한 정신을 늘 강조하신 어머니는 매해 수십 권의 책을 읽고, 일기를 쓰셨으며, 수백 통의 편지도 쓰셨다.

머니 자신은 고등교육을 받지 못했지만 자녀 교육에 대해서는 확고한 소신과 주관이 있어 최선을 다해 격려하고 지원해주셨다. 결국 작은 집마저 팔아 반지하 전세로 들어가기까지 하며 학비를 마련해주셨다. 가까운 집안 친척들과 친구들은 가장도 없는 가난한 우리 집에 대해 크게 우려하셨다. 더욱이 '계집애들까지' 대학에 보낸다고 집을 팔다니. 그러나 어머니의 신념은 확고했다. 집보다는 자녀들의 교육이 중요하고, 교육에는 남녀를 가릴 필요가 없다는 철학이 있었다. 1920년대에 상해에서 도산 안창호 선생을 가까이 모시고 지내며 많은 감화와 감동을 받은 어머니는 의지가 강하고 개명한 현대 여성이었다. 그러나 다음 학기에 다시 다가올 등록금 위기는 어찌할 것인가?

살 집도 마땅히 없어 유랑하게 된 우리 학구파 가정에 좋은 소식이 찾아들었다. 장로교 계통 순교자 유가족들을 위해 미국 장로교단에서 서울에 집단 거주지를 마련해준 것이다. 장충동 동국고등학교 바로 옆에 옛 공장 건물을 개조해 24개 가정이 살 수 있는 쪽방 아파트를 만들고, 작업실을 만들어 사모님들(순교한 목사들의 아내)이 일을 할 수 있는 터전을 마련해주었다. 부산 피난 시절의 미실회와 같은 준공동 생활체인데 규모가 작고 더 협소했다. 길 밖으로 '순혜원'이라는 간판이 붙은 이 공동체는 구내로 들어오면 공장 건물의 큰 창문 단위로, 한 가정당 마루청 단칸방에 간이식 부엌을 두어 개별 살림을 할 수 있게 해놓았다. 이 집단 거주지에서 남편이 없는 사모님들은 함께 일하면서 서로 위로하고 의지했다. 자녀들은 국민학생부터 대학생까지 60명이 넘었다. 매일 겪는 고충 중 하나는 하나뿐인 공동 화장실이었는데, 어느 집이든 요강을 사용하지 않으면 위기를 면할 수 없었다. 목사의 자녀들은 대부분 재능이 뛰어나고 활기가 넘쳤다. 우리는 틈날 때마다 같은 연배끼리 모여 게임, 합창, 기도회, 수련회 등을 하며 즐겼다. 모두 가난했지만 우리는 행복했다. 어느 날 미국의 한 교회에서 낡은 피아노 한 대를 보내왔다. 나는 음악을 좋아했기 때문에 피아노를 배우고 싶어 가슴이 부풀어 올랐다. 그러나 그 피아노는 여학생만 사용하기로 결정되었다. 왜 남자 손가락은 피아노 건반을 두드릴 수 없는지 실망스러웠다. 그 피아노는 아이들이 학교에서 보내는 낮 시간을 제외하고 새벽 6시부터 밤 11시까지 계속 울렸다. 피아노 선생도 없이 30분 단위로 바뀌는 피아니스트들의 실력과 진도는 천차만별이었다. 우리 집은 피아노방 옆에 있는 현관을 들어오면 첫 집이어서 매일 몇 시간씩 피아노를 연습하는 소리를 듣지 않을 수 없었다. 나는 바이엘 1번부터 체르니 40번까지 틀린 음정을 지적할 정도로 청음 수준이 높아져 음악적인 귀를 갖게 되었다. 피아노는 보지도 못한 채.

연희대학교에서 첫 학년을 마칠 무렵에 전공을 결정하기 위한 면접이 있었다. 실망스럽게도 그 결과는 내 삶의 방향을 바꾸어놓았다. 내가 바라던 의예과가 아니라 화공과에 배정된 것이다. 그 이유는 두 학기 성적 때문이었을 것이다. 취미를 못 붙인 과목들을 열심히 하지 않은 결과였다. 면접 당시 한 교수님이 유난스럽게도 화공과 계통의 장래가 밝다고 유인했었다. 그때 나는 도도하게 관심이 없다고 답변했다. 애초에 자유경쟁으로 개방 입학한 이공대 신입생 대부분이 의예과를 지망했을 터이니, 성적이 뒤떨어진 학생들은 평소 전혀 염두에 두지 않았을 다른 이공계 학과로 2학년부터 배정된 것이다. 학과목 성적이 젊은이의 전공이나 전문 분야를 결정하는 것이다. 나의 이런 실패를 합리화라도 하는 듯 내 마음은 오히려 평안했고 '차라리 잘되었다'고 자위하는 마음도 들었다. 내 취향이나 적성이 의료인과는 거리가 있다고 느꼈기 때문이다. 나는 문과대학 철학과로 전과하고자 했으나 절차가 복잡했다.

그런 와중에 뜻밖에도 좋은 소식이 들려왔다. 1년 전에 상도동에 재건된 숭실대학(평양에 있던 한국 최초의 현대식 대학으로 1938년에 폐교되었다) 학장 한경직(韓景職) 박사한테서 숭실대학으로 오지 않겠느냐는 연락을 받았다. 한 목사는 평양 숭실대학 출신으로 아버지보다 6년 후배였지만, 이후 가까운 동역자로서 그가 담임하는 영락교회를 통해 아버지가 행한 전국 복음화 운동의 초기 활동을 적극 지원하던 사이였다. 그때 한 목사님은 미국에서 거액의 장학금을 마련해와서 진학이 어려운 순교자 자녀들에게 전 학년 장학금을 주려 했다. 나는 숭실대학이 시작된 영락교회에서 전학을 위한 면접을 치렀다. 젊고 수줍음 많은 조요한(趙要翰) 교수가 왜 "골치 아픈 철학을 공부하려느냐"라고 묻기에 내가 "골치가 아프기 때문에 철학 공부를 하렵니다"라고 답변하자 환히 웃었다[그분은 후일 숭실대학교 총장(1989~1993)을 역임했고, 한국 예술철학의 권위자이자 양심적인 종교인이며 실천하는 지식인으로 알려졌다]. 전학 과정에서 연희대학교 직원과 웃지 못할 말싸움도 있었다. 학적부를 떼려 하자 교무처 직원이 "서울대학으로 도망간다"며 내 요청을 거부했다. 숭실대학교로 간다고 하자 "거짓말한다"며 또 거부했다. 기막힌 월권행위였다. 상식적으로 볼 때 '일류 대학'에서 '삼류 대학'으로 전학하려는 내 꼴이 거짓이거나 미쳤다고 생각했을 수도 있다. 친구들도 의아하게 생각했다. 사실 처음 찾아간 숭실대학교는 상도동 언덕 민둥산에 2층 석조 건물 하나와 2층 목조 기숙사 하나가 달랑 서 있는, 초라하기 이를 데 없는 신설 대학이었다. 그러나 보이는 것만이 세상의 모두가 아니며 또 가장 중요한 것도 아니다. 철학적으로 생각할 때 나는 화려한 시설보다는 바른 정신을 배우는 빈터에서, 그리고 현실적으로 따질 때 늘 돈에 얽매여 불안한 학창 생활보다는 안정된 학구 활동에서 더 의미를 찾을 듯싶었다. 사실 숭실은 우리나라에서 최초의 현대식 대학(1897)으로 태동해 신사참배 거부와 항일 투쟁의 역사, 그리고 수많은 민족 지도자와 교회 지도자를 배출한 평양의 명문 대학이었다. 무엇보다 우리 아버지가 공부하던 학교, 아버지가 3·1 운동으로 영원히 떠나야 했던 학교, 민족정신이 살아 있던 학교였다. 일제강점기에 모든 학교가 일제의 신사참배 강요에 굴복했지만, 숭실대학만은 끝까지 항거하다가 폐쇄된 학교였다. 민족혼과 신앙의 절개를 지키려다 순교한 유일한 학교였다. 내적인 가치를 음미한다면 숭실이 단연 위대했다. 여하튼 사람의 인격이나 실력이 중요하지 학부의 출신 학교를 따지는 것은 별 의미가 없다고 믿었다. 다만 후일 나에게 '마지막 학위를 줄 최종 학교'는 세계적으로 유명한 학문의 전당이 되기를 바라며, 나는 아쉬움 없이 진학을 감행했다. 그리하여 3년간의 전액 장학금과 약간의 생활보조금도 받았다. 그 당시 30여 명의 순교자 자녀가 서울대학교, 연희대학교, 이화여자대학교, 고려대학교 등에서 숭실대학교로 전학해왔다.

순혜원의 생활은 재미있으면서도 복잡했다. 사생활이라는 것이 거의 없었다. 이웃 어느 집에서 무슨 음식을 해먹는지 알 뿐 아니라 옆집이자 옆방의 숨소리까지 들으며 살았다. 나는 좀 조용한 환경을 마련하기 위해, 집에 들어가 살면서 가르칠 수 있는 가정교사 자리를 구했다. 어떤 분의 소개로 어린 학생과 젊은 엄마, 그리고 젊은 식모가 사는 한 한옥집에 입주하게 되었다. 환경이 정말 좋았다. 국민학교 3학년인 그 집 아들은 성정은 착하지만 학습 태도가 엉망인 것을 금시 알았다. 공책 하나 제대로 된 것이 없고 무엇을 배우는지도 잘 모르고 있었다. 숙제를 도와주고 다음 날 검사를 해보면 제대로 한 것이 하나도 없었다. 알고 보니 읽는 것도 제대로 못하는 형편이었다. 다음 날 담임선생을 만나 의논했다. 그는 그 아이가 1학년 수준인데 앞으로가 더 걱정스럽다고 했다. 그런데 아이의 엄마는 늘 바쁘지만 선생님들에게 '성의'는 잘 보인다고 했다. 당시에 유행하던 '촌지'를 말하는 것이다. 나는 아주머니에게 학교 선생님들에게 봉투를 보내지 말고, 아들을 나에게 아주 맡기겠냐고 물어 그러겠다는 다짐을 받았다. 엄마의 양해를 얻고 나서, 나는 엄히 다스리며 기초부터 시작하기로 했다. 하나하나 처음부터 가르치며 내 말을 거역하거나 속일 때는 가차 없이 회초리를 들었다. 그 아이는 무서운 선생을 만나, 처음으로 고통스러운 공부를 하게 되었다. 아이의 엄마는 늘 화려하게 차려입고 늦은 오후에 나갔다가 밤중에 돌아오곤 했는데, 알고 보니 고급 요정의 마담이었다. 내가 가르친 지 6개월쯤 되었을 무렵 아이의 성적은 밑바닥 수준을 면하고 중간 정도로 향상되었다. 담임선생의 말에 더는 기대하지 말고, 다시 떨어지지 않게 붙잡아만 주면 좋을 것이라고 말했다. 사실 머리 쓰는 것으로 볼 때 그 아이는 성적을 따질 형편이 아니었다. 나는 그 아이가 공부를 잘하지 못하더라도 바르고 건강하게 자라도록 돌보아 주었다. 한 해가 지나면서 나는 이상한 존재로 그 집에 안착하게 되었다. 암묵적으로 가정교사라기보다는 아저씨나 큰형처럼 큰 사랑방에서 아이와 같이 살며 행복한 삶을 누리도록 이끌었다. 아이 엄마의 배려로 우리 둘은 같이 구경도 다니고 시골 할머니 집에 여행도 다녀왔다. 같이 살면서 경쟁보다는 협력해 살아가는 법, 성공보다 행복한 자신을 만들어가는 길을 보여주고자 힘썼다. 나로서는 별로 수입이 없었지만, 성적 향상에 대한 부담 없이 공짜로 좋은 하숙 생활을 한 셈이었다. 내가 학비를 마련해야 했다면 좀 더 적극적으로 돈을 버는 아르바이트나 가정교사 노릇을 했을 터인데, 나는 자유로운 삶이 더 중요하다고 생각해 그 집에서 대학 졸업을 앞둔 1959년 초까지 살았다. 자유와 낭만과 번민이 없는 대학 생활은 결국 학위를 얻기 위한 척박한 사막길과 같다고 느꼈기 때문이다.

숭실에서의 대학 생활은 부실한 학교 환경에도 불구하고, 풍성했으며 행복했다. 우선 철학과 구성원들이 특별했다. 매 학기 등록 인원이 10 내지 12명 정도였는데 절반 정도가 목사 아들로 장차 목사가 될 젊은이들이었고, 나머지 사람들은 이미 목사가 되어 목회 활동을 하다가 뒤늦게 학사 학위를 취득하기 위해 들어온 늙은 전입생들이었다(그 당시에는 학사 학위 없이 신학교에 갈 수 있었다). 그러니 우리 철학과는 목사반 또는 예비목사반이라고 할 수 있었다. "기독교 민족 지도자 양성"이라는 숭실대학교의 전통과 목적에 따라 우리 철학과는 대학 전체에서 특별한 관심과 배려를 받았다고 본다. 고대 철학에서 중세 철학을 거쳐 현대 철학에 이르기까지, 동양 철학과 서양 철학 그리고 기독교 윤리와 미학에 이르기까지 우리는 많은 것을 배우고 생각하게 되었다.

그때는 책이 별로 없었다. 강의 내용을 열심히 적고 토론을 통해 다시 확인하는 것이 보편적 수업 방식이었다. 가끔 강의 요강을 등사해 나누어 주기도 했다.

많은 학교에서, 특히 새로 설립된 대학에서는 잦은 휴강이 관례였는데, 우리는 그런 경험이 별로 없었다. 여러 대학의 유명 교수들이 와서 강의를 맡았다. 그때 우

존경하는 안병욱 교수님과 함께
졸업 후 약 35년 만에 미국 워싱턴 동창회 모임에서 스승님을 반갑게 만났다.

리를 성심껏 가르치신 분들은 고범서, 김능근, 김성식, 김형석, 안병욱, 조가경, 조요한, 그 외 몇 명의 소장파 학자들이었다. 교수님들은 강사료도 제대로 받지 못하는 이변에도, 이 학교를 살리겠다는 희생정신으로 계속 출강했다. 그들은 강의실 밖에서도 우리 삶의 문제에 대해 진지하게 같이 고민해주셨다. 특히 안병욱 교수님은 바쁜 일정에도 우리와 같이 식사나 등산을 하시며 인생철학을 본인 삶의 모습으로 가르치셨다. 교수님은 도산 안창호 선생의 인격과 인생에 대한 감명 깊은 이야기를 들려주셨다. 규모가 큰 유명 대학이었다면 아마도 이렇듯 친밀한 만남을 통한 배움은 없었으리라. 나는 그 당시 유행하던 실존주의 철학과 문학에 심취했다. 나의 졸업논문은 유신론적 실존주의자 '키르케고르(Kierkegaard)의 번뇌'에 대한 것이었다(그 주제에 대한 이해는 당시 나의 영어 실력에 한정되었을 것이다. 한문이 많이 섞인 일본 책들이 많았지만, 나의 실력으로는 그런 책들을 제대로 읽을 수 없었다).

물론 대학에서 학문적 추구만 한 것은 아니다. 나는 학비 조달이나 아르바이트의 속박에서 비교적 자유스러워 비용이 들지 않는 취미 활동도 할 수 있었다. 교회 활동에 참여하는 것이 주를 이루었지만, 별도로 등산, 독서, 합창 등을 즐겼다. 산에 오르는 것은 신체 운동 이상으로 지성적 소득이 컸다고 본다. 높은 차원에서 세상만사를 보는 것은 사색과 사고의 질을 높이는 데 도움이 되었다. 서울 근교에는 하루에 다녀오기 좋은 산들이 많다. 한번은 눈이 많이 온 다음 날 친구 여섯 명과 백운대로 향했다. 백운대는 높이 836m의 아름다운 암벽 산으로, 그리 힘들지 않은

대학 시절의 취미 활동
등록금에서 자유로워진 나는 등산, 야영, 합창, 독서 등을 즐길 수 있었다.

등산 코스다. 우리 젊은이들은 별다른 특수 장비도 없이 새벽 6시에 겨울 등산을 떠났다. 그다지 춥지는 않았지만 바람이 심하고 등산로를 찾을 수 없어, 헤맨 끝에 오후 2시경에야 정상에 올랐다. 온 세상은 다 흰색으로 하나였다. 그 찬란한 기쁨은 어떻게 표현할 길이 없었다. 유감스럽게도 내 카메라는 추위에 작동을 멈췄다. 곧 해가 질 것이라고 해서 급히 하산을 시작했는데, 역시 길을 찾을 수 없었다. 우리는 인도자를 따라 굴러 내리기, 미끄럼 타기, 내려 뛰기 등을 하며 6시 전에 아랫동네에 도착했다. 마치 어두운 저세상에서 실없는 도전을 하다 도망쳐나온 무법자들처럼 몹시 지쳐 있었으나 기분은 상쾌했다. 곳곳에 소복이 쌓인 눈이 우리 젊은이들의 무모한 모험을 감싸주어 살아나온 듯했다. 한때 몇몇 친구와 독서 클럽을 만들어 방학 때 '하루 한 권'의 야심찬 계획을 수행했다. 적절한 책을 교대로 골라 하루 종일 다방에 들어앉아서 그 책을 완독하는, 일종의 경쟁이었다(그때는 도서관이 별로 없거나 자리가 없었다). 책의 종류는 시집, 희곡, 소설, 논문, 고전, 위인 전기 등 폭넓게 제한 없이 선택했다. 비록 종일 담배 연기에 오염되었지만, 나의 지적 욕구에 가장 많은 영양분을 얻은 시절이었다. 이 시절에 나는 신약을 13번, 구약을 2번 완독했다. 속독이어서 무엇을 읽었는지는 그다지 중요하지 않았다. 나는 음악을 모르지만 좋아했다. 악기나 성악을 배울 형편이 아니었기에 여기저기서 합창을 했다. 종로 입구에 있던 기독교방송국(CBS) 합창단은 나에게 좋은 경험이 되었다. 당시 유명 기독교 음악인들이 3개월씩 무료로 지도해주어 나는 유명한 여러 교회 음악가의 색다른 지휘법을 직접 확인할 수 있었다. 그 외에 사진(흑백)을 좋아했지만 필름과 인화 비용이 만만치 않아 그 취미는 살릴 수 없었다. 나는 대학 생활에서 취미 활동이나 봉사의 기회는 사치가 아니어야 한다고 믿었다. 만일 등록금이 없는 세상이 온다면 모든 대학 생활은 훨씬 더 풍성한 배움의 시절이 되지 않을까? 그런 세상을 꿈꿀 수 없을까?

숭실대학은 해방 이후 피난을 와서 서울에 재건된 고등교육기관으로서 자랑스러운 문제가 있었다. 어리석도록 정직해야 한다는 것이다. 당시 서울에는 종교 계통의 작은 학교들 이외에 여러 큰 대학이 새로 설립되었는데[예를 들어 신흥대학교(지금의 경희대학교), 홍익대학교, 건국대학교, 단국대학교 등] 대개 자산이 상당하거나 단단한 재정적 기반으로 건립된 학교였다. 숭실의 경우 미국 장로교 계통의 지원을 받기는 했으나 간헐적이고 단기적이었다. 열성적 지원은 다만 북한에서 피난 온 기독교인들의 신앙과 소망뿐이었다. 그런데 사실은 당시 학교 운영비 대부분이 학생들의 등록금으로 충당되고 있었다. 그래서 거의 모든 학교가 문교부(교육부의 전신)가 승인한 학생 정원 이외에 부정으로 학생들을 입학시켜 비용을 충당했다. 기독교 대학들도 예외가 아니었다고 본다. 그러나 한경직 목사가 학장인 숭실대학은 그럴 수 없었다. 당시에 유행하던 이중장부나 허위 문서가 없었다. 문교부 감사가 나오면 다른 대학교들과 달리 일찍 일이 끝나 철수했다고 한다. 사무 행정상 아무런 흥밋거리가 없었기 때문이다. 물론 저녁의 호화로운 향응도 없었다. 내가 졸업하기 전해에 취임한 김성락 박사도 성직자로서 정직을 지켰다. 그러니 어느 문교부 감사원이 흘렸다는 저주가 후일 적중했나 보다.

"이 학교는 발전하기 힘들겠어. 너무 깨끗해서 먹을 것도 없고 무엇이 자랄 수도 없어."

1959년 봄 대학을 졸업할 무렵, 나는 군대 소집영장을 받았다. 대한민국의 사나이라면 누구나 당면하는 국민의 의무 중 하나였다. 그러나 당시에는 돈 있고 '빽'이

숭실대학교 졸업식

고등교육을 도와준 한경직 목사님(전 숭실대학교 학장)이 졸업을 축하해주셨다.

있는 집안의 자녀들이 쉽게 면할 수 있는 의무이기도 했다. 나는 전쟁을 위한 집단으로서의 군대는 싫어했지만, 인간 사회의 모든 무력이나 폭력에 대해 양심에 거리낌을 느낄 정도로 예민하지는 않았다. 나는 평화주의자가 아니었다. 나는 여러 패거리의 젊은이들 틈에 끼여 논산에 있는 육군 제2훈련소로 갔다. 남자라면 다 겪는 경험이겠지만, 첫인상은 '사나이를 만드는' 인간 훈련소라기보다는 '비인간화'하는 로봇 제작소였다. 첫날 머리를 깎고 군복으로 갈아입은 뒤 계급장 없는 모자를 쓰고 수백 명이 곧게 정렬해 입소식 연습을 했다. 키 외에는 모두가 꼭 같았다. 한 기관사병이 단 위에 올라가 외쳤다.

"이제부터 네 놈들은 ○도 아니다. 인간도 아니다. 오직 개 같은 '훈병(훈련병)'이다."

그의 말은 진리였다. 이름표를 붙였지만 서로 "이 새끼, 저 새끼"라 불렀다. 열아홉 살도 되어 보이지 않는 경상도 말씨의 일등병이 "서울 놈들은 건방지다"라는 죄명으로 나를 쥐어박았다. 키르케고르의 번뇌가 스쳤다. 그러나 말없이 참았다. 대학 졸업이라는 '죄과'가 드러나면 무슨 봉변을 당할지 모르는 세상이었다.

훈병 약 40명이 같이 살게 된 우리 내무반에는 별의별 놈이 다 있었고, 우리는 훈련받은 개처럼 움직여야 했다. 기상, 식사, 청소, 훈련, 휴식, 점호, 취침 등 모든 것에서 죽어도 살아도 같이 움직여야 했다. 매일 아침, 때로는 밤에도 훈련장에 나가 여러 가지 전투 훈련을 받았다. 밖에서 듣던 바와는 달리 훈련소에서의 심한 기합(단체 체벌)이나 구타는 적었다. 조교들은 오히려 '훈병제일주의' 덕에 우리가 편한 세상을 산다고 비아냥거렸다. 몇 개월 전에 이 훈련소에서 구타 사건이 일어나 몇 명이 숨지고, 또 배식 사정이 나빠 여러 훈병이 도망친 사건이 알려져 국회의 조사가 있었다고 한다. 새 훈련소 소장이 취임하면서 훈병제일주의라는 지침을 내리고 모든 구타 사건과 1종 보급품(매일 식량)을 엄격히 감시하게 된 것이다. 그러니 우리 훈병들은 최소한 굶어죽거나 맞아죽을 염려가 없는 행운아였다. 다만 고된 훈련 중 흔적 없는 구타와 기합은 계속되었다. 어느 날 저녁에는 '군진수칙'이라는 것을 암기하도록 했는데 훈병 대부분이 졸고 있어 내가 처음으로 모두 암기해 낭독했다. 이 수칙은 군인들이 군진에서 지켜야 할 규칙, 특히 전투 중이거나 포로가 되는 경우에 명심해야 할 수칙이었다. 그 수칙을 암기한 보상으로 나는 청소, 배식 등 귀찮은 사역을 면제받았다. 그러나 나 대신 더 고생할 다른 당번 사역자들을 생각해 나는 그 면제를 조용히 사절했다. 바보 같은 짓이었나 보다. 덥고 고되며 바쁜 가운데 지루한 8주간의 기초훈련이 끝나 훈련소를 떠나게 되었다. 그러나 나와 몇몇 대학생들에게는 보병 중화기 훈련을 4주 더 받으라는 명령이 떨어졌다. '배운 것이 죄'라는 생각이 들었다. 후기 훈병으로서 박격포, 무반동총, 바주카포 사용법 등을 훈련받고 12주간의 지옥에서 벗어났다.

'자랑스러운 대한민국의 군인'이자 작대기 없는 계급장(이병)을 붙인 나는 새카만 졸병이 되어 배출대로 나왔다. 배출대란 훈련을 마친 신병들이 자대 배치를 받기 위해 대기하는 곳이었다. 그곳은 어디의 어느 부대에 배치되느냐에 따라 운명이 갈리는 기로였다. 서울로 가는 '귀족부대'는 부모가 귀족이 아니면 바라볼 수 없는 운명이었고, 미군 편제로 들어가는 '카투사(Korean Army Troop in U. S. Army)'가 가장 이상적인 꿈이었다. 그런데 적지 않은 신병이 그 꿈을 이루기 위해 그곳의 기관사병들과 현금 흥정을 하는 것이 아닌가? 거래되는 금액까지 알려주었다. 나는 돈도 없었지만, 돈으로 내 운명을 바꾸고 싶지 않아 그냥 기다렸다. 바보 같은 나에게 올 것이 왔다. 강원도 어느 산골에 있다는 ○○○○ 야전공병단에 배치된 것이다. 동기 신병들이 내가 '골병대'로 떨어진 것을 위로해주었다. 공병대 사병은 중노동으로 골병든다는 것이 상식이었기 때문이다. 그런데다 군복이라고 지급된 것도 누더기 같은 헌 군복이었다. 도저히 입고 나갈 수 없는 걸레였다. 나는 하는 수 없이 철조망 넘어 민간인 아주머니에게 새 군복을 사서 입고 배출대를 떠났다. 서울 집에 잠시 들렀다가 다음 날 아침에 고생을 하며 춘천과 화천 사이 어느 두메산골에 위치한 공병대 대대본부로 찾아갔다. 거기에서 따분한 졸병 생활을 시작했다. 그때 나의 고생은 인간 이하의 밑바닥 삶을 배우는 수양 기간이었다. 그러나 우리 부대의 사정은 울분과 탄식을 자아냈다. 그 당시 한국군 부대 대부분은 전반적으로 빈곤과 부정과 폭력이 늘 난무했다. 우리 부대도 배당된 건설 자재의 부정 처리와 사병에게 갈 보급품 착취가 횡행했고, 또 헌병대와 정보기관이 협업하며 폭력과 위협을 더했다. 나는 다행히 대대본부 기재과에서 중요한 업무, 즉 미군에게서 자재를 수령하기 위한 사무직(영문 타자수)을 맡았기에 약간의 보호를 받았다. 그러나 다른 사병들은 억울한 사연이 많았다. 빼앗기고 얻어맞고 멸시당하고…….

어느 날 우리 부대에 번쩍이는 지프차 한 대가 들어왔다. 늘씬한 고위 장교 한 분이 나를 찾았다. 초라한 일등병인 나로서는 눈이 부셔 바라보기도 어려웠다. 바로 중령이었다. 무척 반가웠다. 그분은 부산 피난 시절 부상을 당해 제3육군병원에 입원해 치료받는 동안 순명 누나가 극진히 간호한 분이었다. 그 후 잘 회복되어, 결코 은혜를 잊지 않는다며 서울 집에도 찾아오던 분이다. 아마도 결혼하기 전까지 누나를 무척 좋아했던 모양이다. 그는 우리 부대 장교들에게 나를 자신의 ○○사단으로 보내도록 전출 발령이 내려올 것이라 알리고 떠났다. 일주일 후 나는 그 부대를 떠나 경기도 포천시 일동면과 이동면 사이에 위치한 사단의 ○○연대, 박 중령의 ○○대대로 찾아갔다. 그 부대에서도 척박한 사정은 비슷했다. 그러나 임시로 군종과에 배치되어 고된 훈련과 각종 사역은 면제받았다.

그 부대에서 복무 중이던 1960년 3월 15일 전국적으로 제4대 대통령과 제5대 부통령 선거가 있었다. 그런데 당시 집권당인 자유당에 의해 부정선거가 조직적으로 자행되었다. 우리 부대에서는 모든 사병이 줄을 서서 감시하는 장교들에게

이승만 박사 부부와 양자 이강석과 함께
독재자로 군림한 이 대통령은 3·10 부정선거에 항의해 일어난 4·19 혁명으로 마침내 하야한 뒤 망명 생활을 해야만 했다.

투표용지를 보여준 후 투표함에 넣도록 했다. 비밀투표가 아니라 강제적인 공개투표였다. 그런데 그 절차도 번거롭다고 나중에는 "다 알아서 해줄 터이니 투표소에 올 필요가 없다"라는 전갈이 내려왔다. 100% 투표에 100% 득표를 가능하게 한 가짜 선거였다. 이런 엄청난 부정은 이승만 박사의 영구 독재를 위한 조직적인 범죄가 틀림없었다. 민간인 사회의 동향은 잘 알 수 없었으나 전국 각지에서 항의 시위와 경찰의 탄압이 계속되었다고 했다. 그 후 부정선거에 대한 국민들의 항거가 드디어 4·19 학생혁명으로 이어지고 독재자 이승만은 하야해 비밀리에 하와이로 망명했다.

몇 개월 지나지 않아 우리 연대는 포대와 수색중대를 보강해 ○○전투단으로 재편되어 경기도 파주의 금촌으로 이동했다. 이 특수부대는 미군에 편제되어 해병대 본부로 사용되던 시설을 인수해 사용했다. 나는 그 전투단 군종과에 배치되어 군목 문대연 대위와 주재용 중위를 모시고, 선임인 박근희 하사와 양학봉 병장과 같이 지내게 되었다. 박 하사의 억센 경상도 말씨, 양 병장의 뚜렷한 전라도 억양, 나의 평양 말투가 섞인 서울말이 군종과에서 조화롭게 잘 어울렸다. 부대 교회는 마을과 인접한 언덕에 삼각 지붕 모형으로 지어진 초현대식 건물로서, 모든 예배

oo전투단 군종과 복무 시절
어머니가 교회를 방문해 주재용 군목을 만났다.

행사를 군민 합동으로 진행했다. 시설이나 분위기나 시간 조절이 더 바랄 수 없을 만큼 이상적인 배치였다. 물론 박 중령님의 고마운 주선 덕이었다. 우리는 미군 부대의 교환대를 통해 서울에 장거리 전화까지 할 수 있었다. 군대에서는 희한한 일이 늘 벌어졌다. 한 예로 보급품이 모자라거나 남으면 큰일이었는데, 미군 기준에 따라 교회와 각 사무실로 배급되는 난방용 등유가 남아돌아 큰 문제였다. 이동한 전 부대의 전례를 따라 동네 사람들이 친절하게 해결 방안을 알려주었다. 그 덕에 군종과 규정에 없는 떡과 특별 편의와 돈이 들어왔다. 우리 군종과 사병들은 외롭고 따분한 사병들을 위로하는 데 이 비밀 자원을 사용했다. 우리는 교회 사립문을 통해 자유로이 동네에 드나들며 민간인들과 교류하거나 심방을 할 수 있었다. 군종과 사병은 주말과 수요일 저녁에는 예배와 교회 일로 바빴지만, 낮에는 무척 한가한 보직이었다. 게다가 금촌역에서 신촌역까지 기차 연결이 좋았다. 나는 군목님의 허락을 받고, 당시 대광고등학교에서 수업 중인 장로교신학교(광나루신학교의 전신)에 임시 입학해 다녔다. 본과 1학년에 편입해 50명이 넘는 젊은 학생들과 공부했는데, 그들은 예과 2년을 마치고 올라온 사람들이라 대학을 졸업하고 군대를 다녀온 우리 몇 명의 편입생과는 5~6년의 나이 차이가 있었다. 숭실대학교 철학과에서의 경험과는 정반대였다. 수준은 대학보다 낮아 보였다. 토론이 없는 단조로운 강의로 학업이 이루어졌다. 당시 가장 중요한 신학 훈련은 정통과 보수 신앙인 듯싶었다. 이들이 앞으로 목회자가 되어 교인의 수준을 맞추어나가려면 더 교육적인 도전과 배려가 필요하지 않을까? 그때 마포삼열(Dr. Samuel A. Moffet) 박사, 김윤국 교수님, 박창환 교수님의 강의가 인상적이었다. 나는 한 학기를 겨우 마치고 몰래 하는 공부를 더는 계속할 수 없다고 판단했다. 군종과의 사정도 있었지만, 그 당시 서울 시내에는 학생들의 시위가 너무 잦아 전차를 타지 못하고 먼 길을 자주 걸어 다녀야 했다. 시간이 없어서가 아니라 시간을 맞추기 어려워서였다.

1960년 늦가을에 미국으로 가신 매형에게서 반가운 편지가 왔다. 매형 최찬영(崔燦英) 목사와 누님 김광명 의사는 6·25 전쟁의 폐허 속에서도 1955년 여름에 태국으로 파견된 해방 후 한국의 첫 선교사였는데, 1960년에 미국으로 건너가 피츠버그 신학교(Pittsburgh Theological Seminary)에서 공부를 하고 계셨다. 편지 내용은 그 학교가 좋은데 그리로 유학을 올 의향이 있는지 묻는 것이었다. 제대하는 대로 미국 유학을 가리라고 막연한, 아니 거의 불가능한 꿈을 꾸고 있던 나에게 굉장히 놀라운 기회였다. 아직 제대 날짜가 1년 반이 남아 있었으나 나는 준비할 겸 곧 도전하기로 마음을 먹었다. 좀 복잡한 입학원서와 필요한 서류를 만들어 보냈다. 이듬해 봄에 피츠버그 신학교 입학 책임자에게서 입학 허가서와 전액 장학금 증서가 날아왔다! 나는 무척이나 기뻤다. 아마도 매형의 추천이 큰 도움이 되었을 것이다. 사실 미국 교회는 그 당시 전쟁과 빈곤으로 수난당하는 한국 교회에 상당한 호감과 동정심을 보였고, 아프리카나 한국 같은 빈곤 국가에서 지원한 신학도들을 도우려는 열성이 컸다. 입학과 장학금이 해결되고 나니 한국에서 떠나는 것이 큰 문제로 떠올랐다. 신원 조회, 유학 시험, 대사관 인터뷰, 차비 마련 등의 장애물 경주를 차례로 모두 통과해야 갈 수 있는 것이다. 군 복무를 하면서 살짝살짝 서울에 나가 이런 수속과 준비를 해야 했다.

나는 별 준비도 없이 1961년 3월에 문교부(현 교육부)의 유학 자격시험을 치렀다. 이 시험은 1년에 네 번 시행하는 국사와 영어(해석, 작문, 청취 등) 국가고시인데, 많은 수험자(대학 졸업자)가 영어에서 실패하는 것이 상례였다. 나도 영어 듣기 실력이 부족해 영어 시험에 전혀 자신이 없었다. 그래도 총 여덟 차례 기회가 있으니 차근차근 준비하며 계속 도전하기로 했다. 그런데 뜻밖에도 첫 번째 시험에서 두 과목 모두 합격했다! 솔직히 이것은 내 실력이 아니었다. 시험관이 영어로 말하는 것은 반도 이해하지 못했는데, 시험지 질문을 보고 내용을 파악하며 그 내용에 대한 상식적인 답변을 작성했을 뿐이다. 영작문 실력은 나에게 조금 있었던 모양이다. 나는 입학 허가서와 유학 시험 합격증을 제출해 군대 조기 제대를 신청했다(그 당시 복무 연한은 36개월이었으나, 학병과 유학생은 12개월 후 조기 제대가 가능했다). 그즈음 5·16 쿠데타로 집권한 군사정권은 구악을 일소한다는 명목으로 대대적으로 조직을 개편해 혼란을 야기하고 있었다. '국가재건최고회의'라는 지배 군벌 집단이 명령을 통해 초헌법적으로 모든 국가행정을 수행했으며, 전체 분위기가 살벌했다.

그런데 뜻밖에 나의 신원 조회에서 문제가 발생했다. 군사정권하에 새로 조직된 '중앙정보부'에서 '불가' 판정을 내린 것이다. 우리처럼 열렬한 항일·반공 애국투사 집안 식구의 사상을 의심하다니, 기막힌 오판이었다. 나는 긴 진정서를 제출하고 어떤 분의 주선으로 정보부 소속 한 장교를 만나 점잖게 따졌다. 그의 이론이 또한 기막혔다. 그에 따르면 기막힌 일들이 간단명료하게 설명된다는 것이다.

"문서상 김예진 씨는 납북자다. 그 아들이 미국에 가서 아버지의 소식을 듣게 된다면 얼마나 반갑겠는가?(미국에서는 세계 어디에도 편지 교류가 가능하다) 편지를 교환하는 중에 아버지의 간단한 문의나 요청이 있으면 응답하지 않겠는가? 응답하는 순간 당신은 간첩이다!"

기막힌 논리였다. 그들에게는 적의 수중에 있는 한 '납북자'와 '월북자'가 별 차이 없었다. 나는 우선 '잠정적 간첩'이라는 혐의에서 벗어나야 했다. 시신을 찾지 못했기에 호적에 '납치'로 신고를 하고 이후 '사망'이라 고치지 않은 태만으로 나의 진로가 이런 식으로 추적당한 것이다. 나는 여러 증빙 자료를 수집해 이미 11년 전에 돌아가신 아버지의 사망신고를 해야 했다. 그런데 또 이상한 일이 생겼다. 4~5주면 된다던 제대 수속이 4~5개월이 되어도 종무소식이었다. 군단 사령부까지 추적해보니 내 서류가 없다는 것이다. 사람들이 각 요로에 '기름'을 쳐야 기계가 잘 움직인다고 귀띔해주었다. 늦어도 8월에는 떠나야 하는데 이렇게 되었으니 매일 가슴을 졸였다. 결국 내 서류가 용산 육군본부의 담당 부처 모 하사관의 서랍에서 잠자고 있는 것을 발견했다. 그 서류를 내놓으며 뱉은 그 하사의 말이 또 기막힌 교훈으로 남았다.

"유학 가는 정도면 할 것을 해야지……."

왜 이 나라는 공부하기 위해 먼 길을 가려는 사람들에게 이처럼 어려운 올가미를 씌울까? 오래전 매형이 태국으로 떠날 때 기름을 치지 않아 1년 반을 기다렸다는 이야기가 생각났다. 지칠 대로 지쳤지만, 나는 6개월 만에 떠나게 되었다, 기름 한 방울 안 치고. 여권도 나오고, 재명 누님이 비행기 표를 마련해주었다. 떠나기 하루 전날 기다리던 대사관 직원이 인터뷰 대신 "잘 다녀오라"고 친절히 작별 인사를 건넸다. 나는 마음속으로 다짐했다.

'기어코 돌아오겠습니다. 이런 나라이니까.'

4

유학길에 오르다

청년 시절 2(1961~1966)

1961년 9월 6일 수요일 아침, 나는 말쑥하게 차려입고 영광스러운 미국 유학의 장도(長途)에 오르게 되었다. 귀휴증(정식 제대 전에 발부하는 임시 서류)을 받고 초라한 사병 작업복을 벗은 지 닷새 만이었다. 가족, 친구, 친척, 후암교회 여전도 회원까지 30여 명이 반도호텔(당시 가장 화려하고 높은 건물) 앞에 모여 버스로 김포비행장까지 환송을 나왔다. 그때는 미국에 가는 것이 거의 천당 문턱에 가는 것만큼 어려워 선망의 대상이 되던 시절이었다. "성공해서 금의귀환(錦衣歸還)하시라"는 환송객들의 무리한 주문을 축복처럼 받으며 나는 씩씩하게 프로펠러 비행기 트랩에 올라 손을 흔들었다. 비행기 안에는 입양 고아가 몇 명 있을 뿐, 대부분은 야심 찬 젊은 유학생들이었다. 도쿄에서 하룻밤 묵고, 소리 없는 대형 제트기로 괌과 호놀룰루를 거쳐 샌프란시스코에서 또 하룻밤, 그리고 시카고를 거쳐 펜실베이니아 주의 피츠버그라는 도시에 도착했다.

서울 촌놈에게 미국은 모든 것이 크고 현대적이며 신비로웠다. 반갑게 맞이하는 누님과 매형을 만나 즐겁고 흥분된 주말을 같이 보낸 뒤, 미국에서의 학업을 시작하게 되었다. 두 분의 도움이 없었다면 내가 미국 땅에 이렇게 일찍 올 수

미국 유학을 떠나기 전 공항으로 배웅 나온 어머니와 함께
1961년 9월 6일 여러 친척과 친구가 김포비행장에 나와 환송해주었다.

도 없었거니와, 와서 적응하기도 어려웠을 것이다. 이 학교는 미국에서 가장 오래된 장로교신학교(1794)로 주로 서부 펜실베이니아 주와 오하이오 주의 목회자 양성을 담당해온 대학원 수준의 신학교다. 전교생이 200명이 채 되지 않은 듯했으나, 강의실, 채플, 기숙사, 식당, 도서관, 휴게실 등 시설이 좋고 깨끗했으며, 무엇보다 넓은 잔디밭 교정이 그림처럼 아름다웠다. 'ㄱ' 자로 나뉜 남녀 기숙사(3층과 지하 시설)는 모두 독방이지만, 구역별로 각기 공동 화장실, 공중전화, 휴게실이 구비되어 있었다. 식사는 무척이나 풍성하고 좋았으나 버터, 치즈, 감자 냄새가 역했다. 내가 처음 카페테리아(식당)에 가서 제일 놀란 것은, 두어 사람 자리마다 식탁에 재털이가 놓여 있는 모습이었다. 식사 후 학생과 교수 대부분이 담배를 피웠다! 몇몇 교수와 학생은 멋으로 요상한 파이프를 사용했다. 한국에서는 기독교인이라면 공식적으로 금주·금연하는 것이 마땅한데, 신학교가 담배 소굴이라니 이해가 되지 않았다(이런 모습을 이해하기까지 시간이 좀 걸렸고 나중에는 나도 한동안 흡연 실험을 했다. 연기 속에 죄의식은 다 사라졌는데 불쾌한 냄새는 오래 나를 괴롭혔다).

나는 학구 생활에 대한 오리엔테이션은 고사하고 개강한 날보다 일주일이나 늦게 도착해 앞으로 잘 적응할 수 있을지 걱정이 앞섰다. 무엇보다 영어 청취력이 걱정이었다. 나는 3년제 목회학 석사 학위(Master of Divinity) 과정에 정규 학생으로 등록했다. 첫 강의 시간에 나의 걱정은 엄청난 충격으로 변했다. 강의 내용을 반의 반도 알아들을 수 없었다! 지금까지 내가 배워온 영어는 미국인들의 언어와 다른 듯했다. 한때 내가 영어를 (다른 친구보다) 잘한다고 착각한 것이 부끄러웠다. 이런 영어 실력으로 매 학기 다섯 과목을 수강한다는 것은 엄청난 위험이었다. 매형과 고민하고 교학과장과 상의한 후 3년 과정을 4년 과정으로 연장해 매 학기 서너 과목만 수강하기로 했다(상급 학년에서는 실습 때문에 과목 수가 축소된다고 했다).

피츠버그 신학교에서
피츠버그 신학교는 미국에서 가장 오래된 신학교다.

다행히 교과서를 미리 잘 읽고 수강하니 강의 내용은 어느 정도 이해할 수 있었다. 그러나 필기를 할 수 없었다. 나는 45명 정도 되는 학우들을 둘러보다가 정자로 충실히 필기하는 한 여학생을 발견했다. 나는 그녀에게 강의실에서는 내 손가락과 귀가 조화롭게 작동하지 않는다고 어려움을 호소하며 도움을 청했다. 그 아가씨는 활짝 웃으며 자기 노트를 과목마다 기꺼이 빌려주겠다고 자원하는 것이 아닌가? 내용을 읽어보니 거의 녹음기처럼, 그리고 중요한 부분에 밑줄까지 그어가며 기록해놓았다. 그 다음부터 강의가 끝나는 즉시 먹지를 이용한 그녀의 필기 사본이 내 앞에 배달되었다(그 시대에는 복사기라는 것이 없었다). 그 천사 덕분에 나는 약 2년간 베끼는 수고 없이 호사스럽게 강의에 집중할 수 있었다. 읽어야 할 과제가 많아 속독하면서도 중요한 내용을 파악하는 요령을 터득했다. 여전히 힘들었지만 차차 공부할 수 있다는 자신감이 자라기 시작했다. 첫해 첫 학기 성적은 무난했다. 한 과목은 각주를 포함해 20쪽의 논문을 고생스럽게 작성해 제출했는데 교수가 나를 따로 불렀다. 생전 처음 쓴 가장 긴 영작문이라 긴장했는데 그분이 "wonderful(놀랍습니다)"이라

피츠버그 신학교에서 외국인 학생들과 함께
외국인 학생 중에는 한국 유학생이 단연 제일 많았다.

고 하며 칭찬해주었다. 논문 앞에 빨간 글씨로 적혀 있는 'A+'에 나도 놀랐다. 강의실에서는 입 한 번 뻥긋하지 않은 외국 학생이라 더 놀란 듯했다.

우리 학교에는 비정규 학생을 포함해 외국 학생이 열다섯 명 정도[브라질, 파키스탄, 인도, 대만(臺灣, 타이완), 필리핀, 나이지리아, 헝가리, 한국 등을 비롯해 유럽이나 캐나다 학생도 있었으나 분간할 길이 없었다] 있었다. 그중 우리 반에만 여자 한 명과 나를 포함해 남자 세 명이 한국인으로 단연 다수여서, 기독교 강국의 위세를 보였다. 거의 비영어권의 유색인종이라 우리는 자연히 친하게 지내며 각자 나름의 향수를 달랬다. 미국의 풍요로운 환경과 사람들의 친절을 즐기면서도 잘 맞지 않거나 좋아하지 않는 풍습, 문화, 음식, 사고방식 등을 토로하고 아쉬워했다. 한번은 둘러앉아 각자 자기네 식으로 각종 동물, 새, 곤충의 소리를 내며 비교했다. 꼭 같은 소리일 터인데 표현하는 소리는 각 나라마다 모두 다르고 특이했다. 우리는 한없이 웃고 즐겼다. 웃음은 인간의 공통 언어였다. 나는 문화의 다양성이 얼마나 중요하며, 그 다양한 언어와 풍습과 문화가 선교 활동에 핵심적 매개물이 된다는 것을 깨달았다.

그리고 그 상이함에 대해 서로 인정하며 존중하는 지혜를 배웠다. 나는 드디어 좁은 '우물 안 개구리'의 안목에서 서서히 벗어나는 나 자신을 발견했다.

우리 외국 신학생들은 교회 청소년 그룹(Youth Group), 남선교회 클럽(Men's Club), 부인회 모임(Women's Association) 등의 초청을 받아 참석한 자리에서 각기 자기네 문화와 교회 사정을 소개했다. 미국 군인들이 많이 희생된 한국에 대한 관심과 동정이 단연 최고였다. 그래서 나와 다른 한국 학생들은 거의 매주 한 번씩 다른 교회나 단체에 나가 한국의 여러 모습을 설명해주었다. 그들의 한국에 대한 지식은 지극히 한정되고 편파적이었다(전쟁고아, 폐허가 된 거리, 거지, 빈민촌, 양공주, 불구자 등). 6·25 전쟁 당시 대중매체를 통한 전쟁 보도와 구호단체들의 모금 활동을 위해 우리나라의 가장 처참한 모습이 집중적으로 소개되었기 때문이다. 그래서 나는 준비해간 슬라이드로 밝은 면을 많이 소개했다. 많은 사람들이 우리나라의 고궁, 문화유산, 아름다운 자연의 경치, 한옥, 한복 차림, 잔칫상, 큰 교회와 전도 집회, 학생들의 활기찬 모습, 예술 작품 등을 보며 감동했다. 그 자리에 참석한 이들은 대개 한국의 어느 고아원, 교회, 병원 등을 이미 돕고 있는 중이었다. 그리고 우리 한국 강사에게도 반드시 넉넉한 사례비(대개 10달러)를 주었다. 그런 수입이 우리에게는 큰 도움이 되었다.

같은 반의 한국 남학생 셋은 잘 알려진 목사들의 아들이었다. 최중해 목사의 아들 최인순, 한경직 목사의 아들 한혜원, 김예진 목사의 아들인 나 김동수. 우리 셋은 가까이 지내면서도 성격, 생각, 영어 실력이 판이했다. 고등학교 때 도미한 한혜원은 영어를 완벽히 구사했으며 도도했고, 선배 최인순은 성숙하고 결단력이 있었다. 유일한 여학생 이종만(Angela Lee)은 한국신학대학교에서 이미 신학 교육을 받은 한 해 선배였다. 경쟁과 자기주장에 약한 나는 세 동료에게 늘 밀린다는 느낌으로 지냈다. 그러나 서서히 귀가 뚫리고 입이 열렸다. 끈질긴 인내와 성실이 이긴다고 믿으며 노력했다. 늘 바쁘고 단조로웠지만, 학교생활에 적응하며 차차 즐기고 있을 때 어느덧 한 해가 마무리되었다. 무사히 첫해를 마친 데 대해 기뻐하며 감사했다. 박사 학위를 마치며 떠나게 된 정하은 교수가 맥주를 사주며 우리를 격려했다.

"미국서 첫해를 무사히 마쳤으면 반은 된 거야. 이제 뚝심만 있으면 다 할 수 있어!"

이 말은 큰 힘이 되었다.

석 달 동안 이어지는 미국 대학의 여름방학은 길고 유익한 기회다. 모두 어디론가 나가 새로 보고 배우며 돈을 벌어 다음 학년을 준비해야 한다. 다행히도 우리 반 한 친구의 소개로 나는 필라델피아 인근 소년 캠프장에 카운슬러 자리를 얻어 한여름을 보냈다. 그 캠프장은 펜실베이니아 대학(University of Pennsylvania) 어느 부서에서 필라델피아 시내의 저소득층 소년들을 위해 운영하는데, 캠프장 시설과 숲속 환경이 참으로 좋았다. 나는 소년들과 어울려 뱃놀이, 산행, 경기, 단막극, 토론, 게임을 즐겼다. 고등학교와 대학교 시절에 등산과 야영을 하며 익힌 경험이 도움이 되었다. 나는 여기서도 물론 한국의 풍습과 문화의 전도사를 자처했다. 그러나 청소년들이 부르는 노래를 몰라 어정쩡하게 따라 불렀다. 토요일 아침이면 모두가 캠프장을 떠났다. 주일 오후에 새로운 방문객들이 와서 또 한 주의 캠핑을 시작했다. 나는 첫 주말에 다른 카운슬러들의 초청을 마다하고 혼자 캠프장에 남아 책도 볼 겸 쉬기로 했다. 저녁이 되자 온 숲이 진공처럼 텅 빈 세상이 되고, 이상한 외로움이 무서운 적막을 온통 채웠다. 온 세상에 나 홀로 있다는 절대 고독이 엄습해왔다. 그동안 몹시 지쳤던 나는, 나도 모르는 사이 찾아온 외로움으로 아팠던 모양이다. 나는 아마 일곱 살 이후 처음으로 "어머니!"라는 외마디를 외치며 눈물을 흘렸다. 밤에는 총총한 별들이 유난히 빛났다. 나는 한 천사가, 아니 예수님이 내 곁에 있다는 착각 또는 환각 속에서 이야기를 시작했다.

"주님, 제가 여기 혼자 있습니다. 이제 어디로 갈까요?"

이름을 알 수 없는 새들이, 곤충들이, 짐승들이 각기 알 수 없는 언어로 대답했다. 밤중에는 큰 동물들이 가까이 와서 마치 나를 데려가려는 듯 큰 소리로 불렀다. 나는 깊은 고독이 무엇보다 두려운 것임을 처음으로 깨달았다.

다음 날 오후 캠핑을 즐기려는 사람들이 몰려오자 캠프장은 서서히 정상으로 돌아왔다. 다시는 그 무서운 고독과 대면하지 않기 위해 나는 기발한 아이디어를 동원했다. 외국 학생들을 돕는다는 한 단체에 장거리 전화를 걸어 나를 소개한 뒤,

주말마다 전형적인 미국 가정을 방문하고 싶다고 부탁했다. 다음 날 모두 연결이 됐다는 연락을 받았다. 토요일 아침에 두 금발 미인이 무개차를 몰고 숲속에 나를 찾아왔다. 나는 황송하고도 자랑스러운 외국인 손님으로 그들 집에 갔다. 그들은 '매노파'교도 또는 '매노나이트(Mennonites)'라고 했다. 동부 펜실베이니아 일대는 퀘이커(Quakers, or Religious Society of Friends), 매노나이트, 아미시(Amish) 등 소수 기독교파 집단이 정착해 사는 지역이다. 퀘이커에 대해서는 내가 존경하는 함석헌 선생을 통해 무교회주의 교회(The Meeting House)로 알고 있었으며, 그들이 평화를 위해 여러 세대에 걸쳐 노예제 철폐, 여성의 권리 신장, 금주령, 사형제 폐지, 형법 개혁, 지적장애인에 대한 보호 등을 주장해온 것도 익히 알고 있었다. 그러나 내가 처음으로 알게 된 나머지 둘은 재침례파(Anabaptist) 후손들로서 교리, 교회 조직, 종교의식 등이 없고, 개인의 내적 명상을 통해 하나님과 직접 교감하는 것을 중요시한다. 이 때문에 주류 신구 교단의 핍박을 오래 받아온 점에서 모두 비슷했다. 내가 방문한 매노나이트 가정은 비교적 '현대화'되어 특정한 의상이나 생활 방식을 고집하지 않았으나 그들의 생활 태도, 언어와 행실, 음식 문화는 독특했다. 주일에 방문한 그들의 교회에서 나는 큰 감명을 받았다. 작은 교회에서 조용한 기도 시간, 조용한 증언, 그리고 온 교인이 4부 합창으로 부르는 찬송이 진행되었다(그들은 예배에 악기를 일절 사용하지 않는다). 그들의 찬양은 천사들의 합창 같았다. 우리는 아미시 예배 처소(어느 가족의 농장)에도 갔다. 그들은 선조의 신앙과 생활 전통을 그대로 유지하기 위해 17세기 생활양식을 일률적으로 따르고 있었다. 남자는 긴 수염을 기르고 챙이 넓은 검은 모자를 착용했으며, 여자는 긴 치마에 끈을 턱 밑에서 묶는 모자인 보닛을 쓰고 있다. 모두 마차를 타고 와서 긴 예배를 보고 점심을 먹었으며, 낮잠을 잔 후 저녁에 다시 긴 예배를 드림으로써 참안식일을 누렸다. 얼마나 평안하고 사랑이 넘치는 생활이며, 신앙의 공동체인가! 그들 삶에는 기쁨과 평화와 감사가 넘쳤다. 주말마다 나는 이 가정에서 두 딸의 안내로 새 세상을 맛볼 수 있었다. 내가 애초에 요구했던 '전형적인 미국 가정'이 아니라 특수한 종교 집단의 가정을 알게 된 것이다.

신학 교육에는 배울 것도 많고, 배워도 신앙에 별로 도움이 되지 않을 것도 많았다. 큰 분야별로 조직신학, 성서신학, 교회사, 실천신학, 그 외에 수많은 과목을 이수해야 했다. 성서 언어는 히브리어(Hebrew)와 헬라어(Greek)를 읽고 어느 정도 해석할 정도가 되어야 하고, 교회사는 과거 2000년의 기독교 역사를 대략 알아야 했다. 나는 신학교에서의 2~3학년을 이런 벅찬 학업을 소화하며 바쁘게, 그러나 외롭게 보냈다. 1963년과 1964년 여름에는 옆에 있는 오하이오 주로 가서 장로교 교단의 중서부 시노드[Synod, 총회(General Assembly) 산하 몇 개 주의 여러 노회(Presbytery)를 관할하는 상회(上會)]에서 운영하는 여름 전도단의 일원으로 활동했다. 이 그룹은 선발된 대학생 약 30명, 신학생 약 30명이 단기 훈련을 받고 두세 명으로 구성된 소그룹으로 나뉘어 여러 지역의 작은 또는 흑인 교회 협조, 계몽 활동, 교회 여름학교 지도, 예배 인도, 야외 전도 등을 했다. 나는 내 경험을 살려 얼마간의 훈련을 받고 나서 미국 보이스카우트(BSA: Boy Scouts of America)의 캠프 목사(Camp Chaplain)로 일하게 되었다. 내가 파견된 곳은 넓은 호수와 우뚝한 수목으로 둘러싸인 산장 캠프장이었는데, 언덕에 멋들어지게 서 있는 야외 채플에서 나는 매일 옛날 교회처럼 종을 멀리멀리 울려 저녁 예배(vesper service)를 인도했다. '하나님과 나라에 대한 의무'가 미국 보이스카우트의 강령 중 하나였고, 나의 소(小)설교(sermonet)의 중요한 내용이 되었다. 모든 스카우트와 지도자가 예배에 참석했다. 그다음 여름에도 이 캠프에서 같은 활동을 했다. 여름 아르바이트치고는 고급 일자리였다.

캠프 목사 시절
1963년과 1964년 여름 오하이오 주의 미국 보이스카우트 캠프장에서 캠프 목사로 일했다.

미국에서 공부하는 동안 누리게 되는 기쁨 중 하나는 기대

미국 보이스카우트 캠프장의 채플
매일 저녁에 이 채플에서 예배를 인도했다.

하지 않은 사람들, 귀한 사람들을 만나게 되는 특전이다. 나는 한국 교회의 중진 특히 한경직 목사님, 안광국 목사님, 림인식 목사님 등을 만나 가까이하며 시간을 보낼 수 있었다. 그즈음에 한국 장로교신학교에 계시던 김윤국 교수님이 이민을 와서 근처 도시에 담임목사로 부임하셨다(나중에 서울 영락교회로 부임하셨다). 또한 김형태 목사님이 종교교육 박사과정으로 오셔서 약 2년간 가까이 지냈다(나중에 서울 연동교회로 부임하셨다). 그런데 이상한 만남이 이루어졌다. 앞에서 말한 전도단에서 일하는 동안 우연히 한 젊은 백인 여자를 만났다. 연푸른 큰 눈에 긴 금갈색 머리를 한 '나오미(Naomi B.)'는 중등교육을 전공하는 여대생이었다. 마음이 착하고 여린 꽃처럼 청순해 보였다. 우리는 배정된 지역의 거리 때문에 자주 만나지는 못했지만, 만날 기회가 있을 때마다 이야기로 꽃을 피웠다. 연정을 표시하는 데 영어 실력은 별로 문제되지 않았다. 한번은 부모의 초청을 받아 오하이오 주 어느 시골에 있는 그녀의 집에서 하룻밤을 묵기도 했다. 그곳에서 그녀의 할머니 그리고 어머니가 결혼했다는 언덕 위의 희고 작은 교회로 가서 손을 잡고 조용히 기도를 드렸다. 서로의 행복을 빌며. 나오미는 그 집의 결혼하지 않은 딸 넷 중 셋째였다. 그녀의 아버지는 나처럼 키가 작은 신사였는데, 장의사 디렉터(Funeral Home Director)였다. 내가 흠칫 놀라는 기색을 보이자 나오미는 "목사와 장의사 주인은 업무상 늘 가까이 협력하는 사이"라고 했다. 사실 모든 사람을 평안히 천국으로 보내기 위해 목사는 생전에, 장의사는 사후에 돕는 사람이 아닌가! 우리는 한참 천진하게 웃다가 어색한 침묵으로 돌아왔다. 여름 활동이 끝나 헤어진 후 우리는 사흘이 멀다 하고 편지를 교환했다(그때는 장거리 전화가 너무 비싸 편지 속에 모든 감정을 담아야 했다). 나오미는 내가 좋아하는 연녹색 편지지에 마음을 쏟고 겉봉에 한글로 '사랑'이라고 써서 보내왔다. 모르는 새 우리는 사랑에 빠진 것이다!

약 1년 반이라는 세월 동안 그 많은 푸른 편지가 외롭고 고달픈 나를 지켜준 듯했다(나중에 세어보니 푸른 편지가 189통이었다. 아마 나도 그 반 정도의 편지는 보냈을 것이다). 그런데 마음 한구석에는 늘 무엇인가 싸늘한 현실의 무게가 나를 누르는 듯했다. '이래도 되는 것일까? 나의 사랑이 나의 인생을 배반하는 것이 아닐까?' 그런데 그 무렵 나는 한국 여학생 두 명과 편지를 교환하고 있었다. 나는 그저 '사무적인 통신'이라 다짐했다. 두 사람이 피츠버그 신학교 종교교육 석사과정의 입학 수속을 밟고 있어 내가 길잡이 노릇을 한다고 나섰기 때문이다. 그러나 이는 정직한 핑계가 아니다. 두 사람을 소개한 분들은 각기 나름의 의도가 있었으며, 나는 그것을 잘 알고 있었기 때문이다. 공교롭게도 두 여성의 이름은 꼭 같았다. 백. 숙. 자. 첫 번째 백숙자는 숭실대학교 철학과로 전학해온 선배급 급우 정남식 목사가 졸업을 한 뒤 군에 입대해 편지로 소개한 신학생이었다. 그런데 놀랍게도 장로회신학대학교에 가서 공부할 때 같은 반에서 만난 것이다. 우리는 그 우연한 만남에 서로 놀랐다. 그러나 나는 우연성을 더 연장하지 못했다. 두 번째 백숙자는 역시 같은 선배급 급우 현순호 목사가 미국에 와서 소개한 학생이었다. 두 분 다 훌륭한 여성임이 틀림없었다. 그러나 첫 번째 백숙자 씨와는 데이트 한 번 해본 적이 없고, 두 번째 백숙자 씨와는 직접 본 적도 없는 사이였다. 사람은 만나 사귀어야 바로 알 수 있고, 바로 알아야 사랑할 수 있는 법이다. 나는 모든 가능성을 열어놓고 서로 연락하며 유학길을 도왔다. 그러면서 쌓여가는 푸른 편지에 대해 부담감을 느끼게 되었다.

'이대로 간다면 어떻게 될까?' 누구에게도 책임질 일은 없었으나 헛된 기대를 허용하는 것도 무책임한 일일 수 있다고 느꼈다. 나의 상상의 날개는 가깝고 먼 후일로 날아갔다. '이대로 간다면 종국에는 나오미와 하나가 될 것이고…… 그녀와 같이 한국에 간다면…… 빈곤과 무지와 전쟁의 공포가 현존하는 땅에…… 그것은 순진한 이 여성을 사랑이라는 이름으로 지옥으로 끌어가는 것이고…… 반대로 내가 이 풍요한 세상에 머문다면…… 그것은 내 영혼을 팔아버리는 일이 된다!'

나는 한동안 고민하다가 푸른 편지의 줄을 끊기로 했다. 별 설명도 없이 그 길고 가는 줄을 끊은 것이 죄스러웠다. 나의 긴 고민을 짧은 영어로 다 설명할 길이 없었다. 설명할 양심이 없었다. 아픔을 모르는 순진한 미녀의 커다란 눈에서 떨어질 구슬 같은 눈물을 보며…….

1964년 8월 말경에 두 번째 백숙자가 드디어 학교에 도착했다. 늦게 수속을 시작했지만, 그 긴 장애물 경기 같은 유학 절차를 다 통과하고 먼저 개선한 것이다. 긴 머리에 밝은 미소를 지닌 그녀는 맑은 목소리와 착한 마음씨로 나의 마음을 조용히 잡아당겼다. 오기 일주일 전까지 시골 교회에서 여름 봉사활동을 했다는 그

나의 삶의 천사 백숙자
피츠버그 신학교에 유학생으로 오기 위해 미스 백은 2년간 나와 편지를 나누었다.

녀의 얼굴은 까맣게 타 있었지만, 마음은 백합처럼 신선해 보였다. 약 2년간 편지를 나누면서 '미스 백'은 학교에서, 교회에서 그리고 (아르바이트하던) 사범대학 연구소에서 명석하고 헌신적이며 성실했다는 것을 알았다. 이제 피부로 만나게 된 그녀에게서 좀 더 구체적인 생각, 성품, 인간성 등을 찾아내야 했다. 그녀는 내가 바라던 음악과 문학에 뛰어난 재능이 있는 섹시한 미인은 아니었다. 그러나 명철하면서도 겸허하고 순진하면서도 성숙한 소녀였다. 우리는 강의 시간과 잠자는 시간 외에는 언제나 거의 붙어 지냈다. 식당, 휴게실, 도서관, 근처 공원에서 우리는 매일 장시간의 청춘사업에 몰입했다. 그러면서도 나는 자신이 없었다. 내가 좋아하고 말고를 떠나 '우리가 함께 평생 행복할 수 있을까?' 하는 생각 때문이었다. 오히려 미스 백은 침착하게 나의 확신이 무르익기를 조용히 기다리는 듯했다. 그 당시 미국에서는 한국 유학생의 남녀 비율이 10 대 1 정도여서 언제 어디서 어느 잘난 놈이 나타나 이 청순한 여인을 '납치'해 갈지 모르는 불리한 상황이었다. 그런데 나에게는 어떤 순진한 신앙이 있었다. 내가 중학교 3학년 시절에, 이성이나 결혼에 대해 아무것도 모르던 시절에 나는 하나님께 터무니없는 기도를 드린 적이 있었다.

“이 담에 좋은 아내 될 사람을 보내주세요.”

우리의 어머니와 아버지가 그 오랜 수난과 고생 속에서도 서로 사랑하고 희생하던 높은 차원의 행복을 보며, 나는 평생의 반려자가 인생의 행복을 만들어가는 데 얼마나 중요한지 그 진리를 일찍이 깨달았던 모양이다. 미스 백이 과연 하나님이 보내준 그런 여성인지를 확인하는 과정에서 나는 점점 깊은 사랑에 빠져들었다. 아무런 가책도 없이 나는 다른 두 여자를 잊어갔다.

약식 약혼 후 찍은 기념사진
우리는 평생 하나가 되어 서로 사랑하고 존경하기로 약속했다.

이듬해 벚꽃이 만발하던 어느 봄날에 우리는 간소한 약혼식을 올렸다. 식이라기보다 김형태 목사님이 축복의 말씀과 기도를 해주셨고, 우리 반의 두 한국 친구가 옆에서 “아멘” 하고 응원해주었다. 그러고는 간단히 점심 식사를 함께했다. 우리는 가난했지만 행복했다.

졸업반 시절에 나는 주일마다 여러 교회에 가서 설교를 포함해 전체 예배를 인도했다. 펜실베이니아 주 서부와 오하이오 주 동부에는 작고 가난한 시골 교회가 200여 개나 있었는데 대개 담임목사가 없어 상급반 신학생들이 ‘학생목사(Student Pastor)’ 또는 ‘보급목사(Supply Minister)’라는 이름으로 가서 도왔다. 교인들은 대개 50~70명 이하의 노인과 어린아이들이었는데, 조상들의 묘비로 둘러싸인 아담한 벽돌 또는 석조 교회 건물에서 예배를 드렸다. 어떤 주일 아침에는 근처의 두 교회

피츠버그 신학교 학위 수여식
나는 4년 만에 목회학 석사 학위를 받았다.

에 차례로 가서 예배를 인도해야 했다. 신학교에서 배운 고상한 단어나 이론은 이들에게 별 소용이 없었다. 차가 없던 시절에는 이동 방향이 같은 동료 신학생의 차에 신세를 졌다. 교회마다 약간씩 차이가 있었지만, 25달러 정도의 사례비를 주었다. 한번은 이런 일이 있었다. 건물이 웅장하고 교인 수도 200여 명이나 큰 교회에 초청을 받아 갔다. 목사님이 입원을 하신 걸까, 혹은 먼 데로 휴가를 가신 것일까? 예배를 마치고 악수로 교인들과 인사를 나누는 긴 줄 끝에서 한 점잖은 신사가 나타났다. 그는 자기가 이 교회 목사라고 소개하면서 "오랜만에 앉아서 보는 예배가 좋았다"라고 말하며 웃었다. 나는 깜짝 놀라 어찌 된 사정이냐고 묻자 그는 "2주간의 휴가가 오늘까지"라고 해명하며 유유히 사라졌다. 목사 중심의 한국 교회에서는 상상도 못할 일이었다. 내가 놀란 것이 잘못일까?

1965년 5월 초에 나는 목회학 석사 학위를 받았다. 과정을 4년으로 연장해 거의 100학점을 이수하고 졸업한 것이다. 다른 분야라면 박사과정이 충분했을 것이다. 그러나 이 학위는 신학적 수준이 높은 미국 장로교단에서 목회자를 위한 기본적인 교육인 동시에 최종적인 필수 조건이었다. 나는 공부를 좀 더 하고 한국으로

밀러 교수의 축하 악수
신학교 총장 밀러 박사가 나의 졸업을 축하해주고 있다.

돌아갈 계획이었다. 약혼은 했지만 서로 공부를 계속해야 하기에 결혼을 무작정 미루기로 했다. 나는 공부할 몇몇 곳을 알아보던 중 켄터키 주에 있는 감리교 계통의 애즈베리 신학교(Asbury Theological Seminary)에 전액 장학금을 받고 입학하기로 했다. 미스 백과 나는 최소한 1~2년은 헤어져 있겠다고 각오하고 있었다. 그런데 어느 날 도서관 앞에서 신학교 총장인 조지 밀러 박사(Dr. Geroge Miller)와 마주쳤다. 그분은 1930년대에 평양에 선교사로 가서 몇 해를 보낸 적이 있어, 한국 학생에 대해 특별한 관심을 가지고 계셨다. "언제 결혼식을 올리느냐"라고 물으시기에 준비가 되지 않아 몇 년 더 기다려야 하며, 나는 애즈베리 신학교로 간다고 하자 그는 옛 한국 말씨로 "아안 됩네다. 아안 됴습네다"를 연발했다. 그의 강권으로 다시 피츠버그 신학교 신학 석사과정(Master of Theology)에 입학원서를 냈고, 일주일 만에 전격적으로 입학과 전액 장학금을 수여한다는 통지를 받았다.

말할 수 없이 기뻤으나, 한편으로는 마음이 무거웠다. 딱히 경제적 문제만은 아니었다. 결혼 생활 때문에 나의 약혼녀가 입을 수 있는 피해를 무시할 수 없었다. 사실 당시에는 높은 꿈을 안고 유학을 온 여학생 대부분이 결혼을 해 아이를 낳고

총장이 주례한 결혼식
우리는 형편이 어떠하더라도 영원히 행복하자고 다짐했다.

학생인 남편을 뒷바라지하다가 자신의 꿈을 포기하는 경우가 많았기 때문이다. 언젠가 연애 초기에 "미스 백은 언제 결혼할 생각이냐"라는 나의 무례한 질문에 "박사 학위 전에는 생각도 안 한다"라고 도도하게 답변하는 모습을 보며, 이 준노총각은 크게 당황했었다. 그렇다. 미스 백은 포부가 상당하며, 장차 한국의 여성 지도자가 될 자질을 가지고 있었다. 당장은 영어로 고생하고 있으나 과거 성적이나 지금의 학구열은 그녀의 꿈을 실현시킬 수 있다고 믿었다. 그녀를 추천해 이곳으로 보낸 주정일 교수, 정범모 교수, 스코필드 박사 등 귀한 스승의 기대를 저버릴 수 없는 일이다. 그러나 현실은 절실하고 꿈은 요원했다. 나는 결혼 뒤에라도 반드시 그녀의 꿈을 이루어준다고 약속하며 '외상'으로 결혼식을 올리기로 했다.

그해 7월 3일 우리가 다니던 하이랜드 장로교회(Highland Presbyterian Church)에서 희한한 결혼식을 올렸다. 그 교회의 담임목사와 밀러 총장이 '공동 주례'를 했다. '조선식'으로 한다며 긴 설교를 했고, "죽음이 갈라놓을 때까지 우리는 헤어지지 않는다"라는 서약을 했다. 하얀 웨딩드레스를 입은 아내는 천사처럼 아름다웠다. 거의 200여 명의 하객(주로 동료 학생들과 교직원들)이 가난한 외국 학생 부부의 앞날을 축복해주었다. 물론 한국의 양가에서는 어느 누구도 올 수 없었다. 우리는 돈도 없고 차도 없었지만, 갈 곳도 없었다. 그런데 친구 부부가 우리를 이어리 호(Lake Erie)와 나이아가라 폭포(Niagara Falls)까지 데려다주었다. 우리는 끝없이 쏟아지는 폭포수를 바라보며 우리의 사랑과 존경심도 끝없이 이어가자고 약속했다. 그날 밤 온 시가 우리를 위해 축포를 높이높이 쏘아올렸다. 우리는 무한히 행복했다. 다음 날이 미국의 독립기념일이었다.

우리는 모든 것이 갖추어진 기혼 학생 아파트를 배정받아 아무 준비 없이 신혼 살림을 꾸릴 수 있었다. 두 사람의 장학금을 합쳐 생활을 할 수 있었지만, 별 여유는 없었다. 큰마음을 먹고 당시 새로 유행하던 폭스바겐(Volkswagon), 그것도 빨간색을 월부로 사서 내 생애 처음으로 차주가 되었다. 남의 신세를 지지 않고 주일마다 설교를 나갈 수 있어 좋았다. 신학교 기본 과정을 마치면서 나는 피츠버그 노회(Pittsburgh Presbytery)에서 시행하는 목사 고시에 합격해 강도사(講道使, Licensed Preacher)가 되었다. 이는 전도사 위의 직책으로 목사 안수를 받을 수 있는 완벽한 자격을 말한다. 그러나 유효기한이 3년이었다. 1년 후 신학 석사과정 30학점을 마치고 논문을 쓸 차례가 되었다. 한 교회에서 한동안 비상근제로 청소년 지도목사(Youth Minister)를 했으나, 시간상 계속할 수 없었다. 이제 아내와 딸 수재너(Susanna, 수지)까지 세 식구가 되고 보니 학업보다 경제적인 문제가 더 시급했다. 아쉬운 것은 30학점을 이수했으면 당시 규정으로는 신학 석사 학위를 받을 수 있었지만, 규정이 적용되기 전인 1965년에 입학했기 때문에 학점을 다 이수하더라도 논문을 반드시 써야만 했다. 그러자니 몇 달 동안의 생활비가 문제였다. 우리는 이미 신학교에서 나와 일반 주택에 세 들어 살고 있었다.

나는 그때, 그리고 그 후로도 여러 사람들에게 "왜 신학 공부를 다 마치고도 목사가 되지 않았냐?"라는 질문을 수시로 받았다. 나의 답변은 질문의 의도에 따라 다르게 나올 만큼 복합적인 이유가 있었다. 나는 원칙적으로 '신학 공부가 반드시 목사라는 직업 취득'만을 위한 것이라든가, '목사는 반드시 교회를 돌보는 목회자의 직능'만을 위한 것이라는 통상 관념에 동의하지 않았다. 나는 신학을 잘 아는 평신도로서, 또는 목사이지만 특수 분야나 특수 목회, 이를테면 문서 운동, 교회 행정, 봉사 사역의 전문가로서 살아가는 데 관심이 더 컸다. 그것은 내가 '설교자'로서의 목사 역할에 '자신'이 없었던 것과도 관련이 있었다. 물론 주님의 교회를 섬기는 일은 자기 능력이나 자신감만으로 하는 것이 아니지만 주어진 재능 또는 은사를 무시할 수 없다고 믿었다. 무엇보다도 나면서부터 예수를 믿어온 나에게는 특별히 '부름(the Calling)'이라는 영적 경험, 또는 남들이 유난히 강조하는 '소명 의식'이라는 것이 없었나 보다. 나는 가끔 예수 자신이 목사였는지 의심스럽게 생각했다. 나는 철학도로서 건강한 회의가 많았고, 신학도로서 그런 회의심을 깊이 고민했다. 내 자신이 완전하게 소화하고 믿지 못하는 '하나님 뜻'에 대해 담대히 설교할 편한 양심이 없었다. 또한 교회 내에 보이지 않는 인종주의, 그리고 내 자신의 제한된 언어 능력 등 현실적 문제를 무시할 수 없었다.

그러면서 둘 다 공부를 끝까지 마치고 한국으로 돌아간다는 선량한 욕심에는 변함이 없었다. 아무것도 없는 상황에서 오는 딜레마가 심각했다. 공부를 계속하기 위해서는 경제적 뒷받침이 필요했고, 그러기 위해서는 목사직을 얻는 것이 필요했지만, 목사직을 얻기 위해서는 심의와 청빙의 길고 복잡한 절차를 거쳐야 하고, 설사 그 절차가 잘 이루어지더라도 그로써 공부를 계속할 기회는 아마도 영구히 잃게 되는 것이고…… 그렇게 되면 한국으로 돌아가기 어려워질 것이고…….
이것은 미국인들이 자주 말하는 'Catch 22 situation(진퇴양난의 상황)'이었다. 심리적·경제적으로 우리 부부는 위축되었다. 모든 염려를 주님께 맡기고 간절히 기도를 드리는 것 외에 다른 길이 없었다. 교회라는 조직의 이익을 고수하기 위해 성직사회가 얼마나 부패할 수 있고, 또 실제로 사제직이나 성직자가 얼마나 거룩하게 썩었는지는 훨씬 후에 실감하게 되었다!

5

사회사업에 눈뜨다

청년 시절 3(1966~1971)

나는 교회 밖에서 목회의 봉사 사역에 가장 가까운 분야가 사회사업(social work)이라는 것을 알게 되었다. 한 한인 사회사업가(그는 기독교인이 아니었다)를 통해 그와 그가 몸담은 기관에서 하는 일이 얼마나 목사 또는 교회가 해야 할 일과 가까운 것인지 느끼게 되었다. 어려움을 당하는 사람들을 돕고 보살피며 다시 세우는 일, 그것은 바로 하나님 사랑의 실천이었다. 사실 적지 않은 목사, 특히 많은 가톨릭 신부와 수녀가 이 분야에서 헌신적으로 봉사하는 것을 알게 되었다. 어느 여름날 나는 구인 광고에서 불우 아동을 돌보는 양보호자 일꾼(Part-time Houseparents)을 구한다는 어떤 기관을 찾아갔다. 목회상담 과목도 공부했고 새로 아빠가 된 터라 이 '하우스페어런츠'라는 융통성 있는 시간제 자리가 내 형편에 이상적이었다. 피츠버그시에서 북쪽으로 30km나 떨어진 한적한 곳에 위치한 이 기관은 워런데일 청소년 개발센터(Warrendale Youth Development Center)로, 불량 청소년을 수용하는 곳이었다. 넓은 잔디밭에 큰 별장 같은 카테지(cottage) 열댓 채가 여기저기 그 넓은 캠퍼스 안에 흩어져 있었다. 그 안에 학교와 식당도 있었다. 너무 넓어서인지 아니면 도로에서 멀리 떨어져 있어서인지 캠퍼스에는 울타리나 감시원이 없었다. 본부 사무실에서 어떤 직원이 내 이력서를 보고 흠칫 놀라는 기색이었다. 고졸 수준의 자격을 요구하는 자리에 외국 태생의 젊은 대학원 출신이 지원해서일까? 한 직원이 나를 불러들여 왜 이 자리에 지원했느냐고 묻기에 나는 있는 그대로 설명했다. 첫째, 나는 전문직 일자리가 당장 필요하다. 둘째, 남을 돕는 직업을 원한다. 셋째, 경험상 청소년과 일하는 것을 좋아한다. 그는 내 설명에 별로 감동을 받지 않은 듯 다른 이야기를 꺼냈다. 그 자리는 전문직이 아니고, 또 미국 시민에게만 허용되는 낮은 직급의 시간제 일이란다. 차라리 전문직인 카운슬러 수련생(Counselor Trainee) 자리에 지원하면 어떻겠느냐고 묻는 것이 아닌가? 전문직은 시민권이 필요치 않았다. 뜻밖의 제안이었다. 나는 지원서 용지에 직명을 바꾸어 넣었다. 생각하며 캠퍼스를 둘러보고 오라기에 몇 곳을 안내받아 구경했다. 이 센터는 소년 200여 명이 수용되어 있었고, 가정법원에서 '불량소년(juvenile delinquent)'으로 판정받아 3개월 이상 머무는 소년범(12~16세) 수용 시설이었다. 여러 '별장(cottage)' 중 하나에 들러 방금 하교한 그들의 모습을 직접 볼 수 있었다. 대다수가 흑인 청소년이었다. 덩치는 크지만 십 대 초반으로 보이는 어린 소년들은 인상이 험하다기보다 고생을 많이 한 희생자들 같았다. 나를 간단히 소개한 뒤 그들 속에 끼어 같이 놀고 떠들어댔다. 탁구 시합을 해 이긴 녀석을 칭찬해주었다. 그들은 내게 태권도를 아느냐고 물으며 비상한 관심을 보였다. 나는 그런 것을 모르는 목사 상담가라고 했다. 믿거나 말거나. 사무실로 돌아오자 나를 안내한 직원이 앞서 면담한 직급이 높은 직원과 한동안 이야기를 나눴다. 내가 떠나기 전에 언제 면담 결과를 알 수 있느냐고 묻자 그 직원이 "채용하기로 결정은 했다"라고 말하는 것이 아닌가! 단, 주 정부에서 운영하는 시설이라 우선 공무원 시험에 합격해야 일을 시작할 수 있다고 했다.

이렇게 뜻밖의 임용 기회가 후일 내 인생의 방향을 바꾸어놓는 계기가 되었다. 며칠 후 펜실베이니아 주의 수도 해리스버그(Harrisburg)에 가서 해당 공무원 시험을 봤다. 그런데 선다식 시험은 카운슬러 직책과 거의 관련이 없는 안전 수칙과 애국 시민에 관한 질문들이었다. 얼마 후 합격 통지는 받았는데 점수가 어처구니없었다. 총 61점! 다른 수험자들은 유경험자이고 군 복무 가산점을 받아 점수가 훨씬 높은 모양이었다. 합격자는 성적순으로 세 명씩 각기 해당 구인 기관에 통보가 가서 그중 하나를 뽑는데, 나는 바닥이라 막연히 오랫동안 기다려야 했다. 직장에서 채용은 이미 되었는데 외부에서 자격을 심사하는 꼴이었다. 새 직장에서는 내가 시험을 치렀는지 물어오고 나는 매주 내 이름이 왔느냐고 물으며 기다렸다. 두어 달 후 연락이 왔다. 드디어 기다리던 내 이름이 왔다는 것이다. 그들은 나를 뽑기 위해 일부러 기다린 것이다. 나는 달려가 여러 가지 서류에 서명을 하고 일을 시작했다. 나는 생전 처음 월 500달러를 받는 정규 직장인이 되었다[당시 가솔린 1갤런(3.8리터) 가격이 19전이었는데, 지금으로 치면 약 210원일 것이다]. 나는 일 년쯤 일을 하고 다시 학교로 돌아가리라고 마음먹었다. 그리고 직장과 학업을 아내와 교대하리라고 생각했다.

센터의 일은 생각보다 힘들었지만 보기보다 재미있었다. 각 별장에 수용될 수 있는 인원은 20명인데, 대개 15명 정도가 단체 생활을 하며 구내에서 학업을 계속했다. 실제 학교 시간을 제외한 그들의 모든 생활과 활동, 즉 기상, 샤워, 식사, 등교, 하교, 토론, 게임, 야외 활동, 식당 출입 등은 양보호자인 '하우스페어런츠'가 매일 두 명씩 삼교대로 감시하며 부모처럼 돌보았다. 카운슬러는 주로 낮이나 저녁에 전반적인 질서유지와 보고, 문제아와의 상담, 하우스페어런츠의 시간 할당, 부모와의 연락 등의 책임을 맡았다. 나는 카운슬러 수련자 신분이었지만, 두어 달 후부터 한 별장의 임시 책임자(Acting Director)가 되어 직원들과 청소년들을 지도·감시했다. 가장 어려운 문제는 질서유지와 안전 문제였다. 그들은 성격이 난폭하고 작은 싸움이 잦았다. 성공 가능성은 낮았지만 간혹 탈출 소동도 있었다. 하우스페어런츠들이 다루기 어려운 상황이 오면 나는 즉각 개입해 크게 소리쳤다. 작은 동양인이 대담하게 제압하려 들자 이 소년 불량배들은 일단 흠칫하고 물러섰다. 그들은 내가 무슨 신비한 힘이라도 있다고 생각한 모양이었다. 사실 나는 계속 부정했지만, 그들은 내가 태권도 사범이라고 굳게 믿었다. 허위에 대한 신앙이 나에게 이처럼 유리한 경우는 별로 없을 것이리라. 그들을 개별적으로 상담하다 보면 대개 안으로는 나약하고 자존감이 낮았다. 가난하고 열악한 주변 생활로 악영향을 받아왔고, 무지하거나 학대하는 부모(대부분 홀어머니) 밑에서 모질게 자라온 불운아들이었다. 나쁜 애들이라기보다 나쁜 환경의 희생자들이었다. 그룹 토론이나 개인 상담 때 나는 그들의 자존감을 길러주고 희망을 갖도록 도왔다.

"생각해보라. 너희들은 다 어떤 꿈을 가지고 있다. 원하면 너희들은 그 꿈을 성취할 수 있다. 자신을 믿어라. 힘을 길러라. 나는 너희들을 믿는다……."

나는 이렇게 격려하면서 우선 작은 자기통제(self control) 기술을 습득시켰다. 스물까지 세며 화를 참는 법, 스스로 한 시간 동안 침묵하기, 어느 날 밤 텔레비전 보지 않기, 자기보다 약한 애 도와주기 등등. 어느 정도 좋은 반응을 보였다.

사람이 살아가면서 좋은 사람을 만나는 것보다 더 큰 축복은 없다고 본다. 나의 상관이며 임상책임자(Clinical Director)인 페레이놀라 씨(Mr. Ferrainola)는 이탈리아 계통의 미남으로 인정과 유머가 많은 사회사업가였다. 그는 이 센터에 와 있는 청소년들에 대해 깊은 연민과 애정을 지니고 있었다. 그에 따르면 과거에는 소년범을 감옥 같은 소년원에 수감하고 온갖 억압적인 체벌로 다스렸는데, 그들은 퇴소할 때 더 지능적인 범죄 기술을 배워 사회에 나가 더 큰 범죄를 저질렀다고 한다. 그래서 펜실베이니아 주 정부에서는 막대한 비용을 들여 주 안에 이러한 센터 14개(남 10, 여 4)를 만들어 상담과 환경을 통한 치료를 한다고 설명했다. 처벌이 아니라 회복할 기회를 주는 것이다. 지금 센터의 시설, 환경, 대우, 직원의 수준 등은 미국의 중류 가정 수준 이상을 모색한다고 했다. 그 총예산을 환산하면 매일 모든 청소년을 최고급 호텔에 유숙시키는 것과 같은 비용이라고 했다. 그런데 장기적으로 볼 때 주 정부가 수지맞는 장사를 하고 있다며 활짝 웃었다. 돈보다 사람, 아니 사람에 투자하는 것을 좋은 장사로 보는 그 사랑의 정신이 놀라웠다. 나는 사회사업의 가치와 정신에 대해 갈수록 감명을 받았다. 그는 크리스마스 며칠 전에 나에게 무슨 종이를 건네며 이제는 "네 발이 묶였다"라고 빈정댔다. 영주권을 승인하는 퍼티션(petition)이 나온 것이다. 그때는 '이민법'이 바뀌어 고등교육을 받은 외국인이 영주권을 취득하는 것은 별로 어렵지 않았다. 그러나 센터가 솔선해 이를 추진한 것은 역시 놀라웠다.

다른 은인은 그 센터의 소장(Center Director)인 비니 씨(Mr. Veny)였다. 그는 엄격하면서도 무척 따뜻한 흑인 사회사업가였다. 그는 청소년의 권익에 각별히 관심을 기울여 주 정부 정책에 상당한 영향을 주는 노장이었다. 어느 날 그는 나에게

"배운 신학을 실천할 준비"를 해야 하지 않느냐며 사회사업을 공부하라고 권했다. 내가 그럴 생각은 있는데 공부를 하려면 이 직장을 그만두어야 한다고 대답하자, 그는 한쪽 눈을 찡긋 감으며 길이 있다고 알려주었다. 주 공무원은 추천을 통해 해당 분야에서 대학원 학위를 얻을 수 있도록 교육받을 동안 임금의 90%가 지원되는 '전문교육프로그램(Professional Education Program)'이 있다는 것이다. 나는 즉시 몇 가지 서류를 준비해 피츠버그 대학 사회사업대학원(University of Pittsburgh Graduate School of Social Work)에 입학원서를 제출했다. 우리 센터에서 직원 네 명이 그 학교에 지원했는데 나만 합격했다(그때는 사회사업 분야가 인기여서 경쟁이 심했다). 그런데 문제가 생겼다. 이 장학 프로그램을 신청하려면 12개월 이상의 근무 경력이 있어야 하는데 나는 개학 전까지 일해도 11개월이라 자격이 없었다. 비니 소장은 자기가 그 프로그램 장학위원회 위원장인데 내가 열심히 기도하면 무슨 방법이 생기지 않겠냐고 희망을 주었다. 얼마 후 그가 장학위원회 모임에 다녀와서 나를 불렀다. "기적! 축하한다!"면서 그 기적의 사연을 설명했다. 위원들에게 "미스터 킴은 아내가 둘, 자식이 다섯인데 이런 사람에게 장학금을 주는 데 반대할 사람이 있느냐?"라고 반농담, 반독려를 하자 다들 웃으면서 위원장 말대로 결정했다는 것이다!

이렇게 해 1967년 9월부터 2년간 사회사업 석사과정에 입학해 케이스워크(Casework)를 전공할 수 있었다. 신학과는 달리, 보이는 실체를 공부하는 것이어서 훨씬 쉽고 재미있었다. 사회학과 심리학 이론을 근거로 인간의 행동, 인간관계, 인간 성장 과정, 사회 환경, 심리적·사회적 병리와 치료 방법, 사회복지의 역사, 연구방법론 등 모두가 유익한 공부였다. 신학교와는 달리 동료 학생들이 진취적이고 개방적이어서 즐거이 가까이 사귈 수 있었다. 현장 실습 두 학기(소년법원과 종합병원)를 포함해 60학점을 이수하면서 다른 한편으로는 주일마다 (나중에 설명할) 한인교우회를 도왔다. 영어 소통이 수월해지고 생활에 여유가 조금 생기면서 여행과 캠핑을 통해 미국의 아름다움을 맛볼 수 있었다(일을 시작한 지 1년이 지나자 월급이 10% 인상되었기 때문에 공부하는 동안 지급되는 90%의 봉급은 그전과 동일했다). 이 기간에 피츠버그 지역으로 유학 온 홍소자, 김성탁, 이상주, 최상철, 신성종, 그리고 후일 강영욱 등 좋은 친구들을 만나 정겹고 즐거운 교제를 이어갔다. 나는 같은 학생 신분이면서도 직장인처럼 살며 여러 학생들을 자주 청해서 대접할 수 있었다. 이들은 나중에 한국으로 돌아와 각 분야에서 크게 공헌을 한 훌륭한 분들이다. 또 그곳으로 이민 왔거나 정착한 장익진 박사, 주우세 장로, 강신성 선생, 이해 박사, 정태용·이현숙 부부 의사를 비롯해 그 외 여러분과도 친하게 지냈다.

나는 처음 미국에 가서 10년을 보낸 피츠버그를 제2의 고향같이 느꼈다. 피츠버그는 미국 동부 펜실베이니아 주 남서쪽 끝에 위치한 초창기 대도시 중 하나다. 1758년 영국의 식민지로 건설된 서부 개척의 중요한 한 관문으로서 모낭가헬라 강(Monongahela River)과 앨러게니 강(Allegheny River)이 모여 오하이오 강(Ohio River)으로 흘러가는 델타 지역(삼각지)을 중심으로 발전한 낡은 도시였다. 그런데 제2차 세계대전 이후 공업, 수송, 교육, 문화 각 방면에 걸쳐 놀라운 발전을 이룩해 '미국의 르네상스 도시(Renaissance City of America)'로 불렸다. 무엇보다 제철공업지대로 잘 알려져 있었다. 많이 개선되었다고는 하지만 내가 1961년에 도착했을 당시만 해도 강가에 늘어선 제철 공장 때문에 공기가 매우 오염되어 있었다. 온 도시가 강과 언덕, 그리고 골짜기로 되어 있어 교통이 불편했으며 다른 옛 도시들보다 낡고 불결했다. 피츠버그 대학과 카네기멜런 대학(Carnegie Mellon University, 1967년 개칭)이 유명했지만, 학생들이나 의사들 이외에는 특별히 그 산골로 올 이유가 없었다. 1960년대 중반기에 그 지역 일대에는 200명 내외의 한인이 살고 있었다. 한인회가 있기는 했지만, 1년에 한두 번 모이는 것이 고작이었다.

1966년 초여름에 새로운 변화가 시작되었다. 우리가 사는 신학교 내 독립주택에서 약 12명 정도의 한인 기독교인들이 모여 우리말로 예배를 드렸다. 이 첫 모임이 나중에 역사적인 기원이 되리라고는 전혀 예상하지 못했다. 그 첫 예배를 계기로 우리는 '피츠버그 한인교우회(Pittsburgh Korean Christian Fellowship)'라는 그룹을 만들고 근처의 제6연합장로교회(The 6th United Presbyterian Church) 채플에서 주일 오후 2시마다 예배를 드렸다. 감히 교회라는 이름도 못 붙이고 '교우회(敎友會)'라고 한 것은 주일에 한 번 나를 비롯해 신학생 세 명이 순번을 정해 설교하는 예배와 친교의 시간을 가졌을 뿐 교회로서의 기능은 전혀 하지 못했기 때문이다. 참석하는 교인 상당수도 신앙적인 목적보다는 친목과 교제에 관심이 많았던 것이 사실이다. 그러나 앞에서 말한 여러분들의 꾸준한 봉사와 이후 최찬영, 현순호, 다른 목사님들의 도움을 통해 정식 교회로 성장·발전하게 되었다. 무엇보다 성장하는 한인 사회가 교회 발전에 밑거름이 되었다. 지금의 피츠버그 한인연합장로교회(KUPCP: Korean United Presbyterian Church of Pittsburgh)가 그 후신이고 거기서 분리되어 1980년에 독립한 교회가 지금의 피츠버그 한인중앙교회(Korean Central Church of Pittsburgh)다.

또 하나 그곳에서의 뜻깊은 추억은 미국 내에 거주하는 한인 기독교 지성인 대부분이 모여 친목을 다지는 첫 모임이 피츠버그 신학교에서 있었던 일이다. 이 모임은 1967년 추수감사절인 11월 24일부터 11월 27일까지 미국 북장로교의 이승만 목사님, 미국 감리교의 손명걸 목사님 등이 주도해 소집되었다. 이때 김영복, 서광선, 한완상, 함성국, 곽노순, 김상호, 윤길상 등의 유학생, 신진 목사와 교수 약 30명이 모여 쟁쟁한 논문들을 한국어로 발표하고 뜻깊은 대화와 친목을 나누었다. 나는 대회 준비에 직접 참여하지 않았지만 현지 호스트로서 오는 손님들을 맞이하고 안내하는 역할을 했다. 지금 생각해도 미안한 것은 그때 학교의 규정을 준수하느라 부부 참석자들을 남녀 기숙사에서 따로 재웠던 것이다. 이산가족을 강요한 주범이 된 셈이다. 이 모임은 감격적인 첫 모임이어서 상당히 좋은 반응을 얻었고, 그 후 매년 다른 장소에서 다른 주제를 가지고 모였다. 이것이 잘 알려진 '북미기독학자회(AKCS: Association of Korean Christian Scholars in North America, Inc.)'의 기원이다. 이 기독학자회의 목적은 그 시대에 당면한 민족·종교·사회·정치·문화 등 모든 분야의 문제들을 기독교 지성인의 관점에서 평가하고 실천적 방안을 제시하는 것이었다. 그래서 한국의 민주화 운동, 해외에서의 통일 운동, 남북 화해를 위한 교류, 미주 한인 사회의 정착, 여성 문제, 소수민족의 인권 등 수많은 주요 문제를 미국과 캐나다에서 온 참가자들과 토의하고 그 결과를 여러 형식으로 출판해 왔다. 미국 장로교단과 연합감리교단이 계속 재정적·행정적·전략적 지원을 해주었다. 따라서 이 단체는 유신 독재 시절과 그 이후 민주·인권·통일에 대해 해외에서 가장 강력한 목소리를 냈다. 40여 년간 거의 모든 기독교 지성인, 특히 진보적 학자와 성직자, 학생은 이 단체에 어떤 식으로든 참여했고, 비공식적 연대와 비밀

석사 학위를 취득한 아내와 함께
아내는 피츠버그 신학교에서 종교교육으로 4년 만에 학위를 받았다.

교류를 통해 국내에도 상당히 큰 영향을 끼쳤다. 이 단체를 이끈 지도자들은 앞서 언급한 분들 이외에 김재준, 선우학원, 이상철, 동운모, 홍동근, 강위조, 김병서, 안중식, 박한식, 윤길상, 이상현, 노영찬 등 여러 교수와 목사였다. 아내도 한때 회장직(1980~1982)을 수행했고 나는 총무직(1976~1978)을 감당했다. 나는 처음부터 이런 진보적 기독교 지성인 활동에 참여해 여러 좋은 선배와 동지를 만날 수 있었던 것을 큰 행운으로 생각한다.

아내의 공부는 첫아이 출산으로 2년이나 지연되어 1968년 5월에야 마칠 수 있었다. 아내는 종교교육 석사(M.R.E.: Master of Religious Education) 학위를 받았다. 그나마 나의 어머니가 한국에서 와 도왔기 때문에 파트타임으로 60학점을 마칠 수 있었다. 그러나 졸업을 하고도 교육을 담당하는 교회 일을 얻을 수 없었다. 한때 유치원 보조 교사를 하며 다시 공부할 기회를 기다렸다. 1969년 4월에 내가 사회사업 석사(M.S.W.: Master of Social Work) 학위를 받음으로써 다시 아내가 공부할 차례가 되었다. 주 정부의 장학금 조건 때문에 나는 졸업하자마자 펜실베이니아 주 안에 있는 공공 기관에서 최소한 2년간 의무적으로 복무해야 했다. '네 발이 묶였다'던 농담이 실감 났다. 그러나 나의 입장에서 보면 취업이 보장되는 조건이기 때문에 불만이 없었다. 나는 피츠버그의 다운타운에 소재한 아동복지국(Child Welfare Services)에 무난히 임용되었다. 그때는 훈련받은 전문 사회사업가를 구하기도 어려웠지만, 이런 기관은 낮은 임금에 일만 많기 때문에 인기가 없었다. 나는 이곳에서도 여전히 힘들고, 도전받는 일을 담당하게 되었다. 일을 시작한 지 3개월 만에 나는 '아동보호과 책임자(Supervisor of Child Protective Services Unit)'가 되었다. 여섯 명의 케이스워커(대학 출신의 비전문 사회사업가)와 한 명의 보조원을 감독하며 피츠버그 시가 포함된 '앨러게니' 군 전역의 어린이 보호를 책임지는 두 부서 중 한 부서의 책임자였다. 제일 큰 문제는 아동의 '육체적·심리/정신적·성적 폭력(Abuse: physical, psychological/mental, and sexual)'에 대한 제보나 신고를 신속히 조사·처리하는 일이었다. 그리고 지속적인 '방치(neglect)' 실태를 검토해 대책을 세워야 했다. 직원 여섯 명은 거의 늘 정신없이 통화를 하고 현지로 달려가야 했다. 밤에 일어나는 심각한 사건은 경찰에 의뢰하고, 필요하면 피해 아동을 즉시 부모에게서 격리해 우리 기관의 쉼터에 입원시키며, 소년법원의 임시 명령을 받아냈다. 적절치 못한 보육 행위나 돌보지 않는 방임(최소 12세 이하의 경우)도 우리가 개입해 시정하도록 조치해야 했다.

당시 우리나라에서는 아이를 때리고 멸시하며, 힘든 일을 시키고 혼자 내버려 두는 것이 보통이었는데, 미국 사회에서는 이런 것을 아동의 인권을 유린하는 학대로 엄격하게 규제하고 있었다. 그런데 우리 지역에 사는 한인 가족 중에 학생인 남편과 일하는 아내가 어린아이들을 집 안에 둔 채 밖에서 문을 잠그고 나간다는 은밀한 소문이 나에게 들려왔다. 차려놓은 음식과 텔레비전만으로 애 보는 비용(babysitting expenses)을 절약하고, 잠근 문이 애들을 보호할 것이라고 믿는 위험천만한 행동이었다. 나는 그 무지한 부모에게 "애들을 빼앗기고 감옥에" 가고 싶지 않으면 당장 그런 위험한 일을 중지하라며 경고를 보냈다. 주소를 알아내면 즉시 경찰이나 소방대원을 보낼 수 있다고 위협을 더했다. 며칠 후 "앞으로 절대 그런 일이 없을 것"이라는 비공식 보고가 들어왔다. 사실 필요할 경우 부모를 가정법원에 넘기고 아이들은 의탁가정(foster home)에 장기간 맡겨 양육하거나, 혹시라도 아이들을 돌려보낼 만큼 상황이 개선되지 않으면 입양 조치를 취하도록 다른 부서에 넘겨야 했다. 가난한 흑인 가정에는 이런 경우가 너무 많았다. 그런데 아동학대나 방치의 실태를 자세히 살펴보면 대부분의 경우 어떤 악의보다는 가정의 빈곤과 부모의 무지에 그 원인이 있었다. 어린아이가 대여섯 명 딸린 엄마가 앓아눕거나 마약을 하는 경우, 아빠가 실직하거나 알코올 중독인 경우 아이들은 폭력과 방치의 위험에 노출되게 마련이었다. 우리가 접했던 가정 대부분은 가난한 흑인 가정이거나 몹시 가난한 백인 가정이었다. 중류층 백인 가정의 폭력 사건도 있었으나 대부분 진료 의사의 비협조(아동학대 보고 의무의 불이행)와 변호사들의 교묘한 방어책(법적 대응)으로 우리가 개입하기 어려웠다. 모든 사회문제가 그렇듯이 아동학대의 문제도 결국 사회의 구조적인 문제라는 것을 통감했다. '돈 없으면 죄'라는 모순이 미국 사회에도 편만했다. 우리 케이스워커들은 쉬 탈진했고, 이직하는 경우도 있었다. 나도 점점 정신적 피로감과 약간의 우울증까지 생겼다.

1969년 9월에 아내는 나와 꼭 같은 공부를 같은 학교에서 새롭게 시작했다. 아내는 그동안 둘째 스테파니(Stephanie)를 낳아 두 딸의 엄마가 되었다. 어머니가 한국으로 돌아가셔서 어려움이 있었지만, 아내가 공부할 차례를 놓치지 않고 내 뒤를 따라 같은 직종의 교육을 받게 된 것은 다행이었다. 이번에도 연방 정부의 정신건강청에서 주는 장학금을 받아 2년간 등록금 걱정 없이 다닐 수 있었다. 1964년 린든 존슨(Lynden Johnson) 대통령 행정부는 암살당한 케네디 대통령의 비전에 따라 사회복지국가를 지향하는 '위대한 사회(The Great Society)' 건설을 위해 방대하고 새로운 사회정책을 시작했다. 그 대표적인 정책이 '빈곤과의 전쟁(The War on Poverty)'이었는데, 이는 단순히 빈민에 대한 경제적 지원이 아니라 '균등한 경제적 기회'를 제공함으로써 사회 전반의 빈곤을 타파하려 한 것이다. 그래서 약 30억 달러를 투입해 빈민이 참여하는 일자리, 교육, 건강, 지역사회 발전, 보육, 도시 재개발 등 획기적인 프로그램을 시작했다. 따라서 이에 참여할 전문가 양성이 절실히 요구되었다. 사회사업가는 인간 계발과 지역사회 개발의 전문가로서 국가의 정책을 수용하는 데 반드시 필요했다. 그리하여 우리 부부는 모르는 사이에 진행된 국가적인 큰 물결을 타고 순행하게 된 것이다. 아내는 1971년 4월에 사회사업 석사 학위를 받았고, 나는 그해 9월로 주 정부에 서약한 임무 기간 2년을 일하고 반년을 더 복무했다. 이제 다시 내가 공부할 차례가 되었다고 믿으며 준비를 시작했다. 나의 가슴은 최종 학위를 취득하기 위한 푸른 희망으로 부풀어올랐다.

6

조국의 현실과 장기전 준비

장년 시절 1(1971~1978)

예로부터 학문을 숭상하는 우리 문화에는 일종의 '박사 숭배 사상'이 있는 듯싶다. 박사가 되면 모든 성공을 이룬 것으로 생각하는 듯하다. 미국에 가서 박사가 되지 못하고 돌아오면 무엇인가 실패한 것으로 보는 경향이 있었다. 나는 한국행을 염두에 두며 박사 공부를 결심했다(미국에서는 대학교수나 특별한 분야의 전문 연구가가 되지 않는다면 구태여 박사 학위를 취득하지 않아도 편히 살 수 있다). 미국에서 박사 학위를 취득하려면 분야마다 차이는 있지만, 평균 6년 반이 걸린다고 했다. 둘이 박사 학위를 받으려면, 그것도 서로 교대하려면 더 많은 시일을 보내야 하는 것이다. 이는 비현실적 욕망이 아닐까? 우리는 하나님의 자비와 인도하심을 바라며 기적을 꿈꾸었다. 미국 동부의 이른바 명문 대학(하버드, 예일, 프린스턴, 브라운, 코넬, 다트머스 등)은 다 비싼 사립대학들이고, 또 사회사업과가 없다. 사회사업은 주로 빈곤과 사회 병리를 다루기 위한 실천 학문이어서, 학술적으로는 물론이고 전문성으로 보더라도 법학, 의학, 경영학 등과는 명성이나 비중에서 비교가 되지 않기 때문일 것이다.

나는 그 외에 상위권에 속하는 10여 개 대학에 문의하고 다섯 개 대학에 지원했는데 뜻밖에 가장 희망하던 시카고 대학(University of Chicago)에서 입학 허가와 2년 장학금이 나왔다(다른 곳에서는 조건부 입학 또는 장학금 없는 입학을 알려왔다). 내가 특별히 뛰어난 것이 없는데 이런 특전이 주어진 데 대해 나는 하나님의 은총이라 믿었다. 이 대학은 외형적으로 동부 명문 대학과 비슷하지만(영국식 고딕 건물과 정원 등), 연혁이 비교적 짧으며(1892년 개교), 시대적으로 유별나고 매력적인 전통이 있었다. 개교 초창기부터 신앙의 종파나 사회적 계층에 관계없이 균등한 기회와 열린 학풍을 신조로 여성과 소수민족, 특히 유대인과 흑인(아프리카 미국인들) 그리고 외국 학생을 맞아들였다. 열려 있고 자유로운 학문 분위기가 모든 학교의 과정을 이끌어왔다는 것이다. 시카고 대학에는 세계적으로 유명한 연구소가 여러 개 있지만, 나는 유명한 교육가 존 듀이(John Dewey)가 1896년에 설립한 대학 부속 '실험학교(Laboratory Schools)'에 대해 들은 바가 많았다. 그 실험학교는 학생들의 호기심·탐구욕·창의성·다양성을 중시해, 구조화되고 통제된 학습 과정이 아니라 자유롭고 실험적인 접근의 교육철학으로 세계적으로 유명했다. 시카고 대학은 명성보다 실력으로 자부심이 컸다. 그 당시 세계적으로 알려진 각계각층의 유명 인사가 많았고, 동문이나 전·현직 교수 중 노벨상 수상자(Nobel Laureates)가 50명이 넘었다(법대 교수였던 버락 오바마 대통령을 포함해 2016년 현재 총 89명).

그해 9월 초순, 임차한 트럭에 우리의 불어난 보따리 짐을 싣고 '바람의 도시(Windy City)' 시카고로 달려갔다. 대학교 학생 아파트는 여러 곳에 있었는데 우리 아파트는 바다 같은 미시간 호수(Lake Michigan)에서 멀지 않은 큰길가의 7층 건물(전 호텔)이었다. 그 일대가 대학촌인데 학교까지는 약 20분 정도 걸어야 했다. 학교 버스가 30분마다 운행되었지만 밤거리는 살벌했다. 큰 대학가 대부분이 그러하듯 가난한 흑인들이 집결해 사는 우범지대였기 때문이다. 천만다행으로 아내가 금시 직장을 얻었다. 시카고 남서쪽에 차로 거의 한 시간 걸리는 한 학군의 '학교사회사업가(School Social Worker)'가 되었다. 원래 미국 시민권을 요하는 자리였는데, 4년 전 나의 직장을 통해 취득한 영주권이 유효했다(법적으로 영주권은 시민권을 취득하기 위한 5년의 대기 시간으로 해석된다). 애들은 조기로 초등학교와 어린이집에 등록했는데 모두가 검은 얼굴의 친구들이라 처음에는 약간 두려워했지만, 그래도 잘 적응하고 있었다. 나는 이제 본격적으로 공부할 여건을 마련한 셈이었다. 나는 마지막 준비를 위해 10년 만에 처음 한국을 방문했다. 내가 한국에서 알던 사회사업은 고아원과 양로원 정도였다. 그래서 한국의 실정을 보고 물으며 생각할 기회로 삼았다. 당시 한국은 민간복으로 갈아입은 군사정권하에 경제 분야에서 약진하며 다소 안정을 이룩했다고는 하지만, 일반 민중은 거의 그대로 궁핍하고 불안한 형편이었다. 나는 한국 사회에 개별적인 도움보다 구조적인 문제 해결이 더 시급하다고 생각했다. 이때의 한국 방문을 통해 나는 전공 분야를 '직접 서비스(direct service)'에서 '거시 접근(macro approach)'으로 전환하기로 마음먹었다. 전자는 개인, 가족, 소그룹을 직접 돕고 돌보는 방법이고, 후자는 지역사회개발, 행정, 정책 등을 통해 간접적으로 개입하는 방법이었다.

내가 들어간 학교의 이름은 다른 대학교의 통상적인 이름, 즉 '사회사업대학(원)[(Graduate) School of Social Work]'과는 달리 유별나게 '사회서비스행정대학원(SSA: School of Social Service Administration)'이라 했다. 대학교 내에서도 다른 고딕 건축물과는 대조적으로 검은 철근 골격과 온통 유리로 둘러싸인 현대식 단독 건물(지상 2층, 지하 1층)에 강의실, 교수 연구실, 사무실, 도서관, 휴게실, 기타 넓은 공간에서 여러 강의와 연구 활동이 진행되고 있었다. 10월 초순, 첫 강의와 오리엔테이션이 있는 날에 박사과정을 밟고 있는 한 상급생은 별로 친절하지 않은 환영의 말을 꺼냈다.

"여러분이 정말 현명하면 이제라도 보따리를 싸고 이 학교를 떠나십시오. 바보처럼 충직하게 고생하려면 그것은 당신의 자유이지만, 지금 알아야 할 것은 이 학교가 여러분 중 반은 죽일 것입니다."

나는 이 불쾌한 협박이 사실에 가깝다는 것을 몇 년 후에야 깨닫게 되었다. '좋은 것이 다 좋은 것은 아니다'라는 모순 논리는 이런 경우에 해당되리라.

사실 이 학교(SSA)는 미국에서 다섯 손가락 안에 드는 최고의 복지 전문 교육기관(석사와 박사 과정)으로 1920년 개설된 이래로(1908년에 '시민과 자선학교'로 시작) 사회사업과 사회복지 분야를 새로 규명하며 발전시켜온 학교라고 할 수 있다. 초기 적선 활동과 자선사업으로부터 미국 사회사업을 처음으로 사회적 연구와 지역사회의 정보 지식에 근거해 접근하는 실천 학문으로 이끌었던 것이다. 그 후 '신프로이트학파(neo-Freudian School)'의 병리학적 심층 분석 풍조를 넘어 심리적·사회적 환경에 놓인 인간의 행동에서 구체적 '문제 해결(Problem-Solving)'을 절대시하는 이른바 '시카고학파(Chicago School)'를 주도한 것이다. 대학 전체의 학풍에 따라 이 학교도 다른 학교나 학과와 연계하는 학제 간 연구(inter-disciplinary studies)와 공동 연구를 중시했다. 그 구체적 자원으로 30여 명의 교수진에는 사회사업이나 사회복지 이외에 연계된 정치학, 사학, 경제학, 사회학, 심리학 전문가들과 사회운동 실천가 등이 포함되어 있었다. 나를 놀라게 한 것은 사회사업 석사과정에서 사용했던 교과서의 유명 저자들이 여기저기에 셔츠 바람으로 다니며 학생들과 어울리는 풍경이었다. 어떤 인위적인 칸막이도 없이 모든 학문을 넓고 자유롭게 공부할 수 있는 분위기가 무척이나 좋았다. 살림은 모두 아내에게 맡기고 나는 자유스럽게 공부에만 열중했다. 과거의 공부가 시험과 논문 작성에 얽매였다면 이제 나는 아무런 부담 없이 학문 연구에만 전념하는 즐거움으로 매우 만족스러웠다. 과목 성적은 '통과나 실패(pass or fail)' 두 가지만 있었다. 나는 실패하지 않고 4분기 3학기(quarter)를 마쳤는데, 시카고의 첫 겨울, 그 무서운 눈보라와 매서운 바람을 이겨낸 해방감에 기뻤다. 우리 네 식구는 한 줄로 자전거를 타고 미시간 호숫가를 달리며 앞으로 우리가 달려갈 길을 노래했다. 서울에서 어머니도 오셔서 우리는 더욱 행복했다.

1972년 10월 17일, 고국에서는 박정희 대통령이 특별 선언을 발표했다. 이 선언은 위헌적 계엄과 국회해산 및 헌법 정지의 비상조치였다. 이 조치에 따라 12월 27일에 급조된 이른바 '유신헌법(維新憲法)'은 완벽한 영구 독재 체제의 구축이 목적이었다. 이 헌법 체제하에서 대통령은 국회의원의 3분의 1과 모든 법관을 임명하고, 긴급조치권 및 국회해산권을 가지며, 임기 6년에 횟수의 제한 없이 연임할 수 있었다. 또한 대통령 선출 방식이 국민의 직접선거에서 '통일주체국민회의'라는 사이비 정치집단의 간선제로 바뀌었을 뿐 아니라, 행정·입법·사법의 삼권을 모두 장악한 대통령이 종신(終身) 집권할 수 있는 정치 쿠데타였다. 나는 학문적인 관심으로 인권, 자유, 정의, 민주주의 등에 강한 집념을 가졌지만, 현실적으로 '비정치적'이어서 이 무렵까지만 해도 국내 정치 현황에 대해 별 관심이 없었다. 하지만 '5·16 혁명공약'에서 혁명 과업이 성취되면 "언제든지 정권을 이양"한다던 박정희 군부가 무리하게 11년이나 지배하다가 결국 종신 독재 체제를 구축한 이 엄청난 반국가적 모반에 대해 커다란 충격과 분노를 느끼고, 새로이 각성하게 되었다. 빈약하나마 형식을 유지하던 민주주의 체제를 박살내는 반역 행위였다. 나는 즉시 대학교 내 정치학과 박사과정에 있는 이 모 씨, 이홍영 두 선배와 긴밀히 논의하며 무엇을 해야 할지 고민했다. 기독교 지성인으로서, 책임 있는 민주 시민으로서, 자유로운 해외 동포로서 이를 방관하고 한탄만 할 수 있을까? 나는 아버지가 53년 전(1919) 3·1 만세운동 때 학업을 전폐하고 독립운동에 투신한 것을 회상하며 나도 국가와 민족의 진정한 자유와 민주 회복을 위해 헌신해야 할 의무를 절감했다. 다른 지역에서도 같은 생각을 가진 사람들이 여기저기서 일어나 움직이기 시작했다.

시카고 지역에서 제일 먼저 일어난 큰일은 귀국을 포기하고 민주회복운동에 나선 신임 국회의원 김대중 선생의 강연회였다. 놀랍게도 그의 강연회에는 시카고 역사상 처음으로 1000명이 넘는 시카고 교민이 모여 그의 불같은 연설을 듣고 많이 고무되었다. 그는 양심이 있고 애국심이 있으면 행동해야 한다고 외쳤다. 나는 그 강연회에 익명의 독려 전단을 준비해가서 몰래 배포했다(그것이 강연회를 주최한 사람들에게 큰 격려가 되었다고 나중에 들었다). 그때는 서로가 무서워하는 세상이었다. 특히 한국에 돌아가려는 유학생들은 후에 불이익을 당할까 두려워 뜻은 있으면서도 이름을 내놓을 수 없었다. 그러나 나는 울분에 차서 참을 수 없었다. 강력한 항거와 투쟁의 뜻을 담은 호소문과 구체적인 '행동 요강'을 '재미한인구국동지회'라는 급조한 단체 이름으로 작성했다. 우리의 신분을 감추기 위해서였다. 그때는 한글 타자기가 있는 곳이 몇몇 한인 교회뿐이었다. 글자 모형으로 출처를 알 수 있다고 꺼려해서 나는 허락 없이 어떤 교회의 타자기를 사용해 문서를 찍었다. 몰래 찍으면서 50여 년 전 할아버지가 대한독립을 호소하는 '격문'을 만드시느라 등사기를 몰래 감추어두었다가 일경에 발각되어 수난을 당했다는 옛날이야기가 생각나 가슴이 쓰렸다. 그러고는 이홍영 형 부부, 현순호 목사 부부, 우리 부부가 합심해 전국과 해외에까지 이 호소문을 보내기로 했다. 이는 1972년 11월 1일 유신을 선언한 지 2주 만의 일이었다. 이곳저곳에서 교회 주소록과 한인회 주소록을 수집했다. 어느 날 밤 우리는 이홍영 형 집에 모여 문을 잠그고 커튼을 내린 뒤 지문이 묻지 않도록 손가락마다 테이프를 붙이고 호소문 3000장을 접어 봉투에 넣고 우표를 붙인 뒤 봉했다. 있는 주소를 다 쓰고 나머지는 다량 포장해 아는 친구들과 단체들 앞으로 보내기로 했다. 우리 여섯 젊은이에게는 불안 속에서도 의분과 정의감이 불타는 찬란한 밤이었다.

이렇게 다 준비하고도 보내는 것이 또 문제였다. 이승만 독재 시대 때 익명의 항의 편지를 쓴 한두 학생 때문에 이 지역 유학생들의 여권이 모두 연장되지 않았다는 사례가 있어 우리는 시카고가 아닌 지역에서 보내기로 했다. 며칠 후 웨스턴 미시간 대학(Western Michigan University)에서 '한미정치학회' 주최로 유신 체제에 관한 작은 포럼이 있어 나는 그 멀고 작은 대학촌 캘러머주(Kalamazoo)를 찾아갔다. 도대체 정치학자들은 우리나라의 독재화 사태를 어떻게 평가하는지 알고 싶었다. 나는 말쑥하게 차려입은 새로운 손님으로 뒤에 가만히 앉아 있었다. 많은 토론이 있었지만 결국 유신 체제를 정면으로 반대하는 학자는 한 사람도 없었다. "불행하지만 불가피"하다는 평가부터 오히려 "잘될 것"이라는 낙관론까지가 대세를 이루었다. 나는 화가 나서 소리를 지르고 싶었다. 그러나 멸시의 눈초리만 던지고 가만히 뒤에 앉아 있을 수밖에 없었다. 나는 학회 회원도 아니고 처음 참석하는 불청객이 아닌가? 그보다 나는 더 중요한 사명을 안고 온 사람이 아닌가? 오히려 두 미국 교수가 흥분해서 "당신들이 미국에서 배운 것이 무엇인가?", "박 대통령이야말로 결국 당신네들에게 꼭 맞는 적절한 보상이다"라며 모욕적인 언사를 퍼부었다. 그런데 대꾸조차 못하는 주미 한인 정치학자들!

나는 그날 밤 온 동네를 다 뒤져 우체통마다 수백 통의 편지를 넣었다. 나의 애타는 마음도 같이 넣었다. 참담한 밤이었다. 내 차 트렁크를 다 비운 밤중에 나는 이 비밀을 언젠가 내가 숨지기 전에 반드시 세상에 말하기로 마음먹었다. 한편 다음 날 아침에 우편물을 수거하다가 기절할 이 작은 동네 우체부들을 생각하니 내 아픔이 폭소로 변했다. 상당한 시일이 흐른 후에 이야기가 더 큰 폭소로 돌아왔다. 그날 포럼에 참석한 한인 정치학자들은 조용히 뒤에 앉아 있는 낯선 한 젊은이를 의식하며 말을 삼갔다는 것이다! 그들은 신념도 용기도 없는 사람들이었을까? 아니다. 그들은 풍성한 전문 지식까지 갖추고 있었지만, 눈치가 더 발달한 위인들이었을 것이다.

반유신 민주화 운동은 미국 전역에서 들판의 불처럼 조용히, 그러나 끈질기게 퍼져나갔다. 대개 큰 대학에 유학 중인 학생층이 가장 열렬했지만, 그들은 위험에 바로 노출된 젊은이들이었다. 큰 도시에서 몇몇 신문이 발간되어 민주화 운동을 주도했다. 워싱턴 D. C.에서 장성남 선생이 발간하는 《자유공화국(The Free Republic)》, 뉴욕에서 서정균 선생이 발행하는 《해외 한민보(海外韓民報)》, 캐나다 토론토에서 전충림 장로가 발행하는 《뉴 코리아 타임스(The New Korea Times)》, 로스앤젤레스에서 김운하 선생이 발행하는 《신한민보(新韓民報)》 등이 대표적인 반독재·민주화 운동 매체였다. 이 신문들은 각기 발행 부수, 주기, 면수, 논조 등에 차이가 있었으나, 모두 열악한 상황에서 성금에 의존하는 임시 발간물이었다. 그 발간물을 통해 조국의 민주화를 염원하는 미주 내 여러 그룹과 활동가가 소식과 논설을 나누었다. 제일 먼저 항거의 깃발을 들었던 장성남 선생은 그의 학업(정치학 박사과정)을 포기하고 열정을 다해 《자유공화국》 신문을 발행했으나, 닥쳐오는 경제적·정치적 어려움과 건강상 문제로 애석하게도 그만 요절하고 말았다. 그 반면에 전 동아일보 기자였던 서정균 선생의 《해외한민보》는 1973년 초부터 12년 반 동안 지속되었다(251회). 나는 여러 차례에 걸쳐 이 신문들에 나의 생각과 주장을 발표했다. 시간이 흐르면서 몇몇 대도시에서 지역적 또는 전국적 단체가 조직되고 활성화되다가 또 얼마 후 소멸되는 과정이 반복되었다. 아울러 이런 '반정부' 운동에 대한 해외 정보원들의 암약은 보이지 않는 협박과 공포로 계속 확장되었다. 그 당시 각 지역에 나타난 산발적 또는 연대적 항의 운동에 정신적인 지원과 자문을 준 몇몇 원로들이 있었다. 임창영 박사, 김성락 박사, 김재준 박사, 선우학원 박사는 각기 지역과 배경이 다소 달랐지만 모두 기독교계 원로들로서 우리 젊은이들에게 큰 힘이 되셨다.

시카고에서의 공개적 민주화 운동은 1973~1974년에 가장 활발했다. 내가 필수과정을 거의 끝내고 논문을 준비하던 시절이었다. 앞에서 언급한 신문의 글을 통해 신분이 노출되면서 시카고 내의 활동가들이 서로 연결되고 연대를 맺으며 공동 행동을 하게 되었다. 제일 먼저 알게 된 인물은 김대중 선생의 공개 강연을 시

민주헌정회복궐기대회
1973년에 열린 이 시위에 임창영(전 유엔 대사), 김상돈 (전 서울시장) 등이 참여했다.

카고에 처음 유치한 최명상 씨였다. 그와 그의 부인은 독일 광부와 간호사 출신으로, 당시의 비상시국에 대해 냉철한 인식과 독재 타도의 불타는 열정이 있었다. 그 가정은 미국으로 이민 오는 많은 독일 광부 출신 가족들을 돌보며, 뜻이 맞는 여러 동지(주로 호남 출신)들을 규합하고 있었다. 나는 그와 동지적 관계를 맺고 같이 투쟁하기로 했다. 나는 미국 주류 사회의 동향과 투쟁의 전술적인 방향에 대해 그의 순박한 동지들과 이야기를 나누었고, 그들은 충실한 행동대원을 자처했다. 당시 나는 학교에서 사회 변화를 위한 사회행동(social action)과 합법적 훼방 술책(agitation tactics)에 대해 공부하고 있었다. 나의 주된 관심은 어떻게 소수의 활동가가 공포와 무기력에 빠진 한인 이민 사회에 고국의 민주화를 위한 정신을 고취시키며, 다른 한편으로는 어떻게 미 주류 사회에 호소해 연대와 지원을 도출할 것인가 하는 점이었다.

1973년 9월 8일, 우리는 피카소(Pablo Ruiz Picasso)의 거대한 조각물로 유명한 '시카고 시민광장(Civic Center)'에서 본격적인 항의 시위를 벌였다. 가능한 사람만 나올 수 있어 고작 50명 정도였지만 우리는 길게 한 줄로 늘어서 걸으며, 우리의 구호를 영어와 한국어로 외쳤다. 고국에서 신음하는 민중을 대신해 피켓을 들고 영문 호소문도 돌렸다. 그때 김상돈 전 서울시장, 임창영 전 유엔 대사, 이재현 전 미주공보관장 등이 멀리서 와 연설을 했다. 물론 나의 전 가족 다섯 명, 팔순에 가까운 어머니부터 여섯 살 난 작은딸까지 이 시위에 참여했다. 구경꾼들이 연설을 듣고 박수를 쳤다. 그때는 베트남 전쟁 반대 시위가 전국적으로 퍼지고 있던 때였다. 경찰이 우리를 보호해주고 통신사나 신문사에서 나와 우리 시위대를 열심히 촬영했다. 우리는 정치적 신념과 표현의 자유를 허용하는 미국 사회가 고마웠고, 무언가 성취했다는 기쁨을 맛보았다. 그런데 이상했다. 그날 저녁 텔레비전 지방 뉴스는 시위에 대해 일절 언급하지 않았고, 다음 날 아침 신문에도 사진은커녕 한 줄의 보도도 없었다(그 이후 1974년에도 우리는 비슷한 시위를 몇 번이나 했지만, 이런 기이한 현상은 매번 마찬가지였다). 미국 사회는 코리아의 비참한 정치 현실에 대해 아주 무관심한 것일까? 미국이 지원하는 그 많은 독재국가 중 하나가 늘었을 뿐인가? 그러고 나서 생각하니 사진사들이 시위대 전체보다 시위자 한 사람 한 사람의 얼굴을 가까이서 찍던 모습이 생각났고, 이상한 생각이 들었다.

그때 매코믹 신학교(McCormick Theological Seminary)에 유학 온 한인 학생들이 여러 명이 있었는데, 신분상의 위험에도 불구하고 열성적으로 민주화 운동에 참여했다. 김상호, 고재식, 김중기, 김정광 목사, 현순호 목사 등이 중심이 되어 '시카고 그리스도인 동지회(Chicago Korean Coalition for Justice)'를 조직하고 자주 만나 토론하며 투사로서의 우의를 다졌다. 1973년 11월 1일에는 오랜 토의 끝에 「시카고 한국 그리스도인 선언문(Chicago Korean Christian Manifesto)」을 영어와 한국어로 발표했다. 이 선언문은 수준 높은 신학적 고백과 선포로서 한국의 정치 현황을 성서적 안목에서 분석·비판할 뿐 아니라 한국에서의 기본권 회복, 사회정의 구현을 위한 한국 교회의 갱신 그리고 세계 그리스도인들의 지지를 호소하는 메시지였다. 이로써 시카고 지역의 몇몇 한인 교회에 잔잔한 각성과 저항의 물결을 일으켰다. 성직자로서는 안마태 신부와 차현회 목사가 앞에서 또는 뒤에서 지원해주었다. 각 행사에 따라 멀리서 이승만 박사, 동원모 교수, 김재준 박사, 제임스 시노트 신부(Father

James Sinnott), 문명자 기자 등이 방문해 우리의 노력에 참여하며 격려해주었다.

더 나아가 우리는 미국 교계를 통한 여론 조성과 영향력을 활성화하기로 했다. 연합장로교회 시카고 노회(Presbytery of Chicago, United Presbyterian Church in the United States of America)에 연락해 1974년 2월 28일에 노회 내 '교회와 사회 자문위원회' 회의에 참석하고 우리의 국내 사정을 소개한 뒤 그들의 지지를 호소했다. 그들은 워낙 한국 사정에 밝고 한국 교회가 직면한 문제에 대해 관심이 많았다. 그들의 적극적인 호응과 추천으로 우리의 호소가 3월 12일 노회 월례회의의 정식 안건으로 채택되었고, 우리의 대표가 발언하게 되었다. 시카고 노회는 약 100개가 넘는 교회와 3만 5000명 정도의 교인을 포함했으나 평신도 지도자 중에는 유력한 정치 인사들이 있었고, 시카고라는 지역성 때문에 전국적으로 주목을 받을 수 있었다. 우리는 목소리가 쟁쟁한 여성인 나의 아내를 대표로 보내기로 하고, 나는 며칠을 씨름하며 약 1200자의 '명연설문'을 작성했다. 내용은 당시 한국의 전반적인 정치 탄압과 한국 교회의 수난을 설명하고, 노회가 공식적으로 수행해주기를 바라는 네 가지 요청을 열거했다. 첫째, 한국의 정치 현황을 규탄하는 결의문을 통과시켜달라. 둘째, 이 결의문과 다른 자료를 통해 노회 안팎에 한국 교회의 고충을 주지시켜달라. 셋째, 노회는 '교회와 사회 자문위'를 통해 미국 기독교인들의 깊은 우려의 뜻과 조속한 성직자 석방을 기원하는 뜻을 워싱턴과 서울에 전달해달라. 마지막으로, 수난당하는 성직자 가족에게 지지와 성원을 보내달라. 이 호소문을 300여 명의 노회 참석자(각 교회 목사와 장로 대표)들이 듣고 보며 만장일치로 받아들였다.

이에 근거해 '교회와 사회 자문위'가 제출한 결의안이 만장일치로 채택되었다. 이 결의안은 다섯 개 항으로 되어 있었는데 구체적인 행동 요강을 담고 있었다. 첫째, 노회에 속한 교회들은 구속된 한국 기독교인과 한국을 위해 기도할 것. 둘째, 노회 소속 교회는 '시카고 한국 그리스도인 동지회' 회원을 초청해 그들의 선언문을 강단에서 읽고 이를 위해 기도할 것. 셋째, 교인들은 자기가 거주하는 지역의 상·하원 국회의원들이 한국의 성직자 구속 문제와 의회민주주의 회복을 위해 개입하도록 편지를 쓸 것. 넷째, 노회 임원들이 한국 교회협의회(NCC: National Council of Churches) 총무와 한국 장로교 총회장(Moderator of the General Assemblies of the

직접 만든 포스터
시카고 민주화 운동에서 이 포스터는 독재자 타도를 위한 충격요법이 되었다.

Presbyterian Churches of Korea)에게 우리의 지원을 알리는 편지를 보낼 것. 다섯째, 노회는 국무성 한국 담당 부서에게 현재 한국의 구금에 대한 미국의 정책을 묻고 국무성의 입장을 밝히라고 요구할 것. 미 장로교는 전통적으로 인종 문제나 시민적 자유, 빈곤과 차별 등의 사회정의에 민감하게, 적극적으로 행동해왔지만, 이렇게 강력하고 구체적인 결의안 통과는 파격적 대응이라 볼 수 있었다. 동지회는 크게 고무되었다. 이 문제는 '일국의 내정 문제'가 아니라 모든 미국인과 기독교인에게 직접 관련되는 '신앙의 자유'와 '인권 문제'라는 우리의 주장이 적중한 것이다. 그러나 이 거사는 뒤에서 숨은 노력을 기울인 도시·산업선교(the Institute on the Church in Urban-Industrial Society) 책임자 리처드 P. 포에틱 목사(Rev. Richard P. Poethig)의 정략적 성취로 볼 수 있다. 이 결의는 《시카고 선타임스(Chicago Sun-Times)》의 주말판(1974.3.16)에 상세히 보도되고, 며칠 후 한국 《미주뉴스》에도 간단히 소개되었다(1974.3.21). 이 결의와 후속 조치는 여러 곳에서 다른 형태로 진전되었다[시카고 노회는 그해 4월 3일 한국 장로교 총회 총무에게 이 결의 내용을 통보했고, 1975년 5월 19일에는 미 연합장로교 제187차 총회(The 187th General Assembly of the United Presbyterian Church in the United States of America)에서 이와 비슷한 결의문이 채택되었다. 그 결과로 차후 다른 교단과 연대해 구금 성직자 가족 지원, 해직 교수의 해외 연구 초청, 노동운동 지원 등 여러 연대 활동이 전개되었다].

이 모든 우리의 노력에도 아랑곳없이 고국의 사정은 더 악화되었고 미국 내, 특히 시카고 한인 사회에는 별 변화가 없는 듯했다. 한인 교회들은 아무 일도 없는 듯 모두 잠잠했다. 공부할 시간에 매일같이 쫓기던 나는 무엇을 하는지, 무엇을 해야 하는지 차차 초조해졌다. 미국 학생들이 캠퍼스 안팎에서 벌이는 베트남 반전시위는 격렬하고 다채로웠다. 나는 무언가 좀 충격적인 저항 행동을 펼쳐야겠다고 결정했다. 계속적인 성토 토론회, 성명서 발표, 맥 빠진 시위 등은 우리의 울분을 표출하는 데 도움이 되었지만, 상황 변화에는 별 효과가 없어 보였기 때문이다. 1974년 초여름, 나는 대학 구내 인쇄소에서 해괴한 포스터 약 300장을 제작했다. 분홍색 도화지에 영어와 한글로 "범인 수배: 박정희(남, 만 57세, 5척), 한국 민주주의 살해범"이라 쓰고, 그의 인상 궂은 사진을 넣었다. 과격한 표현일까? 그 당시 대학 캠퍼스의 관행이나 분위기로 볼 때 이것은 얌전한 포스터였다. 언젠가 역사의 심판을 받을 한국 민주주의 살해범에 대해 사실을 알리는 전단일 뿐이었다. 어느 주말 밤에 최명상 씨의 행동 부대와 만나서 구체적인 작전을 세웠다. 한 표고 제작 기술자가 강력 접착제를 만들고, 한 사람은 배차와 시간표를 작성했다. 그날 밤 20여 명의 행동대는 여러 팀으로 나뉘어 한국 총영사관 앞을 비롯해 각 한인 교회의 문, 슈퍼마켓 입구, 주요 거리의 전봇대에 그 포스터를 붙였다. 다음 날, 거룩한 주일 아침에 한인 사회가 큰 충격에 빠졌다! 시카고 총영사관과 한인회에서는 작은 영어 글자로 포스터 밑에 표시한 'American Front for Democratic Korea(민주한국을 위한 미국 전선)'을 좌익 계열의 대범한 미국 내 침투로 간주한 모양이었다. 각계에 연락해 그 포스터를 칼로 뜯기 시작하여 표면은 뜯었으나 그 분홍색 원형은 벗겨지지 않았고 다운타운 거리에는 그 포스터가 한동안 그대로 살아 있었다. 작은 행동이었지만 관심 있는 사람들에게 최소한 한국의 민주주의를 파괴한 범인이 누구라는 사실을 주지시키는 데 어느 정도 성공했다고 자위했다. 시카고 북쪽에 집중한 한인촌에서는 별의별 추측과 화제가 들끓었다. 그러나 이런 충격적이고 대범한 행동의 정체를 파악할 길이 없어 더 흥분하게 되었다.

두어 주 후 우리 부부는 조카 최사무엘(Samuel Choi, 매형 최찬영 목사의 장남으로 대학 1학년 과정을 마치고 그해 여름 아르바이트를 하기 위해 시카고에 와 있었다)과 의기투합해 나머지 포스터 40여 장을 다시 살리기로 하고 시카고 북쪽 지역 거리로 나섰다.

밤중이라 큰 거리가 텅 비어 있었다. 우리는 길 양쪽을 걸어가며 큰 전봇대에 핑크 포스터를 붙이며 전진했다. 그때 갑자기 길 맞은편에서 경찰 순찰차 한 대가 지나가다가 급정차하는 소리가 들렸다. 그러고는 급히 후진했다. 두 경찰이 차에서 뛰어나와 조카를 잡아 수갑을 채워 데리고 사라졌다. 순식간에 생긴 일이어서 우리는 영문을 알 수 없었다. 하마터면 우리 부부도 체포될 수 있는 상황이었다. 우리는 빨리 생각해보았다. 전봇대에 전단을 붙이는 것이 무슨 죄란 말인가? 무슨 안보상의 문제가 있을 것이다.

우리는 약 30분 후 지역 경찰서를 찾아가 우리가 샘의 보호자라고 나섰다. 방금 사진과 지문 채취를 마친 조카는 자기가 무슨 혐의로 체포되었느냐며 따지고 있었다. 담당 경찰관은 대답을 못하고 큰 책을 뒤적이고 있었다. 다른 경찰관이 "공공 기물을 훼손하는 행위"라는 케케묵은 시카고 법조문을 찾아내어 내놓았다. 기막혔다. 만일 그것이 죄라면 전 시내에 전봇대마다 더덕더덕 붙은 광고판은 다 범죄행위일 것이고 대학생 대부분은 범죄자일 것이다. 내가 웃었다. 그 경찰관도 웃었다. 잠시 후 정장 차림의 동양인이 뛰어 들어와 조카를 방으로 데리고 가서 한국어로 무엇을 묻는 듯했다. 조카는 질문을 정말 몰랐거나, 알아도 모른 척 했을 것이다(조카는 부모의 선교지인 태국 출생이지만, 초등학교 이후 내내 미국에서 교육을 받으며 살아왔다). 내가 저 자는 누구냐고 묻자 한국 총영사관 직원이라고 했다. 나는 즉시 "왜 시 법조문 위반 혐의를 받은 미성년자를 외국 공관의 기관원이 와서 심문하느냐"라고 따졌다. 경찰관은 혐의자가 한국 시민인 줄 알았다며 그 신사를 곧 내보냈다. 난처해진 경찰관은 자기네도 정확한 사유를 모르지만 공시(bulletin)가 있어 체포한 것뿐이라고 하며 게시판을 보여주었다. 거기에는 미 연방수사국(FBI: Federal Bureau of Investigation)에서 보낸 비슷한 내용의 공시가 세 개나 나와 있었다. 포스터 사진과 함께 "이런 문서에 관련된 인물은 무조건 확보해놓으라"는 내용이었다. 별일 아니라고 생각했던 일이 이렇게 커지고 나니 조카에게 이 일을 시킨 데 대한 책임감으로 엄청 두려워졌다. 경찰의 제시에 따라 그 밤에 보석금 300달러를 내고 조카를 데려오기로 했다. 우리 주머니에, 우리 집에 그런 현금이 있을 턱이 없었다. 우리는 집에 돌아와 주무시는 어머니를 깨워 그 돈을 빌렸다. 어머니는 옛날에 독립운동을 하던 시절에 보석금 때문에 고생한 경험이 있어서인지 "네가 옳다고 믿으면 당당하게 하라"라고 격려해주셨다. 이른 새벽에 우리는 조카 샘을 데려왔다. 그리고 2주일 후에 변호사와 함께 법정에 서야 했다.

나는 문제의 심각성을 직감하며 최명상 씨는 물론 당시 워싱턴에서 민주화 운동을 총괄하던 한국민주회복통일촉진국민회의(한민통, Korean Congress for Democracy and Unification) 본부에 자세한 내용을 알리고 도움을 청했다. 이 단체는 원래 김대중 선생이 주도해 1973년 7월 6일 결성되고 초대 의장에 추대되었으나, 김대중 선생이 8월 8일 일본에서 납치된 이후 안병국 씨가 의장 대행을 했고 원로 고문(김상돈 장로, 임창영 박사, 전규홍 박사) 밑에서 이근팔 씨가 사무총장을 담당하고 있었다. 며칠 후 연락이 왔다. FBI와 협의가 되었으므로 문제가 없을 것이라고 안심시켜주었다. 그러나 나는 조카의 장래를 망치는 일을 하지 않기 위해 고민하며 기도했다. 변호사를 살 돈이 없어 나는 변호할 내용을 정리했다. 첫째, 지금 세상에서 전봇대에 어떤 표현이나 광고를 붙이는 것은 범죄행위로 간주될 수 없다. 둘째, 혐의 내용을 고지하지 않은 불법체포했다. 셋째, 체포 시 미란다 원칙(Miranda rights)을 침해했다. 넷째, 외국 공관 기관원에게 대면 심문을 시켰다. 다섯째, 무장하지 않은 미성년자를 잔혹하게 취급했다. 이론적으로 상당히 근거 있는 변론이라고 믿었지만, 나의 떨리는 가슴은 어쩔 수 없었다.

법정 일에 가서 두어 시간 기다리니 우리 건이 상정되었다. 재판관은 문서를 보고 금시 이 사건을 기각한 뒤 이 미성년자의 자료를 모두 폐쇄한다고 선언했다. 나의 두 주간의 고난과 번민이 20초 안에 사라졌다!(나중에 이근팔 사무총장에게 들은 바로는 FBI의 해명은 간단했다고 한다. "그 포스터가 그 단체 산하 민주화 운동 학생들의 작품이지 공산 계열의 침투가 아니"라는 것을 확인시켜주자 간단히 해결되었다고 한다). 이것이 후일 유명해진 '핑크 포스터 사건'의 전모이고, 샘 초이는 아마도 미국 내에서 한국 민주화 운동에 연루되어 체포된 최초의 인물일 것이다(조카는 경찰이 찍은 혐의자 사진과 작성한 조서를 받아 기념품으로 간직하고 있다).

이렇게 사건들을 장황하게 늘어놓다 보면 내가 민주화 운동에 상당한 활동을 한 것 같은 인상을 주기 쉽다. 그러나 이는 나의 의도가 아니고 사실도 아니다. 앞에서 적은 일들은 내가 직접 관여한 일이고 이제껏 자세히 밝히지 못한 일이었기 때문에 기록으로 남길 뿐이다. 고국에서는 말할 것도 없거니와 미국 내 여러 지역에서 수많은 투사가 모든 시간과 정열을 바쳐 투쟁했다. 나는 지극히 적은 부분에 참여했고, 그것도 주로 뒤에서 문서를 준비하는 일, 번역하는 일, 연결 짓는 일에 치중했다. 그 힘들다는 박사 공부를 계속하면서 운동에 참여했다는 사실이 나의 참여 정도가 한정되고 이차적이었던 것을 증명한다. 한때 공부를 계속할 수 있는지, 또는 할 필요가 있는지 회의와 절망에 빠진 적도 있었다. 행사에 드는 비용 때문에 고민한 때도 있었다. 그러나 나는 우리의 민주화 투쟁이 장기전이 될 것으로 판단했고, 장기전에 대비해 실력을 쌓는 것이 필요하다고 믿게 되었다. 아내가 나의 힘든 '외도'를 묵인해준 것이 천만다행이었다.

나는 과목을 대략 마치면서 논문제안서(dissertation proposal) 작성과 자격시험(qualifying examination) 준비를 해야 했는데 시간이 없었다. 그런데 이상한 조짐이 내 주변에 나타났다. 우리 집 전화가 언제부터인가 도청되는 것을 알게 되었다. 통화를 하면 무언가(녹음기?) 돌아가는 소리가 들렸고, 소리가 끝나면 통화 자체가 끊어지기도 했다. 시카고 북쪽 한인 밀집 지역에서는 내가 최명상 씨와 더불어 '시카고의 두 악당'으로 낙인이 찍혔다고 했다. 아마 FBI의 요시찰 인물이 된 듯싶었다. 또한 그리스도인 동지회 친구들이 나의 참가를 불편해하는 모양이었다. 나는 퍽 섭섭해했지만 차라리 잘되었다고 생각했다. 아마 이때부터 나에게 빨간 딱지, 최소한 분홍색 딱지가 붙은 듯했다.

운동 초기부터 한인 사회에서는 공포성 풍문이 돌았다. 한국 정보원들이 원하면 불순분자를 간단히 처리하거나 납치해간다는 것이었다. 물론 나는 그런 것을 믿지 않았다. 내가 그런 대우를 받을 만큼 중요한 인물이 아니라는 사실을 잘 알기 때문이었다. 그런데 이번에는 미국 친구들이 외국인은 특정한 범죄가 확정되면 언제든 미국에서 추방당할 수 있다고 겁을 주었다. 나는 나와 가족의 신변을 보호하기 위해 그동안 미루어오던 미국 시민권 취득 절차를 밟기로 작정하고 이민국에 찾아갔다. 시민권 신청서에는 통상적인 심사 질문이 있었다. 범죄 경력이 있는가, 공산당원인가, 일부다처제를 실천하는가 등의 질문에 나는 정직하게 답변을 모두

적었다. 얼마 후 젊고 멋진 심사관의 면접이 있었다. 그 심사관은 상식에 대한 질문을 생략하고 다른 문제를 제기했다. 왜 "옛 국가에 대한 모든 충성심을 새로 선택하는 미국으로 전환한다"는 항목에 'No(아니요)'를 했느냐고 따지는 것이었다. 나는 그것이 나의 정직한 답변이라고 했다. 그는 심각한 표정을 지으며 나가서 기다리라고 했다. 약 30분 후 그가 서류를 들고나와서 나를 한 곳으로 데려갔다. 그의 말인즉 상부에서 다시 심의는 할 수 있지만, 이 답변으로는 미국 시민권 부여가 불가능하다는 것이었다. 나는 시민권을 얻기 위해 내가 거짓말을 한다면 그 허위 답변은 미국 시민의 자격을 훼손하지 않느냐고 되물었다. 그는 내 마음속 생각은 내 권리이고 아무도 바꿀 수 없지만 법은 법이어서 나나 자기가 바꿀 수 없다며 형식적인 절차에 목을 매지 말라고 간청했다. 이런 터무니없는 논쟁은 약 20분간 계속되었다. 그는 자기도 시카고 대학 출신이고 내 사정을 아는데 친구로서 돕고 싶다며 간청하는 것이 아닌가! 그는 덧붙여 미국 시민 증서는 종이쪽에 불과하지만 세금을 내는 이상 법적인 보호와 안정의 권리를 누리는 데 필요하며, 만일 한국으로 돌아가 필요 없게 되면 미국 대사관에 가서 욕을 하며 이 종이를 찢어버리면 된다고, 그러고도 나중에 필요하면 다시 신청할 수 있다고 설득했다. 얼마나 친절하고 진보적인 심사관인가? 그는 자기가 'No'를 지우고 'Yes(예)'에다 표시할 터이니, 내가 그 변경을 인정하는 약식 서명(initial 'DSK')만 해달라고 했다. 나는 그의 배려와 친절에 감복해 그렇게 했다. 이렇게 전도(顚倒, preposterous)된 위치에서 시민권을 받게 된 경우는 아마도 이 세상에서 나밖에 없을 것이다.

나는 그때 왜 그처럼 도도했는지, 그리고 왜 그 젊은 심사관이 그처럼 친절했는지 알 수 없다. 아마도 내 마음속 깊은 곳에 미국에 대한 어떤 분노가 서려 있었는지 모른다. 어쩌면 그는 나를 도와주기 위해 나타난 천사인지도 모른다. 나는 1973년 7월 31일 어느 광장에서 1000여 명의 이민자와 함께 '시민선서식'을 하고 미국 시민권 증서와 아울러 성조기와 미국 역사책을 선물로 받았다. 행복에 넘쳐 있는 옆 좌석의 파라과이 출신 여자에게 물었다. "내가 미국인 같으냐"라고. 그 여자가 픽 웃고 나서 답변했다. "Not quite(꼭 그렇지는 않아요)."

'자격시험'은 2년간의 필수 과목을 마치면서 박사 논문을 시작할 수 있는지 가

자격시험에 필요한 책의 일부

모은 자료를 판독 · 평가하는 데 10년도 더 걸리겠다고 느꼈다.

능하는 종합 실력 평가, 즉 누구나 거쳐야 하는 박사 공부의 중간 관문이었다. 박사 프로그램 위원회의 추천에 따라 50권의 전문 서적을 선정해주고 그 범위 안에서 제기되는 문제에 답변해야 하는 것이다. 책들의 내용을 파악하는 정도가 아니라 그 이론의 배경, 철학, 영향, 비평까지 통달해야 했다. 이 책들을 쌓아놓으면 내 작은 키를 넘어설 높이였다. 내 나이가 38세였는데 아마도 50세까지 해야 할 과제였다! 태산 같은 걱정은 영어를 모국어로 쓰는 다른 반원 11명(프랑스어를 함께 쓰는 캐나다 학생 두 명 포함)도 마찬가지였다. 우리는 학습반(study group) 두 개를 만들어 한 사람이 준비한 요약문을 놓고 심층 분석과 종합 토론을 계속했는데 그것이 큰 도움이 되었다. 나는 더운 여름철에 너무 오래 앉아 독서하는 통에 아랫도리 피부에 습진이 생겨 색다른 고통을 겪었다.

시험은 학기마다 있었는데 기회는 단 두 번, 첫 번째에서 떨어지면 두 번째도 대개 떨어진다는 통설이 있어 나는 더욱 조바심을 냈다. 시험은 이틀에 걸쳐 치러졌는데 나는 영어가 모국어가 아니라고 60분마다 15분의 부가 시간을 주었다. 소수자에 대한 공정한 배려였다. 일주일 후 교직원들이 시험 결과를 전화로 알려주었다. 흥분한 수험자 간에 전화가 오갔다. 그런데 나에게는 소식이 없었다! 애간장을 태우는 몇 시간을 보내고 오후 늦게 전화가 걸려왔다. 첫마디가 "Congrats! You made it(축하해요, 해냈군요)"였다. 아침에 나에게 두어 번 연락했으나 받지 않았다는 것이다. 아마도 밤을 새우고 늦잠을 잔 탓이었다. 나에게는 가장 어려운 고비를 무사히 넘긴 것이다. 안타깝게도 나와 가장 가까이 지내던 친구 프랭클린(Franklin Q.)은 낙방했다. 그는 미 육군 현역 중령으로 학위를 받고 웨스트포인트 육군사관학교(Westpoint Military Academy) 교수로 가기로 내정되어 있었는데, 몇 년 후 종래 과정에서 탈락하고 말았다.

다음 고비는 논문을 준비하는 작업이었다. 나는 기초 조사를 위해 중앙도서관인 레겐스테인 도서관(Regenstein Library)에 박혀 많은 시간을 보냈다. 이 도서관은 1970년에 건설된 7층 현대식 건물로서 많은 편의 시설을 갖추고 있어 연구하기에 편리했다. 항상 24시간 개방 서가식(open rack system)이어서 원하는 책을 마음대로 골라 자기 서장(carrel)에 쌓아놓고 며칠이라도 먹고 자며 계속 연구할 수 있었다(그 때는 개인 컴퓨터라는 물건이 없어서 한자리에 앉아 자료를 검색하는 방법은 생각도 할 수 없었다). 나의 관심은 일 년 전부터 복지 정책과 경제 발전의 관계였다. 찾으면 찾을수록 관련된 이론과 자료가 더 많이 쏟아져 나왔다. 나는 학문 세계가 이렇게 넓고 깊다는 점을 처음 깨닫고 연구에 심취해 시간 가는 것을 잊어버렸다. 학문 탐구 자체에서 비롯된 흥분과 즐거움이 커서 논문을 준비해야 한다는 현실적 과제가 멀어져만 갔다. 주위에는 긴 머리에 찢어진 청바지 차림으로 책을 안고 뒹구는 젊은이들이 도서관 여기저기에 득실거렸다. 그들은 모두 야심찬 박사 후보생들인가, 아니면 학문의 큰 바다에 빠져 몇 년간 미친 듯 허우적거리다 결국 죽을 사람들인가? 나도 그들을 닮아가는 것이 아닐까? 한번은 도서관 내에서 가벼운 충돌 사고가 났다. 무거운 책을 눈높이까지 안고 서가 모퉁이를 돌다 똑같이 정신 빠진 친구와 부딪쳐 넘어질 뻔했는데, 그 바람에 책을 마루에 다 떨어뜨렸다. 충돌한 상대방은 나처럼 키가 작고 나보다 훨씬 나이 든 사람이었다. 서로 사과한 뒤 책들을 주워 모아 내 자리로 돌아왔다. 옆의 친구가 "Holy cow! You've almost ruined the American economic system!(저런! 네가 방금 미국 경제 체계를 망칠 뻔했다!)"라고 속삭였다. 나는 무식해서 그 말을 알아듣지 못했다. 그 넘어질 뻔한 사람은 유명한 경제학자 밀턴 프리드먼(Milton Friedman) 교수라고 했다. 프리드먼은 신자유주의 경제학의 심장인 '시카고학파'의 거두 중 한 사람이었다(1976년 내가 졸업하는 해에 그는 노벨 경제학상을 받았지만, 세계 진보 진영에서는 "신제국주의를 효율적으로 실현하기 위한 이론을 만든 금융제국주의의 앞잡이"라고 비판했다). 내가 좀 유식했더라면, 내가 국제사회의 평등과 정의에 대해 제대로 의식화되었더라면 그 기회에 미친 척하고 더 큰 충돌 사고를 유발했을 것이다! 미쳐도 무식하면 낭패다!

내가 독재 타도에 반 미쳐서 논문 제목을 정하지 못한 채 몇 달을 헤매고 다닐 때 한 조용한 선배가 내 꼴을 보다 못해 상담을 자청해주었다. 그는 박사과정이 방대한 학문을 하는 곳이 아니며 학문을 하기 위한 'license(면허증)'를 취득하는 기간이라고 했다. 시카고 대학에서의 기간은 최대 10년(수업 과정 5년, 논문 과정 5년)이며 이 기간이 결코 길지 않다고 경고했다. 학문이란 광대한 지식을 추구·축척하는 열정이 아니라 선정된 지식을 의미 있게 조직하는 지혜라고 했다. 따라서 논문은 자기가 잘할 수 있는 분야에서 구체적인 자료(가능하면 통계자료)를 구할 수 있는 제목을 선택해 이론적·정책적인 면에 초점을 맞추어야 한다고 자문해주었다. 사실 그해에 훌륭한 학자 같은 두 한국 선배가 학위를 취득하지 못하고 10년 만에 애석하게 떠나는 것을 보았다. 나는 정신이 번쩍 들어 내 절박한 현실로 돌아왔다. 내가 관심을 두고 있으며 잘할 수 있고 자료를 구할 수 있는 것이 무엇일까? 이른바 '국제결혼'을 해서 미국으로 온 한국 여성들의 문제가 중요하다고 보았다(그들 대부분은 차별과 이혼을 경험했다). 하지만 그들은 다 개인적으로 결혼 이민을 한 사람들이라 그들에 대한 자료를 구하기는 어렵다고 판단했다. 나는 잠시 고민하다가 국제입양된 우리나라 어린이들에 대해 연구하기로 마음을 잡았다. 6·25 한국 동란 이후 1955년부터 1973년까지 외국(주로 미국)으로 입양되어 나간 우리나라 어린이는 2만 1890명이나 되었다. 초창기에는 주로 혼혈아와 전쟁고아였으나 점차 한국 혈통의 기아(棄兒)로 확산되었다. 그 수는 해마다 증가해 1973년도에는 4688명이나 되었다. 그들 대부분은 고아가 아니라 가난해서 부모(주로 어머니)가 기를 수 없고,

국가와 사회가 무관심해 돌보지 않아 보내지는 아이들이었다. 그렇게 버려진 우리 애들은 인종과 문화가 다른 이국땅에서 어떻게 적응하며 성장해나갈까?

오리건 주에 있는 홀트 양자회(Holt International Children's Services)의 김형복 선배(Mr. David H. Kim)에게 나의 생각을 개진하자 그는 무척 반겼다. 그 기관은 1955년에 해리 홀트(Harry Holt)라는 오리건 주의 한 소박한 벌목공이 한국에 가서 여덟 명의 고아를 입양해오며 시작되었는데, 그런 첫 번째 인도적 개인행동이 급속히 확장되고 성장해 지금은 세계에서 제일 큰 국제 아동입양기관이 되었다. 김형복 선생은 서울에서부터 집안끼리 교류하던 목사님의 아들인데 처음부터 홀트 씨를 도와 현재의 전문 입양기관으로 성장시킨 사회사업가였다. 그는 홀트 기관이 20여 년간 국제 입양 사업을 해왔지만 전반적·과학적 사후 조사가 없었다며 내 연구 제안을 대환영하고, 기관 차원에서 최대 협력을 약속했다. 학교 내의 유명 교수 대부분은 자기 연구와 다른 학생들의 논문을 지도하는 데 바빴기에 나는 일부러 이름 없는 필 하브다(Phil Hovda) 조교수를 지도교수로 위촉하고 외부 교수를 포함해 다섯 명의 논문지도위원회를 구성했다. 하브다 교수는 한국에서 군 복무를 한 경험이 있어 한국 사정에 밝았고, 위원 중 하나인 존 슈어만(John Schuerman) 부학장은 사무적 편의와 연구 비용에 도움을 주었다. 나는 전국적인 설문 조사를 실시하기로 하고 구체적 연구 방법을 기안했다. 연구의 목적을 미국 가정에 입양된 한국 청소년 정체성(identity)의 실체로서 자아관(self-concept)을 측정하며, 그들의 전반적 적응 내용을 분석하는 데 두기로 했다. 청소년기에 형성되는 자아관이 사회심리적 환경과 성장 과정상의 중요한 적응 척도가 된다는 이론에 근거해서였다.

나는 자세한 연구 계획서를 작성해 논문 위원들의 사전 인허를 받고 '박사논문 계획 공청회(Open Hearing on Kim's Doctoral Dissertation Proposal)'를 열었다. 이 공청회는 논문 위원들이 연구 계획을 공식 승인하는 형식적 절차이지만 누구나 참석해 질문할 수 있는 자리였다. 그런데 여기에서 예기치 않은 문제가 발생했다. 나는 단단한 이론적 기초와 협력 기관의 적극적 협조를 포함한 상세한 연구 계획이 있어서 모든 질문에 자신 있게 답변할 수 있었다. 그런데 덥수룩한 수염을 하고 샌들을 신은 한 교수가 좀 동떨어진 질문을 쏟아냈다. "자아관의 실체가 무엇이며 무슨 현실적 의미가 있는가?", "행동을 측정하지 않고 어떻게 청소년들의 적응을 알 수 있는가?", "현상 관찰을 도외시하는 사회과학이 관념론적 철학과 어떻게 다른가?" 등등 내 연구 계획과는 동떨어진 학술적 질문을 하는 것이었다. 알고 보니 그는 그 당시 심리학계와 일부 교육계에 유행처럼 휩쓸던 신행동주의(Neobehaviorism)의 신봉자였다. 한때 나도 행동주의, 특히 버러스 프레더릭 스키너(Burrhus Frederic Skinner)의 '조작적 조건화(Operant Conditioning)' 이론에 매료되기도 했지만, 그 관찰성의 한계에 실망하고 떠났었다. 내가 대답할 질문이 아니라서 가만히 앉아 있는 동안, 위원회 교수들이 나서서 학술적 반론을 제기하는 가운데 공청회는 학문적 이론의 난투장이 되어버렸다! 논쟁이 한참 계속된 후 사회자가 "투표로는 결정적이지만 소수 의견을 존중해 이 계획을 승인하지 않고 무기한 연기(table)한다"라고 선언했다! 몇 개월 수고한 나의 노력이 끝내 물벼락을 맞은 것이다. 아니, 내 독창회를 열었는데 엉뚱한 사람들의 서커스가 벌어져 나는 구경만 하고 나온 셈이었다. 나는 지도교수실에 와서 그에게 화풀이를 했다. 그는 침착하게 "원래 학문이란 어떤 기성 이론도 고집하지 않고 자유스럽게 토론하며 발전한다"며 이런 계기로 학문하는 사람으로서의 관용, 인내, 겸허 등을 배운다고 위로해주었다. 한 달 후 다시 공청회를 열었다. 나는 원래 계획서에서 단 한 줄을 수정했는데, 이의 없이 만장일치로 승인되었다. 이번에는 어떤 미친 행동파 교수도 오지 않았던 것이다.

내 연구는 첫 전국적인 시도였던 만큼 지도교수의 주저에도 불구하고 야심에 차서 광범위하며 상세한 조사를 준비했다. 조사 대상은 현 12~14세 입양아로 1세 미만에 입양된 제1그룹(350명)과 6세 이후에 입양된 제2그룹(350명)이었는데 홀트 기관에서 무작위로 선출한 표본 그리고 그들의 부모 350명에게 각각 설문지를 배송했다. 우편 설문 조사로서는 응답률이 놀라울 만큼 높은 편(65.7%)이었으나 한 쪽(입양아 또는 부모)이 제대로 응답하지 않은 경우도 많았다. 결국 완전하게 응답한 406쌍(50.6%)을 조사 대상자로 삼기로 했다. 그때는 컴퓨터를 통한 통계 분석이 간단하지 않았다. 우선 모든 답변을 일일이 부호화(coding)하고 그 부호를 특수 카드(IBM card)에 구멍을 내서(keypunch) 정렬해야 했다. 나의 경우 약 2500장의 카드 두 벌을 준비했는데, 시간과 비용이 만만치 않았다. 그 구멍 낸 카드를 다시 기계에

타자 치는 아내
밤마다 두 타자기 소리가 어린 자녀들의 자장가였다. 아내는 더 빠른 소프라노.

읽히고(card reading), 읽힌 정보를 센터 안에 있는 산더미 같은 컴퓨터에서 조작할 수 있는 파일(system file)로 만든 뒤 다시 에스피에스에스(SPSS: Statistical Package for Social Scientists)라는 통계 프로그램으로 포트란(Fortran)이라는 컴퓨터 언어를 활용해 분석하는 것이었다. 분석 결과(output)는 매번 작업 입력 후 약 30분에서 1시간이 지난 후에야 인쇄된 종이로 볼 수 있었다. 마치 어두운 지하 하수도 속에서 바늘과 색실을 찾아 자수를 놓는 수고라 할까? 진짜 현명하면 이곳을 떠나라던 선배의 충고가 충분히 이해되었다. 어떤 때는 한 글자(예를 들면 영어 복수 단어 끝의 's') 또는 점 하나가 틀려 밤새 고생한 일도 있었다. 과연 나는 바보처럼 수고와 헛수고를 계속했다. 그런데 충직한 바보에게 보상이 오기 시작했다. 분석 결과가 담겨 쌓이는 컴퓨터 프린트물에서 전반적인 그림이 나타나기 시작한 것이다. 이제 더 분석하며 해석하고 쓰면 논문이 완성되는 것이다.

1974년 3월 초에 나는 개인 비용을 들여 애틀랜타(Atlanta) 시에서 열리는 미국 사회사업교육협의회(Council on Social Work Education) 연차대회(Annual Program

Meeting)에 참석했다. 여기는 각 사회사업 대학 학장들과 발표하는 교수들이 모이는 큰 대회(약 3000명 참석)인데, 신출내기 박사들(fresh Ph.D.)이나 그에 가까운 박사 후보생들(Ph.D. Candidates)이 교수 자리를 구직·구인하는 이른바 '홍등가' 또는 '정육시장(meat market)'이었다. 여기서 맞선을 본 뒤 서로 마음이 맞고 채용 가망성이 있으면 학교 측에서 비용을 내고 정식 면담을 위해 캠퍼스에 초청하는 것이었다. 나의 경우 박사 학위는 아직 없어도 '시카고 대학'이라는 이름 때문인지 몇 학교에서 관심을 보였다. 그러나 '대학원'이 있는 학교와 '코리안'이라는 내 조건이 약간 걸림돌이 된 듯싶었다. 이틀 동안 일곱 번이나 회합을 하며 마지막 저녁에는 지쳐서 '시카고 대학 패당'(우리는 '시카고 마피아'라고 불렀다) 파티에 가서 포도주를 진탕 마시고 다른 학교 흉을 보며 웃어댔다. 그날 밤 내가 마피아 친구들을 많이 웃겼던가? 호텔 방에 들어오자 어떤 여자가 혹시 내가 일자리를 구하지 않는지 물어왔다. 그렇다고 하자 아침에 만나자고 했다. 만나고 보니 어젯밤 내 맞은편 옆에 앉았던 남부 억양(southern accent)의 케이트 멀린스(Kate Mullins) 교수였다. 같은 사회서비스행정대학원(SSA)을 여러 해 전에 나온 선배 박사로서 지금 테네시 대학(University of Tennessee)의 사회사업대학 멤피스 지교 학장(Director of Memphis Branch)이라 했다. 우리는 자세한 이야기를 나누었으며 곧 나를 초청하겠다고 했다. 여러 사람과 선을 보다가 엉뚱한 여자에게서 제의를 받은 것이다! 얼마 후 초청을 받아 낙스빌(Knoxville)에 있는 대학 본부를 방문하고 학장(Dean Ben Granger)과 부총장 중 한 명을 만났다. 테네시 대학은 1794년에 설립된 주립대학으로서 다른 네 군데에 캠퍼스를 두고 있으며, 모든 주 각 지방 도시에 농업기술원과 공복 서비스센터가 있는 테네시 주 최대의 교육 시스템이었다. 일주일 후 부총장에게서 조교수(Assistant Professor) 정규직 계약의 제의를 받았다. 나는 박사 학위를 받기 전에 교수직을 얻게 되어 매우 기쁘고 감사했다.

내가 임명된 곳은 자연히 멤피스 지교였다. 무더운 8월 중순 임차한 트럭에 짐을 싣고 우리는 시원한 마음으로 남쪽 멤피스에 달려갔다. 멤피스(Memphis, 이집트 도시 이름) 시는 미국 중부 테네시 주의 최서남쪽에 위치해 미시시피 강(Mississippi River)을 끼고 아칸소(Arkansas) 주와 경계하고 있는 중소 계획도시(1826년 설립, 인구 약

어머니와 함께한 가족사진
어머니께서는 멤피스로 함께 오셔서 손녀들을 돌보아 주셨다.

60만)였다. 미국의 중남부(Mid-South) 지역이라 아열대기후에 습기가 높아 불쾌한 날이 많았다. 그곳에는 테네시 대학의 보건 관계 대학들(의학, 간호학, 치과, 약학, 보건학 등)과 의료 시설이 많았지만, 우리 지교는 별도로 다른 전문대학 시설에서 사회사업 대학원생들을 가르치고 있었다. 우리 지교에는 전임교수 단 여섯 명과 몇 명의 시간강사, 그리고 네 명의 공동 비서가 있어 작은 학원처럼 운영되었다. 다행히 아내가 곧 취직이 되었다. 의과대학 부속 아동발달연구소(Child Development Center)에 사회사업가로 임용되어 전문가로서의 활동을 이어갈 수 있었다. 애들도 학교에 잘 적응하고 방과 후에는 할머니가 돌보아 주었다. 그 지역에 작은 한인 교민 사회와 한인 침례교회가 있었지만 동지라고 할 만큼 가까운 친구는 없었다. 지리적·문화적으로 격리된 감이 있었다. 민주화 운동이란 다른 세계의 일처럼 되어버렸다. 우리의 생활은 안정되어가지만 조국의 민주화는 어떻게 되는 것일까? 그리고 나는 고국에 언제 돌아갈 수나 있을까?

영어를 거의 못하던 학생이 13년 만에 미국에서 대학교수가 된 것에 나 자신이 신기하고 솔직히 대견스러웠다. 그러나 앉아서 강의를 듣는 것과 서서 강의를 하는 것은 천양지차였다. 더욱 곤욕스러운 것은 나의 영어와 그들의 영어가 상당히 다르게 들리는 점이다! 느린 남부 '딕시(Dixie)'의 영어는 빠른 북부 '양키(Yangkee)'의 영어와 많이 달라 가끔 학생들과 약간의 소통 문제가 생겼다. 개화된 양키 미국인들은 미국 촌놈인 딕시를 멸시하는 경향이 있었고, 딕시 신사들은 양키 상놈들을 질시하는 경향이 있었다. 나는 두 과목을 맡아 일주일에 네 번 강의를 했는데 그 준비가 쉽지 않았다. 전에 다니던 대학들과는 달리 여러 교육 시설과 지원 서비스가 없어 별로 연구 활동을 할 수 없었다. 게다가 북쪽보다 인종차별이 심해 보였다. 흑인들은 여러 공중 시설이나 호텔, 식당, 교회 등에 입장하는 데 조심스러워 했다. 한번은 테네시 주의 운전면허증으로 갱신하려고 자동차과(Department of Motor Vehicles)에 가서 운전 시험을 치렀다. 그때 운전면허증에는 사진이 없었고 대신 인종(race)란과 종교(religion)란이 있었다. 시험 경찰이 묻지도 않고 인종란에 'White(백인)'라고 적어넣었다. 왜 내가 백인종이냐고 묻자 그의 대답이 퉁명스러웠다. "You are not a Negro, what else[당신이 니그로(흑인의 옛 명칭)가 아닌데 그 외 뭐가 있습니까]?" 나는 흑백만이 싸우며 사는 이 지역에서 색다른 삶을 누리기 힘들다고 느끼며 쓸쓸히 그 장소에서 걸어나왔다. 또 한번은 이런 일을 목격했다. 어느 주일 아침 한 커다란 남침례교회 입구에 정장한 흑인 청년 10여 명이 백인 지도자를 따라 들어왔다. 이튿날 있는 농구 시합에 나갈 다른 대학 선수팀이라고 했다. 교회 안내원(백인)들이 부산스럽게 오가며 어디에 흑인 교회가 있는지 친절히 가르쳐주고 있었다. 정중하게 밀려 나오며 한 흑인 선수가 외쳤다.

"Why do we have to believe in this kind of God(왜 이런 하나님을 믿어야 합니까)?"

이 지역에 반드시 연관시킬 것은 아니지만 미국의 유명한 인권 운동가, 마틴 루서 킹 주니어(Martin Luther King, Jr.) 목사가 살해당한 곳이 바로 이 멤피스였다. 킹 목사는 1955년 6월 5일 보스턴 대학에서 조직신학으로 철학 박사 학위를 받고 앨라배마 주 몽고메리에 있는 덱스터 침례교회(Dexter Avenue Baptist Church in Montgomery, Alabama)에서 목회를 하다가 흑인 해방운동에 투신하게 되었다. 당시 차별과 천대를 받던 흑인의 인권 신장을 위해 미 전국으로, 특히 남부에서 벅찬 투쟁을 벌였다. 그러나 그는 예수의 화해 정신과 마하트마 간디(Mahatma Gandhi)의 무저항주의 영향을 받아 '비폭력적 불복종 투쟁(non-violence disobedience struggle)'을 이끌어 결국 승리하게 되었다. 다분히 비폭력적인 그의 투쟁과 이에 동조한 일부 백인 지식인들, 성직자들의 지원으로 분리 제도와 차별 관행이 많이 폐지되고 개선되었

멤피스 지교에서 열린 학술강연회에서
오른쪽부터 멀린스 지교 학장, 그렌저 학장, 저명한 강사 펄만 교수

다. 종국에는 미국의 '민권법(Civil Rights Act of 1964)'을 만들어내고 1964년 10월 14일에 노벨 평화상을 수상했다. 그는 목사로서 불행한 이웃을 위해 활동한다고 믿었지만, 공산주의자 혐의를 받고 연방수사국의 끈질긴 감시와 암행과 위협에 시달렸다. 그는 마지막 날까지 흑인, 빈민, 노동자, 반전운동가 등 차별과 억압과 착취를 당하는 사람들을 위해 싸웠으며 수없이 체포되고 구금되었다. 킹 목사는 미화원 파업 지도를 위해 멤피스에 왔다가 1968년 4월 4일 인종주의자의 총탄에 쓰러졌다. 그 순간 주위에는 경찰과 연방수사국 요원이 있었음에도 범인을 잡지 못했다[제임스 얼 레이(James Earl Ray)는 2개월 후 영국에서 체포되어 송환된 뒤 99년형을 받았다]. 그가 쓰러졌던 허름한 모텔(Lorraine Motel)의 2층 발코니를 바라보며 나는 역사적으로 미국의 원죄(original sin)는 인종주의(racism)라고 탄식했다. 초창기 미국 백인들은 넓은 신천지 대륙에 와서 본토민인 인디언들을 사살하고 축출했으며, 아프리카에서 흑인들을 노예로 사들여 가축처럼 혹사해 미국을 세웠다. 지금도 세계의 수많은 약소·유색인종 국가에 민주주의 수호를 명분으로 내세워 간섭하고 지배하

며 침략해왔다. 표면적으로 국내의 차별과 억압의 제도나 법은 시정되었다고 하지만, 미국 사람들 마음속 깊은 곳에는 인종적 편견과 우월감이 썩은 지하수처럼 고여 있다. 창조주는 들판에 핀 여러 색깔의 아름다운 꽃처럼 인간을 여러 색과 모양으로 창조했는데 인간은 피부색으로 분단하고, 차별하며, 억압하고, 착취해왔다. 그런데도 이른바 선량한 기독교인들(good christians)마저 그 죄를 뉘우치지 않고 오히려 하나님의 축복이라며 감사하고 있지 않은가?

멤피스에 갈 때는 일 년 안에 논문을 완성하리라 믿었다. 그러나 실제로 매일 강의를 준비하다 보니 논문을 들여다볼 시간도 기력도 없었다. 검푸른 미시시피 강물처럼 시간은 조용히, 그리고 끊임없이 흘러갔다. 그때는 인터넷이라는 것이 없었다. 그래서 저장된 내 자료를 더 분석하려면 533마일(858km)이나 떨어진 시카고 대학에 가서 하루 이틀 머물러야만 했다. 그리고 쓰는 일은 밀려만 갔다. 멀린스 학장이 하루걸러 몇 장을 썼느냐고 독촉했다. 그는 웃어가며 "언제 주먹이 날아올지 모르지만 위하는 마음으로" 들볶는다고 말했다. 아내의 부드러운 격려도 역시 들볶는 셈이었다. 모두 고마웠지만 마음은 초조했다. 한 해가 훌떡 지나갔다. 왜 학습 과정을 마치고 박사 후보생의 반이 탈락하는지 짐작이 갔다. 나의 박사의 길은 더 멀어가는 듯싶었다. 그렇다고 현실에 안주해 반 정도 걸어온 형설(螢雪)의 길을 돌아가거나 그만둘 수는 없는 노릇이었다. 학문의 성취는 반이 능력이고 반은 노력이라 하지 않는가? 인내와 열성을 가지고 온갖 노력을 다할 수밖에 없었다. 나는 하루에 최소한 한 쪽을 쓰리라 결심하고 실천에 옮겼다. 어떤 날에는 몇 쪽씩 잘 써내려 갔지만 다른 날에는 한 쪽의 할당량을 채우지 못해 거의 밤을 새우다시피 했다. 서서히, 그리고 점증적으로 논문의 전체 모습이 드러나기 시작했다. 한 장(章, 대개 20쪽)이 완성될 때마다 지도교수에게 보내 심사를 받았다. 인터넷이 없었으니 우편으로 보내고, 가서 찾아오고, 또 보내고……. 어떤 때는 한 달이나 수고한 내용의 상당 부분이 작살이 나서 다시 써야 했다. 화가 났지만 겸허한 인내로 그 불을 껐다. 1976년 봄에 논문이 다 끝나고 6월 학위 수여식에 참석할 예정이었다. 그러나 그것도 마음대로 되지 않았다. 논문 위원들이 논문을 다 읽을 시간이 필요했던 것이다.

6월 초순에 마지막 관문인 구두시험(oral examination)이 있었다. 논문 요점을 잘 정리해 그 모임에 참석했다. 몇 가지 질문이 있었고 나는 성실히 답변했다. 열댓 명 중 이상한 사람이나 요상한 질문은 없었다. 약 30분 후, 잠시 나가 있으라고 해서 커피를 마시며 기다렸다. 지난 5년간 나의 피땀 어린 수고가 최종 판결이 나는 순간이었다. 설마 했지만 혹시나 해서 마음이 놓이지 않았다. 구두시험에서 떨어져 1년을 더 기다려 논문이 통과된 사람을 보았기 때문이다. 불러서 들어가자 "Congratuations!" 하는 첫마디가 하늘의 소리처럼 들렸다! 만장일치로 통과는 되었으나 약간의 칭찬과 더불어 약간의 수정을 제시했다. 한 교수가 데이터에 비해 지나치게 복잡한 통계분석을 활용했다고 논평하며 자기 강의 시간에 그런 예로 사용해도 좋으냐고 물었다. 처음엔 칭찬인 줄 알았는데 실은 흉을 본 것이다. 통과되었으면 됐지 아무렴 어떤가? 방금 태어난 박사가 자신 있게 응수했다!

"I don't care what you think or where you use it(교수님이 어떻게 생각하든 또는 어디에 사용하든 저는 관심없습니다)."

사실 그 교수의 논평이 일리가 있었다. 대부분의 사회과학 분야의 설문조사 연구는 심층 분석을 하기 어렵다. 구조화된 설문지(structured questionnaire)는 대개 양적 자료(quantitative data)인데, 그것도 대부분은 명목 수준(nomial level)이거나 서수 수준(ordinal level)이어서 통계적 함수 처리가 무리한 경우가 많았다. 그리고 공개 질의에 대한 응답자의 기술(narratives)을 어떤 개념 틀에서 어떻게 분류하고 기호화하느냐에는 기술적인 문제도 없지 않았다. 나는 되도록 서수 자료를 통계적 조작을 통해 구간 수준(interval level)으로 상승시켜 변수 간의 어떤 의미 있는 관계(relationship)가 있는지를 통계 수치로 발견하고자 시도했다. 사실은 서수 수준에서 관련성(association)만 발견해도 충분한 것이었다. 엉성한 그물로도 잡을 수 있는 칠면조를 엽총으로 잡은 셈이다. 그리고 자세히 기술하느라 부록을 포함해 400쪽에 이르는 논문을 만들었다. 내가 완벽주의자였는지 어리석은 양심가였는지는 분명치 않았다. 여하튼 '중요한 발견'을 잡은 것은 확실했다. 응답자 대부분이 여러 측면에서 건강한 자아관을 가지고 있었다. 양부모, 학교 친구, 형제간 관계나 학업 진도 그리고 행복감 등 전반적 적응이 정상적이었다. 놀랍게도 늦게 입양된 제2그룹 아이들이 더 높은 수치를 보였다. 아마도 입양 전 한국에서 겪은 힘들었던 경험이 좋은 환경에서 생존하려는 중요 동기 요인이 되었을 것이다. 양 그룹의 입양아들은 사춘기 전 또는 초기라 이성 문제, 직업 전망, 인종차별, 친부모에 대한 감정 등에 별 관심이 없었다.

또 한 가지 놀라운 발견은 양부모들의 주 입양 동기가 다른 양부모처럼 '불임(不姙)'이 아니라 '아이들에 대한 사랑과 부모 노릇', '인도적·종교적 동기'가 첫째였다는 점이다(전체적으로 불임은 네 번째 이유였다). 실제로 많은 양부모가 입양 전후에 친자가 있었다. 이 입양아들이 태어난 1960년대 초기의 한국은 여전히 빈곤과 혼란으로 살기 어려운 때였다. 이 고아 또는 기아는 종교심이 많은 이런 양부모를 만나 따뜻한 가정에서 성장하고 있었다. 나의 완성된 논문 「국제입양: 미국 가정에 입양된 한국 청소년들의 자아관에 관한 연구(Intercountry Adoptions: A study of self-concept of adolescent Korean children who were adopted by American families)」를 대학 도서관과 홀트 양자회에 제출했고, 그 후 후속 연구와 더불어 논문의 연구 내용이 여러 학술지(영문)와 학회(영문)에, 그리고 신문과 잡지(주로 한국어)에 발표되었다. 미국 가정에 입양된 한국 어린이들에 관한 첫 전국적인 조사 연구라는 점에서 특별히 각광받았다.

1976년 여름, 논문 원고가 마무리될 무렵 나에게는 새로운 일거리가 생겼다. 앞에서 말한 북미기독학자회의(AKCS) 시카고 연차대회에서 2년 임기의 총무로 당선된 것이다. 당시 미국과 캐나다, 일본과 유럽에서 고국의 민주화를 위한 투쟁이 활발했고 연대 활동도 확장되었다. 그 활동의 중요한 역할을 이 단체가 담당하고 있었다. 같이 일할 회장은 선우학원(Harold H. Sunoo) 교수였는데 내가 평시 존경하던 대선배 학자였다. 그는 한 살 되던 1919년 기미독립운동으로 부친을 잃고, 십 대 때 어머니를 통해 기독교 신앙을 접하게 되었으며, 18세에 일본을 거쳐 2년 후인 1938년에 미국으로 유학 온 선각자였다. 선우 박사는 여러 곳에서 공부하고 가르쳤는데, 당시 센트럴 감리교대학(Central Methodist College, Fayette, Missouri) 정치학과·사학과 과장으로 10여 권의 학술 서적을 저술한 유명 학자였다. 그러나 한인 사회에서는 그가 항일 투쟁, 민주화 운동 그리고 통일을 위한 진보적 입장 등으로 유명

박사 학위를 받고 기뻐하는 모습

했다. 그는 분단 상황이 독재화로 연결되어 있으므로 민주화 운동의 근본적 해결은 결국 자주적 민족 통일에 있다고 주장해 운동권 내에서도 상당히 물의를 일으키고 친북인사로 오해를 받았다. 나는 그의 판단이 옳다고 신뢰해 열성적으로 협동하며 일했다. 이 단체는 총무가 실질적으로 모든 사무와 재정을 관리하기에 나는 그의 지도를 받으며 기독학자회가 실질적으로 반독재·민주화 운동의 핵심적 구실을 하도록 유도했다. 우리의 임기 동안 500여 명에게 정기 뉴스레터를 보내고 세 권의 서적을 출판했다. 로스앤젤레스와 캐나다 토론토에서 성대한 연차대회를 열었다. 이렇게 함으로써 나는 지난 2년간 지리적으로 소외되었던 민주화 운동에 다른 형태로 다시 참여하게 되었다.

1976년 12월 10일 오후 3시, 나에게는 뜻깊은 시간이었다. 그 유명하다는 파이프 오르간(E.M. Skinner Opus 634)의 장엄한 나팔소리의 울림(평행으로 배열된 108단계의 6980개의 파이프) 가운데 학위 후보자, 교수, 이사회 임원, 명예박사 후보자, …… 맨 끝에 대학 총장이 차례로 엄숙히 입장했다. 높이 24m에 이르는 천장에서 길게 드리운 희미한 여러 등불이 이 1787석 규모의 웅대한 록펠러 기념 채플(Rockefeller Memorial Chapel)의 기나긴 역사에서 비롯된 권위를 보여주었다. 이 대학의 제361회 학위 수여식(Convocation)이 거행된 것이다. 나의 어머니, 아내, 큰딸 수지(성숙)와 작은딸 스테파니(성혜)가 숨을 죽이고 아들, 남편, 아빠의 명예로운 입장을 지켜보았다. 이 식에서 250여 명의 석사와 다섯 명의 명예박사와 100여 명의 철학 박사가 탄생했다. 나는 세 개의 검은 작대기가 붙은 적갈색 가운을 입고 박사 후보자 제일 마지막에, 그러나 교수들 앞에서 천천히 걸어 들어갔다. 우리 학교(SSA)에서는 4년 선배인 한 여자가 동행했다. 졸업식은 기도로 시작해 짧은 연설, 성가대와 관현악 연주[랠프 본 윌리엄스(Ralph V. Williams)의 시편 47편]가 엄숙히 울리는 가운데 학위 수여의 긴 행렬이 이어졌다. 나는 상상의 날개를 달고 먼 미래를 찾아갔다. 이 단상을 지나는 사람들이 모두 인류의 자유와 행복을 위해 무언가 일을 할 사람들일까? 과거에는 위대한 인물들이 찾아와 바로 이곳에서 그들이 한 일들을 들려주었다고 한다. 알베르트 슈바이처 박사(Dr. Albert Schweitzer), 마틴 루터 킹 주니어 목사(Martin Luther King, Jr.) 목사, 자와할랄 네루(Jawaharlal Nehru) 인도 수상, 사회사업의 대모 제인 애덤스(Jane Addams), 신전통주의 신학자 카를 바르트(Karl Barth), 종교철학자 마르틴 부버(Martin Buber), 데스먼드 투투(Desmond Tutu) 성공회 대주교 그리고 내가 모르는 많은 사람……. 나는 총장에게서 학위 증서를 받으며 기쁨과 감사가 넘쳤다. 이와 동시에 어떤 알 수 없는 경건한 두려움을 느꼈다.

그날 이후로 어머니는 남들 앞에서 나를 '박사 아들'로 불렀다. 박사 아닌 한국의 큰아들과 구별하기 위해서가 아니었다. 일제강점기 반평생 나라 사랑의 가시밭길을 억울하고 힘들게 살아온 어머니는 어떤 대리 보상 심리에서였는지 나의 학위가 굉장히 자랑스러웠던 것이다. 축하 선물로 어머니는 자신이 가진 재산을 다 털어 내가 늘 소원하던 30권의 브리태니커 백과사전(Britanica Encyclopedia)을 사주셨다. 그 당시에는 그 사전이 지성인의 최고 보물로 여겨졌다. 어머니는 정상적인 '성경 읽기' 외에 1년에 30여 권의 책을 읽었고, 매일 간단히 일기를 쓰시고, 1년에 거의 400여 통의 편지를 친구들에게 써 보냈다(그때는 장거리 전화가 너무 비쌌다). 어머니 친구들은 모두 나의 학위 수여 통지를 받은 셈이었다. 학교에서도 'Dr. Kim(닥터 킴)'으로 호칭이 바뀌었다[재미있게도 시카고 대학에서는 모든 박사를 'Mr.(미스터)'라 불렀다]. 학장 닥터 멀린스의 나에 대한 기대가 갑자기 커졌다. 큰 정도가 아니라 나의 연구 활동을 거의 설계하려는 기색이었다. 학위를 받기도 전에 믿고 데려온 사람에게서 그 은덕을 보상받으려는 듯 주문과 주의가 많았다. 마치 옛날 남부의 자비로운 백인 농장 주인처럼 밑의 사람들(흑인 노예)을 보살피고 도와주며 지배하려는 일종의 '온정적 간섭주의 태도(paternalistic attitude)'가 완연했다. 나는 그녀의 은혜가 고마웠지만 그 고마움 때문에 내 인생이 어떤 식으로든 속박되는 것을 원치 않았다. 그래서 나는 "혹시 내가 멤피스를 떠날 수도 있으므로 장기 프로젝트에 관여하고 싶지 않다"라고 실토하고 말았다. 그녀는 그것을 실망 정도가 아니라 배신으로 받아들인 듯했다. 그녀는 일종의 분노감을 얕게 감추고 있었다. 나는 진실했지만 남에게 언제나 솔직한 것이 흠이었다. 그 후로는 그렇게 친절하던 학장이 신참 박사에게 쌀쌀한 고참 상사가 되었다. 멤피스를 뜨고 싶은 또 하나의 이유가 자라나기 시작했다.

1976년 이후 인도차이나 전쟁으로 인한 난민이 미국으로 밀물처럼 밀려왔다. 이들 난민은 원래 베트남 전쟁 말기에 배를 타고 탈출했다고 해서 '보트피플(boat people)'이라 불린 전쟁 피난민들인데, 그중 많은 수가 미국으로 유입되어 정착했다. 몇 년에 걸쳐 미국으로 오게 된 난민이 총 100만 명을 넘어섰는데 우리가 살던 멤피스 지역 일대에도 수백 가정이 정착하게 되었다. 나는 우리 학교의 동료 교수인 일본인 히사시 히라야마 박사와 함께 지역 사회복지기관과 협력해 이들의 정착 과정을 연구하기로 했다. 비극적 역사가 한국의 경험과 매우 비슷해(외국 식민지 통치와 국가 분단, 참혹한 전쟁과 많은 피난민 그리고 국제적 개입 등) 나는 특별한 관심을 가지고 이 연구에 임했다. 미연방 정부 보건·교육·복지부(Health-Education-Welfare Department) 차원에서 난민 정착을 관장하는 부서가 관민 협동으로 여러 정책과 계획을 개발하며 추진하고 있었다. 한번은 캔사스시티(Kansas City)에서 실무 대표를 위한 중부 지역 모임이 있었다. 여기에는 베트남 난민 대표를 포함해 약 40명이 왔는데 나는 개인 연구자 자격으로 참석했다. 미연방 정부에서는 갑자기 들이닥친 50만 명이 넘는 피난민들(베트남, 캄보디아, 라오스, 흄)을 인도적으로 보호하고 잘 정착시키기 위해 각 주의 인구수와 경제 여건에 따라 배당 형식으로 몇만 명씩 보냈다. 몇 곳에 다 수용할 수도 없거니와 새로운 외국인이 대거 유입되어 한곳에 집중되는 것을 위험시해 50개 주에 분산시키는 정책을 택한 것이다. 또 문화적으로 적응하고 경제적으로 독립하는 데 10년은 걸린다는 가정하에 각 지역의 시민단체,

교회, 복지기관, 학교 등이 각 난민 가정의 후원자(sponsor)가 되어 직접 돌보고, 연방 정부는 기본 정착 비용(거주지 월세, 식료품 비용, 건강 관리비 등)을 만 24개월 동안 지원하기로 했다. 우리 연구팀은 전국적인 흐름을 주시하면서 멤피스 지역 난민들의 정착을 관찰하고 연구하기로 했다. 우리는 영어를 아는 베트남 피난민 또는 베트남어를 아는 미국인을 통역으로 활용하면서 그들과 심층 면접을 시작했다.

그런데 전국적으로 황당한 일이 벌어졌다. 1978년 초부터 이 난민들 중 몇 만 명이 봄 안개처럼 '그냥 사라졌다(just disappeared)'. 어떻게 이런 변이 일어날 수 있는가? 죽을 고비를 넘으며 천만다행으로 미국으로 들어와 정부와 후원자의 따뜻한 돌봄을 받던 이들이 어디로 도망간 것일까? 미 정부 정보계에서는 '베트남 임시정부 수립'설 때문에 각 대도시 지역에 거주하는 이들의 동태를 은밀히 주시하고 있었다. 그러고 보니 우리 지역에도 인구 변동이 있는 것이 분명했다. 이런 대실종 소동과 더불어 남부 몇 개 주(남캘리포니아, 텍사스, 루이지애나, 플로리다, 남캐롤라이나 등)의 해변 도시에서 베트남 인구가 급격히 증가한 것을 보게 되었다. 이들은 북쪽 주(노스다코타, 미네소타, 위스콘신, 미시간, 뉴욕 등)에 떨어져 무서운 추위·눈보라와 생전 처음으로 몇 달을 싸우다가 봄이 되자 다시 살기 위해 도망쳐 남으로 피난 온 것이다. 대개의 경우 두렵고도 미안해서 후원자에게도 알리지 않고 밤사이에 몰래 도망쳐나온 것이다. 그들이 생존하는 데 꼭 필요한 것은 공짜 월셋집과 쇠고기와 고마운 동정심이 아니었다. 그들에게는 말이 통하는 친구들과 따뜻한 날씨, 해물이 가득한 바다가 절실히 필요했던 것이다. 사실 그들은 서로 협동하면서 소규모로나마 재빠르게 미국 각 업계에 진출했다. 미국 난민 정착 정책이 도중에 와해되면서 자연스럽게 난민 문제가 해결되었다. 우리 연구도 처음 계획과 다른 성격으로 바뀌어 나중에는 히라야마 교수가 마무리했다.

나는 이 경험을 통해 베트남과 그들의 기구한 역사를 더 자세히 알게 되었다. 베트남은 오랜 세월 여러 외세의 침략과 지배를 받아왔고, 이에 대항한 긴 민족해방 투쟁의 역사가 있었다. 무려 58년간(1887~1945) 프랑스령 인도차이나(베트남, 캄보디아, 라오스)로 있었고, 태평양전쟁 중에 한때 일본의 침략까지 받았으나 마침내 '베트남 민주공화국'을 설립해 독립 선언을 인정하지 않은 프랑스와 제1차 인도차이나전쟁(1946.12.19~1954.8.1)을 벌였다. 그러나 8년간의 전쟁 끝에 승리한 베트남은 공산화한 중국을 견제하기 위한 미국의 개입과 분단 정책(1955.11.1~1975.4.30)을 겪었고, 이로 말미암아 길고 비참한 베트남 전쟁(1964.8~1973.3)을 치르며 1976년에 자주적인 '베트남 사회주의공화국'을 선포한 것이다. 베트남 전쟁은 처음에 남북 내전처럼 보였으나 외국군의 참여(남쪽을 지원한 미국, 한국, 태국, 필리핀, 오스트레일리아, 뉴질랜드와 북쪽을 지원한 중국과 소련)로 국지적이지만 국제전 양상을 갖추면서 실제 동서 진영의 대리전이 되었다. 이 전쟁으로 남측 약 38만 명 사망(약 150만 명의 부상), 북측 약 48만 명 사망(약 50만 명의 부상)하는 피해를 보았다.

그러나 공산 진영에 대한 '도미노 이론'에도 불구하고, 긴 전쟁의 핵심은 외세 침략에 대한 베트남 인민의 자주 해방 투쟁이었다. '베트콩'으로 알려진 남베트남의 '민족해방전선'은 이 긴 투쟁에서 승리를 가져온 영웅적 역할을 담당했다. 이들은 원래 공산주의자가 아니라 미국이 지원하는 친미반민의 역대 독재 정권들을 타도해 '독립, 민주, 평화, 중립'의 남부를 세워 통일된 조국을 만들고자 했던 민족주의 민간 조직이었다. 한편 전후 미국이 맞아들인 베트남 난민들은 대부분 그냥 전쟁 피난민들이 아니라 북베트남의 정규군이거나, 베트콩이 사이공을 함락한 1975년 4월 30일을 전후해 급히 도망쳐 나온 특수 계층이었다. 남베트남에서 행세하던 정치인, 군인, 관료, 교사 그리고 친불파와 부유층, 일부 화교였다. 따라서 우리 연구팀이 만난 베트남 난민들은 대개 '망한 조국'에 대한 울분이나 또는 '통일된 조국'에 대한 희열이 없어 보였다. 다만 미국이라는 천국에 들어온 사적 행운을 은근히 기뻐하고 있었다. 심지어 몇 년 후 미국 시민권을 취득하면 자기네 친척들을 데려올 꿈에 부풀어 있었다. 그들 중에는 몇만, 몇십만 달러를 몰래 숨겨 가지고 나온 부자들도 있다는 비밀을 알게 되었다. 나는 연구 프로젝트를 중도 마감하며 우리나라의 현실을 생각해보았다. 우리 민족의 진정한 해방과 자주보다 외세에 의존해 자신의 부귀영화만을 추구하는 친일 사대주의자들과 그들의 악랄한 세력……. 가슴이 아팠다.

7

두 편의 시

나는 다음 두 편의 시로 미완성 회고록을 마치고자 한다. 이 시는 1990년 몸과 마음이 몹시 아픈 시절에 지은 것이지만, 죽음을 넘어 내 전체 삶의 간절한 염원을 표현하고 있다.

고향 가는 길

소나기 지나가고
고향 가는 나의 밤길은
초조한 초여름
꽃은 지고
아직은 열매 맺지 않는 계절이다

달이 좋아라!
강강술래
나는 붉고 둥근 달이 좋아라!
눈뜨면 꺼져버린 내 꿈

방금 꺼진 모닥불
연기처럼
쓰디쓴 쑥물 마시며
다시 꿈을 피우고 싶다

둥 둥 둥
멀리 북소리
사람들 아우성 소리
어디선가 통일의 함성 들린다
귀 기울이면
간장 찌르는 이름 모를 벌레소리
당장 피라도 토할 듯
이 아픈 언덕길에

길은 멀고 어두워도
결코 울지 않으련다
계절 다하기 전
기어이 고향 가서
두고 온 부모형제
술은 없어도 좋다
마냥 미쳐 춤추고 싶다

오늘의 이별은

이 많은 꽃
오히려
지나는 외로운 여인들 위해
빈들에 그냥 피게 했더라면 더 좋았겠지요

눈물일랑 거두세요
나는 슬프지도
남을 슬프게도
못 다한 위인
차라리
어색한 미소
오늘의 이별은 그걸로 좋아요

화려한 비단무늬 같은 조사(弔詞)
그대의 진심도
나의 위로도 아니기에
나는 그저 부끄러운
옛날을 파 보았어요

진리는 매일 삶 속에 묻어둔 불씨
모두 집으로 돌아가
아직은 뜨거운 젊은이들에게
바른 교훈 물려주면

내일에는 위선의 옷을
탈색하겠지요

진정
외롭지 않았어요
나의 작은 손 부르는
이름 모를 이웃들
나를 진정 사랑해준 벗들
때로는
아프고 밉도록
그래서 결국
마음속에 인내를 키워준
먼 친구들이여

나에게는
귀중한 꿈도 있었어요
찢어진 깃발 서로 내리고
총 따위는
더러운 역사에 묻어버린 채
한겨레
와락 껴안는
이 꿈
꿈이 살아나는 나라
내 눈앞에
달려와 있었어요

언제나

벅찬 기다림 속

숨죽이고 있었을 뿐

나는 결코

외롭지 않았어요

고마워요

아쉬워도

기뻐요

모두 돌아가는 길에

내 영혼 은총 입어

하늘 가는 밝은 길에

내 주 뜻대로 행하시도록

맑게 노래 불러주세요

오늘의 이별이

영원 속에 사라져도

나 결코

아주 떠나지 않아요

억눌리고

빼앗기고

슬픈 사람들 속에

나

오래도록 같이 살아 있어요

4장

민족 화해의 먼 길을 찾아서

최근 북한 방문기

우리의 조국은 20세기 초부터 외세에 의해 강압되고 지배당해 그 결과 남과 북으로 분단되어 70여 년간 수난을 당하고 있다. 이 분단을 종식하고 하나가 되는 것은 우리 민족의 진정한 자유와 독립, 평화와 행복을 성취하는 절대적인 길이다. 남과 북, 이념과 체제, 보수와 진보의 영역을 넘어 우리는 모두 하나가 되기 위한 역사적·민족적 요구에 성실히 대응해야 한다.

민족 화해의 작은 가능성을 찾아보기 위해 나는 불편하고 어려운 북한 땅을 여러 번 방문했다. 화해의 첫걸음은 알려고 하는 성실한 노력, 바르게 보려는 공정한 태도, 용서하고 감싸려는 사랑을 표현하는 것이다. 외세에 의존하는 분단 세력이 아무리 억압해도 우리는 하나이기 때문이다. 그리고 우리는 하나여야 하기 때문이다.

이 글은 2015년 북한을 방문하고 남긴 기록이다. 비록 한정되고 부정확한 관찰이기도 하지만, 하나 됨을 위한 작은 몸부림이라고 자부한다. 원수를 사랑하고 잃어버린 형제를 껴안으려는 그리스도인의 신앙적 증언으로 받아들여 주기 바란다.

Chapter 4

My struggles for Korean unification

Recent visit to North Korea

Korea was continuously invaded and eventually controlled by Japanese Imperialism for the first half of the last century, and then because of that, she was again subject to harsh division and control by foreign powers over the past 70 years. To end this division and to become one country is the absolute way toward real freedom and independence, peace and happiness of the Korean people, who have been suffering for so long. We therefore must face the dire needs and historical mandate to achieve the reunification of the nation, overcoming the differences between the North and South, ideologies and political systems, and conservatives and progressives.

To find any slim possibility for a reconciliation of the differences, I have made several hard and inconvenient trips to the North Korea in the past. The first step to reconciliation is, I believe, sincere effort to learn the uncomfortable realities, objective and fair attitudes to understand them, and a genuine heart to love and forgive them. Even if there are many forces against reconciliation, we are one and we should be one.

The following document is a travel log from my trip to North Korea last year. Even though my trip was limited to a somewhat confined or even inaccurate observation, this was my struggling gesture to demonstrate our wish for the oneness. I hope the readers accept this as my way of Christian witness to loving enemies and embracing the lost.

4장 '민족 화해의 먼 길을 찾아서'는 《프레시안》(2015년 6~7월)에 연재했던 글을 일부 수정한 것이다. http://www.pressian.com/news/article.html?no=127532

1

가장 가깝고도 가장 먼 곳

글을 시작하며

나는 1983년부터 대략 4년 간격으로 보통 일주일씩 북한(북조선)을 방문한 바 있다. 지리적으로 바로 붙어 있으면서도 가장 먼 나라, 역사·혈통·문화로 깊이 얽혀 있으면서도 가장 두려워하거나 적대시하는 나라, 이런 지역을 방문하는 것 자체가 문제시될 수 있거니와 한정된 방문 중에 무엇을 보고 어떻게 이해하며 어떤 목적으로 보고하느냐에 따라, 그리고 그 보고를 어느 관점에서 평가하느냐에 따라 상당한 의문과 논쟁을 유발할 수 있다. 그것은 '장님 코끼리 만지기' 수준을 넘어 '개와 고양이 코끼리 사진 보기'의 차원이 될 수 있다. 진리는 하나라지만 보는 이의 뜻에 따라 여러 색깔의 큰 하나가 될 수 있는 것이다.

이러한 민감한 주제로 방문기를 시작하면서 나는 먼저 이념적 위치와 서술 방향 그리고 이 글의 목적 등을 밝히려 한다. 나는 기독교인이다. 기성 교회의 교리와 제도보다 예수 자신의 삶과 가르침에 특별한 관심을 가지고 따르려 노력하는 개신교 신자다. 직업으로는 인간의 존엄과 권리, 그리고 그것을 뒷받침하는 공정 사회를 지향하는 실천 학문으로서의 사회복지를 미국에서 31년간 가르쳤고 은퇴 후에는 한국에서 6년간 가르쳐온 교육자다. 그리고 우리의 현실 문제를 역사적인 관점

압록강 중류에서 바라본 북한 땅

에서 민족 양심을 가지고 보고자 하는 이른바 진보적 지식인이다. 따라서 가능한 한 우리가 가진 편견과 오해를 극복하며 비교적 솔직하고 공정하게 사실을 사실대로 보고 그 배경을 이해하려 한다. 그것은 편파적인 '친북'이나 '반북'의 판정이 아니라 다소 비판적이면서도 남과 북을 같은 민족으로 바라보고 서로 화해하며, 종국적으로 존귀한 하나가 되기 위한 사랑의 관점에서 이 글을 쓰려 한다. 따라서 이 방문기는 민족 화해의 길을 고민하는 한 기독교 지성인의 증언이 되기를 원한다. 어느 이념적 입장에 서 있든지 여러 독자는 같이 고민하는 심정으로 이 증언을 끝까지 지켜봐 주시기를 바란다. 직접 촬영한 사진을 곁들이고, 방문 일정에 따라 일곱 묶음으로 나눠 실었다.

방문 계기와 동행인

앞에서 말한 대로 나는 거의 열 번 가까이 북한 방문을 해 이번 방문도 과히 낯설지 않은 여행길이다. 그러나 이번 방문은 몇 가지 면에서 특이하다고 볼 수 있다. 전에는 통일 문제에 관심을 가진 재미 교포 교수단이나 미국의 통일 운동 단체의 일원으로 방문했고, 또 그에 걸맞은 공식적인 대우를 받았다. 이번에도 재미 동포연합이라는 통일 운동 조직에 끼어 태양절(4월 15일, 김일성 주석의 생일을 축하하는 국가 명절)에 축하 사절단 형식으로 참가할 기회가 있었으나, 그것을 대신해 개별적 방문을 택한 것이다. 여행 목적이 분명하게 호의적이고 미국 시민권자로서 입국이 허락되더라도 사적인 북한 방문은 간단하거나 쉬운 일이 아님을 새삼 실감했다.

이번 방문의 동행인은 아내(백하나 교수)와 폴 유 목사(Rev. Paul Yu) 부부다. 아내는 원래 서울내기로 통일 문제에 무관심하거나 오히려 약간의 반감이 있던 평범한 여성 지식인이었으나 1984년 북한 교수들을 해외에서 만나면서 붉은 세균에 감염된 것인지, 혹은 뜨거운 나라 사랑에 감동이 되었는지 급격히 변화해 지금은 나의 강력한 통일 운동 동지다. 유 목사는 재미 교포 성직자로서 북한의 어려움, 특

북한으로 향하는 우리 두 부부와 중국 조선족 친구들

히 어린이들의 영양실조와 질병 등에 아픔을 느끼며 지난 10여 년간 식량 지원을 해온 엔지오(NGO) 활동가다. 나는 한 선교 기관과의 관계로 그를 알게 되었고, 그의 코인선교재단(COIN Mission Foundation)을 돕게 되었다. 유 목사의 아내인 유은녀 사모는 음악 교육자(피아노, 성악)로서 어려운 첫걸음을 우리와 함께 나서게 된 것이다. 나와 아내는 정치성 행사에 참여하는 일이 도식적이며 이제는 별 의미가 없다고 생각해, 유 목사의 실천적 지원 사역 현장에 같이 가기로 합의한 것이다. 또한 이번 기회에 캐나다 단체를 통해 여러 번 지원했던 먼 친척을 만나보겠다는 실리적 기대도 걸고 있었다. 첫 방문이든 수십 번째 방문이든 북한에 가는 일은 누구에게나 약간의 불안과 기대를 품게 하는 색다른 행동이다. 남쪽에 사는 우리나라 사람 대부분이 가고 싶어도 가지 못하는 곳에 감히 들어가는 희귀한 해외 동포로서의 특전, 그리고 그에 따른 재정적 부담과 도의적 책임감이 우리를 조용히, 그러나 무겁게 누르고 있음을 부인할 수 없다.

입국 경험

평양은 서울에서 약 500리(199km) 길이니 부산까지의 거리(약 457km)보다 훨씬 가까운 이웃 도시인 셈이다. 그러나 철의 장막으로 서로 막힌 분단 때문에 우리는

비자 승인을 밖에서 기다리는 사람들

심양공항에서 마주친 미국 로스앤젤레스의 김현환 목사(필자 옆)

중국 심양(일제 때 봉천)을 거쳐 평양에 입국하게 된다. 비용이 만만치 않다. 중국 복수출입국사증(150달러), 인천-심양 간 왕복 항공료(290달러), 심양에서의 양일 체류비(약 165달러), 북조선사증(160달러), 심양-평양 간의 왕복 항공료(459달러) 등 약 130만 원은 순전히 한 사람이 서울에서 평양으로 가기 위한 기본 비용이다. 북에서의 체재비 등은 제외된 것이다. 이 부담은 한 나라 안에서 여행을 다니는 것보다 시간과 비용 면에서 20배 이상을 지불해야 하는 우리의 사적인 분단 비용이라 하겠다.

북한과 가까운 만주 지방에는 크고 작은 규모의 교역 또는 투자 사업을 하는 조선족들이 있다. 그중 유 목사에게 협조하는 이들의 도움을 받으며 심양시 퍼시픽 호텔(Pacific Hotel)에서 하룻밤을 지내고, 다음 날 오후 입국사증(비자)을 받기 위해 공시된 시간보다 훨씬 전에 '조선민주주의인민공화국' 심양 영사관에 이르렀다. 영사관은 개인 주택형 건물인데 사방을 철조망으로 둘러 완전히 요새화되어 있고, 앞에는 네 명의 중국 경비원이 지키고 서 있다. 비자가 승인되었다고 미국에서 이미 연락을 받은 터라 이론적으로는 간단히 처리될 업무겠지만, 철조망의 작은 구멍을 통해 여권을 미리 제출하고 밖에서 한 시간 정도 차례를 기다려야 한다. 중국의 경우처럼 북한은 미 제국주의 시민의 입국 비자에 비싼 값을 요구한다. 미국과는 외교 관계가 없기 때문에 비자 인장을 여권이 아니라 별도 문서로 처리한다.

심양공항 KFC(켄터키프라이드치킨)에서 김현환 목사를 만난 것은 뜻밖의 반가

평양공항에 방금 도착한 두 여인

움이다. 그는 미국 로스앤젤레스에 사는 한 유니테어리언(Unitarian) 교회 목사인데 오래전부터 통일 운동에 헌신하는 분으로, 방금 평양에서 나오는 길이다. 일주일에 두 번 운행하는 고려항공 여객기에는 아름답고 친절한 여승무원이 여러 국가의 승객들에게 봉사한다. 한 시간 정도의 순탄한 비행을 마치고 우리 일행은 순안비행장에 안착한다. 물론 나의 예전 경험과는 달리 환영 인사나 기자단이 있을 리 없다. 그런 데다 나의 부주의로 과히 유쾌하지 않은 경험을 하게 되었다. 'Pyong Yang(평양)'이라는 크고 붉은 글자가 쓰여진 평양공항 청사를 배경으로 일행의 사진을 몇 장 찍다가 여경비원의 경고를 받았다. 공항 청사에 들어와서도 입국 수속을 하는 장면을 사진에 담았는데, 당장 한 경비원이 달려와 방금 찍은 사진을 즉시 삭제하도록 조치했다. 입국 절차를 밟으며 담당자에게 "왜 경고문도 없이 사진을 못 찍게 하느냐?"라고 항의성 질문을 던졌다. 그가 이 철없는 노인을 힐긋 보고 나서 대답 대신 질문을 했다.

"선생님, 조국에 처음 오십네까?"

그뿐이 아니다. 세관에서 내 디지털카메라와 휴대폰을 가져가 한참 조사하고 돌려주었다(사진은 삭제하지 않았다). 그리고 여행 중에 읽던 책 두 권이 압수되었다.

"조국에서는 외부의 서적을 용납하지 않습니다. 선생, 나가실 때 다시 가져가도록 여기 보관해놓겠습니다."

두 권의 책이란《한국산문》이라는 문예 잡지 4월 호와 이재봉 교수의 최근작《법정증언》인데, 후자는 그들이 읽으면 좋아할 책이라고 검사원에게 암시를 주었다. 그

책은 법정에서 이른바 종북 세력이나 용공 분자에게 씌우는 현 보수 정권의 무리하고 무모한 혐의를 신랄하게 비판하는 전문가의 법정 증언록이기 때문이다.

첫날 밤

해외동포원호회 사업국에 속한 재미 동포 지도원 라인철 동무의 영접과 안내로 평양 시내에 들어가 오른쪽으로 로동신문사가 있는 '해방산호텔'에 짐을 풀었다. 약간 낡은 호텔이지만 깨끗하고 종업원들이 친절하다. 중국인 유숙자가 많은 듯하다. 라 지도원 동무와 운전기사 손 씨는 우리가 평양에 체류하는 내내 우리와 함께 동행할 일꾼들이다. 새로 부임한 라 동무는 젊고 친절한데 유 목사가 요청한 방문 일정을 재조정하느라 수시로 이야기를 나눈다. 모든 방문 계획이 불확실하다. 유 목사가 약간 염려하거나 실망하는 눈치다. 체류비는 물론 밴(van) 사용료를 계산하는 모양이다. 과거 내가 아는 관례와는 다른 경험이다. 저녁은 근처에 있는 호텔의 아리랑 식당에서 맛있는 한식으로, 밤에는 외국 손님에게 잘 알려진 고려호텔 꼭대기 회전전망대에 가서 한 잔씩 나누었다. 먼 길을 무사히 도착한 것을 자축한다. 230만 명이 산다는 혁명 도시 평양은 조용히, 그리고 서서히 잠들어가고 있다. 그러나 약간 상기된 미국 방문객들의 첫날 밤을 위해 왜 달이라도 뜨지 않을까?

우리 일행이 머문 해방산호텔

2

평양의 어제와 오늘

선한 싸움

평양은 아름다운 도시다. 여러 유명 건축물도 많지만, 자연 산수풍경이 일품이다. 우리 넷은 아침 식사 전에 대동강변을 산책하며 이번 여행의 과정과 의미를 생각한다. 미리 알려주지 않아 사실 일주일간의 일정이 하나도 확실하지 않다. 나는 어제 평양으로 떠나기 직전 호텔에서 가진 유 목사의 간증과 기도를 다시 음미하며 걷는다. 유 목사는 왜 이런 불편한 걸음을 계속하고 있나? 다음은 그가 읽은 성경 구절의 일부(표준새번역 개정판)이다.

> 여러분을 박해하는 사람들을 축복하십시오. 축복을 하고, 저주를 하지 마십시오. 기뻐하는 사람들과 함께 기뻐하고, 우는 사람들과 함께 우십시오. 서로 한마음이 되고, 교만한 마음을 품지 말고, 비천한 사람들과 함께 사귀고, 스스로 지혜가 있는 체하지 마십시오. 아무에게도 악을 악으로 갚지 말고, 모든 사람이 선하다고 생각하는 일을 하려고 애쓰십시오. 여러분 쪽에서 할 수 있는 대로 모든 사람과 더불어 화평하게 지내십시오. 사랑하는 여러분, 여러분은 스스로 원수를 갚지 말고, 그 일은 하나님의 진노하심에 맡기십시오. 성경에도 기록하기를 "원수 갚는 것은 내가 할 일이니, 내가 갚겠다고 주님께서 말씀하신다"고 했습니다. "네 원수가 주리거든 먹을 것을

북한에서도 웃어야 복이 온다
대동강 너머로 주체탑이 보인다.

주고, 그가 목말라하거든 마실 것을 주어라. 그렇게 하는 것은, 네가 그의 머리에다 숯불을 쌓는 셈이 될 것이다"라고 했습니다. 악에게 지지 말고, 선으로 악을 이기십시오(로마서, 12 : 14~21).

유 목사는 과거 10년간 지원 활동을 하면서 여러 오해와 불편하고 어려운 사정들이 있었으나, 이런 하나님의 사랑의 정신으로 모든 것을 참고 이겨왔다고 한다. 특히 어린아이들이 영양실조로 고통을 당하는 것을 볼 때 참을 수 없는 연민을 느껴 그들을 돕고 돌보는 사역에 빠지게 되었다고 한다. 그러는 과정에서 하나님이 여러 좋은 사람을 붙여주시어 놀라운 결과를 가져올 수 있었다고 한다. 그렇다. 지원 사역은 순수하고 희생적인 사랑에서 출발하고, 그것이 하나님의 선하신 뜻을 이루는 길이다. 아침에 큰길과 뒷길에는 출근하는 사람들이 바쁘게 걷고 달린다. 사랑에는 두려움이 없는 법이다. 모든 것을 주님께 맡기고 선한 사업을 계속해나갈 뿐이다.

사회주의와 교육

점심은 대동강변의 화려하고 유명한 옥류관에서 평양냉면을 먹었다. 유명세를 타서인지 전과 달리 많은 사람이 밖에서 웅성거리며 차례를 기다리고 있다. 우리

김일성종합대학 교정에서

는 식권이 아니라 현금을 지불하기 때문인지 외국 손님이어서인지 별관으로 금시 들어갔다. 역시 본고장의 음식이라 맛이 훌륭했다. 음식을 나르는 제복 입은 여자들은 배우가 아니다. 세련된 미인이기는 하지만.

오후에는 김일성종합대학 전자공학과를 방문했다. 이 대학은 1946년 10월에 설립한 북한의 최초 종합대학으로서 현재 다섯 개 학부, 60여 개 학과에 1만 6000여 명의 학생과 1200명이 넘는 교원이 있다. 북한의 많은 인재를 배출한 곳이다. 교수 한 분과 여직원 한 분이 나와 우리를 반갑게 맞아주고 안내해준다. 방문하는 동안 정문을 포함해 여러 시설을 개축하고 있었으며, 많은 학생의 학구 활동은 볼 수 없다. 전자도서관이나 컴퓨터 강의실의 규모는 컸으나 시설이나 기재가 구식이다. 물론 누구든 돈이 없어 공부를 못하는 경우가 없다는 것이 북한의 자랑이다. 하지만 이 대학의 경우 엄격한 사상 검증이 있는 것도 사실이다.

인민대학습당
시민을 위한 종합 도서 연구 시설이다.

오는 길에 우리는 '평양 아동궁전'에 들렀다. 이 아동궁전은 1960년대에 장대재 언덕에 화려하게 건설되고, 후에 개축된 청소년종합 교육센터다. 방과 후 오후에 많은 지역의 학생이 와서 갖가지 예능 프로그램에 참여한다. 각종 전통 또는 서양 악기, 서예, 수예, 미술, 춤, 발레, 태권도 등 재능을 익힌다. 남한으로 치자면 문화센터와도 비슷한데, 소규모가 아니라 상당한 규모의 시설이다. 단, 학원비가 없고 경쟁이 없는 것이 다르다. 우리가 방문하는 동안 여러 교실에서 높은 수준의 연습과 연출이 진행되고 있다. 모두 행복해 보인다. 북한 사회의 공공 교육열은 대단하다. 1948년 공화국 정부가 설립되면서 최고인민위원회가 논의한 첫 정치 의제가 '어떻게 학생들에게 연필을 제대로 공급할 것인가'였다고 한다. 1982년 남산재 위에 처음 개관한 인민대학습당은 4만 ㎢에 '조선식 합각지붕'으로 된 아름다운 12층 건물이다. 위치나 규모로 보아 이 건물은 처음에 정부 중앙 청사로 세우려고 했지만, "정부 청사를 짓지 말고, 도서관을 세우자"라는 김일성 주석의 건의에 따라 도서관을 세우게 되었다고 한다. 지금은 다양한 자료를 보유하고 약 3000만 권의 장서와 각종 시청각 시설을 갖추고 있어 인민 누구나 와서 이 시설을 활용한다.

평양 류경호텔 전경
105층으로 미완성인 상태다.

혁명의 수도 평양

사실 평양은 볼거리가 많은 도시다. 역사적으로 고구려의 수도였기 때문에 여러 역사적 유적이 남아 있다. 고구려 고분군(2004년에 유네스코 세계문화유산 지정), 새로 개축된 단군릉(檀君陵), 동명왕릉(東明王陵), 을밀대(乙密臺), 평양성(平壤城) 등은 잘 알려진 명소다. 지금 '혁명의 수도'로서 평양에는 여러 정치적 기능과 이념적 상징인 기념탑, 박물관, 광장, 건물, 동상 등이 전 시가에 즐비하다. 몇 가지 유명 시설을 들자면 김일성광장, 주체사상탑, 인민대학습당, 4·25 문화회관, 모란봉극장, 3대혁명전시관, 평양개선문, 만수대의사당, 금수산태양궁전, 인민문화궁전, 천리마동상, 조국해방전쟁승리기념탑과 기념관, 만수대예술극장, 조선예술영화촬영소, 조국통일3대헌장기념탑 등이 널려 있다. 모두 규모가 크고 디자인이 예술적이라 하겠다. 그리고 릉라도5월1일경기장, 김일성경기장, 평양체육관, 유경정주영 체육관 등 현대 체육 시설이 그 위용을 자랑한다.

북한에서는 이 모든 시설과 서비스가 사상 교육을 위한 도구로 활용된다고 보아야 할 것이다. 상업적 목적이나 인민의 휴식 또는 유흥보다는 혁명의 승리와 사회주의 체제의 우수성 등을 교육하고 선전하는 필수적인 정치교육장이다. 북한을 방문하는 외부 또는 외국 단체원들이 으레 방문하게 되는 코스가 있다. 첫날 만경대 '고향의 집'(김일성 주석 생가)을 시작으로 주체사상탑, 인민대학습당, 만수대의사당(국회), 금수산태양궁전(김일성 주석과 김정일 국방위원장의 시신이 안치된 곳) 등지에서 북한의 혁명사를 배우게 마련이다. 혁명사의 가장 중심은 물론 자주독립을 쟁취하려던 '빨치산'의 항일 무장투쟁이다.

오늘의 평양 시민

실무 지원 사업을 수행할 우리 일행은 필수 코스를 방문하지 않고 시내를 자유

학당골분수공원의 일부

정장 차림으로 걸어가는 평양의 여인들

로이 구경할 수 있어 편하다. 아름다운 조각상, 분수대, 벽화 그리고 지나는 행인들을 지켜보며 이 사회를 배우고자 한다. 특별히 눈에 비치는 것은 사람들 대부분이 전보다 좀 더 여유가 있어 보인다는 점이다. 특히 여인들의 높은 구두와 세련된 패션은 과거 '고난의 행군' 시절(1990년대 중·후반 국제적 고립과 자연재해 등으로 극도의 경제적 타격과 기근을 겪은 시기)과 비교할 수 없을 정도로 향상된 모습이다. 여기저기 택시가 달리고 많은 젊은이가 휴대전화를 사용하는 것 또한 새롭다. 웃음소리와 말소리도 이제는 생소하지 않을 만큼 편하다. 특히 만수대거리의 학당골분수공원에서 여러 사람이 한가로이 산책, 휴식, 데이트를 즐기는 모습은 보기 좋다. 서울 거리의 보통 사람들과 무엇이 다를까? 만일 서울 거리에서 수많은 간판과 광고가 모두 없어진다면, 아니 평양의 높은 건물마다 붙인 큰 정치 구호가 모두 사라진다면 양쪽의 사람들이 자연스럽게 서로 만나는 것이 불가능한 일일까?

우리는 밤에 호텔의 전망대로 올라가 맥주를 마셨다. 새로 전망대를 지으면서 엘레베이터가 설치되지 않아 세 층을 걸어 올라간다. 손님은 우리뿐인데 우리의 이야기가 길어지자 두 여종업원 동무는 밤늦게까지 집에 가지 못하고 우리를 위해 기다려주는 아량을 베풀었는데, 뒤늦게 알았지만 좀 미안하다.

3

갈라진 민족의 상흔

평성애육원

금요일, 셋째 날. 오늘은 드디어 유 목사가 지원해온 고아원을 찾아가는 날이다. 그곳은 평양에서 약 30km 떨어진 평성애육원인데 과거 10여 년간 유 목사가 심혈을 기울여 두유, 빵, 시설, 트럭 등을 지원해준 곳이다. 그런데 전날 라 동무와 의논하는 과정에서 이견이 나온 것이다. 이번 방문에는 특별한 요청이 없어 애들을 위해 미국과 남한에서 구입한 과자, 사탕, 초콜릿 등을 준비해갔는데, 그것을 나눠 주지 말자는 것이다. 이유는 어린애들이 외국 과자를 얻어먹는 습관이 별로 교육적이지 않다는 것이다. 한글로 써 있는 남한 과자가 문제인가? 위에서 무슨 이야기가 있었던 모양이다. 6·25 전쟁 전후 어디서나 미군 병사들이 던져주는 사탕, 껌, 초콜릿, 또 그것을 애걸하던 생각이 스쳐간다. 그러나 어린아이들에게 사랑으로 주는 사탕에 국적이 중요한가? 평양을 벗어나자 도로 사정이 좋지 않았고, 사람들의 옷차림도 뒤떨어져 보인다. 농촌 마을마다 모내기 준비로 바쁜 듯하고, 차보다 자전거 여행자가 많다. 무장한 군인 검열대(검문소) 한 곳에서 모든 여행자를 점검하고 있다.

평성에 이르러 애들을 찾아가며 빈손으로 갈 수 없다는 우리의 주장이 먹혀 그

애육원을 방문하기 전 선물을 구입한 상점

애육원에서
어린이들이 노래를 부르고 있다.

곳 지도원 동무의 안내로 어느 상점 2층에 들렀다. 그곳은 도매상인 듯 과자류와 다른 장기 보관 식품이 엄청 많이 쌓여 있다. 점원 몇 사람이 나서 급히 150여 명이 먹을 과자를 몇 상자 준비한다. 값도 저렴해 우리는 신나게 애들이 좋아할 만한 것을 다 집어넣는다. 그러는 동안 두 번이나 잠시 정전이 된다. 우리는 암흑 속에서 즐겁게 웃었다.

이 애육원은 동네 한가운데 있어 차가 골목길을 몇 번 돌아서 들어간다. 애육원은 'ㄴ' 자 구조로 좌측에 2층 교실 건물, 앞에 식당, 우측에 숙소가 있고 마당에는 작은 놀이터가 있다. 모두 우리를 반갑게 맞이했고, 새로 온 원장이 교실로 우리를 안내해준다. 애육원아들은 네 살부터 여섯 살까지의 아이들로, 새로 입원한 약 60명을 포함해 약 150명이나 된다고 한다. 아이들은 명랑하고 즐겁게 노래 부르고, 춤추며, 놀이를 즐기고 있다. 우리는 안아주고 과자를 나누어 주며 같이 손뼉을 치고 노래를 부른다. 아, 어린아이들 세상은 얼마나 즐겁고 아름다운가! 유 목사에 따르면 시설이 많이 개선되었고, 어린아이들이 꽤 건강해 보인다고 한다. 이 아이들이 다 어디서 오는 걸까? 북에도 기아나 이혼이 많은가? 북에도 사회문제가 없을 수 없지만, 일부는 장기 출장을 간 부모들의 자녀를 장기 위탁하는 경우도 있다고 한다. 떠나기 전에 앞으로 특별히 지원해주길 원하는 것이 있느냐고 원장에 물으니 놀라운 대답이 나왔다. 이제는 국가에서 필요한 것을 충분히 지급하므로, 다른 곳에 필요한 것을 지원해주라는 것이다. 유 목사는 10여 년 전의 사정을 회상하며 감회가 깊은 모양이다.

애국렬사릉

오는 길에 우리는 도로 공사로 막힌 길을 돌아 형제산구역 신미리 '애국렬사릉'에 들르게 되었다. 이 열사릉은 대성산에 있는 '혁명렬사릉'보다 격이 낮은 국립묘지로, "조국의 해방과 사회주의 건설, 나라의 통일 위업을 위해 투쟁하다가 희생된 애국렬사들의 위훈은 조국청사에 길이 빛날 것"을 기념하며 김정일 위원장의 지도로 1986년 9월에 세워진 성역이다.

이 능에는 흑백사진이 새겨진 묘비가 품위 있게 세워져 있는데 항일 투쟁 당시와 그 후 국가에 공헌한 여러 분야의 애국 열사를 모시고 있다. 안내하는 여성 동무에 따르면 여기 9만여 평에 안장한 500여 영령 중에는 외부의 열사가 30여 명, 기독교인 여덟 명도 포함되어 있다고 한다.

나는 여기서 직접 알고 있는 분들과 부모를 통해 알게 된 이름을 찾는다. 제일 먼저 찾은 곳은 우리 일행이 잘 알고 있는 홍동근 목사의 묘지다. 홍 목사는 서울 영락교회, 일본 교토 한인 교회, 미국 로스앤젤레스 '선한 사마리아인 교회' 등에서 목회하며 조국의 평화통일을 위해 크게 수고하셨던 분이다. 그는 '통일신학'을 창시하고 말년에는 미국 장로교단의 지원으로 유일하게 김일성종합대학에서 기독교개론을 강의하다가 2001년에 병사했다. 나는 만주 국민(초등)학교 시절 3학년 담임선생이던 그와 특별한 사이이기도 하다.

우사 김규식 박사의 묘비가 다소 놀랍고 반가웠다. 나중에 알게 되었지만 6·25 전쟁 당시 월북 또는 납북된 상해 임시정부 요인들[김규식, 최동오, 조소앙, 조완구, 윤기섭, 엄항섭, 이준(가묘), 이용(이준의 아들), 유동렬 등]의 묘소가 여기 있다고 한다. 여운형 선생의 맏딸로 조국전선 의장(전 최고인민회의 부의장)인 려연구 여사는 해외 통일 운동가들이 1980년대에 유럽 여러 곳에서 북한 학자들과 함께한 통일 심포지엄에

로스앤젤레스에 서 있는 홍동근 목사의 묘비

애국렬사릉 정면

참여해 우리와 따뜻한 정과 이야기를 나누던 분이다. 최홍희 장군(전 6군단장, 국제 태권도연맹 창시자이자 초대 총재)과 최덕신 장군(최동오 선생 아들, 전 1군단장, 천도교 교령, 전 외무부 장관)이 캐나다에서 망명하던 시절, 통일 운동 조직을 위해 그분들과 협의했던 기억이 새롭다. 박태원 선생은 우리나라 문학계에 잘 알려진 원로 작가이지만, 미국에 있는 친구의 부친이기도 하다.

갈라진 애국 영령

민족의 분단은 애국 열사들의 마지막 길도 갈라놓았다. 남쪽의 국립서울현충원에는 "국가와 민족을 위해 순국한 호국 영령들" 또는 국가유공자를 안장하고 있는데, 그들 대부분은 참전 용사들이다. 물론 자유를 수호하고 민주주의를 위해 전사하거나 생을 바친 고마운 분들의 묘역이다. 그러나 이념과 체제를 넘어 민족사적 관점에서 본다면 동족을 많이 죽이고 동족에게 죽임을 당한 사람들이 대부분이다. 또는 미국의 베트남 전쟁 시 용병처럼 파병되어 산화한 '대한 용사'들이다. 일제강점기에 자주독립을 위해 생명을 바쳐 싸운 독립투사의 묘는 많지 않다. 만주벌판에서 일본군과 싸웠던 독립군은 물론이고, 민족주의 계열의 대표적인 세 의사인 윤봉길, 이봉창, 백정기의 유골과 백범 김구 선생의 유해는 이곳에 없다. 일곱 개 묘역의 6만여 순국 영령들 중 260여 애국지사 묘는 들러리처럼 오른쪽 언덕 한곳으로 밀려나 있다.

현충원 묘지뿐만 아니라 지금의 대한민국은 태생부터 부끄러운 역사로 시작되었다. 반민족·친일 매국노를 한 명도 처단하지 않았고, 오히려 그들 세력이 국가의 지배층을 이루어 사회, 경제, 교육, 문화, 군경, 종교 등 모든 분야에 군림해, 외세, 특히 미국에 의존해 발전해온 나라다. 민족의 정기와 긍지를 말살한 사대주의 국가라 할 것이다. 민족의 해방과 나라의 자주독립을 위해 사투했던 진정한 애국 영령은 어디에 있는가? 인기 있는 세 대통령의 묘가 현충원 정면에 가장 크고 장엄하게 안치되어 있다. 그들 중 두 명은 민족적 관점에서 볼 때 심각한 문제가 있는 독재자들이다. 해방 직후 제헌국회가 설치한 '반민족행위특별조사위원회'를 강

북에서 만난 외가 쪽 조카들
왼쪽부터 우리 부부와 조카 한성숙, 홍정금, 한효철과 그의 딸 동해

제 해체하고 친일파 세력을 기반으로 대한민국 단독정부를 수립했던 1~3대 대통령 이승만, 또 만주에서 독립군을 토벌하던 '다카키 마사오'이자 일본 중위 출신인 5~9대 대통령 박정희가 바로 그런 인물이다. 북의 애국 열사는 여기에 없고, 남의 애국 영령은 북에 없다. 남과 북에서 애국의 의미는 다른 것인가? 내 부친의 묘도 현충원 애국지사 묘역에 있는데, 출생지이자 항일 투쟁의 근거지인 평양이 비문에는 서울로 둔갑되어 있다. 단순한 행정 착오일까?

점심은 재일 교포(조선총련계)가 경영하는 평양역 식당에서 우동을 먹었다. 같은 해외 동포라 구면인 유 목사를 그곳 주인이 무척 반가워한다. 오후에는 고려호텔에 가서 휴식 겸 상점 구경을 했다. 비교적 상품이 많고 언제나처럼 점원들이 친절하다. 우리는 기념이 될 만한 토산품을 서너 개 샀다. 관광객들은 유로, 달러, 현지 화폐를 사용할 수 있어 편리하다. 상품을 사고, 값을 지불하며, 포장하는 절차가 거의 반 시간 걸린다.

가족 상봉

저녁에는 고대하던 조카들을 만났다. 나의 외사촌(미국 로스앤젤레스 거주)의 조카들과 그 자녀니 먼 친척이지만 만나서 기쁘다. 한성숙, 그 남동생 효철과 그의 딸 동해, 다른 조카 홍정금이 해외동포원호회 윤동하 참사와 평양지구책 백성일 참사의 주선으로 호텔에 오게 된 것이다. 다소 왜소하고 피곤해 보이지만 큰 웃음이 반가움을 대변한다.

내가 몇 년 전에 한 국제교육 엔지오를 통해 평양과학기술대학 방문차 평양에 잠시 왔었지만, 이들과의 재회는 9년 만이다. 이웃 호텔 식당에 가서 식사를 나눈다. 나는 동석을 사양하는 원호회 두 분과 주로 먹는 자리를 같이하며 그들의 배려에 감사한다. 북에 오더라도 친척을 만나는 것은 쉽지 않기 때문이다. 친척들이 평양 시내에 거주하고 내가 과거에 방문했던 것이 도움이 된 모양이다. 호텔에 돌아와서는 허락을 받고 신분증을 호텔 카운터에 맡기고 나서야 조카들이 방에 들어올 수 있었다. 별로 은밀히 나눌 이야기도 없고 각 집 애들 세 명에게 주려고 준비해온 학용품과 과자류와 용돈을 주어 보낸다.

남북 1000만 이산가족의 아픔은 아직도 남아 있는 분단의 최대 고통이라 하겠다. 1985년부터 몇 번 상호 방문의 기회가 어렵게 마련되었으나 여전히 많은 이산가족이 친척을 만나고 있지 못하며, 특히 연로한 직계는 깊은 한을 안고 거의 다 이 세상을 떠나고 있다. 우리 민족의 혈통이 70년째 막혀 있다. 누가 우리의 핏줄을 끊어놓았나?

4

북한 사회주의의 명암

전승기념관

오늘은 '건군절'이라 한다. 건군절은 남한의 '국군의 날'처럼 군대가 창설된 날이다. 원래 '조선인민군'은 1948년 2월 8일에 창군되었으나, 1978년부터는 "항일 빨치산 투쟁전통과 연결"한다는 명분하에 오래전 젊은 김일성 장군이 중국에서 항일 유격대를 창설했다는 1932년 4월 25일로 거슬러 올라가 올해는 83주년 건군절이다. 나는 그 유명한 군 열병식을 바로 앞에서 볼 수 있겠다고 크게 기대했으나, 실망스럽게도 짝수 해에만 한다는 사실을 알게 되었다. 실은 전날 조국해방전쟁승리

조국해방전쟁승리기념관 정문

기념관에서 창군 83주년 경축 중앙보고대회를 열고 '선군혁명'과 통일 과업 완수를 다짐했다고 한다.

조국해방전쟁승리기념관에서 안내원과 함께

오전에는 남쪽의 전쟁기념관과 비슷한 전승기념관을 관람했다. 북에서는 6·25 전쟁 또는 한국전쟁을 '조국해방전쟁'이라 부른다. 그들의 설명에 따르면 전쟁은 미군과 남쪽 국방군의 북침으로 시작되었고, 16개 외국군이 참전했으나 중국의 도움을 받으며 끝까지 조국을 사수해 미제의 지배에서 해방되었으므로 인민군의 승리라고 선전하는 것이다. 한국전쟁의 기원이나 배후 그리고 종국적 책임에 대해서는 학계에 여러 이론이 있다. 그러나 전쟁의 첫 피해를 경험한 남쪽의 국민들은 1950년 6월 25일 새벽에 북이 무력으로 남침한 명확한 사실에 대해 의심할 수 없다. 다만 '북진 통일'을 항상 외치며 "아침은 개성에서, 점심은 평양에서, 저녁은 신의주에서 먹겠다"는 등 허세를 부리던 당시의 무능하고 부패한 군 장성들, 또 한강교를 끊고 몰래 도주하면서 '서울 사수'를 방송하던 이승만 정권의 기막힌 사기극, 그러고도 환도 후 점령 괴뢰군 밑에서 부역했다는 죄명으로 많은 국민을 처형한 것을 기억한다.

엄청난 위용의 기념관 정문을 들어서자 군복 차림을 한 여성 안내원의 설명이 시작된다. 좌우에 전투 장면을 실감 나게 묘사한 열 개의 조각 군상이 늘어서 있고, 그 뒤에 여러 전시관이 설치되어 있다. 우리는 오른쪽 반지하에 진열된 노획한 각종 미군 무기를 돌아본다. 탱크, 헬리콥터, 포탄, 비행기 등과 그것을 노획하는 용맹스러운 전투 과정을 보여준다. 가장 큰 관심을 가진 노획물은 1968년 나포된 미국의 간첩선 푸에블로(Pueblo)호다. 이 비밀 '민간인 선박'이 원산 근해에서 첩보 행위를 계속하다가 북 해군의 치밀한 작전으로 나포된 것이다. 우리는 그 배에 승선

푸에블로호 내부
납북 당시에는 최신 정보 시설을 갖춘 배였다.

해 여러 첩보 장비와 선원 유품들을 둘러본다. 그리고 후일 원산에서 대한해협을 통과해 서해 대동강으로 유입된 이 배의 이동 경로 자체가 또 하나의 신기한 작전이라는 것을 알게 된다.

전쟁의 영광과 비극

새로 개조된 전시관에는 80여 개의 전시실과 자료실이 구비되어 있으나 제한된 시간과 우리의 상반된 관심 때문에 대략 스쳐 지나고, 마지막으로 별도 설치된 전경화관을 보게 된다. 이는 15m 길이의 전지 모형과 그 뒤 9m 높이의 화면에 360도 회전하는 입체 동영상을 연출한 '대전해방작전'이다. 마치 대전 전투와 승리를 바로 산언덕에서 경험하듯 장렬한 전투를 보는 것이다. 인민군의 영광스러운 승리였다. 실감 나는 만큼 한편으로 우리 마음도 착잡하고 비통하다. 아마도 이 전투에서 미군의 윌리엄 F. 딘(William F. Dean) 소장(24사단장, 전 주한 미 군정청 장관)이 실종되었다가, 후에 포로로 잡힌 것이라 생각한다.

전쟁은 아무리 미화하고 정당화해도 인류의 비극이다. 한국전쟁은 남북에 엄청난 인명 피해를 입혔으며, 수많은 시설이 파괴되었다. 북의 전쟁 피해는 훨씬 더 가혹한 것이었다. 특히 전쟁 말기 평양은 매일 융단폭격으로 더는 공격 목표가 없을 정도로 완전히 파괴되었다. 기록에 의하면 미군은 당시 평양 시민 수 전체보다 더 많은 42만 8000개의 폭탄을 투하했다고 한다. 전국적으로 8700여 개의 공장과 기업소, 1600개의 병원과 정휴양소, 60만 호의 가옥, 5000개의 학교 등 시설 대부분이 파괴되고 불탔다고 한다. 그래서 미국 언론은 북이 100년 이내에 다시 일어나기 어렵다고 내다보았다. 누구의 승리이든 이 전쟁은 남에서 190만 명, 북에서 332만 명, 미군 13만 7000명, 중국 지원군 37만 명의 사상자를 낸 제2차 세계대전 이후 최대의 비극이다.

낙랑농장

오후에는 기다리던 낙랑농장에 가게 되었다. 평양시에서 과히 멀지 않은 곳인데, 가는 길에 돌이 많아 밴을 타고 가기 불편한 길이었다. 이 길에서도 검문소를 통과해야 한다. 이 농장은 유 목사의 엔지오 기관이 지원해온 돼지 축산 농장인데 관리 책임자 리광호 동지와 다른 일꾼들이 반갑게 맞아준다. 이 농장에는 종자 돼지를 포함해 약 800마리의 돼지가 건강하게 자라고 있다. 그리고 부가가치가 높은 버섯과 식물을 온실재배한다. 우리가 지난번에 지원해준 것은 돼지고기의 부산물을 상품으로 생산하기 위한 순대·소시지 제조 기계였다. 아직 당국으로부터 위생 인증을 받지 못해 소량 실험 단계에 있다고 한다. 우리는 정자에서 순대와 들쭉 주스를 즐기며 사회주의 경제의 실물을 보고 있다. 어디에도 가격경쟁, 이윤 확대, 도산 위기, 독점 지배, 노사 갈등 등의 그림자가 없다. 축사마다 재미있는 이름이 붙어 있다.

"신념화, 량심화, 도덕화, 생활화."

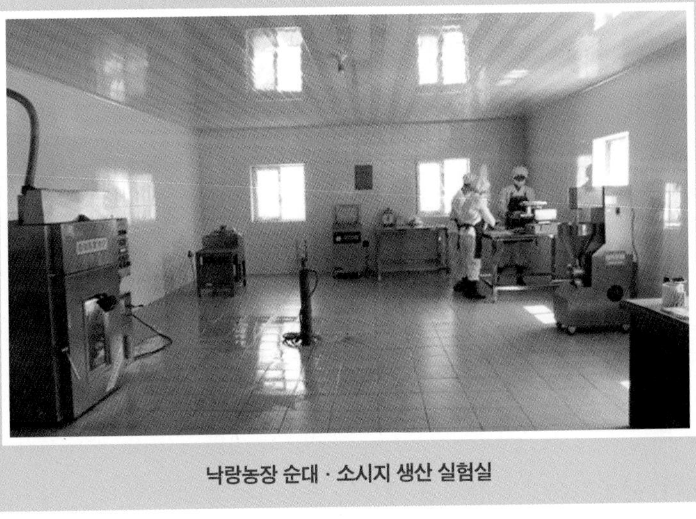

낙랑농장 순대 · 소시지 생산 실험실

큰 규모는 아니지만 이 농장의 앞길이 서서히 발전하리라 믿으며 돼지, 닭, 개 그리고 사람들에게 작별 인사를 받으며 다시 돌길을 돌아온다.

춤과 집단주의

시내로 들어와서 우리는 경쾌한 음악이 울려 나오는 곳으로 향한다. 평양대극장 앞 광장에 400~500명의 젊은이가 약 20쌍씩 각기 큰 원을 그리며 음악에 맞춰 흥겹게 집단 춤(포크댄스)을 추고 있지 않은가! 구역에 따라 건군절을 축하하는 행사라고 한다. 남자들은 흰 셔츠에 넥타이 차림이지만, 여자들이 입은 한복은 화려하고 아름답다. 북의 젊은이들이 악기, 춤, 합창, 토론 등에 뛰어나다지만, 이들의 집단 춤 솜씨는 정말 익숙해 보이고 자연스럽다. 이들은 누구일까? 전문 무용수는 아니고 이 지역에 사는 대학생, 노동자, 젊은 주민이라고 한다. 강제 동원된 사람들이라고 보기에는 너무나 즐겁고 신명 나는 춤판이다. 생각해보면 이 젊은이들은 등록금, 취업, 경쟁, 육아 등의 염려에서 해방된 사람들이 아닌가?

어떤 북한학 학자들은 북의 인민들이 대개 보기보다 자유롭고, 생각보다 행복하다고 진단한다. 밖에서는 북이 전체주의 체제로 알려져 있다. 개인의 자유가 상당히 제약되고 모든 생활과 활동이 통제받는 사회다. 북에서는 이를 집단주의라고 한다. 인류 역사를 통틀어 보면 대부분의 시대와 지역에서 인간 사회가 대가족, 부족, 산업 협동체, 신앙 공동체, 소왕국 등 집단주의 형식으로 생존해왔다. 초대 기독교 교회도 유물 상통의 신앙 공동체였다. 따라서 집단주의는 그 자체로 새로운 것도 아니고 사악한 것도 아니다. 더욱이 공동의 생존 위협이 항상 존재하는 상황에서는 집단주의가 불가피한, 어쩌면 매우 당연한 공동 생존권이다. 물론 집단 체제에서 항상 제기되는 윤리 문제는 고귀한 존재인 인간 개체의 존엄과 자유가 어느 정도의 수준으로 보호되고 보장받는가라는 현실적인 갈등의 문제다. 만일 그 존엄성과 자유의지가 강압적 방법을 통해 전반적으로 말살된다면 북한의 사회주의 이상도 비인간적 허구가 될 수 있다. 그렇다고 개인의 자유나 가치가 절대적인 것은 아니다. 이기적이고 독선적인 자유는 전체사회에 피해를 주고 자신의 방종과

평양대극장 광장에서 건군절을 축하하는 집단 춤

타락을 가져온다. 진정한 자유는 보편적이면서도 고차원의 가치와 신념, 이를테면 민족 전체의 자주성, 긍지, 복리 등에 승복하는 일종의 자기 극복이 아닐까? 공동으로 진리를 추구해 구도 생활을 하는 승려나 다른 공동체 성직자를 보라! 그들은 육체적으로 혹심한 제약과 집단 규율에 얽매이지만, 그들의 영혼은 늘 자유로우며 그들의 심령은 평화롭다고 한다. "하나는 전체를 위하여, 전체는 하나를 위하여"라는 사회주의 윤리가 어느 수준으로 실현된다면 집단주의 속에 사는 북의 인민들은 나라와 민족을 위한 공동의 목표와 높은 가치를 위해 스스로 희생하면서도 행복하다고 믿을 수 있을 것이다. 밖에서는 북이 탄압과 차별과 빈곤만이 팽배한 무서운 집단으로 알려져 있지만, 그 집단 속에는 따뜻하고 희생적인 배려와 인간적인 정과 사랑이 숨어 있다는 엄연한 실체를 보아야 한다. 그러기에 밖에서는 이해하지 못할 수준의 일심 단결과 집단적 자발성이 지속되는 것은 아닐까?

북에서는 거의 모든 인민의 반대에도 강압적으로만 통치된다는 확신, 그리고 그 강제성이 균열되면 전 체제가 즉시 붕괴될 것이라는 바람은 반북 진영의 허망한 기대이겠지만, 실은 북의 내부 실상을 너무 모르거나 모르게 하려는 악의에 찬 생각일 수 있다. 밖에서는 흔히 북의 인민들은 불쌍하도록 순수하지만 소수의 지배층과 그 체제가 악랄하다는, 이분법적으로 모순된 평가를 한다. 과연 그럴까? 자본주의, 개인주의, 물질주의의 남쪽 사회에서는 북의 인민들이 누리는 사회주의의 보편적 생존권, 민족적 자부심, 비물질적 보상, 평등, 신념과 낙관주의, 협동적 인간관계 등의 가치와 매력을 이해하기 어려울 것이다.

개인의 자유와 관련해 북한은 국제사회에서 인권유린과 탄압이 가장 심한 국가 중 하나로 알려져 있다. 모든 형태의 반대와 항거가 탄압받는 체제라 하겠다. 그 극단적인 예로 이른바 정치범 수용소의 잔인한 인권유린 사례는 탈북자의 증언으로 자주 보도되어온 것이 사실이다. '일심 단결'의 대열에서 이탈하는 소수자의 권리는 무자비하게 유린해도 되는 것일까? 다양성과 소수자에 대한 관용을 중요시하는 민주사회에서는 이런 탄압이 용납될 수 없다고 할 것이다.

그런데 인권 개념과 인권 실태의 바른 이해를 위해서는 자본주의에 바탕을 둔 서양 세계의 편견과 위선도 지적할 필요가 있다. 유엔의 「세계인권선언문(Universal Declaration of Human Rights)」이나 인권에 관한 국제조약에 따르면 인권이란 시민적 권리와 정치적 표현·행동의 자유뿐 아니라 사람이 모두 사람답게 살 수 있는 경제적·사회적·문화적 조건의 보장 등 적극적이고 집단적인 권리를 포함하고 있다. 즉, 자기 결정 권리, 평등 원리, 생존을 위한 모든 조건의 불가분성을 명시하고 있다. 자본주의 국가들은 자체 내의 극단적인 차별, 경쟁, 착취, 빈곤과 빈부 격차, 비인간화 등의 고질적 사회문제를 무시하고 오히려 사회주의국가와 이슬람 세계의 비민주성과 정치적 억압에 집착한다. 그런 인권 탄압도 실은 그 주요 원인이 자본주의 체제가 역사적으로 감행한 전쟁, 침략, 착취, 개입, 봉쇄 등임을 또한 알아야 한다. 미국의 '북한인권법(North Korean Human Rights Act of 2004)'을 분석해보면 북한 인권의 개선을 위해 "시장경제의 발전을 신장하는 프로그램들"과 "외부 세계의 정보를 자유롭게 전달하기" 위한 라디오방송 사업, '탈북자 지원' 사업 등 정치적 목적이 짙은 개입이 많아 실은 북한이 내부 결속과 통제를 더 강화하는 빌미가 되었다고 볼 수도 있다. 물론 북한은 반드시 인권을 개선해야만 한다. 그러나 북한의 인권 문제도 이러한 공정하고 폭넓은 맥락에서 이해되어야 할 것이다.

민족의 자부심

저녁에는 해외동포원호회 김경식 부국장과 리기남 참사의 방문을 받았다. 해외동포원호회는 해외에 있는 동포들과 연락·협력·영접하는 기관으로, 과거 미국 동포들의 정치성 교류와 가족 방문과 관련해 많은 역할을 했던 곳이다. 나는 비록 이들과 초면이지만, 과거의 인연 때문에 비교적 친밀하고 우호적인 대화를 나누게 되었다. 저녁을 같이하며 부국장은 조국과 해외 동포들의 역할에 대해 그의 생각을 말한다.

"우리에게 제일 중요한 것은 자부심입니다. 우리는 어느 나라와도 친선을 원합니다. 그러나 어느 나라에도 우리의 긍지와 자존심을 잃는 일을 용납하지 않을 것입니다."

아마도 이 말은 북의 간부들이면 누구나 하는 말이고 남쪽 사람들, 특히 정치인들은 절대 하지 않는, 또는 하지 못하는 말일 것이다. 보호받는다는 명목으로 외국 군대가 70여 년을 주둔하고, 전쟁 시 군사작전권마저 행사하지 못하는 나라, 대부분의 한미 관계에서 비굴하고 창피할 정도로 굴종적인 나라, 외국 기업·금융·문화가 온 나라에서 판을 치며 대부분 국민들 위에 군림하는 나라, 그러면서 어떻게 민족 긍지와 자존심을 말할 수 있을 것인가?

북은 위태롭게 느껴질 정도로 대조적이다. 그들에 따르면 수령과 당(조선로동당)과 인민은 함께 철통같이 뭉쳐 강대국의 외압을 물리치고, 자주가 자기 운명의 주인이라고 믿는다. 이 주체사상은 북의 민족제일주의 이념이다. 이 민족주체성은 북한이 과거 동서 이념 대결에서 미국과 소련 어느 진영에도 종속되지 않고, 제3세

해외동포원호회 김경식 부국장, 리기남 참사와 함께

계 비동맹국가연맹을 주도해온 도도한 주체적 대응에서 분명히 볼 수 있다. 지금도 전 세계를 석권한 채 북을 계속 위협하는 미국과 대결하는 위태로운 투쟁에서 이러한 북한의 모습을 늘 보고 있다. 오래전 미 국무성 관리의 발언이 실감을 더한다.

"북조선은 밉지만 '우리의 존경할 만한 적(our respectful foe)'이고 남한은 곱지만 '우리가 무시하는 동맹(our despising ally)'이다."

그러면 남쪽은 미국의 사랑받는 애견 정도라는 말이 아닌가? 사실 '피로 맺은 동맹'인 미국은 분단을 포함해 우리 민족의 자주성을 멸시하는 정책을 너무나 많이 해오고 있다. 우리는 '긴밀한 공조'라는 미명으로 늘 그 외압에 굴종해왔기에 이제는 별로 대수롭지 않게 느낄 정도로 우리의 민족 자존심이 마비된 상태다.

헤어지면서 우리는 커피 한 통과 세관에 보관 중인 이재봉 교수님의 책 『법정증언』을 선물로 드린다고 했다. 기차로 돌아갈 계획이어서 대신 그 책을 찾아보시라고 한 것이다. 혹시 의도하지 않은 밀수출로 저자에게 누를 끼치는 것은 아닌지, 반대로 외지 무료 택배 봉사를 고마워하지 않을지 궁금하다. 혹시 고무줄 같은 '국가보안법' 어느 조항에 걸리는 것은 아닌지 모르겠다. 다른 한편에서 보면 이런 비판적인 글이 남조선에서 자유로이 나도는 것을 북한에서는 어떻게 이해할까?

밤늦게 뜻밖에도 노길남 선생이 우리 호텔에 나타났다. 그는 미국 로스앤젤레스에서 주로 북한 소식을 인터넷 매체로 전하는 '민족통신' 대표다. 발랄하고 멋진 성격인 그를 따라 고려호텔 노래방으로 갔다. 늦어서인지 거기에는 다른 손님이 없어 몇 곡 흘러간 노래를 부르다가 그동안 밀린 이야기를 나눈다. 그는 한 달간 머무르며 각계 인사들과 인터뷰를 한다고 하다. 그동안 얻은 '빨갱이'라는 고명에 걸맞은 고심과 수고를 계속한다. 그의 사명은 북조국의 소식을 바깥세상에 그대로 알리는 일이다. 그는 호의적인 논평과 더불어 북의 공식 뉴스를 그대로 전함으로써 북조선 당국의 '대변인' 역할을 한다는 누명을 쓰고 있다. 남쪽에서는 그 사이트에 접촉하기 어렵거나 동영상을 볼 수 없다. 북한에 대한 강한 증오심이나 적대감으로 굳어버린 사람들에게는 사전 판정과 검열을 거치지 않고 그대로 전하는 북의 소식이 북한을 미화하기 위한 선전으로 보일 수 있을 것이다. 그러나 그는 한때 북한 당국의 부패상을 폭로하는 보도를 해 북의 질시와 미움을 샀던 일도 있다. 서로가 바로 알아야 한다는 그의 강철 같은 신념은 온갖 오해와 협박과 회유에도 개의치 않고 이 밤에도 고심하게 하는 것이다. 그의 끝없는 수고는 민족 화해를 위한 또 하나의 외로운 투쟁이다.

노길남 민족통신 대표

상대방을 '바로 알아야 한다'는 필요에는 '많이 알아야 한다'는 필요가 연관된다고 할 수 있다. 될 수 있는 대로 일방적이거나 단편적인 정보에 사로잡히지 말고, 폭넓게 많이 알아야 한다.

오래전 북한을 방문했을 때의 일이다. 마침 북한으로 자진 입국한 남한 모 인사의 기자회견이 있다고 해서 홍미가 나서 텔레비전을 보게 되었다. 그분은 자신의 월북 동기를 설명하기 위해 남한의 끔찍한 사회 참상을 상세히 늘어놓는다. 생활고로 온 가족이 자살한 사건, 많은 여공의 임금을 떼어먹고 미국으로 도망간 사업가 이야기, 살인과 폭행을 저지르는 미군 병사의 실상, 그런데도 한국 경찰의 어쩔 수 없는 위치, 집과 일감이 없어 거리에서 방황하는 사람들, 대학 입학을 위해 삼수·사수를 하는 불운한 학생들, 돈이 없어 여러 병원을 방황하다 죽은 환자의 이야기, 직장에서 노동조합을 조직하다 정체불명의 괴한에게 폭행을 당하고 후에 회사에서 쫓겨난 일……. 구체적인 사례를 들어가며 그는 슬픈 이야기를 계속한다. 옆에서 같이 지켜보던 교수 몇 분이 격분하며 묻는다.

"저게 다 사실입네까?"

"예, '다 사실'인가 봅니다. 그런데 '사실의 다'는 아닙니다. 사실의 극히 일부분입니다."

북한의 실상에 대해서도 마찬가지일 것이다. 정보의 자유로운 유통을 억제하는 것은 좋든 나쁘든 바로 아는 것을 억제하는 일이다.

5

원수를 사랑해야 하는 부담

반기독교 정치 풍토에서의 예배

방문 다섯째 날, 오늘은 주일(일요일)이다. 어디에 있든 내 인생에서는 교회 가는 날이다. 우리는 기대감에 부풀어 설렘을 안고 평양 봉수교회를 찾아간다. 봉수교회는 1980년도 초부터 해외 기독학자들의 끈질긴 설득과 압력 덕(?)에 북에 세워진 첫 교회다. 북에서는 모든 기관이나 단체가 정부의 승인과 지원을 받아야 설립될 수 있는데, 그 당시 우리가 접촉했던 북의 학자들은 "인민의 필요 서열로 봐서 아직 교회를 건설할 단계가 아니다"라고 변명했다. 그러나 기독교인이 대부분이던 우리는 그것이 종교의 자유가 없다는 것을 전 세계에 실증하는 것이라고 반박했었다. 북한 당국은 1988년 9월 평양 보통강변 건국동(구 봉수동)에 이 교회를 건립했다. 같은 해에 장충성당도 건립했다. 그 후 1992년, 김일성 주석이 어머니 강반석(성도명)을 따라 다녔다는 칠골교회를 재건했다. 남하한 '반동분자'가 많은 기독교를 위해 국가 재정으로 교회를 건축한다는 것은 예삿일이 아니다. 김일성 주석의 외가 쪽이 강량욱 목사(외삼촌)를 비롯해 모두 돈독한 기독교 집안이라는 것은 다 알려진 사실이다.

오전 10시 50분쯤 우리는 현대식 2층 석조 구조의 예배당에 들어선다. 이 건물은 2006년경 남쪽 장로교(통합 측) 남선교회가 지원해 개축한 봉수교회 새 건물이다. 약 250명을 수용할 수 있는 성전 안에는 정면에 커다란 십자가, 강단과 네 개의 의자가 있으며, 오른편으로 성가대, 그 앞에 그랜드피아노가 있다. 남쪽 어느 중소교회와 별반 다르지 않지만, 장식이나 구호가 없는 간단한 예배 처소다. 그런데 전에 비하면 외국 방문객이 별로 없고, 교인 수(120명 정도)나 성가대원 수(28명)도 약간 감소한 듯하다. 마침 북한을 방문 중인 전 미국 장로교 선교부 총무 김인식 목사가 참석해 있다. 무척이나 반갑다.

"빛나고 높은 보좌와 그 위에 앉으신 주 예수의 얼굴……."

은은하고 감미로운 찬양의 선율로 시작한 예배는 전형적인 개신교 예배 형식을 따른다. 잠시 후 한 여신도의 성경 봉독과 손철민 목사의 설교가 시작된다. 역시 전형적이고 평범한 목사의 설교다. 광야의 외침도 아니고 혁명의 나팔소리도 아니다. 그러나 100여 년 전 '동양의 예루살렘'(아시아 기독교 세력의 거점)이라 불리던 평양, 지금은 반기독교 정치 세력의 본거지인 평양에서 주일예배를 본다는 감격이 크다. 나의 마음은 설교 말씀에 집중하지 못하고 여러 착잡한 분단 현실에 방황한다. 남쪽의 기독교인 중 많은 사람은 이런 교회가 다 '가짜'이고 '정치적 쇼'라고 말한다. 과연 그럴까? 십자가 밑에서 성경을 읽고, 찬송가를 부르며, 같이 기도하고, 말씀을 선포하며, 헌금을 바치고, 축도를 하는 순수 예배 행위가 다 가짜일까? 어려운 여건 속에서도 간절한 심령으로 찬양하고 기도하는 북의 믿음의 형제

평양 봉수교회 예배 장면(2015.4.26)

유은녀 사모의 독창

평양 봉수교회 앞에서
왼쪽부터 전손순 · 김인식 · 손철민 목사님과 함께

들의 모습을 왜 순수한 신앙 동지의 입장에서 바라볼 수 없을까? 자본주의적 성장 제일주의 우상 앞에서 온갖 분쟁과 부패와 탐욕에 빠진 일부 남쪽 교회의 현실과 비교했을 때 북의 교회를 부정적으로만 판단할 수 있을까? 또한 모든 단체 행동이 감시·통제되는 북한의 사회구조 속에서 '지하교회'의 비밀 활동과 확산을 역선전하는 저의는 무엇일까?

이 예배에서 가장 감명을 주는 부분은 성가대의 찬양이다. 이날은 유난히 음악 순서가 많았는데 독창, 여성 오중창, 합창은 모두 음악적으로 훌륭하고 영적 은혜로 풍성하다. 그런데 나에게 가장 큰 감동을 준 음악 순서는 동행한 유은녀 사모의 독창이다.

"내 영혼이 은총 입어 중한 죄 짐 벗고 보니 슬픔 많은 이 세상도 천국으로 화하도다. 할렐루야 찬양하세!"

유 사모는 전날 밤부터 몸이 몹시 아픈데도 기어코 나와 직접 피아노를 치면서 천사의 소리로 찬양을 선사했다. 아마도 그녀는 이 순간을 위해 오랜 세월을 불안과 아픔과 외로움 속에서 지내왔을 것이다. 김인식 목사의 축도로 예배를 마치자

교인들이 썰물처럼 빠져나간다. 예전처럼 손에 손을 잡고 「우리 다시 만나 볼 동안」을 부르는 작별 찬송은 없었다. 물론 점심이나 친교의 시간도 없다. 목사님들과 사진을 찍고 아쉬운 작별을 한다. 한때 홍성한다던 조선그리스도교도연맹의 신학원 소식도 알 길이 없다. 그런데 흥미로운 사실은 두 목사님 가슴에 김일성 배지가 없다는 것이다. 북의 공민이면 누구나 자랑스럽게 달아야 하는 표증인데, 예배 시간이나마 이를 거부하는 것인가? 십자가 밑에서는 수령님의 절대성이 일단 보류되는 것인가?

기독교와 반공주의

북에서는 대부분의 사회주의국가에서처럼 기독교 교회는 있으나 전도나 주일(교회)학교가 없다. 길에서 우연히 러시아정교회로 보이는 건물을 목격했으나, 아마 그들의 활동도 제한되어 있을 듯싶다. 포교를 금지당하는 종교는 종교의식이 있든 없든 최대의 탄압을 받는 셈이다. 사실 해방 이후 북에 공산 세력이 집권하면서 한국 기독교는 가톨릭이나 개신교를 막론하고 상당히 핍박받았다. 그래서 많은 기독교인이 신앙의 자유를 찾아 남으로 피난해왔다. 그리고 6·25 동란 기간에 그들에 의해 모든 교회가 폐쇄되고 수많은 교회 지도자가 남과 북에서 순교했다. 그런 연유로 급격히 성장한 남한의 기독교가 북의 공산 세력을 극도로 증오하게 되면서 반공의 가장 강력한 정신적 보루가 된 것이다. 많은 보수 기독교인에게 북은 '하나님이 진멸할 사탄의 세력'이고, 따라서 당연히 미워해야 할 '적그리스도'가 되었다.

그러나 성경은 우리에게 분명히 말하고 있다.

> 한 백성끼리 앙심을 품거나 원수 갚는 일이 없도록 하여라. 다만 너는 너의 이웃을 네 몸처럼 사랑하여라. 나는 주다(레위기, 19 : 18; 야고보서, 2 : 8에서 재인용).

> 그러나 나는 너희에게 말한다. 너희 원수를 사랑하고, 너희를 박해하는 사람을 위하여 기도하여라(마태복음, 5 : 44).

"원수를 사랑하라"라는 계명을 따라 살아야 하는 기독교인들이 북의 형제들을 계속 미워할 수만은 없다. 지금까지 여러 형태로 그 어려운 예수의 사랑을 실천 또는 실현하려고 노력해온 것도 사실이다. 1990년대까지 가장 열성적인 노력은 이른바 '북한 복음화' 운동이라 하겠다. 이는 억눌린 북한 인민을 그리스도 복음으로 자유화한다는 일종의 구출 운동이다. 상당히 공격적이고, 현실적으로 허망한 꿈이었다. 그 후 남쪽의 '햇볕정책'과 더불어 북한이 극심한 기근으로 고통받던 시절에 많은 국내외 민간단체가 구호의 손길을 폈다. 그 민간단체란 대부분 기독교 기관, 교회, 또는 예수의 사랑을 실천하고자 개인이 헌신적인 자원봉사를 한 것이다. 지금도 해외 기관들이 그 사랑의 실천을 계속하고 있다. 그 사랑은 화해를 위한 성스러운 투자다.

화해(和解)란 원래 적대 관계에 있는 쌍방이 서로 갈등을 해소하며 부정적이고 악의적인 감정을 푸는 것을 말한다. 즉, 풀고, 열며, 받아들이고, 종국에는 하나가 되는 변화 현상이다. 다시 말해 평화를 만들어가는 과정이다. 평화를 만드는 데 가장 필수적인 요건은 용서와 사랑이다. 기독교 복음의 핵심은 바로 용서와 사랑이다. 물론 가장 큰 피해를 받은 남한의 기독교가 북의 공산주의 정권에 용서를 빌 이유는 없다. 그러나 기독교인의 일차적 그리고 종국적 관계는 인간 사회가 아니고 창조주 하나님이다. 우리가 하나님 앞에서 어떤 삶을 영유해왔는가 하는 영적 반성과 뉘우침이 가장 중요하다. 우리가 예수의 계명대로 불행한 사람들을 늘 돌보아 주었는가? 우리의 이웃을 과연 '내 몸같이' 사랑했는가? 진정으로 회개하고 용서받는 영적 체험을 통해 참그리스도인의 확증을 얻게 되는 것이다.

기독교 사랑과 선교

용서함을 받은 기독교인들은 다른 사람들을 같은 사랑으로 용서하고 사랑하며 봉사해야 할 의무를 지닌다. 그렇게 함으로써 하나님 사랑을 접하도록 만드는 것이다. 이는 넓은 의미에서의 선교다. 따라서 북한을 돕는 기독교 단체나 개인들은 '빚진 사람'의 심정으로 겸손하게 사랑으로 섬기게 되는 것이다. 동정적인 구호나 시혜가 아니라 빚을 갚는 태도로 조용히 돕고 돌보며 사랑하는 것이다. 이런 태도야말로 긍지와 자존심을 생명처럼 여기는 북의 인민들에게 참다운 화해의 손길이 될 것이다. 그들이 그처럼 중시하는 '최고 존엄'(국가 최고 지도자의 권위를 지칭하지만, 실은 나라 전체의 존엄성과 자존감을 의미한다)에 대해서도 비판할 이유나 그럴 여유가 없다. 누군가로부터 어떤 인정이나 보상을 기대할 필요도 없다. 오직 순수한 사랑의 숨은 힘이 이념과 체제의 벽을 뚫고 점차 하나의 민족으로 묶는 데 기여할 것이다. 많은 대북 지원 엔지오 봉사자가 '친북 인사'로 낙인찍히는 부담을 안고 있다. 그러나 진정한 기독교인은 공산주의를 신봉할 수 없고, 또 그 체제를 찬양할 수 없다. 그런데도 그들은 공산주의자들을 사랑하고 그들 사회를 돕는 것이다. 그들은 "하나님은 사랑이라"라는 엄청난 사실을 '하나님 나라'를 위해 행동으로 증언하고 있다. 그리고 그 증거에서 보이지 않는 승리를 체험하는 것이다. 성경은 이를 증명한다.

> 사랑하는 여러분, 서로 사랑합시다. 사랑은 하나님에게서 난 것입니다. 사랑하는 사람은 다 하나님에게서 났고, 하나님을 압니다. 사랑하지 않는 사람은 하나님을 알지 못합니다. 하나님은 사랑이기 때문입니다(요한일서, 4 : 7~8)

엄밀한 의미에서 하나님의 사랑을 전파하는 것은 모두 선교 활동이다. 화해를 중시하는 기독교인들은 '말씀 전파'(구체적인 포교 행위)가 유일한 또는 효과적인 선교라고 믿지 않는다. 이슬람 세계나 사회주의국가에서는 그런 선교 방법이 유해하거나, 때로는 위험한 것이 사실이다. 선교의 진정한 핵심은 과거 서양의 침략과 식민지배 세력에 탑승한 서양 선교학에서 강조하는 정복 개념과 다르다. 기독교 세력의 확장이나 인위적인 개종을 의미하는 것이 아니다. 기독교 문화나 개인의 개종은 하나님 사랑의 능력 안에서 이루어질 수 있는 자연스러운 또는 놀라운 결과일 뿐이다. 그래서 일부 해외 또는 남한의 진보 신학자들은 이질적인 근본에도 불구하고 '기독교와 주체사상과의 대화'를 시도한 것이다. 하나님의 넓고 순수한 사랑을 겸손히 전달하는 선교에는 북한의 문이 활짝 열려 있다고 보아야 할 것이다.

인민공화국의 혁명 전통

오후 3시부터 호텔에서 손님들을 위한 두 가지 특강이 있다. 김철수사범대학의 정기풍 교수가 와서 공화국의 이념, 역사, 정치, 경제, 군사, 통일 등에 관한 전반적인 내용을 조리 있게 설명한다. 물론 동의하기 어려운 부분이 있었지만, 나는 아무런 질문도 하지 않는다. 국가와 민족을 생각하는 그의 진지한 태도와 열정을 그냥 존중하고 싶어서였다. 동조하지는 않지만 신념에 찬 사람을 존경할 수 있다. 그는 수령론 강의로 시작한다. 북에서 김일성 주석은 위대한 지도자일 뿐 아니라 절대적인 존재이고, 그에 대한 충성과 사랑은 가히 종교적이다. 따라서 그를 이은 후계자의 권위와 존엄도 절대적이다.

정기풍(앞줄 왼쪽) 교수와 함께

1983년도의 일이다. 나를 포함한 미국 동포 교수단이 처음 북한을 방문해 당시 황장엽 중앙당 비서를 만나 환담하며 그의 주체사상을 토의한 바 있었다. 그리고 우리 일행은 용감하게도 그 당시 부상하던 김정일 비서의 후계설을 비판적으로 논평했다. 그는 주체사상 이론을 넘어 "인민이 원한다면" 그럴 수밖에 없다는 (좀 구차한?) 답을 강변하고 곧이어 같이 시원한 냉면을 나누었다.

3세대 후계를 설명하는 정 교수는 "혁명 전통의 계승"이라 규명하고, 이는 나라의 자주성 유지를 위해 절대적으로 필요하다고 역설한다. 특히 김정은 제1비서는 강성국가 건설을 위해 선군정치(인민군을 모든 사회 활동과 통일 위업의 본보기로 내세우

김현철 교수와 함께

는 정치)를 계승한다고 한다. 그러나 인민의 혁명 전통이 반드시 한 가문의 권력 독점으로 계승되어야 하는 것일까?

북의 통일 정책

그의 통일 전망은 좀 더 현실적이고 다소 낙관적이다. 그에 따르면 북의 통일 정책은 일관적이고 합리적이다. 즉 외세 없는 자주, 무력행사를 배제한 평화적 방법, 사상과 이념과 제도를 초월하는 전 민족 대단결이다. 그것은 이미 7·4 공동성명을 통해 남북이 합의한 3대 통일 원칙이고, 그 후 6·15 공동선언, 10·4 선언이라는 더 발전적인 합의를 도출한 것이다. 다만 이를 실행하지 않는 것이 문제다. 북은 미국과 평화협정을 원하고 남과의 평화적 교류를 바라지만, 미국과 남쪽은 북에 대해 계속 국제적 압력과 경제적 봉쇄 그리고 위협적인 전쟁 연습을 강행하므로 늘 불안과 고통에서 투쟁한다고 한다. 자주적 생존을 위해 국가 총예산의 약 3분의 1을 군비로 사용해왔다. 그런데 이제는 핵무기 개발로 어느 정도 국방의 기반이 성취되어 앞으로는 경제 발전에 집중할 수 있고, 인민의 문화생활 증진을 위해 자원을 사용할 여유가 생겼다는 것이다. 그는 위성과학자거리 등 우주과학의 발전과 성취를 자랑한다. 국가의 안보와 자주성이 보장된 상황에서 어떤 형태의 평화적 타결이 가능하다는 것이다. 핵무기 개발로 남북대화가 단절되었다는 남쪽의 주장과는 대치되는 입장이다. 적대 상황에서 부정적인 원인을 추구한다면 끝없는 '계란과 닭의 순위 또는 인과관계'에 고착될 수 있다. 문제는 이 악순환의 고리를 어떻게 창의적으로 그리고 혁명적으로 탈피하느냐 하는 용단에 달렸다고 하겠다. 정 교수는 이러한 여유를 가지고 앞으로 수행해야 할 중요한 혁명적 과제 중 하나가 헐벗은 산을 덮을 나무 심기 운동이라고 한다. 북의 산은 거의 다 민둥산이다. 경작지 확장을 위해 조성한 벌목지가 홍수 때마다 농산물 생산에 큰 피해를 주고 있다. 경제 실패의 원인인지 결과인지 따질 필요도 없이 나무 없는 나라는 지극히 불행한 현상을 야기한다.

두 시간 반이 흐른 후 두 번째 강의가 있었다. 조국통일연구원 실장인 김현철 교수가 통일 문제에 대해 간단히 강의를 이었다. 김 교수는 겸허한 학자적 인상을 풍기며 예리한 전문가의 입장에서 그의 견해를 토로한다. 그는 먼저 북의 핵은 어느 누구를 표적으로 삼기보다 방위 수단으로서 "자존을 위한 보험"이라고 규명한다. 남한은 미국의 '핵우산'을 통해 보호받지만, 북은 반대로 미국의 계속적인 위협과 도발적 시위로 항시 전쟁 위기에 노출되어 있다. 생존을 위해서는 막대한 대가를 치르며 핵무기를 개발하지 않을 수 없었다고 한다. 이 논리는 여러 해 전 북의 한 기관원과의 토론에서 들은 말과는 대조되는 입장이다. 그 당시 제네바 합의(1994년 북한 핵문제 해결을 위해 북과 미국이 서명한 기본 합의서)를 파기하고 비밀리에 핵무기 개발을 추진하는 것이 아니냐는 우리의 도전에 그는 그렇지 않으며, 또 그럴 필요가 없다고 주장했다.

"우리가 전쟁을 원한다면 남조선에 재래식 무기만으로 결정적 타격을 줄 목표물이 얼마나 많습니까? 남쪽 해안에 원자로가 널려 있습니다."

그의 주장은 맞는 말이지만 그 예언은 아주 빗나갔고, 끝내 핵폭탄이 나온 것이다. 그러나 나는 이 두 상반되는 주장이 결국 약자의 입장에서 평화를 보장받기 위한 공통된 최종 방책이라 생각한다. 진지한 태도로 김 교수는 북이 진정 평화를 원한다고 술회한다. 평화는 통일의 필수 방법인 동시에 최종 목표이기 때문이다. 그는 남과 북이 최소한 6·15 선언 시절 수준의 교류를 다시 시행하기 바란다고 개인적인 소원을 술회한다.

6

하나라는 이름으로

새로운 만남

4월 27일 월요일. 이날은 우리 일행이 북을 떠나는 날이다. 우리가 요구한 대로 기차 편으로 떠나게 된 것이다. 국제 열차여서인지 여권, 비자, 세관 등 탑승 수속이 복잡하다. 그동안 내내 동행해준 라인철 안내원 동무와 아쉬운 작별 인사를 나누는 중에 기적 같은 일이 벌어졌다. 지난 금요일 헤어졌던 조카 성숙이와 그 아들 영성이가 역 승강장에 불쑥 나타난 것이다. 엄격히 통제된 구역에 어떻게 들어왔는지 알 수 없다. 우리는 무척 반갑고 기뻤지만, 성숙이

평양역에서 조카와 함께
2015년 4월 27일 평양역에서 조카 한성숙, 그의 아들 영성이와 작별인사를 나눴다.

는 눈물을 삼키고 있다. 영성이는 의젓한 소년이 되어 그동안 도와준 큰할아버지와 큰할머니를 멋쩍은 미소로 반긴다. 별 할 말은 없으나 "건강해서 다시 만납세다" 하고 몇 번이나 다짐한다. 과연 다시 만날 수 있을까? 차창 밖에서 끝없이 손을 흔드는 모자의 모습이 잠시 후 사라진다. 아쉬움을 남기고 영원히 사라진다.

이 기차는 아마도 중국을 거쳐 러시아까지 가는 모양이다. 우리가 탄 칸은 양쪽에 이층 침대 두 개와 창 앞에 작은 탁자가 있다. 아늑하고 깨끗하다. 우리가 열차 여행을 택한 것은 여유 있게 북의 농촌을 보기 위해서다. 물론 누구의 눈초리도 의식할 필요가 없는 작은 자유의 공간과 시간을 즐기기 위해서다. 서서히 달리는 차창으로 여러 농촌과 지방 도시를 보며 역시 빈곤과 고역의 인상을 떨쳐버릴 수 없다. 사람들의 허름한 옷, 거의 모든 것을 사람 손에 의존하는 노동 활동, 부족한 기반 시설, 포장되지 않은 도로, 벌거숭이 산……. 가끔 달리는 차들이 먼지를 날리며 이 불비한 현실을 감추기도 한다. 그러나 이곳은 동남아에서 흔히 보는 빈곤과 절망의 세계와는 그 성격이 현저히 다르다. 대개 집과 거리는 깨끗이 정돈되어 있고, 사람들이 활기차게 무엇인가 열심히 하고 있다. 희망이 있고 신념이 있어 보인다. 그리고 놀랍게도 행복해 보인다.

차창으로 보게 된 새로운 발견은 철도 노선 좌우로 약 5m 너비의 묘목 밭을 끝없이 조성해놓은 것이다. 어떤 곳에는 자리만 마련하고, 어떤 곳에는 작은 묘목이 심겨 있으며, 어떤 곳에는 한 길이 넘는 나무들이 자라고 있다. 이 나무밭은 신의주에 도달할 때까지 계속된다. 지역마다 배당이 되어 있는지 가는 곳마다 묘목 등

농촌의 개인 주택과 연립주택

민둥산과 나무 심기 운동을 위한 묘목 자리

이 있는 것을 보니 나무 심기가 결국 중대한 국가적 사업 과제가 된 것이 분명하다. 늦었지만 현명한 정책 선정이다. "당이 결심하면 우리는 한다!"라는 구호는 이 사회의 결속과 집중적 실천력을 과시한다. 우리는 이 나무들이 어서 자라기를 바라며 평양역에서 사온 도시락을 배부르게 먹는다. 차내 식당보다 저렴한데 내용물은 더 풍성하다.

정치 구호와 실천

북에는 상업성 광고가 전혀 없다. 큰 건물마다 커다란 정치 구호가 높이 붙어 있고, 김일성·김정일 부자의 사진이나 꽃 또는 붉은 깃발이 꽂혀 있다. 지방 소도시에도 정치 선전은 마찬가지다. 그러나 정치 구호가 모두 '위대한 수령님 만세'나 '조선로동당 만세'만은 아니다. 지방마다 다소 다르고 창의적인 구호도 많다.

이 중 몇 개를 소개하면 이 사회의 전반적인 정치 문화 형태를 가늠할 수 있다.

"조국이 기억하는 애국자가 되자!"

"위대한 김일성동지와 김정일동지는 영원히 우리와 함께 계신다!"

"최후의 승리는 우리의 것이다!"

"위대한 김정은동지와 끝까지 뜻을 같이하자!"

"생산도 학습도 생활도 항일 유격대식으로!"

"일심 단결!"

"김정은원수님께서 올해 신년사에서 제시하신 강령적 과업을 철저하게 관철하자!"

"충성의 한마음으로, 건설에서 대번영기를, 언제나 앞장!"

모두가 정치 이념적 강령이나 강요이지, 개인·가정의 행복이나 단체의 목적을 위한 선전·설득은 아니다. 집단주의 체제에서 유일 노선의 경직된 통치 방법이다. 북에서 가장 신성시하지만 바깥세상에서 가장 혐오하는 것은 통치자의 절대화라 하겠다. 그것도 삼대에 걸친 세습의 절대화는 구조적으로나 기능적으로 '민주주의 인민공화국'보다는 왕조에 가깝다. 그렇다고 흔히 여러 탈북자가 주장하는 것처럼 모든 인민이 강압에 억눌려 노예처럼 지배당하는 것은 아닌 듯하다. 노예들에게는 자유가 없지만, 자발적 헌신이나 영웅적 희생도 없다. 북의 인민들은 민족 자주성과 존엄성을 수호하기 위해 높은 수준의 결속과 강력한 유대로 응집하는 것이 엄연한 사실인 듯하다. 개인주의 사회에서는 이해하기 어려운 점이다.

사회주의와 효율성

기차가 다섯 시간 만에 신의주에 도착한다. 일부 승객이 내리고 타며 국경선을 넘을 준비를 한다. 칸마다 입국, 세관, 보건 등 각 부서에서 나온 기관원들이 차례로 조사를 한다. 모든 승객의 여권을 함께 거두어 간다. 일일이 조회를 하는 것인가? 인천공항에서는 몇 분도 걸리지 않는 출입국 수속이 여기서는 영원히 걸리는 절차 같다. 잘생긴 장교 한 분이 우리 칸에 들어와 앉아 한가하게 미국 생활에 대해 묻고 웃다가 나간다. 자본주의 사회인 남쪽의 '빨리빨리 문화'에서 벗어난 우리는 느긋하게 마음먹고 기다린다.

한 시간 반 후에 기차가 슬슬 움직여 압록강을 건넌다. 철교 북쪽 끝에 이르렀을 때 새 천지가 갑자기 나타난다. 높은 건물이 즐비하고 많은 차가 달린다. 중국의 접경 도시 단동(전 안동)이다. 이 도시는 남과 북, 그리고 조선족 사람들이 많이 어울려 사는 곳이다. 그런데 여기 도착해서도 여권을 맡기고 기다려야 한다. 한 시간쯤 차에서 기다린 후에야 대합실로 가서 입국 수속을 한다. 중국인의 전통적인 '만만디(慢慢的)'인가, 사회주의의 전형적인 비효율성인가? 역 광장에는 거대한 마오쩌둥(毛澤東) 주석의 동상이 중국 사회주의의 찬란한 건설을 알린다. 역 앞에는 100여 명으로 추산되는 '조선' 운동복을 입은 여자들이 차에서 내려 버스를 기다리고 있다. 아마도 어느 국제 체육대회에 참가하는 북의 선수들인 모양이다. 반갑다. 그런데 말을 걸 수 없다.

마오쩌둥 동상
단동역 앞에서 중국의 엄청난 경제성장을 가리키는 듯 서 있다.

한 민족

미리 약속된 조선족 사람들이 나와 우리를 맞아준다. 약 반 시간을 산기슭으로 달려 시골 별장 같은 곳에 내린다. 리원도가촌(利源度假村)이라고 이름 붙인 이 집은 완만한 비탈에 나무와 흙과 돌로 만든 조선의 전통 건축양식에 따라 길게 본체가 있고 그 밑에 'ㄴ' 자 형태로 여러 숙실과 창고 등을 막 지어가고 있다. 널찍한 마당 가운데는 여러 사람이 즐길 수 있는 바비큐 시설과 둥근 돌상 등이 준비되고 있다. 이 집 주인 오민필 씨는 단동에서 사업을 하며 앞으로 이 시설을 펜션처럼 꾸며 여러 여행객을 맞으려는 포부가 있다고 한다. 우리는 둥근 상에서 각종 산나물과 텃밭에서 재배한 유기농 채소 그리고 김치, 통닭, 조개 등을 즐기며 동포애를 나눈다.

여기 사는 조선족 사람들은 같은 사회주의 체제인 북쪽보다, 통신과 방문이 수월한 자본주의 체제인 남쪽과 더 교류가 많다고 한다. 물론 엄청나게 많은 사람이 남쪽에 가서 취업하고 있으니 자연스러운 추세다. 남쪽의 텔레비전 프로그램이 고정적으로 수신되고 있다. 어디에서든 같은 말, 같은 풍습, 같은 감정을 스스럼없이 나눌 수 있는 우리 민족의 인정이란 얼마나 아름다운 것인가! 왜 우리는 서로 떨어져, 흩어져, 나뉘어, 피하며, 두려워하며, 미워하며 살아야 하나? 사회주의국가에 살든 자본주의국가에 살든 우리는 종국적으로 하나다. 모두 만나야 한다.

우리의 북한 방문은 오늘로 마감한다. 그러나 민족 화해를 위한 우리의 꿈과 노력은 계속되어야 한다. 실은 내일 색다른 만남이 열린다. 다시 북과 북의 사람을 만나게 된다. 그리고 역사의 조명을 받으며 나의 가족사를 통해 우리의 분단과 화해의 뒤안길에 감춰진 기막힌 사연을 짚어보고자 한다.

리원도가촌에서의 만찬

7

우리에게 주어진 화해의 사명

만주 봉황산의 위용

마음의 고향

오늘은 나의 오랜 과거를 만나는 감격의 날이다. 나의 간절한 소원을 풀어주기 위해 두 젊은 동포가 나서서 우리 일행을 데리고 나의 70~75년 전 고향을 찾아가게 된 것이다. 나는 유치원 시절부터 국민학교 3학년, 즉 1945년 해방되는 해까지 만주 봉황성(鳳凰城) 또는 봉성이라는 곳에서 살았다. 나는 그곳에서 처음으로 어머니 품 밖의 세상을 알게 되었다. 어릴 적 순진한 감회가 깊이 서린 곳이다. 이 도시는 단동에서 심양(전 봉천)으로 가는 길 40km 지점에 있는 중소 도시인데, 무엇보다 위용과 풍치가 뛰어나 산악인들에게 잘 알려진 봉황산(鳳凰山)이 있는 곳으로 유명하다.

봉황성은 오래된 전통 도시인데[그때 일본인들은 '구시가(舊市街)'라고 불렀다] 그 앞

만주 봉황성 기차역 앞에서

으로 작은 강이 흐르고, 큰 다리를 넘어 '신시가'지에는 주로 일본인들이 정착해 관사, 학교, 경찰서, 기차역, 일본 신사, 우체국 등 현대 시설이 있었다. 그 당시는 도시와 철도길 주변 지역을 일본군이 지배하는 이른바 만주국 시기였는데, 우리는 신시가지 안에서 중국 사람(만주족)들과 어울려 살았다. 내가 다녔던 유치원, 교회, 국민학교, 우리 집 등은 지금도 눈에 선해 눈감고도 찾아갈 듯싶다. 그런데 막상 고속도로에서 나와 시에 들어가 보니 어디에서도 비슷한 곳을 찾을 길이 없다. 10년이면 강산이 변한다는데 70년 만에 찾은 옛 고향이 그대로 있을 리 만무하다. 낯선 고층 건물이 즐비하며 차량이 밀리고 있다. 평생 꿈꾸던 고향이 다 사라지는 참담한 순간이다.

간신히 한 노인의 도움으로 위치가 그대로라는 봉황성 역전을 찾았다. 기차 역사는 큰 2층 건물로 바뀌었지만, 앞의 광장이 갑자기 옛날로 나를 부른다. 아마도 75년 전 초봄이었으리라. 초라한 피난민처럼 두렵지만 막연한 기대를 품고 우리 일곱 식구(큰누님 두 분은 평양에 있었다)가 그 낯선 역에 내렸을 때 우리를 처음 맞아준 환영객은 뜻밖에도 이곳의 일본 경찰서장이었다. 이 광장에서 마차 두 대에 나누어 탄 우리 식구가 그의 안내와 보호(?)를 받으며 어디론가 갔던 기억이 새롭다. 어린 나는 모든 것이 신기했지만 나의 아버지, 평안도 시골에서 탄압을 피해 이곳 만주 교회로 온 중년의 목사는 놀란 가슴을 졸였을 것이다. 그 후 일제 당국의 갖은 간섭과 탄압이 계속되어 '혁명가 김예진'은 마침내 목사직에서 면직되었다. 콩나물 공장을 차려 생계를 이어가는 가여운 신세가 된다. 그때 만주로 도망 온 청년 홍동근이 교회에서 '이상한 목사'를 만나게 된다. 설교는 하지 않고 풍금을 타면서 '그날'을 애타게 기다리는 짙은 슬픔에 잠긴 목사와 깊은 교감을 나누게 된다.

봉황처럼 날아간 과거

1945년 8월 중순 일본이 항복했다는 소식이 들리자 만주 전체는 큰 혼란과 불안에 싸인다. 아버지는 즉시 방 안 벽 꾹대기에 한문으로 "大韓獨立萬歲(대한독립만세)!", "自主解放萬歲(자주해방만세)!"를 써 붙이고, 태극기를 그려 걸었다. 우리 도시의 일본 민간인들은 일본군의 보호 아래 매일 화물차를 타고 남쪽으로 조선으로 피난을 떠나고 있다. 조선인들은 어찌할 바를 모르고 있는데, 거의 매일 밤 구시가의 중국인들이 와서 조선 사람 집을 약탈하거나 주인을 죽이는 사건이 일어난다. 시의 무슨 인민위원회라는 단체에서 친일파 열 명을 공개 처형했는데, 그중 세 명이 조선 사람이라고 한다. 우리나라 사람 중에는 일본의 군인이나 형사 앞잡이로 중국인을 괴롭히고 착취한 사람들이 여럿 있었다. 앞으로 친일 행위를 한 조선인들이 더 많이 사형당할 것이라고 한다. 가혹하지만 죄과에 대해 심판을 내리는 것이다. 아버지는 동네 중국인들의 보호와 협조를 받으며 다른 조선인들을 보호하기 위해 대한거류민단(大韓居留民團)을 조직하고 단장으로 활약한다.

한번은 멀리서 세 남자가 찾아와 긴 이야기를 나누고 떠났다. 과거 1920년경 아버지가 평양 지역에서 비밀청년결사대를 조직해 항일 독립 투쟁을 할 때 무기를 대주었던 사람들인데 "조국 건설을 위해 함께 떠나자"라고 제안한 것이다. 목적지는 평양. 그러나 9월 중순에 아버지는 평양이 아니라 백범 선생을 비롯한 임시정부 요인들이 돌아온다는 서울로 훌쩍 떠났다. 봉황성에 살던 다섯 자녀와 식모 사는 처녀는 어머니를 따라 몇 명씩 나뉘어 슬며시 평양을 거쳐, 다시 서울로 오게 된다. 그것이 봉황성 인생의 마지막이다. 형이 아버지의 부탁으로 중요한 재산만 중국인 마차 세 대에 나누어 싣고 안동으로 가다가 봉변을 당한다. 중국의 것은 돌 하나도 못 가져간다고 하며 중국 청년들이 모든 피난민을 약탈하는 것이다. 그러나 덮인 짐짝을 열고 보니 거의 다 책이라 매만 맞고 풀려난다. 그 많은 책을 신의주 제2교회(한경직 목사 시무) 지하실에 놓고 다시 서울로 온다. 그것이 마지막이 된다. 만주에서 보낸 우리 집안의 과거는 온 살림과 함께 이렇게 사라진 것이다. 그때 만일 아버지가 옛 동지를 따라 평양으로 갔으면 어떻게 되었을까?

아쉬운 마음에 우리 일행은 봉황산을 잠시 답사하기로 한다. 봉황산은 그 산세가 봉황새가 날아가는 모습과 같다고 하여 붙인 이름이다. 입장권을 사고 그 장엄한 입구에 들어선 뒤 다시 관람차 승차권을 사서, 차에 앉아 쉽게 등산을 한다. 화려한 2층 누각이 있는 광장에 이르러 희미한 옛날을 회상한다. 아마도 옛날에 중국인들이 제사를 지내고 축포를 쏘던 곳인 듯하다. 더 올라가려면 또 차표를 사고 관람차를 다시 타야 한다. 넓은 곳에 도착해보니 멀리 케이블카가 준엄한 산봉우리로 올라간다. 그것도 두 번에 걸쳐 나누어 타는 모양이다.

그곳에 가면 가파른 바위를 깎아 만든 계단, 절벽에 선반처럼 얹어 낸 길, 좁은 바위 틈새의 길, 전부가 유리로 된 전망대(파리잔도), 구름 위로 오르는 산악 길 등 그야말로 환상적인 트래킹 코스가 있다고 한다. 더는 오를 수 없다고 스스로 판단한 뒤 앉아서 우리의 따분한 신세를 위로한다. 이 장엄한 산과 광활한 땅이 한때 고구려의 땅이었다고 생각하니 우리의 운명이 또한 처량하다. 이 일대 남만주에는 우리 조상의 유적이 널려 있다. 특히 가까운 집안(集安, 지안)시에는 광개토대

장엄한 만주 봉황산 입구

봉황산으로 오르는 길에서

왕의 비문이 여전히 서 있다. 서로 싸우다가 남에게 빼앗긴 우리 민족의 슬픈 역사. 오늘날도 외세에 의한 분단이 우리의 영광스러운 하나의 조국을 슬픈 운명으로 만들어놓은 것이다.

음흉한 친절

봉황성에서 돌아오는 길에 우리는 북의 땅과 사람을 다시 바라보기 위해 압록강 상류로 약 반 시간을 올라간다. 압록강 유람선착장이 있는 곳에서 우리는 유람선 대신 구명정을 입고 8인승 쾌속정으로 북쪽 땅과 섬 사이를 누비며 달린다. 철조망은 없지만 여기저기 작은 초소가 서 있다. 분명히 누가 우리의 동정을 살피고 있을 것이다. 파란색 여자 감옥소의 감시초소가 보인다. 압록강은 지점에 따라 그 폭이 많이 다르고 그 안에 여러 크고 작은 섬이 있는데, 국경선이 애매해 여러 섬이 중국에 가깝지만 북조선 땅으로 되어 있다. 어떤 섬은 실제 중국 땅에 거의 붙어 있는데 북조선의 섬이다. 그래서 우리는 북조선 땅과 북조선 섬 사이를 가깝게 지나가며 많은 것을 본다. 허름한 집들, 자전거를 타고 가는 사람들, 강가에서 빨래하는 여자들, 배에서 일하는 사람들…….

압록강변의 한가로운 북쪽 사람들

배를 조종하는 중국인이 사진을 찍지 말고 떠들지 말라며 주의를 준다. 나는 속으로 외친다.

'우린 조선 사람들이오. 우린 어제 바로 평양에서 왔시오.'

10m도 채 되지 않는 거리에서 어떤 군인이 강가에 웃통을 벗고 앉아 담배를 피우며 쉬고 있다. 중국인이 무어라 외치고는 우리에게 담배를 달라고 한다. 우리에게 있을 리 만무하다. 우리는 조용히 바라만 본다. 배는 다시 오른쪽 섬으로 달린다. 이번에는 세 명의 군인이 앉아 이야기를 나누고 있다. 배를 모는 중국인이 담배를 주자고 한 번 더 외치며, 이번에는 자기가 담배가 있는데 던져주랴고 묻는다. 우리는 그러라고 응원한다. 그가 담배 한 갑을 던져 그들 앞에 떨어뜨렸다. 우리는 속으로 박수를 쳤다. 그런데 그들은 본 척도 않고 그냥 이야기만 하는 것이다! 이것도 그들의 자존심인가? 이번에는 북조선 돈을 주길 원하냐고 우리에게 묻는다. 우리는 언뜻 이상하다고 느끼는데 그는 오히려 우리가 이상하다는 표정을 짓는다. 알고 보니 이 쾌속정에는 주로 남쪽에서 오는 손님들이 많이 타는데, 북쪽 동포에게 무엇이든 던져주고 싶은 마음을 익히 알기에 돕고자 친절을 베푸는 것이다. 북쪽 동포들은 동물원 철창 속의 희귀 인간처럼 구경거리가 되는 셈이고, 우리의 애절한 동포애가 중국 사람들에게는 좋은 돈벌이 기회가 되는 것이다. 북쪽을 돕는 소규모의 외국 엔지오 단체들도 대부분 불가피하게 중국 상인들의 물건을 사주는 고객이 되어 있다.

단동에서 본 북한 섬의 새 마을

중조압록강대교

우리는 다시 압록강 하류의 새로운 경제개발 지역으로 간다. 왼쪽으로 유명한 큰 섬, 이성계가 회군해 역성혁명으로 조선왕조를 설립하는 데 발단이 된 위화도(威化島)를 본다. 이 섬은 북의 경제특구로 지정되었으나, 경제 발전에는 별 진전이 없다. 그 아래 섬에는 유령촌(?)이라고 알려진 3층 건물이 세워진 새 마을이 들어서 있다.

좀 더 하류로 내려가면서 북의 류초도(柳草島)를 지나자 엄청 높고 하얀 다리가 위용을 뽐낸다. 이것이 바로 새로 건설된 중조압록강대교(中朝鴨綠江大橋)다. 이 대교는 3km가 넘는 현대의 아치형 골격으로 중국이 3000억 원 이상의 건설 비용을 들여 완성했다는 새 다리다. 그러나 북에서 이 다리에 도로를 연결하지 않아 아직 개통되지 않은 상태다. 또 하나의 다리, 1911년 일제가 대륙 진출을 위해 건설했으나 6·25 전쟁 당시 미군의 대대적인 폭격으로 북쪽에는 교각만 남은 일명 압록강단교(鴨綠江斷橋)는 중국의 관광 상품이 되어 적지 않은 사람들이 그 다리 위로 구경을 간다. 지금의 중조우의교(中朝友誼橋)는 너무 낡아 20톤 이하의 화물차만 서행하고 있다. 그러니 새 대교는 앞으로 북과 중국의 경제적 교류와 통상에 중요한 통로가 될 것으로 보인다.

이 다리에서 좀 더 내려가면 넓이 14㎢가 넘는 북한 땅(실은 중국 단동 땅에 붙어 있다)이 나오는데, 북이 2011년 말 중국과 합의했다는 '황금평·위화도 경제지대법'

단동-의주 간의 조중압록강대교(미개통)

에 의해 조성된 황금평(黃金坪) 경제특구다. 이 특구는 지리적 위치와 특성을 고려해 산업 · 문화 · 서비스의 '3대 기능'과 의류 가공, 전자제품, 문화 콘텐츠, 현대식 농업, 첨단 상업·무역 서비스의 '5대 산업'을 집중 육성할 계획이라고 한다. 그리고 이 법은 이 지역에 외국 법인이나 개인의 투자를 허용하며, 개발 기업이 전체 면적의 토지를 임대받아 종합적으로 건설·경영하는 방식으로 개발한다고 한다. 이 장밋빛 경제특구 계획은 함경북도 나선(나주, 선봉) 경제특구의 경험에 비추어볼 때 크게 진전되지 않을 수 있다는 우려를 낳고 있다. 만성적으로 부족한 자본과 후진적 기술에 더해 현재 미국과 남쪽의 경제봉쇄와 군사적 위협 때문에 북이 당하는 국제사회에서의 고립과 고전은 엄청 심각하다. 풍부한 지하자원과 노동 자원에도 불구하고 자유로운 경제개발의 길을 열기 어려운 실정이다. 더욱이 핵무기 개발 이후 유엔의 제재와 감시는 거의 모든 나라와의 금융 관계나 경제 교류를 불가능하게 하고 있다. 결국 기대할 수 있는 유일한 출구는 중국의, 중국에 의한, 그리고 중국을 위한, 경제 관계의 발전이라 생각한다. 그것은 거대한 중국 경제의 종속적 하부구조로 편입된다는 의미일 것이다. 넓고 편한 중조압록강대교는 이미 열려 있다. 그러나 앞의 경제특구는 사실상 '황금평·위화도 100년 토지임대사업'이 되다가 어느새 세계적으로 유명한 상업 자본가인 중국인들이 우리 북쪽 동족의 가난한 꿈을 영원히 앗아갈지 모른다. 착잡한 마음을 안고 리원도가촌 숙소로 돌아온다. 어두워지는 저녁상을 앞마당에서 같이 나누며, 우리의 만주에서의 마지막 밤을 반추해본다.

만주에서의 마지막 만찬

역사 왜곡

다음 날 아침 우리 일행은 동포들의 도움으로 단동 버스 정류장에 가서 버스 대신 중국인의 대형 승용차를 대절해 심양공항으로 달린다. 봉황성을 지나고도 거의 4시간을 더 달려간다. 이 넓고 비옥한 만주 벌판, 특히 동북 간도 지방은 우리 선조가 오래 살던 우리나라 땅인데도 간도협약(間島協約)으로 빼앗긴 것은 우리의 슬프고 잘못된 역사(1905년 대한제국으로부터 외교권을 찬탈한 일본은 1909년 간도협약을 맺어 철도부설권과 광산채굴권을 얻는 조건으로 청나라에 이 땅을 넘겼다) 때문이다. 지금 여기 사는 부지런하고 성실한 동포들은 모두 '중국 조선족'이 되어 있다. 민족 시인 윤동주도 '조선족 중국 시인'으로 둔갑되어 있다. 중국의 이른바 동북공정(東北工程)은 고조선, 고구려, 발해 역사마저 중국 역사의 한 부분으로 왜곡·편입하고 있는 실정이다. 얼마 전 미국의 한 시사 잡지에 "통일이 되어도 남한은 '빈 깡통 북한(the North, empty-handed)'을 만나게 될 것이다"라는 글이 나왔는데, 그 내용인즉 북한이 희금석을 포함한 많은 지하자원의 채굴권을 50~100년간 중국에 팔아버렸다는 것이다. 그처럼 민족의 자주와 주체성을 위해 고전분투해온 북한이 결국 중국으로 팔려가는 불쌍한 하녀 신세가 되는 것은 아닐까? 더 슬프고 안타까운 사실은 이런 민족적 비운이, 지난 몇 년간 남쪽 당국이 잔인할 정도로 단절과 대결, 아니 위험할 정도로 적대감과 공격성을 견지함으로써 더욱 강화되었다는 점이다. 한 보도에 따르면 기존에 약 40% 정도였던 북한의 대중국 의존도가 5·24 조치(천안함 사건을 북의 소행으로 보고 남북 교류와 협력에 관련된 모든 인적·물적 교류와 지원을 중단한 이명박 정부의 조치) 이후 거의 90%로 상승했다는 것이다. 물론 그 책임의 상당 부분은 우리와 같거나 더 높은 적대감과 공격성에 몰두한 북한의 선군주의에 있다고 할 것이다. 그러나 지금 그들에게는 선택의 자유나 실험의 여유가 없다. 국내총생산이 북한보다 46배(2015년 기준)나 높을 정도로 경제력을 자랑하는 남한 당국이 동족애로, 화해의 표시로 북한을 조금이라도 도울 수는 없는 것일까? 아니 돕겠다고 기다리는 민간 차원의 지원을 그냥 허용만이라도 한다면 이런 민족적 비운을 피할 수 있지 않을까? 우리는 무거운 마음과 가벼운 가방을 들고 인천으로 돌아간다.

방문기를 마치며

나는 지금까지 비판적이면서도 긍정적으로 북한을 보고 공정히 소개하려고 노력했다. 그러나 어떤 독자들은 이 방문기 역시 '종북 좌파 세력'의 교묘한 선전물로 간주할 수 있을 것이다. 그것은 북한이 전적으로 나쁜 곳이라고 지적하지 않았기 때문이다. 또는 순진하고 어리석게도 북한이 보여주는 겉만 보고 잘못 판단한다고 나무랄 수도 있을 것이다. 악의에 찬 선입관과 좁게 고착된 색안경으로 본다면 그럴 수도 있을 것이다. 그렇다. 북한은 그들이 말하는 것처럼 '인민의 낙원'은 아니다. 낙원으로 가기에는 길이 멀다. 그러나 일부 남쪽 사람들이 믿는 것처럼 '생지옥'도 아니다. 어렵고 힘들지만, 사람들이 사는 곳이다. 이해하기는 어렵지만 그들 나름대로 삶의 의미와 목적, 심지어 일종의 행복감도 느끼며 힘차게 살아가는 곳이다. 무엇보다 말과 풍습, 인정과 모습이 어느 나라와도 비교할 수 없는 우리의 동족이다. 언젠가 같이 화해해 하나가 되어야 할 우리의 형제자매들이다.

일반적으로 적대 관계에서는 상대방을 악마화하고, 그에 따라 상대방에 대한 증오와 혐오감을 강조하며, 그것을 애국의 이름으로 정당화한다. 남한의 공안 당국은 그 악마 같은 '북한 괴뢰 도당'에 현혹되거나 부화뇌동하지 않도록 늘 경각심을 높이라고 국민들에게 강요한다. 어떠한 경우에도 그들과 접촉·동조·찬양·고무·협력하는 언행이나 심지어 그런 생각조차 위험시하고 범죄시한다. 그런 통제가 자유와 민주주의를 지키는 길이고, 심지어 평화와 통일을 이루는 길이라 주장한다. 그러나 끝없는 미움과 싸움은 모두를 악마화하고 모두를 파멸시킨다. 어떠한 명분이나 주장으로도 '우리의 북'을 끝없이 미워하고 저주해서는 안 된다. "원수를 사랑하라"라는 예수의 명령은 최고의 윤리적 교훈이지만 우리 모두를 살리는 길이기도 하다. 인류 역사를 통찰해보면 그 명령 속에 실리적 평화와 공생의 원리가 담겨 있다. 우리의 이웃, 우리의 동족, 우리의 형제를 영원히 적으로 만드는 행위는 민족 반역 행위다. 그것은 민족을 배반하는 기회주의자, 사대주의자만이 할 수 있는 엄청난 범죄행위다.

사대주의·반민족 세력이 우리의 운명을 영구 지배하면 우리는 어떻게 될까? 수천 년을 같이 살아온 우리 동족 약 3분의 1(약 2500만 명)을 완전히 소외시키고 우리 국토의 약 55%(121만 ㎢)를 어쩌면 영원히 잃어버리는 비통한 대사변을 맞을 수 있다. 북쪽에서는 동족의 3분의 2(약 5100만 명)와 결별하고 국제적 고립 속에서 결국 중국 자치구 수준의 한 성(省)으로 종속될 수 있는 절대 위기에 놓이기 쉽다. 따라서 이 시대 우리 민족에 대한 최대 범죄는 이 분단을 정당화·영구화·절대화하는 모든 반통일 세력이다. 나는 그 세력이 단순히 외세가 아니라고 본다. 북쪽만이 아니고 남쪽만도 아니라고 본다. 남과 북에서 실질적으로 화해의 가능성과 진전을 방해·통제·역행하는 모든 극우·극좌의 강경 보수 정치 세력이라 할 것이다. 분단 체제에서 혜택을 누리고 안녕과 이득을 보는 기득권층의 사대주의 지배 세력이라고 본다.

이에 자유로운 해외 동포들과 남한의 각성한 시민들이 맡아야 할 나라 사랑의 역사적 책임과 역할이 절실하고 중대하다. 우리 모두를 살리는 길은 결국 분단에서 오는 모든 갈등과 증오의 벽을 넘어 과감하게, 공개적·효과적으로 모두를 위한 사랑을 실천하는 일이다. 기독교 성서는 이 시대 우리에게 도전해온다.

우리에게 화해의 직분을 맡겨주셨습니다(고린도후서, 5 : 18).

민족 화해를 바라는 먼 여행길을 마치면서 끝으로 시 두 편을 독자 앞에 바친다.

다리가 되게 하소서

오해가 흐르는 물가
미움이 길을 막는 곳에
오! 사랑의 주님
나로 하여금 다리가 되게 하소서

대화가 끊어진 낭떠러지
불신과 대결 맞서는 곳에
오! 화해의 주님
나로 하여금 다리가 되게 하소서

넓고 곧은 다리가 되게 하소서
누구나 편히 지나갈 다리가 되게 하소서
아무리 밟아도 받쳐줄 다리가 되게 하소서
갈라진 우리 모두 하나로 만들 다리가 되게 하소서

오! 은혜의 주님
이 추운 밤에
모든 죄의 분단을 넘어 찾아오신 당신처럼
나도 모든 것 내려놓고
진리와 영생의 길로 이어진
다리가 되게 하소서

우리 모두 하나 되는 것

푸른 하늘 아래
단 한 가지

간절한 소원이 있다면
우리 모두 하나 되는 것
꿈속에서
깨어서
죽어서
다시 살아서
나의 소원은
우리 모두 하나 되는 것

머리에서 발끝까지
팔다리 마디마디
핏방울 하나하나
나의 소원은
우리 모두 하나 되는 것

나의 억만 세포
빗방울처럼
분단의 두터운 장벽
천만 번
두드리고
부수고
나의 백만 리 가는 실핏줄로
갈라진 민족
그물처럼
엮고
동해물 마르고
백두산 닳도록
역사를 넘어
나의 소원은
우리 모두 하나 되는 것

5장

하나 됨을 위한 고민

소논문

학문하는 사람으로서 통일 문제와 관련해 적지 않은 강연과 지면 발표, 연구 등을 해왔다. 발표된 글은 정치적 논의가 거의 불가능했던 1970년 초부터 1990년 말, 국내외에서 통일 논의가 활발히 시작되던 시기까지 줄곧 계속되었는데, '미국 교수'라는 특수 신분 때문에 적지 않은 보호와 각광을 받은 바 있다.

여기 그 당시의 글 여덟 편을 추려 소개한다. 여기 실린 글들은 짧으며, 오래되고, 당시의 정치적 분위기의 영향을 받아 다소 과격하거나 적절하지 않은 표현들도 있다. 그러나 그 당시 우리나라의 하나 됨을 위해 쏟은 고민과 아픔이 묻어 있다. 이 외에도 이산가족, 주체사상, 북한 사회 등에 관해 주로 영문으로 쓴 본격적인 학술 논문이 있으나, 분량과 시대적 적절성 등을 고려해 이 책에는 싣지 않았다. 여러 교포 일간지에 보도된 북한 방문 보도도 시기상 불필요하다고 판단해 제외했다.

1986년 광복절에 백악관 앞에서 외친 「우리는 하나다」는 영어권 독자들을 위해 원문도 첨부했다.

Chapter 5

My thoughts and dreams for one Korea

Selected old papers

As an academe, I wrote many articles, delivered quite a few speeches, and performed some research on the issues of Korean reunification. My writing activities started from the early 1970s, when any political discussion about Korean issues was almost impossible, to the late 1990s when many good discussions started to flourish about Korean reunification issues both in Korea and also abroad. I was able to perform as I did, to which some media attention was received, largely thanks to my privileged status as 'an American professor.'

I am introducing eight articles written in those years. They are short, old, and somewhat radical, due to the influences of the aggressive political atmosphere in that era. The reader of these articles, however, should sense the agony and pain I felt then for the sake of oneness of Korea. Along with these short articles and speeches, I also wrote more scholarly papers (mostly in English) on the separated families by the division, the Juche Idea, and North Korean society, but I did not include them here because of my concern with their extensive length. Also excluded because of their obsoleteness are many and often extensive reports on my trip to North Korea that appeared in several daily and weekly newspapers in the Korean-American community.

One short speech, "Korea is one" that I shouted in front of the White House in 1986 was presented here in both languages.

1

친애하는 애국 교포 여러분!*

이미 아시는 대로 박정희 대통령은 지난 10월 17일 전국에 '계엄령'을 선포하고 국회 해산, 정치 활동의 전면 금지, 현행 헌법의 일부 효력 정지, 언론 통제, 대학 휴교 등 모든 비상조치를 취하고 이른바 유신 개혁이라 하여 전반적인 의 변동을 강요하고 있습니다. 이러한 과도 조치는 이미 국제 여론이 지적한 대로 그 정당성을 수긍할 수 없는 강권 발동이며, 이미 공포된 개헌안이 명확히 보여주듯이 그가 표방한 이른바 민주주의 토착화와 조국의 평화통일의 목적과는 정반대로, 실은 ① 독재정치, ② 영구 집권, ③ 탄압 통치, 그리고 ④ 정치 노선의 급변 등을 가능하도록 획책한 것으로, 이는 실로 우리 국민의 정당한 권리와 자유를 완전히 유린하는 역사적 과오라 아니할 수 없습니다.

우리는 현 정권이 정치 안정, 경제개발, 일부 근대화 사업에 중요한 공헌을 기여해온 반면에 그들의 독선적인 무인 정치와 광범위한 부정부패의 만행은 ① 극

* 이 편지(전단)는 1972년 유신 직후 시카고 지역에서 반독재 운동을 위해 당시 세 동지(이홍영, 현순호, 김동수) 부부가 익명으로 비밀리에 작성해 미국과 일부 유럽에 다량 발송한 것이다.

단한 사회 불신과 획일적인 공포의식의 조성, ② 경제적 식민지화 내지 파탄의 직면, ③ 숭고하고 개화된 민족 양심의 말살을 가져오는 데 중대한 책임이 있다고 봅니다. 그리고 극랄한 탄압 정책은 언론계, 학계, 사업계 등에 막대한 불안과 침체를 주어, 결국 실질적 근대화 목적에 결정적인 역효과를 유발하는 오늘의 슬픈 사회 현실을 가져왔습니다. 그들은 이 모든 실패에 대해 지능적인 기만으로 국민의 슬기로운 양식과 역사의 예리한 심판을 피할 수 있다고 믿을 뿐 아니라 그 모든 책임이 마치 언론인, 지성층, 민주 체제, 그리고 국제 정세의 불합리성이나 부조리에 있는 것처럼 전가하고, 공산주의자와 다름없는 철저한 독재 철권 정치만이 유일한 해결의 길처럼 오도하고 있습니다. 우리는 순수한 애국 시민의 입장에서 그리고 공정한 역사의식의 견지에서 이러한 그릇된 지도 설정은 결코 민족 통일의 바른 길도, 빠른 길도 아니라고 확신하는 바입니다. 오히려 모든 국민에게 책임 있는 권익과 자율적인 협동과 균일한 참여의 기회를 보장해줌으로써 ① 일부 권력층의 반민족적인 부정 축재, ② 사회정의와 사회보장 정책의 부재 상태, ③ 민주생활의 훈련 부족 등 우리의 전통적 취약성을 속히 시정·극복하는 것만이 진정한 사회 발전과 민주 역량의 배양, 나아가서 평화통일에의 첩경이라 믿는 바입니다.

지금까지 국내의 모든 민중은 빈곤과 부자유 속에서도 내일의 안정된 발전과 반공 내지 승공 통일의 대의를 위해 모든 교활한 억압과 조직적인 착취를 어리석으리만큼 잘 감수해왔습니다. 그러나 지금 소수의 위정자들은 기묘한 국제 사정과 계엄령의 위협을 이용해 우리의 민권을 온 민중에게서 완전히 탈취하고 있습니다. 이제 국내외의 모든 국민이 다 일어나 이들의 정치적 만행을 분쇄할 때가 왔습니다. 우리는 더 이상 퇴폐적인 운명론이나 패배의식, 비생산적인 불평과 저주, 또는 도피적인 안일주의나 무관심으로 자신의 괴로운 양심을 속이지 말고 민족의 참다운 진로를 위해 세계적인 강력한 구국 투쟁을 할 때가 왔습니다. 무릇 한 민족의 밝은 운명은 결국 그 민족의 적극적이고 주체적인 자각과 결의와 참여에 달려 있기 때문입니다. 이에 뜻을 같이하는 소수의 재미 동지들이 하나로 결속하여 해외 한인 교포들에게 이 간곡한 호소를 보내는 바입니다. 끝으로 우리는 독재 밑에서도 자유와 정의와 통일을 희구하는 모든 애국 동포들의 꾸준한 투쟁이 반드시 승리할 것을 확신합니다.

1972년 11월 1일

재미한인구국동지회

〈별첨: 행동요강〉

행동요강

우리는 강력한 여론 조성과 그 파급 효과를 위하여 다음과 같은 실천 사항을 추천합니다.

1. 전국적인 기관이나 한 지방을 대표하는 모든 교포 단체는 그 공식 입장을 밝히는 성명서 또는 선언문을 발표합시다(모든 언론기관은 교포들의 여론을 바로 반영시키는 데 협조합시다).

2. 각 학생회, 학술 단체, 종교 기관, 사업체 등은 곧 공개 및 비공개 토의를 갖고 가장 효과적인 투쟁 방안을 수립합시다.

3. 한국 대사관과 각지 공관에 직접·간접으로 강력한 의사 시위를 합시다.

4. 학계, 종교계, 사업계 등 요직의 개인 인사와 단체는 공동 노력으로 당지(특히 미국과 일본) 정계, 언론계, 재계 등에 압력권을 형성하도록 모든 영향력을 동원합시다.

5. 각지 한인 사회에 밀파되어 공포 분위기를 조성해온 정보원들을 색출하여 합법적으로 가능한 모든 위협 수단을 적용합시다.

6. 민족 수난에 참여하는 의미에서 개헌 투표일(11월 21일)에 점심을 먹지 않도록 합시다.

7. 이 전단을 받는 이마다 다량 재생산하여(개인은 20매 이상, 단체는 회원의 20배 이상) 당지와 해외에 있는 다른 개인과 단체에 보냅시다. 그리고 가능한 모든 방법을 동원하여 고국에서 탄압을 받고 있는 애국 인사들(특히 언론인, 종교인, 학생과 지성인)의 정당한 항거와 고귀한 투쟁에 뜨거운 지원과 격려를 보냅시다.

8. 이 운동을 한 단체의 특수 활동으로 맡기지 말고 나라를 사랑하는 우리 모두가 자발적으로 적극 참여하는 전 애국 교포들의 거족적인 구국 운동으로 발전시킵시다. 보다 많은 자유와 혜택을 향유할 수 있는 우리 선택된 교포들은 고국에서 고통당하는 우리 동족을 위하여 많은 이론보다 하나의 행동으로서 우리의 책임 있는 애국심을 역사 앞에 증거합시다.

재미한인구국동지회

2

박 군에게 보내노라*

하늘의 뜻이 있어 내 일찍이 나라를 다스리는 중임을 맡아 조정 안팎에서 지혜롭고 유익한 큰 일들을 다하여 나라의 안전과 부귀와 영화를 누리다 이승으로 온지 어언 47년이라 그동안 어리석은 백성으로부터 감사는 고사하고 헛된 저주와 원망을 받아왔고 또한 조선의 되어지는 몰골이 말이 아닌지라 내 마음 심히 괴롭더니 또한 하늘의 뜻이 있어 지략이 유출한 자네가 나와서 나랏일을 척척 해치우니 오늘날 내 기쁨과 감격이 한량없어 이 칭송의 글을 그대에게 보내노라.

자네의 처신과 술수를 보며 그 솜씨 일품이오 백성들을 다스리는 재간 또한 만능이라 내 실로 감개가 무량하도다. 또한 나라를 끌어가는 지략이 나의 재주를 비할 만큼 오묘하고 신기하니, 박군이야말로 나의 지혜와 인품을 고히 이어받은 절세의 정치가라 아니할 수 없도다. 무식한 범인들은 나의 높은 뜻과 이치를 몰이해하고 모략했으나 실리를 좇고 현실과 야합하여 힘에 붙어 행하는 나의 정치는 세계 만인들이 흠모할 것이거늘 자네도 그 큰 철학을 통탈한 것일세. 나의 철학은 이

* 이 글은 필자가 이완용의 이름을 빌려 발표한 해학적 탄원으로, 워싱턴에서 발간하는《한민신보》(1973년 9월 14일)와《자유공화국》1권 9호(1973년 10월)에 게재되었다.

러하니 첫째, 무릇 모든 백성은 우매하고 무지하여 자기 일을 모르되 특히 조선 사람들은 더욱 몽매하고 야만스러우니 지배자는 그들을 결코 따르거나 믿어서는 안 되느니라. 둘째, 나라를 잘 통치하는 것은 끊임없이 권력과 탄압에 의존하나니 수단과 방법을 다하여 민중을 위협으로 타고 누르되 포악한 황소 새끼를 다루듯 엄하고 속해야 하느니라. 셋째, 조선은 지리 풍토가 협소하고 문화 역사가 연약하니 이곳 대국을 의지해야만 살 수 있으되, 중국은 우둔하고 로소아는 음흉하니 문물이 앞서고 근력이 강한 일본을 가까이 받들고 살아야 되느니라.

이 이치를 깨닫고 보면 얼마나 탄식스러웠던고. 북쪽에 자리잡은 김성주 군은 재물을 어리석은 인민에게 나누어 주고 로소아와 중국을 의지하고 주체를 찾는다고 떠들썩하고, 남쪽에서는 싱거운 양국 놈들 하라는 대로 나랏일을 무지한 백성 손에 맡기고 잘살자고 서로 당파 싸움만 하고 세월을 허송했으니……. 애국이란 말과 설득으로 되는 것이 아니라 강력한 지배의 철측을 따라 통치자의 품은 뜻이 성취되도록 모사에 속하고 권모에 능해야 하는 것이라, 과연 자네가 그 좋은 본이 되었네. 이는 내가 우리 대한제국을 위해 많은 일을 잘하였으매 그것이 총명한 자네에게 좋은 교훈이 되었을 것이로다.

자네가 나의 정치의 철리를 잘 깨달아 지킨 것은 역사가 명히 증거하는지라 그 공업이 후세에 길이 빛날 것일세. 기억을 더듬어 보면 소화 19년 태평양전쟁이 한창일 무렵 자네가 육군사관학교 본과를 졸업하며 일본 천황 폐하를 위하여 충성되이 죽기로 선서했을 때 나는 이미 다카키 마사오라고도 했지만 자네의 투철한 지조를 보았노라. 서력 1948년 10월 19일 여수와 순천에서 군대를 이끌고 무익한 이승만 군사와 백성들을 한칼에 찌르고 일어났을 때 그 용기 장하려니와, 전세가 만부득하여 잡히게 되자 어리석은 동무들을 모두 대신 잡아주여 죽임을 하루아침에 총애로 바꾸었으니 그 기지가 뛰어남을 내 벌써 알았도다. 그 놀라운 선견지명을 바탕 삼아 군녹을 먹으며 계략과 정보의 재능을 부지런히 닦더니 오만해진 만백성의 원성이 높아가고 국운이 날로 기울어온 나라가 혼란과 도탄에 빠짐에 다시금 자네가 작심하고 일어났도다. 1961년 5월 16일 날을 잡아 군사를 이끌어 장안에 들어와 정권을 한 손에 탈취하니 장할시고, 조선의 갈 길이 바로잡히는 시초요,

온 백성이 바른 나라님을 맞는 날이라. 조정에 들어서자 무능한 여야의 정객들을 삼족이나 멸하고 또 후환을 피하렸다. 같이 들어선 무인들을 속속 옥에 처넣고 조무래기는 죽이고 큰놈은 미국으로 정배 보내니 드디어 나라의 질서가 바로잡혔겠다. 그뿐이랴, 큰 별 두 개를 더 맡고 최고 회의 의장에다 내각 수반에다 공화당 총재에다 대통령에다 황제의 위엄을 휘두르니 무지한 백성이 비로소 두려움과 경외심을 가지고 순복하며 온 나라에 안정과 기강이 섰도다.

나도 천부의 뛰어난 재질을 다하여 나라 여러 벼슬을 오르내리다가 광무 9년 학부대신이 되어 그해 11월에 일본 특파 대사 이토가 와서 보호 조약 체결을 제의할 때 이것이 절호의 기회라 참정대신 한규설의 반대를 꺾고 어전회의를 열어 이토 군사의 협박을 백분 이용 다섯 대신과 더불어 고종 황제를 위협해 조약을 체결하였느니라. 그 뒤 나는 의정대신 서리에 의부대신 서리를 겸직하고 융희 1년에는 의정부 참정, 통감 이토의 추천으로 내각 총리대신에 궁내부 내신 서리를 겸임하니 무지한 백성이 비로소 위엄을 깨닫고 온 나라가 인정과 보호를 찾았도다.

자네가 나라의 살길을 미리 내다보고 일본과 밀약하여 돈을 얻어들이니 앞을 못 보는 일부 백성들은 한사코 반대요, 또 나라가 오래오래 흥성하도록 국법을 뜯어 고치려니 그도 반대요, 국사 매사에 반대에 반대니 대중은 우중이요, 우중에는 곤장이 약이라 철권으로 백성을 쳐서 가르치어 기어코 한일국교 정상화에다 또 개헌에 개헌을 하였도다. 이는 내가 융희 4년 억센 반대를 억누르고 정부 전권 위원의 자격으로 데라우치 통감과 한일병합조약을 기어코 체결할 때와 흡사하니 그때 일본 헌병과 순사를 총동원해 무모한 민족주의자들과 이른바 의병들의 못된 항거를 엄히 형벌하였도다. 그뿐이랴? 기미년 자네가 아직 오줌, 똥을 못 가릴 때 야소교와 천도교의 무뢰한들이 무지한 백성을 선동하여 난동을 일으킴에 내 친히 공갈하는 경고문을 3회나 발표하고 총칼로 가차없이 다스리니 사상자가 2만 3500명이요. 4만 7000명을 투옥해 능지처참하여 혼을 뽑은 후에는 다시 조용한 조선 땅에 그런 못된 분란이 없어졌느니라.

박 군, 자네는 약삭빠르고도 엄하여 무지한 서민들이 무모한 난동들을 다시 못하도록 미리 선처하니 백성들이 몹쓸 것은 아예 듣도 보도 쓰도 말도 생각도 못하도록 잘 지켜 보호하였느니라. 졸병들처럼 어명에 척척 죽었다 살았다 하는 놈은 푸짐한 상금과 벼슬을 주되, 아가리를 함부로 놀리는 버릇없는 놈들은 증상과 처방에 따라 204가지 신식 고문으로 침을 주었느니라. 겁에 질린 언론인이나 기업가가 다 말없이 하나가 되어 두렵고 황공한 심정으로 날마다 나라의 부강을 위해 헌신 분투하니, 오호라 장할시고 태평세월 쉬 오도다.

무익한 평민도 하루 두 끼는 먹어야 하는지라 광대한 경제계획을 세워 세계만방에서 산더미 같은 빚을 들여다 요란스레 굿판을 벌리니, 건설도 증산도 수출도 초과 달성이라 이 어찌 하늘의 축복이 아니라오. 8·3 조치라 빈민들의 주머니를 모두 거두어 터니 민족자본이 형성되고, 새마을이라 연소자, 처녀, 부녀자 공출하여 하루 14시간 기계를 돌리니 생산이 증대되고, 승공이라 세상에서 빨간색은 다 지우니 평화가 돌아왔도다. 젊은이들 남의 전장에 보내 피를 흘리니 국위 선양이요, 관광 붐이라 빤빤한 계집들 골라 일본 구경꾼에게 노리개로 파니 외화 획득이라. 어찌 그뿐이랴? 가난하고 말 못하고 정신 빠진 놈들은 나라의 수치라 성안의 판잣집들을 싹 밀어 광야에 내쫓아 고루고루 죽게 하되 또 장안에는 하늘을 찌를 듯 높은 누각을 가뜩 들어 세우고 와우라 대연각이라 수재라 연탄재라 사고라 죽거라 매일 도매로 장사케 하니 이는 인구 조절 잘도 되는도다. 기는 놈 밟고 뛰는 놈, 급행료 내고 달리는 놈, 대형 부정부패 싣고 확 트인 고속도로를 질주하는 놈, 그 위에 자네가 헬리콥터로 순시하니 모든 것이 고도의 성장이라 급속한 발전이니라. 허나 이에 족하지 않고 무소 불능하고 무소 부지한 중앙정보부원들을 바다 건너 국경 넘어 남의 땅에까지 풀어 아직 덜된 조선 족속들을 신출귀몰 쫓다가 때로는 도깨비불처럼 잡아서 끌어들이니 그 재주 신비하도다. 하여 온 세상에 국력이 크게 떨치니 이 모두가 조국의 근대화라 온 백성이 박 군을 찬양하여 이르되 아무도 이 일들을 못할지니 과연 놀라운 기적이라 하도다. 이는 나의 공덕으로 조선 백성이 후일 천한 말과 글을 바꾸어 이름씨와 조상을 갈고 영광스러운 황국신민으로 신사참배 하기까지 출세한 크고 빠른 발전과 가히 비할 것이로다.

나라가 차차 풍성하며 귀족과 내신이 희희낙락 호화 탕분하고 귀부인들이 사치에 극을 다하고 색을 다하여 자네의 부귀와 영화가 그 좁은 땅에 충만하도다. 허나 호사다마라 북쪽의 공산당들이 나라를 합하자 선전하고 잔교하게 작당해 굶주린 천민들의 빈 배를 자꾸 찌르니 이는 눈엣가시라. 자네 잠시 생각한 후 오호라, 전화위복이라 작심하고 기기묘묘한 술책을 꾸며 지난 10월 17일 맑은 하늘에 번개처럼 암술을 발동하니 이것을 세상이 일컫는 바 시월유신이라. 칼끝으로 천지가 진동하도록 호령을 크게 발하고 무능한 군신들을 홀랑 내쫓고 쇠망치로 정부의 구멍 뚫린 제도를 박살 내고 별의별 새 법을 다 찍어내어 세상에 펴냈도다. 자네가 엄숙히 가로되 나라를 합치자면 온 백성이 나라님 말씀에 절대복종해야 하리라 하매, 무리 중 아무도 감히 고개를 들지 못하고 다만 아뢰대 왕이여 만세나 사옵소서 하니 그 위엄 크게 빛나도다.

유신은 일찍이 일본 메이지 정권이 온 일본을 새롭게 하여 정한론까지 세웠던 것이니 그 이름도 좋고 자네의 그 숨은 뜻이 고귀하여라. 자네의 유신 사업은 길고도 커서 연기와 기름으로 버림받는 하늘과 땅과 바다까지 이르는데, 그 요령은 이러하니 한편으로는 공산당과 밀담하되 다른 한편으로는 다른 아무도 그런 생각만 해도 공산 역적이라 육시형에 처하는도다. 성안에 도둑과 강도의 부촌을 세워 백성으로 하여금 번영과 부호의 영화를 눈으로 보도록 하되 배부른 백성은 거만하고 게을러지는 법이라 모든 노동운동과 임금 소득은 쥐꼬리처럼 꼬아 조이고 없는 백성은 양심과 정조를 헌신짝 값에 매일 팔아야 생존하도록 만들어놓았도다. 긴 머리와 짧은 치마가 미풍양속과 민족 도의를 망치는 경범죄라 코걸이, 귀고리 칭칭 늘어진 법과 명령으로 옭아매고 졸라매니 온 백성은 과연 날로 새로 변해 물에 빠진 쥐새끼처럼 되었도다. 이제는 고양이 소리만 들어도 혼비백산하는도다. 씨알들이 쭉정이로 변해 자학에 타서 불신에 날리니 그 잿더미 위에 유신 사상 세세에 빛나도다.

나의 친애하는 박 군, 이 모든 공과는 자네가 나라를 홀로 사랑하고 백성을 길이 다스리기 위해 날마다 청와대 골고다에서 십자가를 지는 덕분일세. 밖으로 빌고 조르고 아첨해 얻은 미화로 59만 6000명 병사를 키우고, 안으로는 짜고 긁고 빼앗아온 세금으로 24만 1000명 정보원과 줄줄 달린 끄나풀을 길러 온 백성을 항상 보호·감시·교육하며 심지어 일본과 미국 등 해외에까지 같은 해택을 베풀고자 애쓰니 오죽이나 벅찬 과업인가. 자네가 17번이나 온 백성에게 공약과 선언을 번복·번의할 때 그 어렵고 안타까운 고충을 무지몽매한 민중은 다 몰랐을 것일세. 그러나 힘을 내어 끝까지 분투하세. 힘이 정의라 자네의 그 막강한 정의가 모든 인류 역사의 흐름을 정복하고도 남음이 있을 것이로다. 자네에게는 두려워할 것도 무서워할 것도 없나니 다만 유신 정신으로 끝까지 세계 정세와 도박하되 혹시 수가 안 풀리면 필경 일본의 보호 관리 속으로 들어가도 나라의 번영과 발전은 더욱 무궁할 것일세. 결국은 그렇게 되는 것이 우리 민족의 나아갈 길이 아니겠는가? 실은 이미 저당 잡혀 다 해먹었으니 지금 넘겨주어도 나라에 손해는 없을 것이로되 또 그냥 붙들고 다스려도 백성이 마다할 리 없으니 박 군이야말로 천상천하 유아독존이도다. 어떻든 간에 자네 115만 불 스위스 통장은 꼭 품에 간직한 채 만사를 다스림이 좋을 듯하도다.

내 다시금 자네의 뛰어난 정치 수완과 놀라운 통치 재능에 심심한 찬사와 경의를 보내며 두서없는 말 이로써 맺도다.

소화 48년 8월 22일

전 조선총독부 중추원 고문

(후작) 이완용

3

이때에 우리 교회는 침묵을 지켜야 하는가*

현 정치 상황에서 교회의 신앙 자세에 대한 신학적 반성

인간 사회의 어떤 현상을 바로 이해하고 그에 따른 바른 대응을 가지려는 태도에는 특별한 의식적인 노력이 항상 요청된다. 즉 문제의식을 가지고 현상에 임하고, 비판 의식을 가지고 그 현상을 분석하며, 결단 의식을 가지고 그 현상에 참여할 수 있어야 한다. 그러한 진지한 노력과 결의 없이 참다운 반성이란 거의 불가능한 것이다.

특히 신학적인 반성이란 인간의 타산적인 실리성이나 이성적인 합리성을 넘어 하나님 앞에서 모든 것을 새롭게 발견하는 근본적이고도 실존적인 평가 과정이다. 신학적 반성은 인간 역사 현실의 어느 부분이든 하나님의 뜻에 비추어 이해하는 방법에서 새롭게 우러나오는 깨우침이요 뉘우침이다.

* 이 글은 유신 초기 시절 한국 교회의 침묵을 규탄하는 논설로, 당시 미국 워싱턴 지역의 반독재 신문 《자유공화국(The Free Republic)》 제1권 11호(1973.12.15)에 게재되었다.

교회란 무엇인가

하나님의 뜻은 어떻게 알 수 있으며 그러한 반성의 기준은 어디에 있는가? 기독교의 기본 진리는 하나님의 계시 곧 그의 '말씀'에 근거해 있다. 하나님의 말씀이란 역사적 기록인 성경, 또는 좀 더 정확히 말하면 그 성경이 보여주는 예수 그리스도 자신이다. 인간 예수는 하나님의 아들로서 인간 사회를 향한 하나님의 뜻을 가장 명확하게 보여준 곧 하나님 말씀의 역사적 실증이기 때문이다. 그는 하나님께서 사랑과 공의의 신으로서 그와 인간, 그리고 인간과 인간 사이의 인격적 화해를 원하신다는 것을 그의 생애와 교훈을 통해 보여주었다. 그는 그 거룩한 뜻을 성취하기 위해 자신을 희생해 하나님의 참다운 사랑을 인류 역사에 증거했던 것이다.

이러한 예수를 믿고 따르는 사람들의 모임이 교회다. 교회는 근본적으로 특수한 종교적 건물이나 조직이나 교리가 아니고 예수를 따르는 그리스도인들 신앙의 공동사회다. '하나님의 사람들'이 '성령의 교제'를 통해 하나로 결속된 '예수의 몸'이다. 예수와 교회는 성경의 표현에 따르면 마치 머리와 몸, 포도나무와 그 가지, 신랑과 신부, 목자와 양 떼처럼 불가분의 관계를 지니고 있다. 그것은 교회가 항상 예수의 명령에 따라서 사랑과 정의의 영원한 질서, 곧 하나님의 거룩한 나라를 이 지상에 건설하는 엄숙한 사명을 위해 존재하기 때문이다.

이러한 교회를 구성하는 그리스도인들은 예수가 친히 모든 불의와 싸우고 당시 병들고 가난하고 억눌린 민중을 위해 사신 것을 표본으로 해, 이 세상에서 "빛과 소금"처럼 자신을 태워 어두움을 밝히고 자신을 녹여 썩음을 막으며 살아가야 되는 특별한 사람들이다. 이 사회에 진리와 사랑의 기쁜 소식을 전하는 일에 빚진 사람들이다. 그렇기에 교회는 그가 속한 어느 사회에서도 선지자적 사명을 수행하고 구속의 역사를 선포하는 하나님의 지상 기구다. 따라서 참다운 교회는 모든 인간들을 불의와 죄악에서 구속해 해방시키려는 엄청난 투쟁의 전초기지요, 인간 사회의 새롭고 창조적인 변화를 영원히 성취시키려는 거창한 혁명의 핵심 세력이다. 그 사명의 기초적이고 전형적인 과제는 명확하고 담대하게 하나님의 말씀을 증거하는 일이다. 교회의 이러한 사명 의식과 투쟁 과제는 바로 교회의 존재 근거이며 생명 기능이다.

하나님의 말씀으로 비쳐본 한국의 현 정권

그러면 이런 교회가 1만 3000여 개 소나 서 있고 그에 속한 교인들이 420만 명이 넘는 남한 땅에서 지금 무슨 일이 벌어지고 있는가? 1961년 쿠데타로 집권한 현 박정희 정권은 지난 13년간 과감하고 지능적인 수법으로 많은 변화를 가져왔다. 많은 사람들이 그 변화의 놀라운 업적을 찬양도 하고 또는 그 변화의 안타까운 모순을 규탄도 해왔으나 거기에는 각기 정치적·경제적·사회적 근거도 찾을 수 있을 것이다. 그러나 우리 그리스도인들은 하나님 말씀에 비추어 현 정권의 기본적인 이념과 정책을 어떻게 이해할 수 있을까?

성경에 따르면 모든 세상 권력은 하나님께서 인간 사회의 평화와 정의의 질서를 유지하기 위해 국가 체제에 위임했으며, 그 질서는 공정하고 보편타당한 법의 과정을 통해 이루어지도록 섭리하신 것이다. 그러나 박 정권은 총칼로 집권과 통치를 해왔으며, 온갖 불법과 악법과 무법으로 국민을 무자비하게 지배해오고 있다. 특히 설득과 타협을 통한 민주주의 원칙을 완전히 파괴하고 오만한 독재로, 국민을 잔인하게 억압함으로써 하나님의 공의로운 법도에 도전하고 있다.

또한 사람은 누구나 하나님의 형상으로 창조되고 영혼을 지닌 천하의 모든 것보다 귀한 존재임을 성경은 가르치고 있다. 사람은 하나님의 인격적 관계의 상대로서 고귀한 목적을 가진 존재다. 그렇기에 인간의 기본적 권리의 존엄성은 이 세상의 누구도 범할 수 없는 절대권이다. 그러나 박 정권은 부당한 정신적·육체적 형벌과 고문으로 하나님이 부여한 인간의 기본 권리와 존귀성을 무자비하게 유린하고 있다. 부당한 수색, 연행, 감금은 물론이고 용납 못 할 납치, 악형, 살인까지 자행해 국민을 공포의 노예로 만들고 있다.

또한 모든 사람은 하나님 아버지 안에서 같은 형제로서 서로 평등하고, 균형 있고, 사람답게 살 수 있는 권리가 있음을 성경은 보여주고 있다. 그것은 인간의 기본 가치가 자신의 신분이나 재능, 업적, 더욱이나 소유에 근거한 것이 아니고 단순히 같은 인간이라는 사실, 즉 하나님의 형상을 입고 하나님의 사랑을 받을 같은 자녀라는 사실에 기초하고 있기 때문이다. 그렇기에 초대 교회의 유무상통 공유 사회에서 실증한 것처럼 필요와 자원에 따라 서로 나누어 쓰고 같이 도우며 살 수 있는 사회정의의 체제가 요청되는 것이다. 그러나 박 정권의 극랄한 부정과 부패의 경제 정책은 국민의 피땀을 조직적으로 수탈해 극소수 권력층의 부귀와 사치의 수단으로 삼으며, 빈곤과 소외에서 수난당하는 근로대중과 빈농 어민의 생존권을 부인하고 있다. 특수 계급 의식과 물질만능주의는 극단의 착취 체제와 빈부 격차를 조성함으로써 평등과 조화와 협동을 추구하는 하나님의 사랑의 원칙에 역행하고 있다.

그리고 성경은 또 보여주기를 하나님의 나라는 믿음과 신뢰를 가지고 참을 나누며, 은혜와 진리가 충만한 사회다. 그러기에 하나님은 사람들이 모든 형태의 거짓과 불의를 떠나서 하나님과 그 이웃에 바른 관계를 수립하도록 명령하시는 것이다. 그러나 박 정권은 기만과 허위로 극도의 불안과 불신의 분위기를 조성해 사악과 범죄의 세상으로 만들어가며, 모든 사실을 조작하고 정보를 왜곡해 진실을 말살하고, 비인간화한 사회를 이루고 있다. 더욱이나 언론의 자유를 박탈하고 진리를 선포할 길을 막고 신앙과 양심의 자유조차 직간접으로 탄압하고 있다. 그리고 하나님의 교회와 그 종들을 여러 가지로 핍박해 사실상 하나님의 크신 사랑의 역사를 파괴하고 있다.

교회는 무엇을 했는가

우리 교회는 이러한 죄악의 세력과 대결해 어떠한 투쟁을 해왔는가? 불행히도 불의에 대한 교회의 분노는 너무나 미약했고 억압에 대한 교회의 항거는 너무나 초라했다. 인내와 양순은 굴종과 비속이 되고, 선한 신자의 성품은 천한 노예의 근성이 되었다. 이른바 '시월유신' 직후 한국 땅에는 모든 집회·언론·결사의 자유가 완전히 정지되고 온 국민이 숨도 크게 못 쉬던 때, 다만 교회만이 전국적으로 계속 집회를 할 수 있었다. 평소 온 국민에게 진리를 알게 함으로써 온 국가를 구원하기 위해 생긴 조직체로 공언하고 공인되어온 교회가 마치 아무 일도 없는 듯이 침묵을 지키고 말았다(아니, 일부에서는 찬양과 축복의 소리마저 보냈다). 그뿐인가. 지난 6월 초 서울에서 열린 세계 (기독교)사상 최대의 집회에서도 국민의 긴박한 문제는 모르는 채 끝내 침묵을 지키고 말았다. 무엇보다도 멀리 미국까지 와서 복음을 전하기 위해 세워졌을 300여 한인 교회는 신분과 언론 자유의 보장, 그리고 세계적 각광의 혜택에도 불구하고 고국 동포와 교회의 어려운 현실에 무관하게 침묵을 지키고 있다.

오늘날 억눌려 말 못하는 우리 동족들은 이런 교회를 어떻게 생각하고 있을까? 아니, 하나님의 불꽃같은 눈은 지금 우리의 교회를 어떻게 보실까? 만일 적은 수의 용감하고 충성된 종들의 투쟁과 희생이 없었던들 우리는 후일 무슨 양심으로 동족의 귀에 교회 종을 울릴 수 있었을까? 하나님의 의로운 진리를 실천적으로 증거할 수 있는 극적인 기회를 외면한 한국 교회가 마지막 날에 '약하고 게으른 종'으로서의 책망을 면할 수 있을까?

교회는 왜 침묵으로 죽어 있나

오늘 우리 교회의 침묵이 하나님 뜻에서 벗어난 것이라면 우리 교회는 무엇이 잘못된 것일까? 우리 교회는 말씀에 비추어 무엇을 깨닫고 뉘우칠 수 있을까?

첫째, 우리 교회는 현실도피주의에 중독되어 있는 듯하다. 어려운 역사적·사회적 여건 속에서 신앙 고수에 전력해온 한국 교회는 죄 많고 괴롭고 헛된 현실을 멀리 떠나서 찬란한 내세의 영광과 축복의 약속에 도취되어 있다. 복음과 신앙의 시대적 해석이란 영원하고 불변하는 진리의 말씀을 급변하는 다양한 현 사회에 어떻게 적절하게 전하며, 옛 신앙 전통을 이어오는 교회가 오늘이라는 특수한 역사적 상황 속에서 어떻게 의미 있는 메시지를 줄 수 있느냐는 현실 적응 또는 현실 적용 문제다. 현실을 도외시한 이른바 순수 복음주의는 탈색된 진리 표방이요, 경건한 부정 의식이다. 교회가 마치 사회적·정치적 진공상태에서 존재하는 것처럼 생각하고 행동하는 것은 기독교인의 정신착란증이나 지성적 도피 의식이다. 예수가 그의 생활을 통해 분명히 보여주었듯이 진리는 그 시대가 이해하는 언어로 그 사회가 진통하는 문제와 싸우고 해결함으로써 비로소 증거되기 때문이다. 따라서 교회의 바른 신앙 자세는 의미 없는 전통과 문제를 떠난 격리 속에서 안일하게 현실을 넘기는 것이 아니라 괴로운 현실에의 과감한 참여와 벅찬 현실에 대한 적극적 대결이다. 죄악에 젖은 정치적·경제적·사회적 현실에 말씀으로 도전하고 그리스도의 선하신 뜻을 실감 나게 세상에 보여주어야 한다. 그렇다면 이때 교회는 침묵을 지켜야 하는가?

둘째, 우리의 교회는 이기적인 개인주의에 병들어 있는 듯하다. 나와 하나님의 폐쇄적인 관계만을 고수하고 나의 윤리적 안전지대만을 확보함으로써 나의 장차 받을 보상을 최대한 보장하는 것만을 주관심사로 삼고 있다. 그러나 사회는 유기체여서 그 안의 모든 조직이 서로 관련되고, 영향을 주며, 조화로운 완성을 통해서만 생명 있는 기능이 가능하다. 교회는 그가 속한 사회의 궁극적 해방과 구속을 위해 존재하며, 참그리스도인들에게는 잠시도 잊지 못할 조국과 민족 전체의 행복을 참다운 소망으로 삼는 것이다. 특히 현대처럼 사회유대 제도와 경제순환 구조가 복잡·다양한 산업사회에서 일개인의 양심과 도덕은 그가 속한 사회조직과 체제에 대한 책임도 내포하지 않을 수 없다. 그것은 개인이 사회 조직의 한 부분일 뿐 아니라 사회적 과정의 산물이기 때문이다. 그러므로 교회가 사회의 구조적인 개선과 제도적 혁신 없이 모든 민중을 구원할 수 있는 듯 바라는 것은 기독교인의 과대망상증이거나 도덕적 이율배반이다. 교회의 공동사회성 자체가 보여주듯이 참사랑의 실현은 전체사회의 복리와의 관계에서만 가능한 것이다. 하나님의 사랑은 모든 계명을 완성하는 최고차의 도덕을 넘어서 남의 구원을 위한 나의 희생을 수반하는 모험적 투자 행위이다. 그렇기에 구약의 모세가 자기 민족의 구원을 위해서는 차라리 하나님의 생명록에서 자기 이름의 탈락을 바랐고, 독일 신학자 본회퍼가 히틀러 암살 계획에도 가담할 수 있었던 것이다. 따라서 교회의 바른 신앙 자세는 개인의 천당 영광만을 획득하는 것보다 사랑의 제도화를 통한 하나님 나라의 건설을 추구하는 데 있다. 우리 한국 교회가 하나님의 사랑에 뜨겁다면 신앙의 형식적 자유나 교회의 피상적 안전에만 만족하지 않고 오늘 우리 민족의 수난과 비극에 동참하지 않을 수 없다. 그렇다면 이때 우리 교회는 침묵을 지켜야 하는가?

침묵의 죄는 무겁다

오늘날 북한과의 운명적 대결이라는 우리의 특수한 역사적 현실에서 볼 때 박 정권은 이미 결정적인 패배자의 위치에 국가를 몰아넣은 듯하다. 그 패배는 이상에서 본 대로, 복음에 빚을 지고 예수의 명령에 충실하지 못한 우리 한국 교회의 슬픈 실패이기도 하다. 기본적인 정치 도덕의 파산과 근본적 사회질서의 붕괴는 비극적 종말을 예시하는 듯하고 북한의 엄연한 군사적·경제적·이념적 우위성과 국제 동향은 실감 나는 위협이 되고 있다. 이제 남은 것은 다만 (짧은) 시간문제일는지 모른다. 이런 심각한 우려가 단지 본 필자의 완전히 그릇된 상황 판단이라면 얼마나 다행한 일일까? 그러나 우리의 냉혹한 현실은 아주 명확한 사실성을 제시하고 있다.

이제 이렇게 숨막히는 급박한 현실에서 우리 민족의 분명하고 유일한 소망은 무엇일까? 그것은 우리 교회가 속히 새 생명을 다시 찾고 약동하는 길뿐이다. 지극히 불행하고도 불가피한 마르크스주의의 혁명이 더 큰 유물사관과 전체주의로 우리 민족과 교회를 속박하기 전에, 과감한 복음의 투쟁을 전개하고 격렬한 사랑의 혁명을 성취해 우리 민족사를 새롭게 창조하는 것뿐이다. 경건한 도피주의와 신령한 이기주의로 오래 쌓아놓은 우리 교회의 높은 담을 성령의 불로 태우고, 우리 신앙양심에 재를 뒤집어쓴 채, 우리의 현실에서 날마다 새로운 변화의 역사를 이룩하도록 싸워야 이 민족을 살릴 수 있다. 모든 그리스도인들이 예수의 손과 발과 몸으로서 그의 생명의 말씀을 이 사회에 결사적으로 과시하고 증거할 때, 우리 조국을 구원으로 인도할 수 있다. 결국 우리의 싸움은 진리에 의한 자유, 정의에 기초한 평화, 곧 온 민족의 구속을 위한 거룩한 투쟁이다. 이 투쟁을 과감히 수행해야 되는 이때에 우리 한국 교회는 침묵을 지켜야 하는가?

학생(시카고 대학)

4

사회복지국가*

통일 목표로서의 모델

서론

통일이라는 개념은 민족의 화해, 국토의 통합, 정치적 단일화 또는 연대화 등 여러 가지 과제로 이해할 수 있다. 그리고 우리나라의 통일 문제는 국제정치, 지정학, 다국적 기업경제, 극동 지역 군사전략, 민족사적 견지에서 복잡한 분석과 해설을 필요로 하고 있다.

지금까지 통일 문제에 대한 연구와 토론은 대개 당위론, 방법론, 목적론 등 세 부 면에서 검토되어왔다고 볼 수 있다. 당위론이란 왜 통일이 꼭 이루어져야 하느냐 하는 일면 자명하면서도 실은 착잡한 역사적 명제를 말한다. 당위성의 이론에는 흔히 명분론 이외에 실리적 필요성 또는 필요조건의 문제가 제기되기도 한다. 예를 들면 남과 북의 집권자들은 각기 통일의 당위성을 강조하면서도 그에 앞서 자기 정권과 그 정통성을 보장하는 필요조건을 전제로 하기 때문에 민족 통일의 원칙이 이른바 '올바른' 통일의 자기 범주 안에서만 가능하다고 규제하고 있다. 따라서 통일의 당위성 연구도 그러한 통일관의 테두리에서 벗어나지 못하도록 사상

* 이 글은 일본 도쿄에서 열린 제4회 민족통일 심포지엄(1981.6.28~29)에서 발표한 내용으로, 《민족통일》 추계호(통권 2호, 1981), 63~68쪽에 게재되었다.

적 규제를 받고 있다.

방법론은 어떻게 통일을 성취할 수 있느냐 하는 현실적 수단과 과정을 말한다. 현재 남북이 공인하고 있는 방법론의 대원칙은 다 아는 대로 '평화적' 통일이다. 이 평화적 방법은 실제 남과 북이 무력 사용의 가능성 또는 필요성의 완전 배제를 뜻하는 것이 아니며 실은 비평화적 방법의 효율적 이용이다. 무력의 우월성을 불가결의 방편으로 삼는 위장 정책, 곧 상호 정치 선전을 쓰는 구호에 불과하다. 그리고 통일에의 기초적 교섭이나 절차는 상대측이 받아들이기 어려울 만큼 일방적으로 유리하거나 비현실적인 제의를 고집하고 그것을 내부 정지 목적에 이용하고 있다. 이뿐만 아니라 군사적·정치적 수단을 포함한 모든 통일 방안의 실현은 주위 강대국의 영향과 조정에서 완전히 벗어날 수 없으며, 강대 세력 국가의 이익과 이해관계는 우리 민족의 이익이나 영향력 밖에 있다. 따라서 방법론의 연구도 평화를 표방한 막대한 군비경쟁의 현실적 모순과 외세에 의한 타율적이고 불투명한 지배 함수 속에 맴돌며 실망적이고 비생산적인 공론에 머무는 경향이 많다.

목적론은 무엇을, 무엇으로, 또는 무엇을 위해 통일하느냐 하는 목표 설정과 인식을 말한다. 목적이란 성취하고자 하는 이상이기 때문에 비현실성을 내포하고 있으며 성취한 후의 결과를 투시하는데, 그 정확성을 말하기 어렵다. 따라서 무엇을 성취하려 하는가라는 통일 목표의 연구도 지금까지 미비했고, 다만 막연한 이상주의의 감상적 표현에 그치는 감이 많다고 볼 수 있다. 그러나 목적의식은 방향을 설정하며 그 목표를 성취하기 위한 길을 찾는 데 절대 불가결의 요소다. 즉 무엇으로 우리나라를 통일할 것인가 하는 기본 목표가 분명할 때 우리는 통일의 절실한 이유를 알 수 있으며 또한 적절하고 가능한 성취 방법도 모색할 수 있다. 이 논문은 민족 통일을 목적으로 하는 하나의 이상적 모형을 사회과학도의 입장에서 간단히 제시하고자 한다.

기본 전제

어떤 목적도 그것을 설정함에 있어서 그 합리성을 제시하는 기본 조건들을 음미하지 않으면 안 된다. 우리나라의 통일 목표도 그러한 기본 조건들을 고려하지 않고는 그 적절성과 실현성을 판단하기 어렵다.

첫째, 우리나라는 5000여 만의 인구가 약 22만 ㎢(약 8만 5000㎢)라는 비교적 좁은 반도에 밀집되어 살고 있다. 지하자원이 대체로 빈약하고 아직도 여러 면에서 뒤처진 상태에 있다.

둘째, 우리나라는 지리적으로 역사적으로 여러 강대국 세력의 대결과 갈등의 틈바구니 속에 속해 있다. 과거 1세기 동안 우리 민족은 외세의 침략과 지배로부터 계속 수난을 당해오고 있다.

셋째, 정도의 차이는 있으나 외세의 후견과 조정을 받는 남북의 두 독재 정권이 비극적인 열전을 경험했고, 또한 30여 년간 극도의 냉전을 지속해오고 있다. 이 냉전은 준전쟁 상태로서 이른바 사상과 이념의 대결로부터 점차 지역적 민족 분열로 고착되어가고 있다.

이와 같이 빈약한 여건 아래 남과 북이 장기적으로 대결하는 현실 조건에서 통일에의 목표 설정은 이 모든 현실의 어려움을 건설적으로 포용하면서도 창조적으로 극복하는 민족적 차원의 새로운 가능성으로 모색되어야 한다. 우리는 그 가능성을 다음과 같은 이상적 목표 설정에서 찾고자 한다.

① 앞서 말한 제한성 속에서 온 민족이 평화롭고 안정된 생존을 영위하기 위해서는 민족 전체의 공생 공존을 가능케 하는 경제와 사회 질서를 요구하고 있다. 따라서 모든 민중(국민, 인민)의 기본 필요를 균등하게 충족시킬 수 있는 사회적 경제 질서가 수립되어야 한다.

② 외세의 지배와 억압으로부터 해방되어 진정한 자주와 독립을 향유하기 위하여는 폐쇄적인 민족주의가 아니면서도 강력한 민족주체성의 구축을 요구하고 있다. 따라서 민족적 자결권과 자주적이고 평화적인 세계 공여를 실현할 수 있는 중립적 국가 체제와 국제 관계가 수립되어야 한다.

③ 영구 분단과 이질화 과정을 정지시키고 민족 화해를 성취하기 위해서는 현재 남과 북의 기존 체제의 한계와 모순을 극복하는 보다 발전적이고 진보적인 제삼의 정치 구조를 요구하고 있다. 따라서 개인의 기본 권리와 모든 민중(국민, 인민)의 복리를 동시에 보호할 수 있는 정치 구조를 수립해야 한다. 통일된 우리나라는 이상과 같은 세 가지 기본 목표가 반드시 실현되는 새로운 사회이어야 한다.

복지국가의 개념

우리는 이상의 기본 목표의 실현이 가능한 통일된 조국을 '사회복지국가'라 제의하고 그 개념과 내용을 간단히 설명하고자 한다.

복지국가란 일반적으로 모든 시민의 복리에 대한 법적·기능적 책임을 사회 전체가 진다는 공생 원칙과 그 구조적 결성을 말한다. 다시 말하면 국가는 공동방위와 사회질서 유지의 책임뿐 아니라 모든 민중의 안녕과 복지를 위한 일차적 책임과 종국적 보장을 하도록 조직되어야 한다는 국가관을 말한다. 공생, 공존 또는 공유, 공산의 이론과 시도는 결코 새로운 것이 아니고 인류 역사의 여러 단계에서 그 유형을 찾아볼 수 있다. 미개발 부족사회나 초대 기독교 신앙 공동체나 유럽의 여러 형태의 이상주의 또는 유토피아 사상과 운동이 그 예라 할 수 있다. 그러나 정치·경제·사회의 조직 개념으로서의 복지국가는 근대 산업혁명 이후에 나타난 비교적 새로운 진보 사상이다. 그 발전 과정을 간단히 보면 전통 사회에서는 가족 제도와 시장 제도라는 자연적·전통적 교류 구조를 통해 모든 인간의 기본 필요를 충족시켜왔다. 만일 어떤 개인이 어떠한 이유로든지 그 기본 필요를 충족시킬 수 없을 때 그 개인은 잠정적이고 자발적이고 지방적인 협조 연대체(친척, 이웃, 교회, 자선기관 등)의 도움을 통해 생존을 갈구해왔다.

여기에서 중요한 점은 모든 사람과 그 가정의 생존이 종극적으로 그 개인과 가족의 책임과 수단과 운에 있다고 보는 생각이다. 특히 자본주의와 기독교 개신교(특히 퓨어리탄이즘)의 사회 윤리 사상은 개인의 행복이 그 사람의 근면과 지혜와 노력에 기초한 생산성의 단순한 결과로 보며 빈곤과 불행은 그 개인의 부족과 실패로, 그리하여 신의 저주로 보게 했다. 이러한 경제적 개인주의와 자유방임주의는 자본가들이 조직적으로 근로 대중을 착취하는 역사를 정당화하게 이르렀다. 그러나 급격한 산업 발전과 이에 따른 광범위한 사회 변화, 즉 가족 제도의 약화, 대도시화와 인구 이동, 사회계층의 변동, 빈부의 격차 등을 통해 점차 개인의 생존과 복리는 그 개인의 노력에 의해서만 결정될 수 없을 뿐 아니라 그 수단에 전적으로 의존할 수 없음이 자명해진다. 그 좋은 예가 1930년대 미국의 경제대공황이다. 그 대공황 시기에 많은 성실하고 부지런하고 신앙심이 독실한 근로자들이 직장을 잃고 절대 빈곤에 빠지게 되었다. 현대사회에서는 어린이, 노인, 신체적·정신적 병약자 등의 전통적 의존층 외에 모든 근로자들이 사실 생존의 불안하고도 허약한 잠정적 의존자들이다. 실은 개인의 경제적 공여에 대해 엄청나게 다른 보상과 대우를 받고 이에 따라 상대적 빈곤이나 빈부의 격차가 가중하는 것은 다분히 복잡한 현대 경제 구조와 과정의 복합적 결과라 할 수 있다. 일반적으로 자본주의 또는 자유시장 경제체제는 소수 자본가들에 의한 착취와 지배를 허용하는 경제적 개인주의다. 이 개인주의는 개인의 창의와 효율적 생산력을 극대화하는 대신 대중의 소외와 비인간화의 불행을 수반하고 있다. 여기에는 마르크스주의에서 말하는 계급 이외에도 인종, 지역, 성, 엘리트주의 등 여러 차별 제도가 있고, 또한 산업 경제 발전에 따른 혜택과 피해의 여러 불균등하고 불공정한 분배 체계가 있다. 이러한 조직적 차별과 착취의 제도는 필연적으로 많은 사회 모순과 부패를 가져오며, 그것은 또한 사회 불안과 국가 안보의 심각한 문제를 일으키게 마련이다. 나아가서 외세의 조정과 침략의 중대한 소재를 가져오게 마련이다.

현대 인도주의나 인권 사상은 사람이 사람이라는 이유 하나로 사람답게 살 수 있는 권리, 사람처럼 살 수 있는 여건의 조성을 강조한다. 사람은 정치적 억압과 폭력으로부터의 해방뿐 아니라 더 나아가 사람답게 풍성하고 보람있게 살 수 있는 경제적·사회적 기본 보장이 있을 때 실질적 인권을 향유할 수 있다. 그러한 적극적이고 전완적(全完的, holistic) 인권은 누구든지 다음 여섯 가지 기본 필요가 보장되어야 실현될 수 있다. 이 기본권은 개인적 구입이나 특별 혜택이나 운명이나 또는 어떤 자선사업으로서가 아니라 균등하고 보편적인 인간 본래의 권리로서 인정되어야 한다. 그 기본권은 다음과 같을 것이다.

① 필요에 따른 공정한 수입

② 의미 있는 직업 또는 봉사의 기회

③ 기본 교육 및 필요에 따른 평생교육

④ 보건과 의료 혜택

⑤ 적절한 주택

⑥ 선택과 표현의 자유를 포함한 인격권

이러한 권리는 기본적으로 개인의 지위, 계급, 성, 소유, 공헌, 생산 능력 등에 관계없이 누구에게나 다 주어질 때 진정한 인간 성취와 사회 안정이 이룩될 수 있다. 이러한 인간화가 보장되는 사회가 곧 사회복지국가다.

구조적 구상

앞에서 말한 사회보장이 필연적으로 가능한 국가를 건설하는 데는 이른바 복지경제의 어떤 유형을 국시로 삼는 정치와 정책과 제도가 근본적으로 구상되어야 한다. 그 구상의 중요한 원칙이란 모든 사람이 참여할 수 있는 민주 체제, 모든 사람이 혜택과 대가를 균등하게 감수할 수 있는 분배 정의, 개인의 자유와 공동 이익의 요구를 최대로 조화시키는 가치 체계 또는 문화의 정립 등일 것이다. 이러한 구상과 계획은 여러 나라의 역사적 경험과 문화적 배경, 그리고 자연적·경제적·인적 자원에 따라 다소 다른 발전을 가져왔다. 즉 여러 선진국에서는 다른 세제와 보장제도, 그리고 여러 보호, 예방, 교정 정책을 통해 사회보장을 성취하고 있다. 그 예가 스칸디나비아 국가들, 영국, 서독, 오스트리아, 이스라엘, 뉴질랜드 등이고 한정된 의미에서 미국과 일본 등도 그 세계적 추세의 일부다. 물론 공산국가에서는 그들의 전체주의와 함께 그 본질의 일부를 이루고 있다. 우리나라의 경우에도 앞서 말한 특수한 자연적·지리적·역사적 조건을 충분히 고려해 민족 복리에 가장 적합한 사회복지국가를 구상해야 한다.

그런 기본 구상은 예를 들어 다음과 같은 내용에서 구체화할 수 있을 것이다.

① 중요 자원과 필수 산업의 국유화

② 근로 대중의 경영 참여를 포함하는 중소기업의 사회화

③ 공해 등 산업 피해를 고려한 발전 순위 및 균형과 생산수단의 합리화

④ 여성 해방을 포함한 사회계층의 균등화

⑤ 보상과 임금의 평준화

⑥ 지성 전문층의 대중화

⑦ 모든 체제와 정책과 조직의 인간화 등

여기서 명심해야 할 중요한 점은 사회복지국가란 단편적이고 임기 반응적 사회복지 프로그램의 점진적 채택만으로 이룩되는 것이 아니다. 모든 민중(국민, 인민)의 자주적이고 민주적이고 인도적인 공동사회의 생존 유대 이념이 제도로, 법으로, 생활로, 문화로 확신되어야 한다는 점이다. 이러한 민족적 성취는 주체성을 억압하는 외세로부터의 해방, 개인의 창조적 참여를 억압하는 독재나 전체주의로부터의 해방과도 직결된다. 이것은 또한 정치적 중립과 사회민주주의를 기본으로 하는 국내와 국외의 새로운 질서를 의미하기도 해야 한다. 따라서 진정한 복지국가란 앞서 말한 세 가지 궁극적 목표의 종합적 성취를 말한다.

결어

한 문화, 한 언어, 한 영토, 한 역사를 공유한 단일민족이 하나의 정치 질서 속에서 공존하려는 염원은 지극히 자연스럽고, 일반적으로 필연적 귀추다. 통일은 반드시 이룩되어야 하고 또한 반드시 이룩될 것이다. 앞서 말한 세 가지 기본 조건을 충족시키는 복지사회를 건설한다는 것은 아름다운 꿈이지만, 또한 온 민중(국민, 인민)이 원할 때 반드시 성취시킬 수 있는 꿈이기도 하다. 문제는 꿈을 살리기 위한 민족적 자각과 결의와 투쟁이다. 외세의 조정에 의해 상대 측의 모든 것을 파괴하기 위한 무모한 대결과 끝없는 소모가 아니라 양측의 현 체제에서 민족의 복리에 부합되는 이념과 정책을 주체적으로 선택·보완하면서 새로운 사회를 만드는 지혜와 용기가 요청된다. 이를테면 개인의 자유와 창의를 존중하면서도 균등한 분배와 참여를 확보하는 사회, 외세로부터의 자주성을 고수하면서도 세계사에 능동적으로 참여하는 국가, 그리고 무엇보다 모든 사람의 존엄성과 바른 삶의 질을 보장하는 조국을 건설하는 새 민족사의 창조다. 결국 통일 조국의 목표로서의 사회복지국가는 모든 민중이 다 잘살 뿐 아니라 다 바르게 살 수 있는 민족해방운동의 역사적 창조를 말한다.

5

사회정의와 인간 존엄성*

민족 통일의 기본 과제

서론

우리 민족은 일제 36년간 쓰라린 식민지 생활과 또한 지난 37년간 뼈아픈 남북 분단 및 동족 상잔의 비극을 겪어왔다. 이 민족 분열의 비극이 외세에 의해 조작되고 외국의 이익과 조정에 의해서 지금까지 유지되어왔다는 엄청난 사실을 생각할 때 민족적 비탄과 수치감을 금할 수 없다. 그러나 근래에 와서 고국과 민족을 사랑하는 해외 동포들이 여러 곳에서 민족 통일을 위한 연구와 대화를 가지게 된 것은 늦었으나마 다행한 일이다. 오늘 이 모임을 가지게 된 것도 앞으로 우리 통일 진로에 하나의 귀중한 보탬이 되기를 바라는 순수하고 간절한 민족 양심의 표현이라고 믿는 바이다.

우리가 통일 문제를 연구하는 데 항상 중요한 문제의 하나는 왜 통일하는가, 무엇으로 통일하는가, 어떠한 조국을 건설하기 위해 통일하는가 등 목적론이라고 생각할 수 있다. 모든 방법은 결국 목적을 성취하기 위한 수단이다. 목적이 분명할 때 방향 의식이 설정되고 또한 여러 가지 좋은 방법과 길이 제시될 수 있다. 따라

* 이 논설은 《민족통일》 1982년 하계호, 110~117쪽에 발표한 것이다.

서 조국 통일의 궁극적 목적이 합의될 수 있다면 그 목적을 성취하기 위한 여러 가지 통일 방안과 절차도 좀 더 효과적으로 모색할 수 있을 것이다. 그러면 남북 통일의 궁극적 목표는 무엇인가? 우리는 어떠한 나라로 통일하기 원하는가? 통일된 조국의 국가 체제는 어떤 형태이어야 하는가? 본인은 사회과학도로서 인간학적 가치론에서 그 대답을 제시하고자 한다.

인간성에 입각한 통일 과제

인간 사회의 모든 이념, 제도, 조직, 문화는 인간에 의해 형성되었을 뿐 아니라 결국 모두 인간을 위해 존재한다. 따라서 어떤 정치체제나 구조도 인간을 위한 조직과 방편이지 인간 가치 이상으로 평가되거나 인간 목적 위에 군림할 수 없다. 그런데 인간이란 각자 특유한 자질, 성격, 욕망을 가진 개성적인 인격체인 동시에 서로 사귀고 나누고 도와야 살 수 있는 사회적 존재다. 이 개인성과 사회성은 어느 하나도 무시할 수 없는 인간 본성의 일부다. 따라서 어떠한 정치 이념이나 조직도 인간의 이러한 본성을 도외시하고 고려할 수 없고, 오히려 그 본성을 계발·성취시킬 수 있어야 한다.

그러면 이러한 인간성이라는 전제하에 우리가 바라는 조국 통일의 궁극적 목적은 무엇이어야 하는가? 그것은 한마디로 "모든 사람이 사람답게 살 수 있는 인간화된 사회 건설"이라고 말할 수 있다. 이 ① 모든 사람이, ② 사람답게 살 수 있는, ③ 인간화된 사회라는 지극히 평범하고 소박한 통일 목표는 구체적으로 무엇을 의미하며 통일 조국을 위해 무슨 실제적 과제를 제시하는가?

그것은 우선 빈부, 귀천, 계급, 성별 등 모든 차별 없이 모든 사람이 사회과정에 참여하고 균등한 기회를 향유할 수 있는 민주 체제를 말한다. 또한 인간의 가치와 권위가 보장되고 사람처럼 모두 살 수 있는 사회복지 제도를 말한다. 그리고 인간의 본성과 이상을 용납하고 창의성과 높은 차원의 욕구를 충족시키는 인간 해방 또는 인간 성취를 말한다. 이러한 목표 즉 민주주의, 복지사회, 인간 성취 등은 지극히 보편적이면서도 심중한 정치적·경제적·사회적 혁명 과제를 내포하고 있다.

이 과제는 구조적으로 사회정의가 확립될 수 있는 체제를 말하며, 사회정의의 실현은 내용적으로 인간 존엄성을 최대한으로 보장하는 체제를 말한다. 사회정의란 일차적으로 편견이나 차별 없이 공정하고 균등한 대우와 분배를 지칭하지만, 좀 더 깊은 의미에서 차별 있고 불공정한 현실을 교정하기 위해 실천하는 분별 있고 개별적인 대우와 분배를 의미할 수 있다. 그리고 인간의 존엄성이란 인간의 본질적이고 무한한 개별적·사회적 존재 가치를 이념적으로, 실제적으로 인정하는 사상이다. 이 사상은 통상적으로 인권이라는 이름으로 구체화되어 있다.

인권의 적극적 해석

인간 기본 권리, 즉 인권은 사람의 삶에 대한 권리를 말한다. 즉 인권은 사람이 사람답게, 사람 가치에 상응하게, 사람으로서 충실히 그 존재 목적을 실현하며 살아갈 수 있는, 자연적·절대적·종합적 권리를 의미한다. 유엔 헌장과 범인권 선언, 그리고 여러 국제 인권 협약에서 명시된 대로 인권은 모든 사람이 인종, 피부색, 성, 언어, 종교, 정치관, 국적, 재산, 신분, 출신 등 어떠한 요건에도 차별 없이 모두가 그 존엄성과 권리에 있어 자유롭고 평등하게 태어났음을 말한다.

그러나 이러한 숭고한 이념은 그 실현을 가능케 하는 여러 필수 조건이 구비되지 않고는 한낱 아름답고 추상적인 이상에 그치게 마련이다. 국제 사회복지 행정가 푸직(Eugen Pusic)에 의하면 서구의 인권 개념은 역사적으로 개인의 자유와 권리에 주로 집착해 권력의 한계를 정하고 집권자의 횡포로부터 개인의 자유와 권리를 최저한 보호하는 것으로 이해되어왔다. 그러나 그러한 '제한적' 또는 '부정적' 이해와 해석은 인권의 충실한 실현을 위해 불충분하다고 지적하고 있다. 사람이 어느 때 어느 곳에든지 생존하기 위해서는 의식주와 기타 필수 요건을 충족시키지 않으면 안 된다. 인권의 급선적 바탕이 생존에 있기 때문에 이런 필수 요건들의 충족 없이는 인권의 보장이란 있을 수 없다. 따라서 인권과 인간의 기본 필요는 불가분의 관계를 맺고 있다. 그러나 인간의 기본 필요란 제한되거나 확정된 것이 아니라 상대적이고 다양하며 축적되는 발전적 요구다.

성격 심리학자 매슬러(A. H. Maslow)에 의하면 모든 사람에게는 기초적이고 낮은 수준부터 이상적이고 높은 수준까지 다섯 개의 계층으로 이루어진 기본 필요가 있다고 한다. 이 이론에 의하면 인간의 첫 번째 기본 필요는 육체적·생리적 필요이다. 우선 먹고살아야 하는 기본적 생존의 욕구가 그것이다. 이 기초적 필요 다음에는 안전의 필요가 있다. 여러 가지 무지와 불안과 위험에서 해방되어 어느 정도 예기할 수 있는 안정과 평온이 요구된다. 세 번째로 사람에게는 소속감과 사랑의 필요가 있다. 그가 속한 사회의 일원이 되고 어떤 형태의 존경과 애정의 표시를 교환할 필요가 있다. 네 번째로 자존심의 필요다. 자신의 신원과 업적을 과시하고 그에 따른 영예를 부여받을 필요가 있다. 마지막으로 사람에게는 자아실현 또는 자기 성취의 필요가 있다. 모든 다른 필요가 어느 정도 충족된 후에 사람은 자신의 이상과 신념과 꿈을 성취시키고자 하는 고차의 필요가 있다. 이리하여 모든 사람은 점진적으로 낮은 차원에서 높은 차원으로 자신의 필요를 성취시키고자 하는, 꾸준하고 적응성 있는 노력과 욕구가 있다. 그렇다면 진정한 인권이나 인간의 존엄성이란 이 모든 필요의 점진적이고 계속적인 충족을 종합적으로 고려할 때만 가능하다. 다시 말해 인권의 진정한 개념은 적극적인 인간화의 권리로서 정치적·법적 권리 옹호 이외에 사람이 사람답게 살게 하는 경제적·물질적 안정, 사회와 문화에 자유롭게 참여하고 그 혜택을 향유할 수 있는 기회, 각자 인간으로서의 목적과 가치를 충실히 구현할 수 있는 제도 등을 포함한다.

인간의 기본 필요와 민족 국가

인간의 기본 필요들은 인간의 일반적 본성의 일면으로 특정한 문화 형태나 인종에 관계없이 보편타당한 욕구다. 다시 말하면 이 기본 필요들은 어느 시대 어느 민족이나 그 구성원 전체가 요구하는 필요이며 권리다. 이러한 적극적 인권의 성취 문제는 역사적으로, 총체적으로 볼 때 한 민족의 생존과 번영에 직결된다. 즉 모든 사람이 기본 필요들을 충족시키면서 사람답게 살 수 있을 때 그 민족은 잘살고 번영하며 발전하게 마련이다.

민족이란 자연적으로 같은 혈통, 언어, 문화, 지역 환경, 역사 경험 등을 통해 이루어진 가장 크고 포괄적인 인간 사회 집단이다. 민족은 자체를 옹호하고 보존하고 성장하려는 종합적 인간 필요의 자연적 유대체다. 우리 민족도 그 구성원 전체가 기초적인 생존 욕구로부터 고차원의 자기 성취에 이르는 절실하고 끈질긴 필요와 갈망의 공동 분모 속에서 수천 년을 살아왔다. 이 자연적이고 역사적인 유대로서의 우리 민족이 점차 민족적 의식과 각성을 통해, 그리고 민족 운동이나 주권 행사를 통해 국가 체제를 이루고 살아왔다. 국가 체제는 민족의 궁극적 요구 실현을 위해 조직되는 권력 행사의 기본 구조다. 이 구조는 민족 전체의 삶을 권장하고 규범하는 이념적 제도화요 총체적인 생존 질서이기도 하다. 그러나 국가 체제는 민족의 영구한 욕구 실현을 유지하고 확충하는 데 필요하며 적절하다고 책정된 상위 구조이기 때문에 영원한 것도 절대적인 것도 아니다. 민족 보존과 진로의 수단이지 그 자체가 목적일 수 없다. 그것은 자유롭고 충실하게 살아가려는 민족의 줄기찬 생명력을 담은 하나의 커다란 틀이요, 울타리요, 배라고 보아야 한다. 따라서 국가 체제는 민족의 영구한 요망과 복리를 위해 다만 상대적 필요와 가치를 가질 뿐이다. 따라서 국가절대주의는 있을 수 없다.

우리나라 민족 분열의 비극은 외세가 우리 민족의 참여나 동의는 고사하고 알기도 전에 강제로 덮어씌워 두 개의 체제가 만들어졌다. 그런데 남북 집권자들은 그 정도에 차이는 있으나 틀에 불과한 체제를 절대시하고 그 이념적 상이성을 민족의 동질성보다 크게 강요함으로써 민족혼을 말살하고 있다. 여기서 남과 북의 정치체제를 비판하는 것이 이 논문의 목적은 아니다. 그러나 양 체제의 잘못된 점을 솔직히 지적해야만 우리가 지향하는 통일 조국의 이상적 모습을 바로 투시할 수 있다.

우리가 다 아는 대로 북의 경우에는 사회주의 또는 인민민주주의를 기본 체제로 삼고 있다. 이 체제는 마르크스주의 이론에 따라 노동당으로 대표되는 무산대중의 요구가 생산수단의 공유와 국가 운영을 통해 집단적으로 수행되는 정치 구조다. 이 체제 밑에서 민족주체성이 상당한 수준으로 회복되고 인민의 균등한 생존권과 안정이 수립되며, 민족의 연대의식과 상호 결속 또는 민족적 자긍심을 성취하게 된 것이 사실이다. 이 반면에 강력한 전체주의 사상과 폐쇄적 획일 정책은 각 개인의 양심과 표현의 자유를 박탈했을 뿐 아니라 장기적 안목에서 민족적 창의와 자기 성취의 슬기를 제한하는 결과를 가져오고 있다. 개인은 소리 없는 생산 기계가 되고 국가는 그 기계를 통제하는 광대한 감시 관료 기구가 되는 경우가 많다.

한편 남에서는 자유민주주의를 표방해 자본주의경제 체제를 유지하고 있다. 실상은 한국식 민주주의 또는 교도민주주의의 한 형태로서 적은 수의 엘리트 그룹, 즉 외세와 결탁한 자본가와 보수 지성층이 성원하는 군부독재 정권이다. 그러면서 구조상 헌법과 대의 민주정치 형태를 갖추고 있다. 이 체제 밑에서 어느 정도 선택된 범위의 개인 자유가 허용되고 국제 자본주의와 잉여 노동력의 효과적 용달을 통해 급속한 경제성장과 일부 생활 수준의 향상을 이룬 것이 사실이다. 그러나 민족정신을 배신하고 외세와 결탁한 지도층과 자본주의의 근본적 모순의 배합은 심각한 민족적 불행을 초래하고 있다. 역대로 친일·숭미 세력이 주도하는 독재 정권이 외국 군대 주둔과 외국 경제원조로 유지되고, 그에 따른 굴종 외교와 반민족적 밀착과 홍정이 민족적 긍지와 자주성을 상당히 훼손시키고 있다. 이기적 이윤 추구를 근본 속성으로 하는 자본주의경제는 민족의 긍지, 일체감, 상호 유대를 파괴하고 국민 대다수를 착취와 억압의 대상으로 만들고 있다. 이뿐만 아니라 조작된 전쟁 공포, 국내외 매판기업들의 농락에 의한 생계 불안, 팽배한 불신 풍조가 끊임없는 불안과 위기를 조성하고 있다. 그리고 경제성장에 따른 표면적 풍요에도 불구하고 불공평한 분배와 조직적 수탈은 엄청나게 큰 상대적 빈곤을 몰아왔다. 단적인 예로 하루아침에 수십 억을 벌어 평생 사치해도 다 못 쓸 기업주가 있는가 하면, 다른 한편에는 잠 안 자는 약, 잠 오는 약을 번갈아 먹어가며 하루 14시간을 일해도 살길이 없는 여공들이 그 기업체에 혹사당하고 있는 것이 현실이다. 간단히 말해 남에서는 친외세 군사독재 체제하에서 우리 민족은 생존, 안전, 소속감 등 모든 기본 필요와 권리를 충족하지 못하고 경제적 제국주의의 신식민지로 전락된 상태에 있다. 그것은 비인간화와 민족성 파괴의 엄청난 결과를 초래하고 있다.

통일 목표로서의 사회민주주의

통일 조국의 체제는 이 모든 모순과 불행을 창조적으로 극복하고 모든 사람이 사람답게 살 수 있는 새로운 질서의 인간 사회이어야 한다. 다시 말해 인간 존엄성과 사회정의가 민족적 성취의 최대 과제로 수렴되는 새 사회이어야 한다. 본인은 그러한 통일 조국이 복합경제에 입각한 사회민주주의 체제에서 가능하다고 주장한다. 사회민주주의는 일명 경제민주주의로서 국제 사회주의 연맹 운동과의 이념적 유대를 생각할 수 있다. 사회민주주의는 끝없는 인간 착취를 기근으로 하는 현대 자본주의경제, 특히 방대한 군산복합체와 다국적 기업으로 이루어지는 미국 제국주의와 또한 독단적 마르크스주의 유물사관과 비인도적 전체주의 또는 국가주의에 입각한 소련식 공산주의를 배격하고 경제의 사회화, 사회의 인간화를 추구하는 진보적 민주주의의 한 형태를 말한다.

사회민주주의 체제에서는 모든 사람이 생존하고 또 사람답게 살아가는 데 불가결한 모든 중요 물적 자본과 필수 사회자원, 이를테면 농토, 식량, 주택, 보건, 교육, 교통, 직업 등이 상품화되어 돈으로 사고팔거나 또는 돈이 없어 못 사는 것이 아니라 국가가 민중의 위임에 따라 책임을 지고 생산하며 균등하게 분배해야 할 것이다. 그것은 모든 필수 자원이 어느 특정 개인의 독점 소유가 될 수 없고 역사적으로 축적된 민족 공동의 창조적 재산이요 모든 사람이 동일한 공헌과 향유를 주장할 수 있기 때문이다. 그러면서도 모든 사람이 개체로서 사회유대 속에 살고 있으므로 인간의 창의력과 생산 효과를 위해 개인이나 소지역 사회의 경제활동과 사유 생산을 인정해야 한다. 개성과 다양성 없는 사회는 삶의 바른 의미나 풍요를 기대할 수 없기 때문이다. 모든 근로대중은 경영에 참여할 수 있으며 모든 축재는 특수 세제나 유산 금지를 통해 적절히 사회에 환원되어야 할 것이다. 가격 책정은 모든 사람의 지불 능력에 따라 소비사회가 통제하며, 생산능력에 따라 임금 보상을 책정하되 필요에 따른 상한성과 하한선에 결부시켜 책정되어야 한다. 그것은 개인의 창의와 사회 공헌에 대한 적절하고도 상응하는 보상을 권장하면서도 경제적 평준화를 유지할 수 있어야 하기 때문이다. 그리고 모든 경제 발전과 사회개발에 있어 현재 끝없는 치부만을 추구하는 자본주의적 자유시장 경제의 고질적 병폐 즉 인간 부재의 고도 성장, 조직적인 노동자 착취, 그리고 매판자본과 예속 경제를 지양해야 한다. 투자, 생산, 분배, 소비 등 모든 정치경제 과정이 민족주체성을 기초로 계획·추진되어야 할 것이다. 즉 민족 전체의 생존과 복지에 가장 필요하고 공여하는 산업과 사업에 순차 계획으로 계발하되, 인력 소모, 인간 소외, 산업재해, 공해, 자연 파괴 등 사회적·인적 대가를 고려해 균형 있고 합리적인 정책을 채택해야 할 것이다. 다시 말하면 우리 민족의 모든 성원이 다 같이 가장 사람답게 살 수 있는 경제적·정치적·사회적 민주화의 기본 구조가 곧 사회민주주의 체제라는 것이다.

통일 조국의 기본 성격

통일 조국의 기본 과제로서의 이 사회민주주의는 그 체제적 성격으로서 다음의 세 가지 특성을 지닌다고 생각한다.

첫째, 민족주체성이다. 모든 민족의 진로와 운명이 민족의 자주적이고 자율적인 결의로 이루어지기 위해 외세의 간섭과 모든 종속적인 힘의 관계에서 해방되어야 하는데, 이는 그 체제가 사회민주주의일 때 성취될 수 있다. 사회민주주의 체제하에서는 각계각층의 사람들이 같은 사람들이 동등한 자격으로 모든 사회과정에 참여하기 때문에 실천적 민주 체제이고 모든 사람을 위한 민주 체제이기 때문에 민족주체성을 확립하지 않을 수 없다.

둘째, 이념적 중립이다. 민족적 융합과 성취를 기초로 한 사회민주주의 체제는 동서 어느 외세에도 가담하지 않고 어느 외세의 간섭도 배격하며 영세중립국으로서 비동맹 운동의 일원이 될 것이다. 이 비동맹 운동은 제3세계 후진 약소민족의 자체 보존과 발전을 위한 민족 해방과 주체성 회복을 의미한다. 따라서 폐쇄적인 민족 사상이나 민족지상주의가 아니면서도 모든 체제나 이념을 민족 복지와 주체성에 종속시키는 일이다.

셋째, 세계 평화주의다. 중립 비동맹국으로서 통일 조국은 최소한의 자체 방위

이외에 모든 전쟁 행위에 반대해야 할 것이다. 현대 핵전쟁의 가능성은 민족 멸망과 인류의 종말을 의미한다. 그러나 국지전이나 재래식 전쟁도 결국 같은 위험을 지니고 있기 때문에 모든 침략적 군사 활동 일체에 반대해야 한다. 따라서 외국군 철퇴는 물론 군비 확장, 징영제, 군사원조와 동맹, 무기 수출입, 핵물질 사용과 비축과 확산, 우주개발의 비평화적 이용 등 모든 전쟁 자원 개발 활동에 반대해야 할 것이다. 그리하여 우리나라 반도는 영구히 핵무기 절대 거부와 반전은 물론 세계 평화에 적극 기여해야 한다.

결론

민족 통일의 기본 목표와 과제는 모든 사람이 사람답게 살 수 있는 복지사회민주주의 중립 국가 건설이라고 할 수 있다. 민족의 성원인 모든 사람이 실질적으로 자신의 삶을 충실히 성취할 수 있는 인권이 보장되며, 모든 참여와 혜택이 공정하고 균등하게 분배되는 사회정의가 실현되고, 개인의 창의와 자유가 곧 사회 복리와 공동의 선으로 조화되고 인간화되는 새 조국 건설이다. 이 조국은 민족주체성이 민족의 영원한 번영을 위해 인도적인 새 기본 질서를 수립하는 민족사의 새 창조를 의미한다.

우리 민족이 통일을 성취하느냐 못하느냐 하는 문제는 곧 우리 민족이 바르고 건전하게 사느냐 또는 비참하고 노예처럼 죽어버리느냐의 문제다. 통일하거나 안 하거나 적당히 굴욕해서 살 수는 없다. 어떠한 통일 구상과 방안도 인간의 존엄성과 사회정의를 민족적 성취의 최고 목표로 통일하지 않고는 실제적으로 통일의 의미도 방법도 길도 없다고 본다. 우리 민족의 한 사람 한 사람이 정당하고 자랑스럽고 그리고 풍성한 삶의 권리를 누릴 수 있는 조국을 목표로 할 때 민족 통일의 주체적 의지가 수렴되기 때문이다. 그것은 또한 남북 두 체제의 장점을 창조적으로 최대한 포용하면서 광범위한 시대적·민족적 성취를 가능하게 하는 실용적 화해의 길이기 때문이다.

6

미국의 정책과 평화 구축을 위한 몇 가지 제안*

1984년 6월 15일부터 17일까지 중국 북경(北京, 베이징) 국제 회의장에서 '평화와 평화통일을 위한 북과 해외동포 학자 간의 대화'가 있었다. 이 모임에는 북에서 전금철(조국평화통일위원회 부위원장), 려연구(해외동포원호위원회 부위원장), 전영율(사회과학원 역사연구소 소장), 안병수(사회과학원 부소장), 이용식(평화통일위원회 국제부장), 최장룡(김일성종합대학 부총장) 등 20여 명의 대표 및 협조 요원 약간 명과, 해외에서는 선우학원(미주리 감리교대학 교수), 양은식(UCLA 아세아문제연구소 교수), 장정문(안식교 신부), 최익환(시애틀 대학 교수) 등 16명이 참석했다. 이 대화의 목적은 위의 주제에 대해 서로의 생각을 나누고 앞으로 해외 통일 운동의 활성화를 위한 의사를 교환하는 데 있었다. 이 모임에서 사흘간 양측은 몇 가지의 주제를 발표했고, 각 발표에 대해 진지하고도 열띤 토론이 있었으며 폐회 후 북경 주재 외국 기자단 및 중국 기자들과의 기자회견이 있었다.

다음의 글은 그 모임에서 필자가 읽은 기도문과 발표한 논문 「미국 정책과 평화 구축을 위한 몇 가지 제안」의 내용을 간추린 것이다.

* 이 글은 강위조·홍근수 엮음, 『민족 통일의 비전』(푸른기획, 1997), 149~159쪽에 수록되었다.

오늘 이곳에 참석한 해외 동포 학자의 대부분이 기독교인이고, 기독교인은 일요일인 오늘 즉 주일 아침에 전 세계적으로 예배의 의식을 하는 것이 통례입니다. 나는 이 예배를 드려야 하는 이 시간에 이곳에 와서 내 이야기에 앞서 간단히 기도를 드리고자 합니다. 비록 북에서 오신 학자분들은 기독교인들이 아닐지라도 화해와 평화를 바라는 우리의 염원과 기도에 공감하는 의미에서 협조의 정신으로 우리 기도에 함께 참여해주시기 바랍니다. 다 한마음으로 기도합시다.

창조의 하나님
당신은 자연과 인류와 민족을 만드신 존재의 근원이십니다. 우리 민족사에서 당신이 창조하신 인간성과 그 주체성을 파괴하는 모든 죄악을 소멸하소서. 자유와 평등과 사람답게 살게 하는 당신의 창조의 질서가 우리 민족 운명의 길잡이가 되게 하소서.

진리의 하나님
당신은 참과 바름의 우주적 기본이십니다. 우리 민족 사회에 가득한 거짓과 위선을 다 진멸해 주소서, 당신의 참이치가 빛나고 그 빛 속에서 우리 민족이 밝게 살게 하소서. 우리 민족 전체가 당신의 영원한 진리를 알고 따름으로써 길이 풍성하고 자유하게 하소서.

정의의 하나님
당신은 역사를 주관하시며 공정하고 옳은 세력의 바탕이십니다. 우리 민족에 대한 불의한 외세와 그 억압을 진멸하시고 우리 민족 속에 모든 부패와 부정을 속히 깨끗하게 하소서. 당신의 선한 뜻이 강물처럼 흐르고 당신의 정의로운 힘이 바다처럼 넘치게 하소서.

사랑의 하나님
당신은 사랑 자체이시며 모든 자비와 은혜의 원천이십니다. 우리 민족 현실 속에 깊이 병든 증오와 분열을 제거해주소서. 모든 차별과 착취를 초월하는 당신의 사랑이 우리 민족을 하나로 뭉치게 하시고, 사랑의 혁명으로 서로 아끼고 돌보는 새로운 사회를 건설하게 하소서.

평화의 하느님

당신은 희생과 용서로 당신과 인간, 그리고 인간들 사이에 성취하신 화해의 기초이십니다. 우리나라 땅에서 전쟁의 원인과 위험을 소멸케 하시고 모든 분쟁과 파괴의 두려움을 없이해주소서. 온 민족의 오래 맺힌 한과 쓰라림을 풀어주시고 진정한 화해를 통해 영원한 화평과 넘치는 환희를 허락하소서.

당신은 이 시간 이 자리에 모인 우리 모두의 심정을 잘 아십니다. 우리 모두가 평화를 만드는 유용하고 생산적인 도구가 되게 하소서. 이념과 체제를 넘어서 분단된 6000만 민족의 화해를 모색하는 평화의 사자가 되게 하소서. 우리의 삶을 바치고 우리의 생명을 희생해서라도 우리 조국의 평화와 통일을 하루 속히 성취하게 하소서.

아멘.

우리가 다 아는 대로 우리가 사는 이 세계는 언제 어디서 전쟁이 다시 일어날지 모르는 위험한 냉전과 긴장 속에 살고 있습니다. 특히 엄청난 군사력의 대결과 핵무기가 비축되어 있는 우리나라 반도에는 언제나 전쟁의 실제적 위험이 도사리고 있습니다. 핵전쟁은 북도 남도 차별이 없고 승자도 패자도 없이 우리 민족 전체의 파멸을 가능케 하는 종말론적 비극을 안고 있기 때문에 더욱 심각한 문제가 됩니다. 그리고 그 민족적 파멸의 가능성이 전적으로 미국이라는 외국 강대 세력에 의해 조정된다는 사실은 그 위험성을 더욱 비관적으로 만들고 있습니다. 미국은 과거 40여 년간 자유의 수호라는 명색으로 남쪽을 군사적으로 점령하고 정치적으로, 경제적으로 그리고 문화적으로 지배해오고 있습니다. 그리고 미국은 1953년 정전협정의 당사국으로서 법적으로 북과 아직 잠시 정지된 전쟁 상태에 있는 적국입니다. 우리가 조국의 반쪽인 북의 적국인 미국, 그 나라의 시민으로 그 사회에서 살며 그 나라와 전쟁 대결 상태를 종식하고 화해와 평화를 추구하다록 제안한다는 것은 사실 기구한 책임인 동시에 절실한 소원이기도 합니다.

그러나 역사적·민족적 관점에서 볼 때 평화 문제는 우리 모두의 가장 중요한 당면 과제입니다. 핵무기 사용을 전제로 하는 전쟁은 민족의 종말을 의미하고 따라서 평화 기본 구조의 확립 없이 민족 통일 문제가 바로 해결될 수 없습니다. 즉 평화적 조건의 보장 없이는 민족 통일 문제가 불가능하거나 가능하더라도 지극히 불안하고 무의미한 통합이 되기 쉽습니다. 7·4 공동성명에서 합의된 통일 원칙은 이런 점에서 전쟁이 아닌 평화적 방법에 의해 통일을 추진할 것을 확인하고 있습니다. 그것은 평화적인 방법이 아니라면 통일을 할 수 없다는 원칙이기도 합니다. 이렇게 통일에의 기본 원칙인 평화의 조건을 정면으로 위협하고 있는 미국은 평화 문제의 핵심이라고 볼 수 있습니다. 따라서 미국과 평화스러운 관계를 수립하는 일은 기초적인 통일 과제입니다. 북은 지금까지 자주, 평화, 친선의 기치 아래 모든 비적성 국가와 평화를 모색해왔고, 미국과는 3자 회담, 휴전협정을 평화협정으로 대체, 외국군 및 핵무기 철수 등을 일관적으로 추구해왔습니다. 그러나 미국의 대북 정책은 대결과 견제의 적대 행위를 계속해왔고 남쪽은 그 보호 밑에 군비 확충과 전쟁 훈련을 계속해왔습니다. 북은 북대로 이 위협에 대응하는 군비 유지 조치를 취하게 되어, 결국 이른바 평화 유지를 위한 평화 역행의 악순환을 계속 상호 강요당해왔습니다. 여기서 가장 핵심적인 문제 해결의 열쇠는 우리나라에 대한 미국의 정책 변화입니다. 즉 미국의 전쟁의 위협, 가능성, 수단과 필요 요인 등을 제거하고 평화의 관계를 현실적으로 가능케 하고 유리하게 유도하는 일입니다.

미국의 국가 정책은 권력의 분산과 견제 장치 때문에 복잡하고 느리고 단기적 안목으로 변화하는 것이 통례입니다. 미국의 정책 변화는 선거 공약, 입법 조치, 행정명령, 법적 투쟁, 여론 조성, 사회운동 등 여러 가지 방법으로 유도됩니다. 그러나 외교정책에 관한 한 군산복합체의 강력한 영향을 받으며 양원 국회의 새로운 입법 절차와 행정부 주도로 시행령이 책정되고 수행됩니다. 국제사회에서 미국의 정책 목표는 일반적으로 자유민주주의 이념 체제의 수호를 위한다는 명분을 걸고 자유, 반공, 번영, 인권의 신장을 표방하고 있습니다. 그러나 실제로는 자본주의 체제하에 인종주의적 패권주의에 기초한 이른바 "국가 이익 또는 국익"에 부합하는 정책을 추구하는 것이 근본적 목표입니다. 과거 모든 침략과 국지전이 다 이러한 국익 추구에 기인하고 있었다는 사실은 다 아는 바입니다. 국익에 맞는다면 전쟁을 견제하거나 전쟁을 주저 없이 수행하는 것이 미국의 대외 정책입니다. 물론 국익 추구 원칙은 미국만의 정책이 아닙니다. 모든 강대국이 자기네 국익을 신장하기 위해 다른 나라들을 침략, 식민지화, 착취, 또는 억압해온 것이 사실입니다. 그러나 초강대국으로서 미국 정책은 다른 많은 나라의 운명을 여러 형태로 좌우할 수 있다는 데 그 결정적 비도덕성을 내포하고 있습니다. 우리나라의 분단 비극은 곧 미국 국익 추구 정책의 우연한 희생물입니다.

그러나 국익이란 고정 개념이 아닙니다. 이처럼 철저한 국익 위주 미국 정책은 정기적 선거에 의한 행정부 교체나 많은 이권 단체의 의회 교섭 활동, 그리고 변화하는 국민 여론 등에 따라 변화할 수 있고 또 변하고 있습니다. 그러면 미국 정책이 우리나라 평화 정착을 위해 변화할 수 있습니까? 미국 정책 변화를 위해 무엇이 현실적으로 가능할 수 있겠습니까? 좀 더 구체적으로 북과 미국 사이의 화해와 평화를 수립하기 위해 우리는 무슨 공헌을 할 수 있겠습니까? 여기서 본인은 여론 조성의 측면에서 실현 가능성이 있는 과제 몇 가지를 제시하고자 합니다.

자본주의 국가에서는 여론이 정치 과정에 중요한 역할을 하고 여론의 방향이 정책 변경에 막대한 영향을 끼치는 것이 사실입니다. 그것은 여론이 국민 의사의 공개적 표현 양식일 뿐 아니라 정당 노선을 수립하게 하고 그것이 선거 공약과 선거 과정을 통해 정치권력을 창출해내기 때문입니다. 미국에서 여론을 조성하고 계도하며 조직화하는 대표적인 사회 기구라면 언론과 종교라고 할 수 있습니다.

미국 언론은 다분히 보수적이고 역시 '미국적' 입장에서 별로 탈피하지 못합니다. 그러나 언론이 정부와 집권당의 대변 기구이거나 어떤 체제나 이념의 독점적 공기(公器)는 결코 아닙니다. 사회주의국가에서와는 달리 미국의 언론은 다분히 독자적인 노선을 유지하며 국가정책을 분석 · 비판할 수 있고 끓어오르는 시민들의 여론을 널리 반영할 수 있습니다. 막대한 정보와 뉴스를 보급하고 처리하며 그런 과정에서 국민 여론을 상당히 조성하거나 조작할 수도 있습니다. 그것은 언론계가 국민 여론을 종합적으로 반영할 뿐 아니라 그것을 선도하기도 하기 때문입니다. 언론은 정부 조직의 제4부라고 할 만큼 국가정책 결정에 막대한 영향을 행사할 수 있습니다. 특히 진보적인 일부 언론기관은 고루하고 부패한 정책을 질책하고 새 정책 채택에 촉매 역할을 할 수 있습니다. 미국 국민은 북의 사회에 대해 너무나 곡해된 인상을 가지고 있으며, 미국 언론은 북을 모르고 있습니다. 국제사회에서 솔직히 북에 대한 인상은 너무나 부정적이고 호전적으로 선전되어 있습니다. 물론 미국 언론에 대한 기대는 자칫 더 곡해할 위험을 수반하기도 합니다.

그러나 화해는 위험을 감수하며 진실을 진실로 이해시키는 데서 출발하는 법입니다. 그러므로 비교적 진보적이고 비판적인 언론기관을 통해 북의 우호와 화해의 의도를 세계에 알림으로써 냉전의 위기를 줄이고 평화 정착에 공헌할 수 있습니다.

종교 특히 기독교는 미국의 문화와 정치 풍토의 기반입니다. 미국은 급증하는 범죄와 타락상에도 불구하고 과반수가 신자라고 자처하는 이른바 기독교 국가입니다. 아직도 청교도 정신이 문화와 사회 저변에 깔려 있고 기독교 특히 개신교의 정치적 영향력 역시 막강하다고 볼 수 있습니다. 전국에 각 교파별로 교회가 산재해 있고 교인들이 각 지역사회에서 조직적으로 그리고 개별적으로 활동하고 있습니다. 미국 교회는 일반적으로 보수적이고 쇠퇴하는 경향이 크지만, 한편 변혁과 새 질서 창조를 위한 정신적·물적 영향력을 크게 행사하는 것도 사실입니다. 기독교는 본래 사랑과 평화의 새로운 사회, 즉 '하나님 나라'를 건설하기 위한 예수의 혁명운동입니다. 사회주의국가에서 흔히 주입되어온 '인민의 아편'이라는 종교관은 과거 착취 권력과 결탁한 일부 종교 세력의 부패상을 지적할 뿐이고, 실은 기독교의 본질도 실상도 아닙니다. 기독교인들은 예수의 삶과 가르침에 따라 모든 사람들을 사랑하고 정의와 평화의 사회를 추구하는 집단입니다. 이 정신과 활동은 국경과 인종을 초월해 세계적인 유대를 맺고 있습니다.

현재 여러 국제적인 기독교 연합체가 있으나 특히 개신교 주류 교단과 러시아정교회 등을 포괄적으로 연결하는 세계교회협의회, 즉 WCC(World Council of Churches of Chrisit)가 있고 또 국가별로 협의체가 있습니다. 가톨릭교는 물론 교황청을 중심으로 전 세계적으로 연결되어 있는 최대의 종교 단체입니다. 미국에는 미국교회협의회 즉 NCC-USA(National Council of Church of Christ-U.S.A.)가 있는데, 30여 개가 넘는 회원 교단과 5000만이 넘는 세례 교인을 망라하고 있습니다. 이 협의회는 비교적 전향적인 신앙 노선을 가지고 여러 가지 정치, 사회, 인종, 정의 문제 등에 대해 상당한 여론과 압력을 조성하고 있습니다. 반공과 냉전 구조가 강한 과거 미국 사회에서 중화인민공화국과의 화해를 주창하고 베트남 전쟁 반대를 표명한 것, 그리고 그 여론이 점차 확산되어 결국 승리한 것을 보더라도 기독교의 영향력 특히 미국 교회협의회의 비중을 알 수 있습니다. 이와 마찬가지로 우리나라 남쪽에도 교회협의회가 있어 인권, 민주화의 어려운 투쟁을 해오고 있습니다. 특히 언젠가 통일해야 할 남쪽 동포들의 약 4분의 1이 기독교인이라는 사실을 감안한다면 남쪽 교회협의회의 비중을 결코 무시할 수 없을 것입니다. 긴밀한 유대 관계 때문에 만일 미국 교회협의회나 또는 세계 교회 협의체와 어떤 접촉이 성사된다면 남쪽 기독교 단체, 특히 교회협의회와의 접촉도 가능하다고 봅니다. 미국 교회나 그 협의회는 국내외적으로 새로운 변화를 위해 교단이 각각의 유대를 통해 문제 제기, 의식화와 교육, 그리고 실천 과제 등 여러 가지 활동을 하며 나아가 미국 정책 변화를 위한 여론을 일으키고 있습니다. 때가 이르면 우리나라 평화와 통일 문제에 대해 미국 교회협의회가 큰 역할을 할 수 있을 것으로 믿습니다.

저는 우리나라의 평화 정착과 통일을 위한 미국의 기본적 정책 변화의 필요성과 그 정책의 변화를 유도하기 위한 미국 내 여론 조성을 위해 미국 언론과 교회와의 접촉, 교류 내지 협력 가능성을 제시했습니다. 미국에서 바른 언론 보도와 교회 화해 정신에 의한 여론 조성은 결코 허망한 생각이 아니라 평화통일을 위해 실현 가능성 있는 기초 전략이라 믿습니다. 그리고 그런 전략은 지금까지 북에서 보내오는 선전물에 의한 효과보다 훨씬 더 크고 효율적이라고 봅니다. 솔직히 북의 모든 보도 자료는 독립성의 문제와 객관성의 부족으로 불신되고 있으며, 일반적으로 정부의 선전물 정도로 취급되고 있습니다. 그보다는 미국 자체의 여론과 종교계의 능동적인 행동을 유도하는 것이 더 효과적이라 믿습니다. 이런 관점에서 저는 다음의 열 가지 구체적인 방법을 제안하고자 합니다.

첫째, 북은 미국과 문화 교류를 시도합시다. 되도록 사상, 체제, 정치 등의 공격이나 까다로운 토론을 제외하고 문화 활동, 즉 영화, 무용, 음악, 체육, 학술 등의 자료와 인물을 상호 소개하도록 합시다.

둘째, 북의 사회 실상을 미국에 있는 여러 언론기관에 과장이나 선전 없이 있는 그대로 소개합시다. 특히 교포 언론기관을 통해 북에 대한 바른 인식과 동포애를 가지도록 진정한 사실을 보도합시다.

셋째, 진보적 미국 언론인과 영향력 있는 교포, 즉 교포 교회 목사, 유지, 사업인 등을 북에 초청합시다. 그들로 하여금 북을 직접 바로 볼 수 있는 기회를 제공합시다. 그래서 그들의 직접 본 경험이 미국 사회에 효과 있는 보도와 증언이 되도록 합시다.

넷째, 미국인 또는 교포 교수를 북에 단기 방문 또는 교환교수로 초청합시다. 교수들의 학술적 보고와 발표가 학생과 지성층에 파급적 효과를 가져오도록 합시다.

다섯째, 미국 종교 지도자와 북의 종교 지도자들 사이의 상호 방문을 추진합시다. 사랑과 평화라는 종교의 공통 목적을 통해 화해의 물꼬를 틔워나가도록 합시다.

여섯째, 북의 기독교도 연맹 지도자들을 세계 기독교 조직, 이를테면 세계교회협의회 또는 로마교황청에 대표로 또는 참관인으로 파견합시다. 그리고 가능하면 이러한 국제 종교 기관을 통해 상호 협의와 협력의 기회를 조성합시다.

일곱째, 북에 기독교 교회를 설립합시다. 헌법에 명시되어 있음에도 불구하고 유독 기독교 예배당이 없다는 것은 아직 종교의 자유가 별로 없다는 반증이 될 뿐만 아니라 미국과의 대화 추진에도 도움이 되지 않을 것입니다. 기독교들의 가정 예배를 좀 더 활성화하고 종교계와 밀접한 관계를 맺고 있는 재야 미국인 정치 인사를 초청합시다. 이들은 때로 미국의 정책 결정 또는 수정에 막강한 영향을 줄 수 있으므로 이들의 이해와 협력을 적극 추구합시다.

여덟째, 이산가족의 방문을 계속하고 점차 확대해나갑시다. 이산가족은 전쟁과 분단의 직접 피해자들일 뿐 아니라 평화와 민족 화해를 가장 절실히 바라는 당사자들입니다. 이들의 한을 풀어주고 이들이 평화 분위기 조성에 앞장설 수 있도록 도웁시다.

아홉째, 미국 내 억압받는 소수민족 단체나 반핵운동과 연결하고 유대 관계를 맺읍시다. 이러한 운동은 세계 모든 진보주의적 세력과 유대를 맺고 평화와 정의를 추구하고 있습니다. 이들과 유대함으로써 우리나라에 대한 미국의 호전적 정책에 공동 투쟁의 대열을 만듭시다.

열째, 다음에는 이와 같은 학자들의 모임을 미국에서 개최합시다. 가능하면 그 모임을 미국 수도 워싱턴이나 최대 도시 뉴욕에서 개최합시다. 그래서 남북 우리 민족의 숙원인 평화와 평화통일 문제를 과감하게 공개적으로, 효과적으로 논의합시다.

현재 외교 관계가 없고 미국 방문이 불가능한 상황에서 이러한 제안은 실현성이 적은 꿈과 같은 이야기로 들릴 수 있을 것입니다. 그러나 간절한 꿈은 그 꿈을 살리는 길을 열어줍니다. 북과 해외 동포들이 서로 합심해 꾸준히 투쟁하면 언젠가, 어쩌면 머지않은 장래에 이 모든 꿈이 이루어질 수 있을 것입니다. 우리나라에 평화와 평화통일은 반드시 올 것입니다. 그날을 위해 우리의 꿈을 계속 키워나갑시다. 감사합니다.

후기(1997)

이 제안을 발표한 것은 13년 전의 일로, 그동안 많은 변화가 남북 간 그리고 북과 미국 사이에 있었다. 이 발제가 이루어진 1984년에만 해도 냉전의 벽이 아직 높은 때였고, 미국의 대조선 (한)반도 정책이 호전적이었다. 따라서 이 모임에 참석한 대표들 대부분은 이 제안을 환영하면서도 별로 실현성이 없는 '꿈 같은 희망 사항'으로 받아들였다. 그러나 그 이후 북 당국은 놀랍게도 이 제안에 실린 여러 가지 조치를 과감히 시도했다. 처음에는 소극적이고 회의적인 입장을 보이던 미국 교계나 정부 당국은 그 후 적극적이고 긍정적으로 호응을 해왔다. 북은 정도의 차이는 있으나 앞에 열거한 열 개 제안을 모두 다 1990년 초까지 시도했고, 다만 이산가족 방문 사업이 1992년 이후 중단 상태이고, 상호 문화 교류와 평화운동 단체들과의 유대가 현재까지 미미할 뿐이다. 전반적으로 북은 평화를 위한 미국의 정책 변화를 유도하기 위해 가능한 모든 조치를 취한 셈이다. 물론 이 조치들은 동구권의 몰락과 냉전 시대의 종식 등 국제 정세의 시대적 변화와 긴밀히 연결되어 있다고 볼 수 있다.

여기서 제시한 두 접근 방법에서 미국 언론계의 접근은 별로 효과를 보지 못한 반면에 교회 기관과의 관계는 예상외로 큰 성과를 거두었다고 할 수 있다. 세계교회협의회 주관으로 시작된 여러 번의 남북 그리고 미국 기독교협의회와의 협의와 대화, 북한 내에 세 개의 교회 설립, 그리고 개별 교파 특히 미 장로교, 연합감리교, 남침례교와의 교류는 상호 신뢰 관계의 정립과 여론 조성에서 많은 성과를 거두었다고 볼 수 있다. 그리고 북한 지원 사업 대부분이 교회 계통이나 기독교인들이 주도하여 이루어져 왔다. 여하튼 점차 우호적인 대화의 시작과 새로운 관계 수립의 길이 트이게 되고, 이는 평화 정착과 관련된 미국의 정책을 변화시키는 데 상당한 영향을 미쳤다. 그 대표적인 예가 남북 및 미국 사이의 핵에너지 발전 합의와 4자회담의 원칙적 합의 등이라고 할 수 있다.

7

우리는 하나다*

41년 전 오늘 1945년 8월 15일, 세계는 제2차 세계대전이 공식적으로 종식된 것을 기뻐했다. 그날 일본 황제 히로히토는 연합군에게 항복했다. 일본 통치 밑에서 수난을 당하던 한반도는 마침내 일본의 혹독한 식민지 통치로부터 해방되었고, 그래서 3000만 우리 민족은 이 해방의 날을 환성을 지르며 축하했다. 우리나라는 카이로 선언(1943년 11월 23일), 얄타 협정(1945년 2월), 포츠담 선언(1945년 7월)에서 약속한 것처럼 하나의 승전 독립국가가 되는 듯싶었다.

그렇지만 우리 민족에게는 이 기뻐해야 할 해방의 날이 또 다른 슬픈 속박의 날로 바뀌었다. 우리가 다 알다시피, 두 초강대국의 군사력은 삼십팔도선을 경계로 한반도를 둘로 나누고 각기 패배한 일본 군대를 접수한다는 명목으로 한반도를 반씩 점령했다. 북쪽은 러시아 군대가, 남쪽은 미국 군대가 차지했다. 얼마 지나지 않아 두 초강대국은 우리나라에 5년의 신탁통치를 강요했지만, 국민들의 격렬하고 때론 폭력적인 반대 때문에 실천하지 못했다. 대립적인 외세에 의한 분단과 점령은 한국을 동서 이념적 냉전의 혹심한 전초지로 만들었고, 마침내는 한국을 6·25 전쟁(1950~1953)으로 몰고 갔다.

* 이 연설문은 1986년 8월 15일 백악관 앞과 그 건너편 라파예트 공원에서 미국의 두 개 한국 정책을 규탄하는, 한청련이 주관한 시위에서 낭독한 연설문 "Korea is one"의 한국어 번역문이다.

오늘 이른바 해방의 41주년 날에도 한국은 여전히 외세의 지배와 간섭의 쇠사슬에 묶여 있다. 우리 민족의 모든 삶의 영역은 분단된 국가의 운명으로 억제되고 있다. 아직도 약 100여 만 명의 가족들이 핵무기로 강화된 휴전선으로 인해 남과 북으로 갈라져 있다. 지난 41년 동안 남과 북에 사는 우리 민족은 외세의 지배로부터 고통을 당하며 외세에 대항해 투쟁해오고 있다. 우리들의 소원에 맞서 외세는, 특히 미국은 우리에게 분단, 종속, 착취 그리고 굴욕을 강요해왔다.

오늘 우리는 백악관, 다른 나라에 대해 이른바 자유의 수호라는 명색으로, 그러나 실은 국가 이익을 위해 중요한 결정들을 산출하는 이 백악관 바로 앞에 모여 있다. 우리는 미국의 두 개의 한국 정책에 대한 분노를 알리고 항의하려 여기에 모였다. 우리는 우리나라에 대한 미국의 분단, 점령, 신식민지 정책을 강력히 규탄하는 바이다. 우리는 하나의 자유국가로서 우리의 자유, 독립, 정의를 요구한다.

우리 한청련과 동지들은 이 기만된 해방의 날, 이 저주받은 분단의 날에, 우리나라에 대한 미국의 정책을 항의하고 규탄한다. 우리는 세계에 공포한다.

우리는 하나다!

한 국가, 한 민족, 한 풍습

우리는 하나다!

남과 북이 연합하여

우리는 하나다!

동과 서가 분쇄하여

우리는 하나다!

모든 외세의 지배가 영원히 없어져

우리는 하나다!

우리가 다시 하나가 되게 우리를 떠나라

경청해주어 감사하다.

Korea is one![*]

Forty-one years ago today, August 15th, 1945, the world jubilated the official end of the World War II. On that day the Japanese Emperor Hirohito surrendered to the Allied Forces. The Korean peninsula, then suffering under the Japanese rule, was finally released from the Japanese harsh colonialism and thus thirty million Koreans jubilantly celebrated this day of liberation. Korea was to become a victorious independent nation as promised in the Cairo Declaration (Nov. 23, 1943), the Yalta Treaty (February, 1945), and Potsdam Declaration (July, 1945).

This so-called great Liberation Day, however, turned out to be another, if not worse, sad day of bondage for all Koreans. As we all know, the military forces of two superpowers divided the peninsula along the 38th parallel and each occupied one half of the land allegedly to receive the defeated Japanese military — the North by the Russian forces and the South by the United States forces. Soon two superpowers decided to impose on Korea a five year trusteeship which was not materialized because of the vigorous and often violent protests by Koreans. The division and occupation of Korea by the conflicting foreign powers made Korea a bitter test ground of the East-West ideological cold war and eventually led into the tragic Korean conflict (1950-53).

Today forty-one years after the so-called Liberation Day, Koreans are still in chains of foreign domination and interference. Every sphere of Koreans' life is controlled by the divided national destiny. About a million people are still separated from their families along the truce line which has been fortified by formidable nuclear weapons. For forty-one years Koreans in both

* This is my speech delivered at Rafayette Park in front of the White House on August 15, 1986 as a part of the demonstration rally sponsored by Young Koreans United protesting the US policy of two Koreas.

the North and the South are suffering from and struggling against the foreign powers' control. The division, subjugation, exploitation, the humilation have been imposed by foreign powers, especially by the United States, against the Korean poeple's wishes.

Today we have gathered together here directly in front of the White House where the major decisions have been conceived about other nations in the name of protection of freedom but in reality for national interest. We are here to register our indignation and protest against the United States policy of two Koreas. We strongly condemn the United States' policy of division, occupation, and neocolonialization of Korea. We demand our freedom, independence, and justice as one free nation.

On this day of liberation, on this damned day of division, we Young Koreans United and their friends do protest and decry the American policy toward Korea. We declare to the world:

Korea is one!
One nation, one people, and one culture
Korea is one!
North and South united
Korea is one!
East and West demolished
Korea is one!
All foreign domination gone forever
Korea is one!
Leave us alone to be one again
Korea is one!
Leave from us to be free forever.

Thank you.

8

나는 무엇을 믿는가?

나는 기독교 신자로서 나로 하여금 나답게 만드는 어떤 믿음, 태도, 신조가 있다. 여기에 그러한 나의 뜻을 표현하는 글 세 편을 설명 없이 소개한다.

(1)
당신의 은혜

나에게 내일이 있다면
당신의 은혜가 나를 이기신
승리의 나팔소리로 가득 차게 하소서

하늘의 푸름을 향해
솟아난 새싹처럼
오직 순진한 심령이
당신 빛 만나게 하소서

바람 불어오면
사랑의 숨은 손길로
비 오면

나의 작은 밭
새 생명으로 가득 자라게 하소서
나의 꽃은 당신의 영광
나의 여문 모든 것
당신 앞에 바치는 첫 열매로
거룩하게 만드소서

소박한 제단 쌓을 때마다
어제를 용서받은 나의 영혼
향기롭게 타오르게 하소서

내일엔
땅의 모든 것 벗어버리고
오직 당신의 은혜
나를 다시 살리신 당신의 은혜를
천사들의 대합창으로
영원히 불리게 하소서

김동수,『오늘의 이별은』(서울문학부, 2013) 중에서

(2)
우리 가정의 생활신조

① 열린 삶: 우리 마음의 문을 열고 인식의 범위를 넓혀 새로운 생각들과 다른 의견들을 존중하며 바로 보도록 노력한다.

② 베푸는 삶: 남의 아픔과 필요에 민감하고 우리의 있는 것을 기쁜 마음으로 나누어서 남을 돕고 돌보아 주도록 노력한다.

③ 세우는 삶: 우리 자신을 정직하게 받아들이고 남의 좋은 점을 치켜세우며 연약한 점을 채워주고 함께 성장하도록 노력한다.

④ 섬기는 삶: 하늘의 축복을 전해주기 위해 빚진 사람의 겸허한 마음으로 모든 사람을 사랑으로 받들도록 노력한다.

⑤ 이기는 삶: 정의와 진리에 대한 믿음을 가지고 희망과 감사에 넘쳐 살며 선한 싸움의 마지막 승리를 아름답게 마무리하도록 노력한다.

(3)
나의 10대 경제 원리

(2006. 1. 31)

나는 기독교 신앙인으로서 다음 열 가지 경제 원리를 믿고 실천하며 권장하고자 한다.

① 이 세상에서 보이는 그리고 보이지 않는 모든 존재는 하나님의 창조에서 유래되었으므로 모든 물질의 생성은 하나님의 경륜으로부터 온다고 믿는다.

② 모든 물질은 하나님이 사람들을 위해 주시는 축복의 일부분이다. 따라서 모든 물질의 사용은 사람의 복리와 직접 또는 간접적으로 관련되어야 한다고 믿는다.

③ 모든 사람은 자기 능력에 따라 열심히 일하고 부지런히 벌어야 하되 어떤 재물도 부당하게 또는 부정직하게 취득해서는 안 된다. 그리고 어떤 재물도 한 개인이나 집단이 독점적으로 또는 영구히 소유한 것이 아니고 하나님으로부터 한시적으로 위탁받은 것이라고 믿는다. 또한 다른 사람에게 위탁된 재물의 권리를 존중하고 탐내지 않아야 한다. 순수한 사랑의 이유 외에는 무슨 다른 의도로 주거나 받거나 빌리거나 빌려주는 것을 삼가야 한다.

④ 많든 적든 재물을 위탁받은 모든 사람은 그 재물의 온전한 창조자이시며 소유자이신 하나님

의 뜻대로 경영할 청지기로서의 책임을 져야 한다.

⑤ 청지기는 그 위탁받은 재물에서 일차적으로 십일조 헌금, 부과된 세금, 그리고 다른 모든 사회 부담금을 정직하고 기쁜 마음으로 헌납해야 한다.
그리고 자신과 가족과 다른 사람들의 ㉠ 기본 생존, ㉡ 좀 더 자유롭고 풍성한 삶의 질, ㉢ 사회와 자연환경의 보전과 향상 등을 위한 목적의 순위대로 효과적으로, 그러나 너그럽게 사용해야 한다.

⑥ 차용, 대여, 투자, 축적 등 부의 생성과 생산수단의 향상을 위한 자본 운영은 그 종국적 목적이 이윤 추구가 아니라 앞에 나오는 다섯 항목의 원칙을 확인하고 확장하는 과정과 수단이 되어야 한다.

⑦ 청지기의 경영 목적을 수행하는 일에 ㉠ 나, ㉡ 우리들, ㉢ 알거나 모르는 남들, ㉣ 우리와 적대 관계에 있는 사람들 사이에 가능한 한 차별이나 서열을 두지 말고 평등과 공정의 원칙을 따라야 한다. 그리고 재물의 사용 결정은 청지기의 소유권이나 운영권보다 목적의 필요성과 절박성 등에 더 비중을 두어야 한다.

⑧ 물질의 빈곤이나 풍요가 신앙생활이나 영적 성장에 시험 또는 방해 요인이 되지 않도록 노력한다. 그래서 빈부에 관계없이 창조주에게 항상 감사하고 만족하는 생활 태도를 가지도록 훈련한다. 그리고 재물이 사치, 낭비, 착취, 자기과시, 억압, 자기 연민, 범죄, 타락 등에 이르도록 오용되는 기회 또는 이유가 되지 않게 서로 절제하고 협력하며 검증한다.

⑨ 취득한 재산은 평생 축적하거나 가족 안의 유산으로 보전하는 것보다 살아 있는 동안 더 많은 사람의 자유 · 평화 · 정의 · 평등을 확장하는 일에 남김없이 활용한다.

⑩ 모든 경제활동은 궁극적으로 신앙의 구체적인 표현이나 사랑의 산 증거로서 하나님께 영광을 돌리는 데 그 목적을 둔다.

책을 마무리하며

이 책의 준비는 이 시점에서 남편의 팔십 평생을 되돌아보게 하는 좋은 기회를 주었다. 지금까지의 삶을 반성하고 정리하는 계기가 되었다. 미국과 한국에 흩어져 쌓여 있던 사진과 논문, 컴퓨터 파일과 신문, 잡지의 보도 등을 뒤지며 잊고 지내던 많은 사람과 사연과 사건을 되살릴 수 있었다. 그리고 작년에 집과 살림을 다 정리한 것처럼 많은 책과 사진과 창작물을 처분해버렸다. 멀리 날아갈 수 있는 가벼운 행복감이 밀려온다.

생일을 축하하고 책을 발간할 계획은 내가 세웠지만, 남편은 몇 달 동안 자료 수집과 정리 그리고 집필과 편집 작업을 하며 많은 수고를 했다. 특히 회고록 부분은 엄청나게 많은 시간과 생각을 필요로 했다. 2월 중순에 쓰기 시작해 기한 내에 도저히 마무리 지을 수 없었던 것이 큰 유감이다. 아마도 좀 더 살아야 할 이유가 될는지 모른다. 여하튼 이 과정을 통해 우리 부부가 발견한 것은 우리 삶의 고비마다 하나님의 은총과 사랑의 축복이 풍성히 내렸다는 사실이다. 독자들이 이것을 우리의 신앙적 증언으로 받아주기 바란다.

이 책을 빛내기 위해 좋은 글과 사진을 보내주신 서른일곱 분의 선배, 동지, 후배에게 감사의 마음을 전한다. 그리고 이런 오래된 내용을 흔쾌히 멋진 책으로 출판해주신 (주)한울엠플러스의 김종수 사장님께 깊은 감사를 드린다.

Epilogue

Preparing this book gave us a good opportunity to review and reflect on the 80 years of my husband's life. Even though I initiated the plan for the birthday celebration and publication of this book, my husband did a lot of work in collecting, sorting, editing, and writing over the past few months. There were tons of materials like papers, pictures, computer files, newspaper and magazine clips, accumulated both in the States and in Korea. It was also a good occasion to dispose of many of them.

Regretfully, my husband could not complete his life story for this memoire. His life, he complained, was too long, whereas his time for writing it was too short. Maybe he is building up an excuse to extend his life another ten years or so. In any case, we found out that throughout his life, there were abundant blessings of God's love and grace. I hope readers of this book will accept this as our Christian witness.

I would like to express our sincere gratitude to those 37 friends who sent us beautiful words and pictures. They really brighten up this book. Finally, I want to thank Mr. Jong Soo Kim, the President of HanulMPlus Inc. for publishing this old stuff as an attractive book.

엮은이

백하나(Hannah Paik, 白淑子)

1941년 중국 북경에서 형편은 어렵지만 믿음이 깊은 가정의 맏딸로 태어났다. 서울사대부고와 서울대학교 사범대학(가정교육학 학사)을 졸업하고, 1964년 도미해 피츠버그 신학교(종교교육 석사), 피츠버그 대학(사회사업 석사), 버지니아 커먼웰스 대학(철학 박사)에서 공부했다. 여러 해 동안 사회사업을 실천하고, 이후 노퍽 주립대학에서 영구직 교수로 20년간 교직에 있다가 2005년 은퇴했다. 1965년에 김동수 교수와 한 가정을 이루어 슬하에 두 딸을 두었으며, 두 딸에게서 여섯 손주를 보았다. 사람들에게 "김동수를 위해 태어난 사람"으로 불린다. 이 책은 김동수 교수의 아내, 동지, 애인으로서 작은 사랑을 표현한 것이다.

이메일: hannahpaik@hanmail.net

Hannah was born in 1941 as the first daughter of a poor yet good Christian family in Beijing, China. She did all schoolings in Korea (Seoul National University, BS) and in the US (Pittsburgh Theo. Seminary, MRE; Univ. of Pittsburgh, MSW; VA Commonwealth Univ., Ph.D.) and she taught at Norfolk State Univ. for 20 years. She married to Dong Soo Kim in 1965 and has two children (Suze and Stephaie) and six grandchildren. Many people say that 'she was born for Dong Soo.' This book is a small expression of her love for him as wife, comrade, and lover.

email: hannahpaik1941@naver.com

하나 됨을 위하여

팔순 기념 김동수 회고록

ⓒ 백하나, 2016

엮은이 | 백하나
펴낸이 | 김종수
펴낸곳 | 한울엠플러스(주)
편　집 | 최진희, 정경윤

초판 1쇄 인쇄 | 2016년 6월 29일
초판 1쇄 발행 | 2016년 7월 8일

주소 | 10881 경기도 파주시 광인사길 153 한울시소빌딩 3층
전화 | 031-955-0655
팩스 | 031-955-0656
홈페이지 | www.hanulmplus.kr
등록번호 | 제406-2015-000143호

Printed in Korea.
ISBN 978-89-460-6186-6 03810(양장)
978-89-460-6187-3 03810(반양장)

* 책값은 겉표지에 표시되어 있습니다.